O PRÍNCIPE CRUEL

Obras da autora publicadas pela Galera Record:

O Povo do Ar
O príncipe cruel
O rei perverso
A rainha do nada
Como o rei de Elfhame aprendeu a odiar histórias

O canto mais escuro da floresta

Duologia O Herdeiro Roubado
O herdeiro roubado
O trono do prisioneiro

Contos de Fadas Modernos
Tithe
Valente
Reino de ferro

Magisterium (com Cassandra Clare)
O desafio de ferro
A luva de cobre
A chave de bronze
A máscara de prata
A torre de ouro

As Crônicas de Spiderwick (com Tony DiTerlizzi)
Livro da noite

HOLLY BLACK

O PRÍNCIPE CRUEL

Tradução
Regiane Winarski

52ª edição

Galera
RIO DE JANEIRO
2025

CIP-BRASIL. CATALOGAÇÃO NA PUBLICAÇÃO
SINDICATO NACIONAL DOS EDITORES DE LIVROS, RJ

Black, Holly
B562p O príncipe cruel / Holly Black; tradução de Regiane Winarski. – 52ª ed. –
52ª ed. Rio de Janeiro: Galera Record, 2025.

Tradução de: The cruel prince
ISBN 978-85-01-11555-3

1. Ficção juvenil americana. I. Winarski, Regiane. II. Título.

CDD: 028.5
18-50184 CDU: 087.5

Meri Gleice Rodrigues de Souza – Bibliotecária CRB-7/6439

Título original:
The cruel prince

Essa é uma obra de ficção. Nomes, personagens, lugares e acontecimentos são produto da imaginação do autor ou são usados de forma ficcional. Qualquer semelhança com eventos, lugares ou pessoas vivas ou mortas é mera coincidência.

Ilustração do mapa no verso da capa: Kathleen Jennings

Texto revisado segundo o novo Acordo Ortográfico da Língua Portuguesa.

Direitos exclusivos de publicação em língua portuguesa somente para o Brasil adquiridos pela
EDITORA RECORD LTDA.
Rua Argentina, 171 – Rio de Janeiro, RJ – 20921-380 – Tel.: (21) 2585-2000,
que se reserva a propriedade literária desta tradução.

Impresso no Brasil

ISBN 978-85-01-11555-3

Seja um leitor preferencial Record.
Cadastre-se em www.record.com.br e receba
informações sobre nossos lançamentos e nossas promoções.

Atendimento e venda direta ao leitor:
sac@record.com.br

Para Cassandra Clare, que finalmente
foi seduzida pelo Reino das Fadas.

Livro um

Crianças nascidas como prole de fada
Nunca precisam de roupa nem nada,
Nunca desejam comida e fogueira,
Sempre têm o que seu coração anseia:
Bolsos cheios de ouro a tilintar,
Com sete anos vão se casar.
É direito de toda criança-fada
Ter dois pôneis e dez ovelhas malhadas;
Todas têm casas com teto e piso,
Feitas de tijolos ou pedras de granito liso;
Elas vivem de cerejas, correm soltas pela mata —
Eu adoraria ser filho de fada.

— Robert Graves,
"I'd Love to Be a Fairy's Child"

PRÓLOGO

Em uma sonolenta tarde de sábado, um homem vestindo um casaco escuro e comprido hesitou na frente de uma casa numa rua arborizada. Ele não tinha estacionado seu carro nem tinha ido de táxi. Nenhum vizinho o vira andando pela calçada. Ele simplesmente apareceu, como se tivesse dado um passo entre uma sombra e outra.

O homem andou até a porta e levantou o punho para bater.

Dentro da casa, Jude estava sentada no tapete da sala de estar comendo palitinhos de peixe empanado murchos por causa do micro-ondas e mergulhados em uma poça de ketchup. Sua irmã gêmea, Taryn, cochilava no sofá, encolhida sob um cobertor, o polegar enfiado na boca manchada de ponche de frutas. E do outro lado do sofá, a irmã mais velha delas, Vivienne, encarava a tela da televisão, o olhar esquisito de pupilas partidas grudado no desenho do rato que fugia do gato. Ela riu quando pareceu que o rato seria comido.

Vivi não era feito as outras irmãs mais velhas, mas como Jude e Taryn, de sete anos, eram idênticas — com os mesmos cabelos castanhos ondulados e rostos de queixo fino —, elas também se tornavam diferentes. Para Jude, os olhos de Vivi e as pontinhas levemente peludas de suas orelhas não eram muito mais estranhos do que ser a imagem espelhada de outra pessoa.

E se Jude reparava no modo como as crianças do bairro evitavam Vivi, ou em como os pais cochichavam de maneira preocupada a respeito da garota, ela não achava que fosse algo realmente importante. Adultos viviam preocupados, sempre sussurrando.

Taryn bocejou e se espreguiçou, apertando a bochecha no joelho de Vivi.

O sol brilhava lá fora, queimando o asfalto da entrada das casas. Motores de cortadores de grama zumbiam, e crianças brincavam em piscinas de quintal. O pai das garotas estava no barracão do jardim, onde havia uma pequena oficina. A mãe estava na cozinha, fazendo hambúrguer. Tudo estava um tédio. Tudo estava bem.

Quando a batida soou, Jude pulou para atender. Esperava que fosse uma das garotas da casa da frente, querendo jogar videogame ou convidando-a para nadar depois do jantar.

O homem alto estava sobre o capacho, olhando para ela. Usava um casaco marrom de couro, apesar do calor. Os sapatos tinham solado de prata e fizeram um som seco quando ele pisou na entrada. Jude olhou para o rosto mal barbeado e tremeu.

— Mãe — gritou. — Mãããããããe. Tem uma pessoa aqui.

A mãe veio da cozinha, secando as mãos na calça jeans. Quando viu o homem, ficou pálida.

— Vá para o seu quarto — ordenou a Jude com uma voz assustadora. — *Agora!*

— De quem essa menina é filha? — perguntou o homem, apontando para ela. A voz tinha um sotaque estranho. — Sua? Dele?

— De ninguém. — A mãe nem olhou na direção de Jude. — Ela não é filha de ninguém.

Isso não era verdade. Jude e Taryn eram idênticas ao pai. Todo mundo falava isso. Ela deu alguns passos na direção da escada, mas não queria ficar sozinha no quarto. *Vivi*, pensou Jude. *Vivi vai saber quem é o homem alto. Vivi vai saber o que fazer.*

Mas Jude não conseguiu se obrigar a dar mais um passo.

— Eu já vi muitas coisas impossíveis — disse o homem. — Já vi a bolota antes do carvalho. Já vi a fagulha antes da chama. Mas nunca vi uma mulher morta viver. Uma criança nascida do nada.

A mãe pareceu não ter palavras. Seu corpo estava vibrando de tensão. Jude queria segurar a mão dela e apertar, mas não ousava.

— Duvidei de Balekin quando ele me contou que eu encontraria você aqui — disse o homem, a voz mais suave agora. — Os ossos da mulher mundana e da criança natimorta nos restos queimados de minha propriedade foram convincentes. Tem ideia do que é voltar da batalha e encontrar sua esposa morta, seu único herdeiro com ela? Encontrar sua vida reduzida a cinzas?

A mãe balançou a cabeça, não como se estivesse respondendo, mas como se estivesse tentando afastar as palavras.

Ele deu um passo em sua direção, e ela deu um passo para trás. Havia algum problema na perna do homem alto. Ele se movimentava com rigidez, como se estivesse sentindo dor. A luz era diferente no saguão de entrada, e Jude conseguia notar o tom esverdeado esquisito da pele dele, o jeito como os dentes inferiores pareciam grandes demais para a boca. Ela também notou que os olhos do homem eram iguais aos de Vivi.

— Eu nunca seria feliz com você — disse a mãe. — Seu mundo não é para pessoas como eu.

O homem alto a olhou por um longo momento.

— Você fez um voto — disse ele por fim.

Ela empinou o queixo.

— E renunciei a ele.

O olhar do homem foi até Jude, e sua expressão ficou mais dura.

— O que vale a promessa de uma esposa mortal? Acho que tenho minha resposta.

A mãe se virou. E, ao perceber o olhar dela, Jude correu para a sala.

Taryn ainda estava dormindo. A televisão ainda estava ligada. Vivienne ergueu o rosto, os olhos felinos semicerrados.

— Quem está na porta? — perguntou ela. — Ouvi uma discussão.

— Um homem assustador — respondeu Jude, sem fôlego, embora mal tivesse corrido. Seu coração estava em disparada. — Temos que subir.

Ela não ligava que a mãe só tivesse dito para *ela* subir. Não subiria sozinha. Com um suspiro, Vivi saiu do sofá e acordou Taryn. Sonolenta, a gêmea de Jude as seguiu pelo corredor.

Quando correram em direção aos degraus acarpetados, Jude viu seu pai entrando, vindo do jardim. Segurava um machado, feito para ser uma réplica quase exata de outro que ele estudara num museu da Islândia. Não era incomum vê-lo com um machado. Ele e os amigos gostavam de armas antigas e passavam bastante tempo falando sobre "cultura material" e projetando lâminas fantásticas. Na verdade, o que parecia estranho era o jeito como ele segurava a arma, como se fosse...

O pai lançou o machado na direção do homem alto.

Ele nunca havia nem levantado a mão para Jude e as irmãs, nem mesmo quando elas se metiam em encrencas grandes. Ele não machucava ninguém. Era incapaz disso.

E ainda assim... E ainda assim...

O machado passou pelo homem alto e acertou a soleira da porta.

Taryn deu um gritinho e tapou a boca com as mãos.

O homem alto sacou uma lâmina curva que estava escondida sob o casaco de couro. Uma *espada*, tipo aquelas das histórias de aventura. Seu pai estava tentando soltar o machado da moldura da porta quando o sujeito lhe cravou a lâmina na barriga, empurrando para cima. O som foi de palitos se quebrando e um urro animalesco. O pai caiu no tapete da entrada, sobre o qual a mãe sempre reclamava quando as meninas sujavam de lama.

O tapete estava ficando vermelho.

A mãe gritou. Jude gritou. Taryn e Vivi gritaram. Todo mundo parecia estar gritando, menos o homem alto.

— Venha aqui — disse ele, olhando diretamente para Vivi.

— S-seu monstro — gritou a mãe, correndo para a cozinha. — Ele está morto!

— Não fuja de mim — disse o homem para ela. — Não depois do que você fez. Se fugir de novo, eu juro que...

Mas ela fugiu. E estava quase virando no corredor quando a espada a acertou nas costas, derrubando-a no linóleo, os braços jogando os ímãs da geladeira no chão.

O cheiro de sangue fresco estava denso no ar, feito metal úmido e quente. Como as esponjas que a mãe usava para limpar a frigideira quando alguma coisa grudava.

Jude avançou para o homem e começou a socar seu peito, a chutar suas pernas. Ela sequer conseguia sentir medo. Aliás, não sabia dizer nem se estava sentindo alguma coisa.

O homem não deu atenção a Jude. Por um longo momento, simplesmente ficou ali parado, como se não conseguisse acreditar no que tinha feito. Como se desejasse poder voltar atrás cinco minutos. Em seguida, se apoiou em um dos joelhos e segurou os ombros da menina. Ele prendeu os braços de Jude junto ao corpo para que ela parasse com os golpes, mas sequer olhou em sua direção enquanto fazia isso.

O olhar dele estava grudado em Vivienne.

— Você foi roubada de mim — disse o homem. — Vim levá-la para seu verdadeiro lar, em Elfhame, embaixo da colina. Lá, você será rica de maneira inimaginável. Lá, vai estar com sua espécie.

— Não — respondeu Vivi, a vozinha melancólica. — Eu não vou a lugar nenhum com você.

— Eu sou seu pai — revelou ele, a voz dura, subindo como o estalo de um chicote. — Você é minha herdeira e sangue do meu sangue, e vai me obedecer quanto a isso, assim como me obedecerá quanto a qualquer outro assunto.

Ela não se mexeu, mas contraiu o maxilar.

— Você não é o pai dela — gritou Jude para o homem. Ainda que ele e Vivi tivessem os mesmos olhos, ela não se permitiria acreditar.

Ele apertou mais os ombros da garota, que emitiu um som constrito e agudo, mas permaneceu encarando-o com expressão desafiadora. Já tinha vencido muitas competições de encarar.

O homem afastou o olhar primeiro. Ele encarava uma Taryn de joelhos, chorando e sacudindo a mãe como se tentasse acordá-la. A mulher não se mexia. Sua mãe e seu pai estavam mortos. Eles nunca mais se mexeriam de novo.

— Eu odeio você — proclamou Vivi para o homem alto com uma ferocidade que orgulhou Jude. — Vou odiar você para sempre. Juro que vou.

A expressão pétrea do homem não mudou.

— Ainda assim, você vem comigo. Prepare essas pequenas humanas Pegue poucas coisas. Vamos partir antes de escurecer.

Vivienne empinou o queixo.

— Não mexa com elas. Se tiver que me levar, tudo bem, mas não mexa com elas.

Ele encarou Vivi e riu com deboche.

— Você protegeria suas irmãs de mim, é? Diga-me, então, para onde você as levaria?

Vivi não respondeu. Elas não tinham avós, nenhum familiar vivo. Não que soubessem, pelo menos.

Ele olhou para Jude mais uma vez, soltou seus ombros e ficou de pé.

— Elas são prole da minha esposa e, assim, minha responsabilidade. Posso ser cruel, um monstro e um assassino, mas não fujo das minhas responsabilidades. E você também não deveria fugir das suas, não como irmã mais velha.

Anos depois, quando Jude repassava os acontecimentos, ela não conseguia se lembrar da parte em que fizeram as malas. O choque parecia ter apagado aquela hora completamente. De algum modo, Vivi deve ter encontrado bolsas, guardado os livros e brinquedos favoritos das três, junto com fotografias e pijamas e casacos e camisas.

Ou talvez Jude tivesse feito a própria mala. Vivi nunca soube dizer com certeza.

Não conseguia imaginar como fizeram as malas com os corpos dos pais esfriando no andar de baixo. Não conseguia se lembrar de como se sentiram e, conforme os anos foram passando, não conseguia se obrigar a sentir de novo. O horror daqueles assassinatos foi se apagando com o tempo. Suas lembranças do dia ficaram indistintas.

Um cavalo negro pastava no gramado quando elas saíram. Os olhos do bicho eram grandes e suaves. Jude teve vontade de abraçá-lo e de encostar o rosto na crina sedosa. Mas antes que pudesse fazê-lo, o homem alto a posicionou na sela com Taryn, manuseando-as feito bagagem e não como crianças. Colocou Vivi sentada atrás dele.

— Segurem-se — ordenou.

Jude e suas irmãs choraram durante todo o caminho até o Reino das Fadas.

CAPÍTULO

1

No Reino das Fadas, não há palitinhos de peixe empanado, ketchup ou televisão.

CAPÍTULO

2

Estou sentada em uma almofada enquanto uma diabrete trança meu cabelo para tirá-lo do rosto. Os dedos da criatura são longos, e as unhas, afiadas. Faço uma careta. Seus olhos negros encontram os meus no espelho com pés de garras que fica sobre minha penteadeira.

— O torneio é só daqui a quatro noites — diz a diabrete. Seu nome é Tatterfell, e ela é serva no lar de Madoc, presa aqui até conseguir pagar sua dívida com ele. Ela cuida de mim desde criança. Foi Tatterfell quem passou o unguento feérico em meus olhos para me dar a Visão Verdadeira e eu poder ver através da maioria dos feitiços, e era ela quem tirava lama das minhas botas e trançava sorvas secas para eu usar no pescoço e resistir aos encantamentos. Ela limpava meu nariz molhado e me lembrava de usar as meias do lado avesso para nunca me perder na floresta. — E por mais ansiosa que esteja, você não pode fazer a lua se pôr ou nascer mais rápido. Agora, tente trazer glória para a casa do general ficando tão linda quanto eu conseguir deixar você.

Dou um suspiro.

Ela nunca teve muita paciência com minha rabugice.

— É uma honra dançar com a Corte do Grande Rei debaixo da colina — constata Tatterfell.

Os criados adoram me dizer quanto sou sortuda; uma filha ilegítima de uma esposa infiel, uma humana sem uma gota de sangue de fada, sendo tratada como a filha verdadeira de um feérico. Eles dizem as mesmas coisas para Taryn.

Eu sei que é uma honra ser criada junto aos filhos dos nobres. Uma honra terrível, da qual nunca serei digna.

Seria difícil me esquecer, considerando todos os lembretes que me dão.

— Sim — digo, afinal ela está tentando ser gentil. — É ótimo.

As fadas não são capazes de mentir, então costumam se concentrar nas palavras e ignoram o tom, principalmente se nunca viveram entre humanos. Tatterfell assente com aprovação, os olhos iguais a duas bolas de azeviche, nem as pupilas e nem as íris visíveis.

— Talvez alguém peça sua mão e você se torne uma integrante permanente da Alta Corte.

— Quero conquistar meu próprio lugar — informo.

A diabrete faz uma pausa, um grampo entre os dedos, provavelmente pensando em me espetar com ele.

— Não seja tola.

Não adianta discutir, não adianta lembrá-la do casamento desastroso da minha mãe. Há duas maneiras de mortais se tornarem parte da Corte: se casando ou desenvolvendo uma grande habilidade, que pode ser em metalurgia ou tocando alaúde ou qualquer outra coisa assim. Não estando interessada na primeira, tenho que torcer para ter talento suficiente para a segunda.

Ela termina de trançar meu cabelo em um penteado elaborado que faz parecer que tenho chifres. Cobre meu corpo com veludo safira. Mas nada disso disfarça o que realmente sou: humana.

— Dei três nós para trazer sorte — diz a fadinha, gentil.

Solto um suspiro enquanto ela corre até a porta, então me levanto da frente da penteadeira e desabo de cara na cama coberta por uma colcha. Estou acostumada a ter servos ao meu redor. Diabretes e duendes, goblins e elfos. Asas transparentes e unhas verdes, chifres e presas. Já estou no Reino das Fadas há dez anos. Nada mais me parece estranho. Aqui, a estranha sou eu, com meus dedos gordos, orelhas redondas e vida efêmera.

Dez anos é muito tempo para um humano.

Depois que Madoc nos sequestrou do mundo humano, ele nos levou para suas propriedades em Insmire, a Ilha do Poder, onde o Grande Rei de Elfhame também mantém sua fortaleza. Lá, Madoc nos criou — Vivienne, Taryn e eu — por uma obrigação de honra. Embora eu e Taryn sejamos prova da traição de minha mãe, somos filhas da esposa dele e, pelos costumes do Reino das Fadas, somos também problema dele.

Como general do Grande Rei, Madoc viajava com frequência para lutar pela Coroa. Mas fomos bem-cuidadas mesmo assim. Dormíamos em colchões feitos das sementes macias de dentes-de-leão. Madoc nos instruiu pessoalmente na arte de lutar com o alfanje e a adaga, com a cimitarra e nossos punhos. Ele jogava Trilha, Fidchell e Raposa e Gansos conosco diante da lareira. Deixava que sentássemos em seu joelho e comêssemos de seu prato.

Em muitas noites, eu adormecia com sua voz grave lendo um livro de estratégias de batalha. E, apesar de tudo, apesar do que fizera conosco e do que era, eu passei a amá-lo. Eu o amo.

Só não é um tipo muito confortável de amor.

— Belas tranças — diz Taryn, entrando de repente no meu quarto.

Ela está vestida de veludo carmesim. O cabelo está solto, com cachos castanhos e compridos que voam atrás dela como um véu, algumas mechas trançadas com fios prateados brilhantes. Ela pula na cama ao meu lado, desarrumando minha pequena pilha de bichos de pelúcia puídos: um coala, uma cobra e um gato preto. Todos amados pelo meu eu de sete anos. Não suporto a ideia de me desfazer de nenhuma de minhas relíquias.

Eu me sento e me olho atentamente no espelho.

— Gostei delas.

— Estou tendo uma premonição — declara Taryn, me surpreendendo. — Nós vamos nos divertir hoje.

— Nos divertir? — Estava me imaginando em nosso cantinho de sempre, franzindo a testa para as pessoas e me perguntando se eu conseguiria me sair bem no torneio a ponto de impressionar alguém da família real e ganhar o título de cavaleira. Fico agitada só de imaginar, mas mesmo assim penso nisso constantemente. Meu polegar passa pela ponta ausente do meu anelar, meu tique nervoso.

— Sim — diz ela, me cutucando nas costelas.

— Ei! Ai! — Eu me afasto. — O que exatamente esse plano envolve? — Em geral, quando vamos à Corte, nós nos escondemos. Já vimos algumas coisas bem interessantes, mas de longe.

Ela joga as mãos para o alto.

— Como assim, o que diversão envolve? É divertido, oras!

Solto uma gargalhada nervosa.

— Você também não faz ideia, faz? Tudo bem. Vamos ver se você tem o dom da profecia.

Nós estamos ficando mais velhas e as coisas estão mudando. Nós estamos mudando. E por mais ansiosa que eu esteja com isso, também estou com medo.

Taryn sai da minha cama e estica o braço, como se fosse minha acompanhante em uma dança. Eu me permito ser guiada quarto afora, a mão verificando automaticamente se a faca ainda está presa no meu quadril.

O interior da casa de Madoc é de gesso branco com vigas enormes e rudimentares de madeira. As vidraças nas janelas são tingidas de cinza, como se contivessem fumaça encurralada, o que deixa a iluminação meio estranha. Quando Taryn e eu chegamos ao fim da escadaria em espiral, flagro Vivi escondida em uma pequena sacada, franzindo a testa para uma revista em quadrinhos roubada do mundo humano.

Vivi sorri para mim. Está usando calça jeans e uma blusa leve, então obviamente não pretende ir ao baile. Sendo filha legítima de Madoc, ela não sente qualquer tipo de pressão para agradá-lo. Simplesmente faz o que quer. Inclusive ler revistas que podem ter grampos de ferro em vez de cola segurando as páginas, sem se importar se seus dedos vão se queimar.

— Vão a algum lugar? — pergunta ela das sombras, assustando Taryn.

Vivi sabe perfeitamente bem para onde vamos.

Quando chegamos aqui, Taryn, Vivi e eu costumávamos nos aconchegar na cama espaçosa de Vivi e conversar sobre o que lembrávamos de nossa casa. Falávamos sobre as comidas que mamãe queimava e sobre a pipoca que papai fazia. Sobre os nomes de nossos vizinhos, o cheiro da casa, de como era a escola, as férias, o gosto da cobertura dos bolos de aniversário. Conversávamos sobre os programas aos quais assistíamos, relembrávamos das histórias e repetíamos os diálogos até nossas lembranças ficarem fracas e irreais.

Agora não fazemos mais isso. Nada de aconchegos na cama, nem de recordações. Todas as nossas novas lembranças são daqui, e Vivi só tem um leve interesse por elas.

Ela jurou odiar Madoc para sempre, e se manteve fiel à promessa. Quando não estava ocupada pensando em nossa casa, ela era um terror. Quebrava coisas. Gritava, berrava e nos beliscava quando estávamos contentes. Chegou uma hora em que parou com isso, mas acredito que haja um pedacinho dela que nos odeia por termos nos adaptado. Por enxergar o lado bom das coisas. Por transformar esta casa em nosso lar.

— Você devia vir — falo para ela. — Taryn está com um humor estranho.

Vivi lança um olhar especulativo na direção de nossa irmã e balança a cabeça.

— Tenho outros planos. — O que pode significar que vai fugir para o mundo mortal esta noite ou que vai ficar na sacada lendo.

Seja como for, se irritar Madoc, vai agradar a Vivi.

Ele está nos esperando no salão, junto a sua segunda esposa, Oriana. Ela tem a pele num tom azulado de leite desnatado, e os cabelos são brancos como neve recém-caída. É linda, mas incômoda de olhar, como um espectro. Esta noite, está usando verde e dourado, um vestido de textura musgosa com uma gola brilhante e elaborada que destaca o rosado da boca, das orelhas e de seus olhos. Madoc também está usando verde, a cor das florestas. A espada em seu quadril não é um mero ornamento.

Lá fora, para além das portas duplas, um duende espera, segurando as rédeas prateadas de cinco garanhões feéricos malhados, as crinas trançadas em nós intrincados e provavelmente mágicos. Penso nos nós em meu cabelo e me pergunto quanto são parecidos.

— Vocês duas estão bonitas — diz Madoc para Taryn e para mim, o calor no tom fazendo das palavras um elogio raro. O olhar dele segue até a escada. — A irmã de vocês está vindo?

— Não sei onde Vivi está — minto. Mentir é tão fácil aqui. Posso mentir o dia todo e jamais ser pega. — Ela deve ter se esquecido.

O rosto de Madoc exibe decepção, mas não surpresa. Ele segue para fora para dar instruções ao duende que segura as rédeas. Ali perto, vejo um de seus espiões, uma criatura enrugada de nariz semelhante a um nabo e corcunda mais alta do que a própria cabeça. Ela coloca um bilhete na mão de Madoc e sai correndo com agilidade surpreendente.

Oriana nos examina com atenção, como se esperasse encontrar alguma falha.

— Tomem cuidado hoje — diz. — Prometam que não vão comer, beber ou dançar.

— Já estivemos na Corte antes — lembro a ela, uma não resposta feérica como qualquer outra.

— Talvez vocês achem que sal é proteção suficiente, mas vocês crianças são esquecidas. É melhor ficar sem. Quanto a dançar, quando começam, humanos dançam até a morte se não os impedirmos.

Olho para meus pés e não digo nada.

Nós, crianças, não somos esquecidas.

Madoc se casou com Oriana sete anos atrás e, logo depois, ela deu a ele um filho, um garoto frágil chamado Oak, com chifres pequenininhos e adoráveis. Sempre ficou claro que Oriana tolera a mim e a Taryn só por Madoc. Ela parece nos ver como os cachorros favoritos do marido: mal treinados e com grandes chances de nos virarmos contra nosso dono a qualquer momento.

Oak nos vê como irmãs, o que, percebo, deixa Oriana nervosa, muito embora eu seja incapaz de infligir qualquer mal a ele.

— Vocês estão sob a proteção de Madoc, e ele é estimado pelo Grande Rei — diz Oriana. — Não quero vê-lo fazendo papel de bobo por causa dos erros das duas.

Ao fim de seu breve sermão, ela sai andando em direção aos cavalos. Um deles relincha e bate o casco no chão.

Taryn e eu trocamos um olhar e vamos atrás dela. Madoc já está sentado no maior garanhão, uma criatura impressionante com uma cicatriz abaixo de um dos olhos. As narinas se dilatam com impaciência. O bicho joga a crina com inquietação.

Subo em um cavalo verde-claro com dentes afiados e odor de pântano. Taryn escolhe uma égua mais velha e bate os calcanhares no flanco do animal, que dispara com tudo. Sigo em seu encalço, mergulhando na noite.

CAPÍTULO

3

As fadas são criaturas do crepúsculo, e eu também me tornei uma. Nós acordamos quando as sombras se alongam e vamos para a cama antes de o sol nascer. Já passa da meia-noite quando chegamos na grande colina do Palácio de Elfhame. Para entrar, precisamos passar por entre duas árvores, um carvalho e um espinheiro, e depois seguir diretamente para o que parece ser uma parede de pedra de um pavilhão abandonado. Já fiz isso centenas de vezes, mas me encolho mesmo assim. Meu corpo todo se prepara, eu seguro as rédeas com força e fecho bem os olhos.

Quando volto a abri-los, estou dentro da colina.

Seguimos cavalgando por uma caverna, depois por pilares de raízes e então por terra batida.

Há dezenas de feéricos aqui, todos amontoados em volta da entrada da ampla sala do trono, onde a Corte está acontecendo. São pixies de nariz comprido e asas esfarrapadas, damas elegantes de pele verde com vestidos longos, todas com goblins segurando as caudas. Gnomos boggan traiçoeiros, vulpinos risonhos e um garoto com máscara de coruja e enfeite dourado na cabeça. Uma idosa com corvos nos ombros, um grupo de garotas com rosas selvagens nos cabelos, um garoto de pele de casca de árvore com penas no pescoço e um grupo de cavaleiros de armadura verde-escaravelho. Muitos eu já tinha visto antes; com alguns, já tinha falado. São muitas criaturas para que meus olhos consigam absorver todos, mas sou incapaz de parar de olhar.

Eu nunca me canso disso, do espetáculo, da pompa. Talvez Oriana não esteja completamente errada ao se preocupar de um dia acabarmos nos envolvendo demais, nos deixando levar e esquecendo de tomar cuidado. Consigo entender por que os humanos sucumbem ao belo pesadelo da Corte, por que se afogam nele por vontade própria.

Sei que eu não deveria amar essas coisas na proporção em que amo, principalmente depois de ter sido sequestrada do mundo mortal, de ter testemunhado o assassinato de meus pais. Mas amo mesmo assim.

Madoc desce do cavalo. Oriana e Taryn já desmontaram e entregaram os animais aos cuidadores. É por mim que estão esperando. Madoc estica os dedos como se fosse me ajudar, mas salto da sela sozinha. Meus sapatinhos de couro batem no chão com um estampido.

Espero estar parecendo uma cavaleira aos olhos dele.

Oriana se adianta, provavelmente para lembrar a Taryn e a mim de todas as coisas que ela não quer que a gente faça. Mas não dou chance a ela. Em vez disso, passo o braço pelo de Taryn e caminho rapidamente. A sala está cheirando a alecrim queimado e a ervas moídas. Atrás de nós, ouço os passos pesados de Madoc, mas eu sei aonde ir. A primeira coisa a se fazer quando chegamos na Corte é cumprimentar o rei.

O Grande Rei Eldred está sentado no trono com seu manto cinza, uma coroa pesada de folhas de carvalho de ouro sobre o cabelo fino e dourado. Quando nos curvamos, ele toca de leve em nossas cabeças com as mãos ossudas e cheias de anéis, e então nos levantamos.

A avó do rei foi a rainha Mab, da Casa Greenbriar. Ela viveu como uma das fadas solitárias antes de começar a conquistar o Reino das Fadas com seu consorte chifrudo e os cavaleiros-cervos dele. Por causa dele, dizem que cada um dos seis herdeiros de Eldred possui uma característica animal, o que não é incomum no Reino das Fadas, mas um tanto inusitado entre os nobres da Corte.

O príncipe mais velho, Balekin, e seu irmão mais novo, Dain, estão ali perto, bebericando vinho em cálices de madeira decorados com prata. Dain usa uma calça que termina nos joelhos, exibindo os cascos e as patas de cervo. Balekin usa seu sobretudo favorito, o com gola de pele de urso. Seus dedos têm um espinho em cada junta, e espinhos também decoram seu braço, subindo pelos punhos da camisa, visíveis quando ele e Dain acenam para Madoc.

Oriana faz uma reverência para os príncipes. Embora Dain e Balekin estejam juntos, eles costumam se desentender entre si e com a irmã, Elowyn, com tanta frequência que a Corte é considerada dividida em três círculos rivais de influência.

O príncipe Balekin, o primogênito, e seu grupo são conhecidos como o Círculo dos Quíscalos, aqueles que gostam de diversão e desprezam qualquer coisa que a atrapalhe. Eles bebem até passar mal e se anestesiam com pós venenosos e prazerosos. É o círculo mais festeiro, embora o próprio Balekin sempre esteja perfeitamente composto e sóbrio quando fala comigo. Acho que eu poderia me rebelar e torcer para impressioná-lo. Mas prefiro não fazer isso.

A princesa Elowyn, a segunda a nascer, tem o Círculo das Cotovias. Eles valorizam a arte acima de tudo. Vários mortais já caíram nas graças de seu círculo, mas como não tenho muita habilidade com o alaúde nem na declamação de poesias, não tenho chances de me tornar um deles.

O príncipe Dain, o terceiro deles, lidera o que é conhecido como o Círculo dos Falcões. Cavaleiros, guerreiros e estrategistas estão entre eles. Madoc, obviamente, pertence a este círculo. Eles falam sobre honra, mas se importam mesmo é com o poder. Sou boa o suficiente com uma lâmina e entendo de estratégia. Só preciso de uma oportunidade para provar meu valor.

— Vão se divertir — diz Madoc para nós. Com um olhar para os príncipes, Taryn e eu seguimos para o meio da multidão.

O palácio do Rei de Elfhame tem muitas alcovas secretas e corredores escondidos, perfeitos para encontros amorosos e esconderijos de assassinos, ou para se isolar e ignorar a diversão nas festas. Quando Taryn e eu éramos pequenas, nós nos escondíamos embaixo das longas mesas de banquete. Mas desde que ela determinou que somos damas elegantes, grandinhas demais para sujarmos nossos vestidos engatinhando no chão, tivemos que encontrar um lugar melhor. Depois do segundo patamar de degraus de pedra, tem uma área na qual uma ampla laje de rocha cintilante se projeta, criando um beiral. Normalmente, é lá que nos acomodamos para ouvir música e observar toda a diversão que não foi feita para a gente.

Mas hoje Taryn tem outra ideia. Ela passa pela escada e pega comida de uma bandeja de prata, uma maçã verde e uma fatia de queijo com manchas azuis. Sem se dar ao trabalho de usar sal, dá uma mordida em cada um, estendendo a maçã para eu morder também. Oriana acha que não conseguimos perceber a diferença entre frutas normais e frutas fadas, que florescem em dourado. A carne é vermelha e densa, e o cheiro enjoativo empesteia as florestas na época da colheita.

Sinto a maçã crocante e fria na boca. Revezamos as mordidas até chegar no miolo, o qual devoramos em duas dentadas.

Perto de onde estou, uma fadinha de cabelos brancos esvoaçantes que mais parecem sementes de dente-de-leão saca uma faquinha e corta a tira do cinto de um ogro. É um trabalho sorrateiro. Um momento depois, a espada e a bolsa dele somem, a fadinha se enfia na multidão e quase acredito que não aconteceu. Até ela olhar para trás, para mim.

E pisca.

Um instante depois, o ogro percebe que foi roubado.

— Sinto cheiro de ladrão! — grita, então olha ao redor, derrubando uma caneca de cerveja marrom-escura, o nariz verruguento farejando no ar.

Há uma comoção ali perto; uma das velas se acende em chamas azuis crepitantes, faiscando ruidosamente e distraindo até o ogro. Quando volta ao normal, a ladra de cabelos brancos sumiu.

Com um meio-sorriso, eu me viro para Taryn, que está admirando os dançarinos com anseio, alheia aos arredores.

— Nós podíamos nos revezar — propõe ela. — Se você não conseguir parar, eu puxo você. Depois, você faz o mesmo por mim.

Meus batimentos aceleram com a ideia. Olho para as pessoas da festa, tentando reunir a mesma ousadia de alguém capaz de furtar um ogro bem debaixo do nariz dele.

A princesa Elowyn rodopia no centro de uma roda de Cotovias. Sua pele é de um dourado cintilante, o cabelo do verde profundo das heras. Ao lado dela, um garoto humano toca uma rabeca. Mais dois mortais o acompanham com menos destreza, porém com mais alegria, em ukuleles. A irmã mais nova de Elowyn, Caelia, gira ali perto, com cabelos de seda de milho como os do pai e uma coroa de flores na cabeça.

Uma nova balada começa, e a letra chega a mim. *"De todos os filhos que o rei William teve, o príncipe Jamie era o mais desordeiro"*, cantavam. *"E o que tornou a dor ainda maior foi que o príncipe Jamie foi o primeiro."*

Eu nunca gostei muito dessa música porque me lembra outra pessoa. Alguém que, assim como a princesa Rhyia, não parece estar aqui hoje. Mas... ah, não. Agora eu o vejo.

O príncipe Cardan, sexto filho do Grande Rei Eldred, o pior de todos, atravessa o salão em nossa direção.

Valerian, Nicasia e Locke — seus três amigos mais cruéis, mais sofisticados e mais leais — o acompanham. A multidão se abre e faz silêncio, se curvando conforme eles passam. Cardan ostenta a expressão de desprezo de sempre, ressaltada pelo lápis preto na linha d'água dos olhos e pelo aro dourado no cabelo escuro. Usa um casaco preto comprido com gola alta e elaborada, a peça toda bordada com uma estampa de constelações. Valerian está usando vermelho-escuro, dois rubis cintilando nos punhos, cada um como uma gota de sangue congelado. O cabelo de Nicasia é azul-esverdeado feito o mar, coroado com um diadema de pérolas. Uma rede cintilante cobre suas tranças. Locke vem atrás, parecendo entediado, o cabelo da cor exata da pelagem de uma raposa.

— Eles são ridículos — digo para Taryn, que acompanha meu olhar.

Não posso negar que também são bonitos. Lordes e damas feéricos, assim como nas músicas. Se não tivéssemos aulas com eles, se eu não soubesse por experiência própria a praga que são para quem os desagrada, eu provavelmente seria tão apaixonada por eles quanto todo mundo.

— Vivi diz que Cardan tem um rabo — sussurra Taryn. — Ela viu quando estava nadando no lago com ele e com a princesa Rhyia na última noite de lua cheia.

Não consigo imaginar Cardan nadando em um lago, pulando na água, molhando pessoas, rindo de qualquer coisa que não seja o sofrimento delas.

— *Rabo*? — repito, dando um sorriso incrédulo que desaparece quando me lembro de que Vivi não se deu o trabalho de me contar a história, muito embora tenha acontecido há vários dias. Três é uma configuração estranha de irmãs. Sempre tem uma que fica de fora.

— Com um tufo de pelo na ponta! O rabo fica escondido embaixo das roupas dele e se desenrola feito um chicote. — Ela ri, e mal consigo entender suas próximas palavras. — Vivi disse que queria ter um.

— Ainda bem que ela não tem — respondo com firmeza, o que é bobeira. Eu não tenho nada contra rabos.

Cardan e seus companheiros agora estão perto demais para falarmos a respeito deles. Encaro meus pés. Apesar de odiar o gesto, apoio um joelho no chão, abaixando a cabeça e trincando os dentes. Ao meu lado, Taryn faz algo parecido. Ao nosso redor, todos estão fazendo reverência.

Não olhem para nós, penso. *Não olhem.*

Quando Valerian passa, ele segura um dos meus chifres trançados. Os outros seguem pela multidão enquanto o rapaz me olha com desprezo.

— Achou que eu não veria você aí? Você e sua irmã se destacam em qualquer multidão — diz ele, se inclinando mais para perto. Seu hálito está carregado com o cheiro de vinho de mel. Cerro a mão junto ao corpo e fico ciente da proximidade da minha faca. Mesmo assim, não o encaro. — Não há nenhuma outra cabeça aqui com um cabelo tão sem graça, nem outro rosto tão comum.

— Valerian — chama o príncipe Cardan. Ele já está de cara feia e, quando me vê, semicerra ainda mais os olhos.

Valerian dá um puxão na minha trança. Faço uma careta, uma fúria inútil crescendo na minha barriga. Ele gargalha e segue em frente.

Minha fúria logo se transforma em vergonha. Eu queria ter dado um tapa na mão dele, mesmo que isso piorasse tudo.

Taryn vê alguma coisa no meu rosto.

— O que ele disse?

Só balanço a cabeça.

Cardan parou ao lado de um garoto com cabelo comprido cor de cobre e um par de pequenas asas de mariposa, um que não está se curvando para saudá-los. O garoto ri, e Cardan avança nele. Num piscar de olhos, os punhos do príncipe acertam o maxilar do garoto, jogando-o longe. Quando ele cai, Cardan agarra uma de suas asas, que se rasga como papel. O grito do garoto é agudo e estridente. Ele se encolhe no chão, o sofrimento evidente em seu rosto. Eu me pergunto se asas de feéricos voltam a crescer; sei que borboletas que se machucam nunca mais voam.

Os cortesãos ao redor olham boquiabertos e dão risadinhas, mas só por um momento. Logo voltam a atenção para as danças e as músicas, e a festa continua.

Eles são assim. Qualquer um que entre no caminho de Cardan é punido violenta e imediatamente. E são proibidos de assistir às aulas ministradas no palácio, às vezes na Corte toda. Feridos. Quebrados.

Quando Cardan passa pelo garoto, aparentemente já tendo lhe dado a lição, eu fico grata por ele ter mais cinco irmãos e irmãs dignos; é praticamente garantido que Cardan nunca se sente no trono. Não quero pensar nele com mais poder do que já tem.

Até Nicasia e Valerian trocam um olhar controlado. Mas Valerian dá de ombros e segue Cardan. Locke, porém, para ao lado do garoto e se inclina para ajudá-lo a se levantar.

Os amigos do garoto se aproximam para levá-lo embora, e naquele momento, num gesto um tanto improvável, Locke ergue o olhar. Os olhos castanhos de raposa encontram os meus e se arregalam de surpresa. Estou imobilizada, meu coração disparado. Preparo-me para mais desprezo, mas então ele sorri. E dá uma piscadela, como se reconhecendo que foi pego no flagra. Como se estivéssemos compartilhando um segredo. Como se ele não me considerasse um ser desprezível, como se não achasse minha mortalidade contagiosa.

— Pare de olhar para ele — exige Taryn.

— Você não viu... — começo a explicar, mas ela me interrompe, segura minha mão e me puxa na direção da escadaria, para nosso patamar de rocha cintilante, onde podemos nos esconder. Ela crava as unhas na minha pele.

— Não dê a eles ainda mais motivos para perturbar você! — A intensidade de seu aperto me leva a acariciar as costas da minha mão. As unhas de Taryn ficaram marcadas na minha pele.

Eu olho para onde Locke estava, mas a multidão já o engoliu.

CAPÍTULO

4

Quando amanhece, abro as janelas do meu quarto e deixo o restinho de ar fresco noturno entrar enquanto tiro meu vestido da Corte. Sinto-me totalmente acalorada. Minha pele parece me apertar e meu coração não quer desacelerar.

Eu já estive na Corte muitas vezes. Já testemunhei coisas muito piores do que asas sendo rasgadas ou insultos direcionados a mim. As fadas geralmente compensam sua incapacidade de mentir com uma panóplia de enganações e crueldades. Palavras distorcidas, pegadinhas, omissões, charadas, escândalos, isso sem mencionar as vinganças por lapsos antigos e mal lembrados. Tempestades são menos instáveis do que o povo fada, oceanos, menos inconstantes.

Como um militar, Madoc, por exemplo, necessita de derramamento de sangue assim como uma sereia precisa do jorro de água do mar. Depois de cada batalha, ele mergulha ritualmente seu capuz no sangue de seus inimigos. Eu já vi o tal capuz, guardado numa redoma de vidro no arsenal. O tecido está rígido e manchado de um marrom tão escuro que é quase preto, exceto por manchinhas verdes aqui e ali.

Às vezes eu desço e fico olhando para ele, tentando enxergar meus pais nas linhas de sangue seco. Quero sentir alguma coisa, algo além de um leve enjoo. Quero sentir *mais*, mas toda vez que olho, eu sinto menos.

Penso em ir ao arsenal agora, mas desisto. Em vez disso, fico parada na frente da janela, imaginando que sou uma cavaleira destemida, uma bruxa que escondeu o coração no dedo e o cortou fora.

— Estou tão cansada — digo em voz alta. — Tão cansada.

Fico sentada ali por um bom tempo, admirando o sol nascente dourar o céu, ouvindo as ondas baterem com a maré que desce, até que uma criatura voa e pousa na beirada de minha janela. À primeira vista, parece uma coruja, mas tem os olhos de um duende.

— Cansada do que, docinho? — pergunta a criatura.

Dou um suspiro e respondo com sinceridade pela primeira vez:

— De ser impotente.

O duende observa meu rosto e sai voando na noite.

Durmo o dia inteiro e acordo desorientada, abrindo caminho pelas cortinas longas e bordadas em volta da minha cama. Tem baba seca em uma das minhas bochechas.

Encontro a tina de banho à minha espera, mas a água já está fria. Os servos devem ter vindo e ido embora. Eu entro e lavo o rosto mesmo assim. Quando se mora no Reino das Fadas, é impossível não reparar que todo mundo tem cheiro de verbena ou agulha de pinheiro esmagada, sangue seco ou asclepias. Eu fico com cheiro de suor e bafo azedo se não me lavar e me esfregar.

Quando Tatterfell vem acender os lampiões, ela me encontra me vestindo para a aula, que começa ao final da tarde e vai até altas horas da noite. Calço botas de couro cinza e visto uma túnica com o brasão de Madoc: uma adaga, uma lua crescente virada de lado, parecendo uma tigela, e uma única gota de sangue caindo de um canto, bordado em fio de seda.

No andar de baixo, encontro Taryn à mesa de banquete, sozinha, com uma xícara de chá de urtiga e beliscando um pão bannock. Hoje ela não sugere nenhum tipo de diversão.

Madoc insiste (talvez por culpa ou vergonha) que sejamos tratadas como filhos de feéricos. Que tenhamos as mesmas aulas, que recebamos as mesmas coisas que eles. Crianças humanas já foram enviadas para a Grande Corte antes, mas nenhuma foi criada como nobre.

Ele não entende como isso faz com que nos abominem.

Não que eu não seja grata. Eu gosto das aulas. Responder tudo certo é uma coisa que ninguém pode tirar de mim, mesmo que os professores ocasionalmente finjam o contrário. Aceito um aceno frustrado no lugar de um elogio efusivo. Aceito, e fico feliz porque quer dizer que consigo me encaixar, quer eles gostem ou não.

Vivi costumava ir conosco, mas em algum momento ficou entediada e não quis mais voltar. Madoc ficou furioso, mas como a aprovação dele só faz crescer o desprezo de Vivi, toda a falação serviu apenas para deixá-la determinada a nunca mais voltar. Vivi também tentou nos persuadir a ficar em casa, mas se Taryn e eu não conseguirmos lidar com as maquinações dos filhos dos feéricos sem abandonar nossas aulas ou correr para Madoc, como ele vai acreditar que somos capazes de lidar com a Corte, onde as mesmas maquinações acontecem em escala ainda maior e mais mortal?

Taryn e eu saímos de casa, balançando nossas cestas. Não precisamos deixar Insmire para chegar ao palácio do Grande Rei, mas passamos pelos limites de duas outras ilhotas: Insmoor, a Ilha de Pedra, e Insweal, a Ilha do Sofrimento. Todas as três são ligadas por caminhos rochosos parcialmente submersos e pedras grandes o suficiente para que saltemos de uma a outra. Uma horda de cervos está nadando para Insmoor, procurando pasto melhor. Taryn e eu passamos pelo Lago das Máscaras e pelo canto extremo do Bosque Leitoso, abrindo caminho pelos troncos pálidos e prateados e pelas folhas desbotadas. De lá, vemos sereias e sereianos pegando sol perto de cavernas escarpadas, as escamas refletindo o brilho âmbar do fim de tarde.

Todos os filhos dos nobres, independentemente da idade, têm aulas com professores de todo o reino nos terrenos do palácio. Às vezes nos sentamos em bosques acarpetados com musgo esmeralda, e outras vezes passamos noites em torres altas ou nas árvores. Aprendemos sobre os movimentos das constelações no céu, sobre as propriedades medicinais e mágicas das ervas, sobre as linguagens dos pássaros e flores e pessoas, assim como as linguagens dos feéricos (embora vez ou outra seja um verdadeiro trava-línguas para mim), e também sobre a composição de charadas e sobre como andar com pés leves sobre folhas e galhos para não deixar rastro e não emitir sons. Somos instruídos nos detalhes delicados da harpa e do alaúde, do arco e da lâmina. Taryn e eu ficamos de fora enquanto eles praticam encantamentos. No intervalo, brincamos de guerra num campo verdejante com um arco amplo de árvores.

Madoc me treinou para ser formidável até mesmo com uma espada de madeira. Taryn também não é ruim, apesar de não se dar o trabalho de praticar mais. No Torneio de Verão, em poucos dias, nossa guerra de mentira vai acontecer na frente da família real. Com o consentimento de Madoc, um dos príncipes ou princesas poderá escolher me dar o título de cavalaria e me receber em sua guarda pessoal. Seria uma espécie de poder, uma proteção.

E, com isso, eu poderia proteger Taryn também.

Chegamos ao palácio. O príncipe Cardan, Locke, Valerian e Nicasia já estão espalhados pela grama junto a alguns outros feéricos. Uma garota com chifres de cervo, Poesy, está dando risadinhas de alguma coisa que Cardan disse. Eles mal olham para nós quando abrimos nossa toalha e apoiamos nela nossos cadernos e canetas e potes de tinta.

Meu alívio é imenso.

A aula de hoje é sobre a paz delicadamente negociada entre Orlagh, a Rainha Submarina, e os vários reis e rainhas feéricos da terra. Nicasia é filha de Orlagh, enviada para ser criada na Corte do Grande Rei. Muitas odes foram compostas apenas para a beleza da Rainha Orlagh, porque se ela for minimamente parecida com a filha, as odes com certeza não foram dedicadas a sua personalidade.

Nicasia é do tipo que se gaba durante a aula, orgulhosa de sua herança. Quando o professor passa a falar sobre Lorde Roiben da Corte dos Cupins, eu perco o interesse. Meus pensamentos divagam. Eu me flagro pensando em combinações: golpear, estocar, esquivar, bloquear. Seguro a caneta como se fosse o cabo de uma espada e me esqueço de tomar nota.

Quando o sol desce no céu, Taryn e eu abrimos nossas cestas trazidas de casa e tiramos pão, manteiga, queijo e ameixas. Passo manteiga em um pedaço de pão, faminta.

Cardan passa por nós e chuta terra na minha comida antes que eu possa botá-la na boca. Os outros feéricos riem.

Olho para cima e flagro-o me observando com um prazer cruel, feito uma ave de rapina tentando decidir se deve se dar o trabalho de devorar um camundongo. Ele está usando uma túnica de gola alta bordada com espinhos, os dedos carregados de anéis. A expressão de desprezo é bem treinada.

Trinco os dentes. Digo para mim mesma que se deixar as provocações passarem em branco, ele vai perder o interesse. Ele vai embora. Consigo aguentar isso mais um pouco, mais alguns dias.

— Algum problema? — pergunta Nicasia docemente, se aproximando e passando o braço pelo ombro de Cardan. — É só terra. É de onde você veio, mortal. Para onde vai voltar em breve. Dê uma mordida.

— Me obrigue — desafio antes que consiga me segurar. Não é a resposta mais incrível, mas as palmas das minhas mãos começam a suar. Taryn parece assustada.

— Eu *poderia*, sabe — diz Cardan, sorrindo como se nada fosse agradá-lo mais.

Meu coração dispara. Se eu não estivesse usando meu cordão de sorvas, ele poderia me enfeitiçar para que eu achasse que a terra era algum tipo de iguaria. Apenas a posição de Madoc lhe daria motivo para hesitar. Não mexo um músculo, não toco no cordão escondido embaixo do corpete da túnica, aquele que eu espero que impeça qualquer feitiçaria de funcionar. Aquele cuja existência espero que Cardan não descubra e arranque do meu pescoço.

Olho na direção do professor, mas o puca idoso está com o nariz enfiado em um livro.

Como Cardan é príncipe, é mais do que provável que jamais tenha sofrido uma repreensão sequer antes. Eu nunca sei até que ponto ele vai, e nunca sei até onde os professores permitirão que ele vá.

— Você não quer isso, quer? — pergunta Valerian com solidariedade fingida enquanto chuta mais terra em nossa comida. Eu nem o vi se aproximar.

Certa vez, Valerian roubou uma caneta de prata minha, e Madoc a substituiu por outra cravejada de rubis, que tirou da própria escrivaninha. Isso deixou Valerian em um estado de fúria tão grande que ele golpeou minha cabeça com sua espada de madeira durante o treino.

— E se prometermos ser legais com vocês durante a tarde inteira se comerem tudo o que tem nas cestas? — O sorriso dele é largo e falso. — Vocês não nos querem como amigos?

Taryn olha para o colo. *Não*, tenho vontade de dizer. *Nós não queremos vocês como amigos.*

Não respondo, mas também não abaixo o olhar. Então encaro Cardan. Não tem nada que eu possa dizer que vá fazê-los parar, e eu sei disso. Não tenho nenhum poder aqui. Mas hoje parece que não consigo sufocar a raiva diante da minha própria impotência.

Nicasia arranca um grampo do meu cabelo, fazendo uma das tranças cair no meu pescoço. Tento bater em sua mão, mas ela é mais rápida que eu.

— O que é isto? — Ela está segurando o grampo dourado com filigranas de bagas de pilriteiro na ponta. — Você roubou? Achou que isso deixaria você bonita? Achou que ficaria parecida com a gente?

Mordo a bochecha por dentro. Claro que quero ser como eles. Eles são lindos como lâminas forjadas em fogo divino. Vão viver para sempre. O cabelo de Valerian brilha como ouro polido. Os braços e pernas de Nicasia são compridos e bem definidos, a boca é rosada como um coral e os cabelos são do tom da parte mais profunda e gélida do mar. Locke, com seus olhos de raposa, parado em silêncio atrás de Valerian, a expressão controlada para exibir uma indiferença cuidadosa, tem o queixo tão pontudo quanto a ponta das orelhas. E Cardan é ainda mais bonito que o restante, com cabelos negros resplandecentes como a asa de um corvo e as maçãs do rosto angulosas o suficiente para partir o coração de uma garota. Eu o odeio mais do que a todos os outros. Eu o odeio tanto que às vezes, quando olho para ele, mal consigo respirar.

— Você nunca vai se igualar a nós — afirma Nicasia.

Claro que não vou.

— Ah, parem com isso — diz Locke com uma gargalhada displicente, a mão contornando a cintura de Nicasia. — Vamos deixá-las na infelicidade delas.

— Jude lamenta — diz Taryn rapidamente. — Nós duas lamentamos.

— Ela pode nos mostrar quanto lamenta — diz Cardan. — Diga a ela que o Torneio de Verão não é seu lugar.

— Está com medo de que eu vença? — pergunto, o que não é muito inteligente.

— Não é para mortais — informa ele, a voz gelada. — Desista, ou você vai desejar que tivesse desistido.

Eu abro a boca, mas Taryn fala antes que eu possa me manifestar.

— Vou conversar com ela sobre isso. Não é nada, é só um jogo.

Nicasia abre um sorriso magnânimo para minha irmã. Valerian olha com malícia para Taryn, os olhos acompanhando suas curvas.

— Não passa de um jogo.

O olhar de Cardan encontra o meu, e sei que ele ainda não acabou, nem de longe.

— Por que você os desafiou daquele jeito? — pergunta Taryn assim que os quatro voltam para sua alegre refeição, toda posta para eles. — Responder aquilo... foi burrice.

Me obrigue.

Está com medo de que eu vença?

— Eu sei — respondo. — Vou calar a boca. É que... fiquei com raiva.

— Você devia ficar com medo — aconselha ela. E então, balançando a cabeça, guarda nossa comida destruída. Meu estômago ronca, e tento ignorar.

Eles querem que eu tenha medo, sei disso. Durante a simulação de guerra do dia, Valerian me faz tropeçar e Cardan fala coisas horríveis ao meu ouvido. Vou para casa cheia de hematomas causados por chutes e quedas.

O que eles não sabem é que sim, eles me dão medo, mas eu sempre senti medo, desde o dia em que cheguei aqui. Fui criada pelo homem que assassinou meus pais, cresci em uma terra de monstros. Convivo com este medo, deixo que se assente nos meus ossos e o ignoro. Se não fingisse que não tenho medo, eu me esconderia embaixo do edredom de penas de coruja na casa de Madoc para sempre. Ficaria lá deitada, gritando até não restar nada de mim. Eu me recuso a fazer isso. Não vou fazer isso.

Nicasia está enganada a meu respeito. Eu não quero me sair tão bem quanto um dos feéricos no torneio. Eu quero vencer. Não desejo ser igual a eles.

No fundo do meu coração, eu desejo ser melhor.

CAPÍTULO

5

A caminho de casa, Taryn para e colhe amoras junto ao Lago das Máscaras. Eu me sento em uma pedra ao luar e evito deliberadamente olhar para a água. Este lago não reflete o rosto de quem olha para ele, mas o de outra pessoa que já olhou ou ainda vai olhar para sua superfície. Quando eu era pequena, ficava observando o lago o dia inteiro, vendo fisionomias das fadas em vez das minhas, torcendo para um dia ter um vislumbre de minha mãe olhando para mim.

Chegou uma hora em que começou a doer demais.

— Você vai abandonar o torneio? — pergunta Taryn, colocando um punhado de frutas na boca. Nós somos famintas. Já estamos mais altas do que Vivi, nossos quadris são mais largos e nossos seios, mais pesados.

Abro minha cesta, pego uma ameixa suja e a limpo na camisa. Ainda está mais ou menos comível. Saboreio devagar, pensativa.

— Você está falando isso por causa de Cardan e sua Corte de Idiotas?

Taryn franze a testa, a expressão que eu faria caso ela estivesse sendo particularmente cabeça-dura.

— Sabe como nos chamam? — pergunta. — *O Círculo das Minhocas.*

Atiro o caroço na água e fico olhando enquanto ondula e destrói a possibilidade de qualquer reflexo. Sorrio.

— Você está sujando um lago mágico — diz Taryn.

— Vai apodrecer — asseguro. — E nós também. Eles estão certos. Nós somos o Círculo das Minhocas. Somos mortais. Não temos uma eternidade para esperar que nos deixem fazer as coisas que queremos.

Não ligo se não gostam da minha presença no torneio. Quando eu me tornar cavaleira, vou estar fora do alcance deles.

— Você acha que Madoc vai permitir isso? — pergunta Taryn, desistindo do arbusto depois que os espinhos machucam seus dedos. — Você responde a alguém que não seja ele?

— Para o que mais ele estaria nos treinando? — pergunto. Sem dizer nada, saímos andando, seguindo para casa.

— Não quero isso. — Ela balança a cabeça. — Eu vou me apaixonar.

A surpresa me arranca gargalhadas.

— Então você simplesmente decidiu isso? Achei que não funcionava assim. Sempre pensei que o amor acontecesse quando você menos esperasse, como uma dor de cabeça.

— Bom, *eu* decidi — responde ela.

Penso em mencionar sua última decisão desastrosa, a de se divertir na festa, mas isso só vai irritá-la. Então tento imaginar alguém por quem ela poderia se apaixonar. Talvez seja um sereiano que dê a ela o dom de respirar embaixo da água e uma coroa de pérolas, e depois a leve para a cama dele no fundo do mar.

Na verdade, essa ideia é incrível. Talvez eu esteja fazendo as escolhas erradas.

— O quanto você gosta de nadar? — pergunto a ela.

— O quê?

— Esquece.

Desconfiando de alguma provocação, ela me dá uma cotovelada.

Seguimos por entre os troncos retorcidos da Floresta Torta, pois o Bosque Leitoso é perigoso à noite. Temos que parar para abrir caminho para uns homens-raízes por medo de que pisem na gente. Seus ombros são cobertos de musgo, que sobe pelas bochechas de casca de árvore. O vento assobia pelas costelas deles.

Os homens-raízes formam uma procissão linda e solene.

— Se tem tanta certeza de que Madoc vai permitir que participe da competição, por que ainda não pediu a ele? — sussurra Taryn. — O torneio é só daqui a três dias.

Qualquer um pode lutar no Torneio de Verão, mas se eu quiser ser cavaleira, tenho que declarar minha candidatura usando uma faixa verde no peito. E se Madoc não me der permissão para isso, nenhuma habilidade vai me ajudar. Eu não vou ser candidata e não vou ser escolhida.

Fico feliz que os homens-raízes me deram uma desculpa para não responder, porque, claro, Taryn está certa. Eu não pedi a Madoc porque tenho medo do que ele vai dizer.

Quando chegamos em casa e abrimos a enorme porta de madeira com ornamentos em ferro, ouvimos alguém aos berros no andar de cima, como se estivesse em apuros. Corro em direção ao som, o coração na boca, e encontro Vivi no quarto, correndo atrás de uma nuvem de criaturinhas. As pequenas fadas passam voando para o corredor numa explosão de asas diáfanas, e Vivi joga o livro que estava segurando na direção delas, mas atinge a soleira da porta.

— Olha! — grita Vivi para mim, apontando na direção do armário. — Olha o que elas fizeram!

As portas estão abertas. Vejo várias coisas roubadas do mundo humano: caixas de fósforo, jornais, garrafas vazias, livros e Polaroides. As fadinhas transformaram as caixas de fósforo em camas e mesas e picaram todo o papel, além de terem arrancados os miolos dos livros e criado um ninho ali dentro. Uma infestação completa.

Fico mais estupefata pela quantidade de coisas que Vivi guarda, e quantas parecem não ter valor algum. É só lixo. Lixo mortal.

— O que *é* tudo isso? — pergunta Taryn, entrando no quarto. Ela se inclina e pega uma tira de fotografias levemente mastigada pelas criaturas. As fotos foram tiradas em sequência, daquelas posadas dentro de uma cabine. Vivi está nas fotos, o braço jogado sobre os ombros de uma garota mortal sorridente e de cabelo rosa.

Talvez Taryn não seja a única que tenha decidido se apaixonar.

No jantar, nos sentamos a uma mesa enorme entalhada nas quinas com imagens de faunos tocando flautas e diabretes dançando. Velas grossas queimam no centro, além de um vaso entalhado de pedra repleto de azedinhas. Criados trazem bandejas prateadas cheias de comida. Então saboreamos favas frescas, carne de cervo com sementes de romã, truta-marrom grelhada na manteiga, uma salada de ervas amargas e, por fim, bolinhos de passas embebidos em xarope de maçã. Madoc e Oriana tomam vinho das Ilhas Canárias; nós, crianças, misturamos o nosso com água.

Ao lado do meu prato e do de Taryn tem uma tigela de sal.

Vivi cutuca a carne de cervo e lambe o sangue da faca.

Oak sorri do outro lado da mesa e começa a imitar Vivi, mas Oriana arranca os talheres da mão dele antes que o menino corte a língua. Oak ri e pega a carne com os dedos, rasgando os pedaços com dentes afiados.

— Vocês precisam saber que logo, logo o rei vai abdicar do trono em favor de um dos filhos — diz Madoc, olhando para todas nós. — É provável que escolha o príncipe Dain.

Não importa que Dain seja o terceiro filho. O Grande Rei escolhe seu sucessor, e é assim que a estabilidade de Elfhame é garantida. A primeira Grande Rainha, Mab, mandou seu ferreiro forjar uma coroa. As lendas dizem que o ferreiro era uma criatura chamada Grimsen, e que era capaz de fazer qualquer coisa a partir do metal: pássaros que trinam e colares que cortam pescoços, espadas gêmeas chamadas Caçadora de Coração e Coração Jurado, que nunca erram um golpe. A coroa da rainha Mab era mágica e encantadoramente forjada, de modo que só poderia ser passada de uma pessoa da família a outra, em uma linha ininterrupta. Com ela, são transferidos também os juramentos de todos que a usaram. Embora seus súditos se reúnam a cada nova coroação para renovar sua lealdade, a autoridade ainda repousa na coroa.

— Por que ele vai abdicar? — quer saber Taryn.

Vivi dá um sorrisinho sórdido.

— Os filhos dele estão meio impacientes por ele ainda estar vivo.

Uma onda de fúria passa pelo rosto de Madoc. Taryn e eu não ousamos provocá-lo por medo de sua paciência conosco chegar ao limite, mas Vivi é especialista nisso. Quando ele responde, consigo notar seu esforço para morder a língua.

— Poucos reis feéricos governaram tão bem e por tanto tempo quanto Eldred. Agora, ele vai procurar a Terra da Promessa.

Até onde sei, a Terra da Promessa é um eufemismo para morte, embora eles não admitam isso. Dizem que é o lugar de onde os feéricos vieram e para o qual vão acabar voltando.

— Você está dizendo que ele vai sair do trono porque está *velho*? — pergunto, me questionando se estou sendo mal-educada. Há duendes que já nascem com rostos enrugados como filhotes de gatos pelados e nixies com membros lisos, cuja verdadeira idade só é visível aos seus olhos idosos. Pensei que o tempo não fizesse diferença para eles.

Oriana não parece feliz, mas também não está me mandando calar a boca, o que significa que talvez minha intervenção não tenha sido *tão* grosseira assim. Ou talvez ela só não espere nada melhor de mim.

— Nós podemos não morrer de velhice, mas ficamos cansados por causa dela — diz Madoc com um suspiro pesado. — Eu fiz guerra em nome de Eldred. Destruí cortes que negavam lealdade a ele. Até liderei disputas contra a Rainha Submarina. Mas Eldred perdeu o gosto pelo derramamento de sangue. Ele permite que os que estão sob seu estandarte se rebelem de formas pequenas e grandes, mesmo com outras cortes se recusando a se submeter a nós. Está na hora de ir a batalha. Está na hora de um novo monarca, alguém faminto.

Oriana franze a testa com leve confusão.

— De preferência, sua família quer ver você em segurança.

— De que serve um general sem guerra? — Madoc toma um gole caprichado e inquieto de vinho. Eu me pergunto com que frequência ele precisa molhar seu capuz com sangue fresco. — A coroação do novo rei será no solstício de outono. Não se aflijam. Eu tenho um plano para garantir nosso futuro. Só se preocupem em se preparar para dançar muito.

Estou imaginando qual pode ser o plano dele quando Taryn me chuta por baixo da mesa. Quando me viro para encará-la, ela ergue as sobrancelhas.

— Peça a ele — diz, apenas articulando os lábios.

Madoc olha na direção dela.

— Sim?

— Jude quer pedir uma coisa — anuncia Taryn. A pior parte, acho, é que ela acredita estar ajudando.

Respiro fundo. Pelo menos ele parece estar de bom humor.

— Andei pensando no torneio. — Imaginei dizer essas palavras muitas, muitas vezes, mas agora que estou dizendo, elas não parecem sair conforme planejei. — Eu não sou ruim com a espada.

— Você está sendo modesta demais — diz Madoc. — Sua habilidade com a espada é excelente.

Isso parece encorajador. Olho para Taryn, que está prendendo a respiração. Todo mundo na mesa está imóvel, exceto Oak, que bate o copo na lateral do prato.

— Vou lutar no Torneio de Verão e quero me candidatar a cavaleira.

Madoc ergue as sobrancelhas.

— É isso que você quer? É um trabalho perigoso.

Faço que sim com a cabeça.

— Eu não tenho medo.

— Interessante — diz ele. Meu coração bate estupidamente forte. Pensei em todos os aspectos desse plano, exceto na possibilidade de ele não permitir.

— Quero abrir meu caminho até a Corte — respondo.

— Você não é assassina — diz Madoc. Eu me encolho e meu olhar encontra o dele. Ele me encara com firmeza com seus olhos felinos dourados.

— Eu poderia ser — insisto. — Venho treinando há uma década.

Desde que você me trouxe para cá, não digo, embora deva estar explícito em meus olhos.

Ele balança a cabeça com tristeza.

— O que lhe falta não tem nada a ver com experiência.

— Não, mas... — começo.

— Chega. Já tomei minha decisão — corta ele, erguendo a voz. Depois de um momento de silêncio, Madoc me oferece um meio sorriso conciliatório. — Lute no torneio se quiser, por diversão, mas você não vai usar a faixa verde. Você não está pronta para ser cavaleira. Pode me pedir de novo depois da coroação, caso seu coração ainda esteja sonhando com isso. E, se for apenas um ímpeto, vai ser tempo suficiente para passar.

— Não é um ímpeto! — Odeio o desespero na minha voz, mas estou contando os dias para o torneio. A ideia de esperar meses só para ouvir um não outra vez me enche de desespero.

Madoc me lança um olhar ilegível.

— Depois da coroação — repete.

Quero gritar com ele, perguntar se sabe como é difícil ter que abaixar a cabeça para todos o tempo inteiro. Engolir insultos e tolerar ameaças abertas. E, ainda assim, tenho aguentado tudo isso. Achei que tivesse provado minha resistência. Achei que se Madoc visse que eu aguento tudo o que cruza meu caminho sem deixar de sorrir, ele veria que sou digna.

Você não é assassina.

Madoc não faz ideia do que sou.

Talvez eu também não saiba. Talvez eu nunca tenha me permitido descobrir.

— O príncipe Dain será um bom rei — diz Oriana, desviando habilmente a conversa para coisas mais agradáveis. — Uma coroação significa um mês de bailes. Vamos precisar de vestidos novos. — Ela parece incluir a mim e Taryn em sua declaração. — Vestidos magníficos.

Madoc assente e abre um sorriso largo.

— Sim, sim, quantos você quiser. Eu gostaria que ficassem lindas e que dançassem muito.

Tento acalmar a respiração, me concentrar numa coisa só. Nas sementes de romã no meu prato, brilhando como rubis, empapadas em sangue de cervo.

Depois da coroação, disse Madoc. Tento me concentrar nisso. Só que parece que o dia nunca vai chegar.

Eu adoraria ter um vestido de Corte igual aos que vi no armário de Oriana, com estampas opulentas, costuradas de forma intrincada em saias douradas e prateadas, cada uma tão linda quanto a aurora. Concentro-me nisto também.

Mas aí vou longe demais e me imagino usando um vestido daqueles, a espada no quadril, transformada, um verdadeiro membro da Corte, uma cavaleira do Círculo de Falcões. E Cardan me olhando do outro lado do salão, ao lado do rei, rindo da minha pretensão.

Rindo como se soubesse que é uma fantasia que nunca vai se tornar realidade.

Belisco minha perna até a dor superar todo o resto.

— Vocês vão ter que gastar as solas dos sapatos, como o restante de nós — diz Vivi para mim e Taryn. — Aposto que Oriana está morrendo de preocupação de que não vá conseguir impedir vocês de dançarem, já que o próprio Madoc incentivou. Horror dos horrores, vocês podem acabar se divertindo.

Oriana aperta os lábios.

— Isso não é justo e nem é verdade.

Vivi revira os olhos.

— Se não fosse verdade, eu não conseguiria dizer.

— Já chega, todo mundo! — Madoc bate a mão na mesa, fazendo todas nós pularmos de susto. — Coroações são um momento em que muitas coisas são possíveis. A mudança está a caminho, e não há sabedoria em me irritar.

Não consigo saber se ele está falando do príncipe Dain, de filhas ingratas ou ambas as coisas.

— Você está com medo de alguém tentar pegar o trono? — pergunta Taryn. Como eu, ela foi criada em meio a estratégias, ações e reações, emboscadas e posições de controle. Mas, diferentemente de mim, ela tem o talento de Oriana para fazer a pergunta que vai desviar a conversa para um terreno menos acidentado.

— A linhagem Greenbriar é que tem que se preocupar com isso, não eu — responde Madoc, embora pareça satisfeito com a pergunta. — Não tenho dúvidas de que alguns dos súditos desejariam que não houvesse Coroa de Sangue ou Grande Rei. Os herdeiros deveriam tomar um cuidado especial para que os exércitos dos feéricos estejam sempre satisfeitos. Um estrategista experiente espera a oportunidade certa.

— Só alguém sem nada a perder atacaria o trono com você lá para protegê-lo — diz Oriana de um jeito todo afetado.

— Sempre há alguma coisa a se perder — retruca Vivi, e faz uma careta para Oak. Ele ri.

Oriana estica a mão para o filho, mas se contém. Nada de ruim está acontecendo. Mas consigo ver o brilho nos olhos felinos de Vivi, e não sei se Oriana está errada por estar tensa.

Vivi gostaria de punir Madoc, mas seu único poder é ser um incômodo constante. O que significa atormentar Oriana ocasionalmente por meio de Oak. Vivi ama Oak, ele é nosso irmão, afinal de contas, mas isso não quer dizer que ela não vá ensinar coisas ruins a ele.

Madoc sorri para todas nós, agora a imagem do contentamento. Eu achava que ele não notava todas as correntes de tensão que percorriam a família, mas conforme vou amadurecendo, percebo que os conflitos mal reprimidos não o incomodam em nada. Ele até gosta, da mesma forma que gosta da guerra declarada.

— Talvez nenhum de nossos inimigos seja muito bom estrategista.

— Esperemos que não — diz Oriana distraidamente, os olhos em Oak, segurando a taça de vinho.

— De fato — diz Madoc. — Vamos fazer um brinde. À incompetência de nossos inimigos.

Ergo minha taça e bato na de Taryn, depois bebo até a última gota.

Sempre há alguma coisa a se perder.

Penso nisso ao longo do amanhecer, revirando o pensamento na cabeça. Finalmente, quando não aguento mais ficar rolando na cama, coloco um roupão sobre a camisola e saio ao sol a pino da manhã. Luminoso como ouro polido, machuca meus olhos quando me sento num canteiro de trevos perto do estábulo, olhando para a casa.

Tudo isso foi da minha mãe antes de ser de Oriana. Minha mãe devia ser jovem e estar apaixonada por Madoc na época. Eu me pergunto como teria sido para ela. Eu me pergunto se ela achou que seria feliz aqui.

E me pergunto quando ela percebeu que não era.

Eu ouvi os boatos. Não é fácil driblar o general do Grande Rei, sair escondida do Reino das Fadas com o bebê dele na barriga e se esconder por quase dez anos. Ela abandonou os restos queimados de outra mulher na casca enegrecida desta propriedade. Ninguém pode dizer que ela não provou sua coragem e força. Se ela tivesse tido um pouco mais de sorte, Madoc nunca teria percebido que estava viva.

Minha mãe tinha muito a perder, acho.

Eu também tenho muito a perder.

Mas e daí?

— Mate aula hoje — digo para Taryn naquela tarde. Estou vestida e arrumada desde cedo. E embora não tenha dormido direito, não me sinto cansada. — Fique em casa.

Ela me olha com grande preocupação enquanto um garoto pixie, com dívida recente com Madoc, trança seu cabelo castanho no formato de coroa. Taryn está sentada de um jeito todo afetado, vestida de marrom e dourado.

— Dizer para eu não ir equivale a dizer que eu deveria ir. O que quer que você esteja pensando, pode parar já. Sei que está decepcionada por causa do torneio...

— Não importa — respondo, mesmo que importe, sim. Importa tanto que, agora, sem esperança de ser cavaleira, sinto como se um buraco tivesse se aberto embaixo de mim e eu estivesse caindo.

— Madoc pode mudar de ideia. — Ela me segue pela escada e pega nossas cestas antes de mim. — E pelo menos agora você não vai precisar desafiar Cardan.

Eu me viro para ela, embora nada disso seja sua culpa.

— Você sabe por que Madoc não quer me deixar tentar ser cavaleira? Porque ele pensa que sou fraca.

— Jude — repreende ela.

— Eu achei que devia ser boa e seguir as regras — digo. — Mas cansei de ser fraca. Cansei de ser boa. Acho que vou ser outra coisa.

— Só idiotas não têm medo de coisas que dão medo — diz Taryn, e de fato é a mais pura verdade. Mas ainda assim não serve para me convencer.

— Mate aula hoje — volto a dizer, mas ela não quer me ouvir, então seguimos juntas para a escola.

Taryn me observa com cautela enquanto falo com a líder da simulação de guerra, Fand, uma garota pixie com pele azul como pétalas de flor. Ela me lembra de que temos ensaio amanhã, em preparação ao torneio. Eu faço que sim e mordo o lábio. Ninguém precisa saber que minhas esperanças foram destruídas. Ninguém precisa saber que eu sequer já nutri alguma esperança.

Mais tarde, quando Cardan, Locke, Nicasia e Valerian se sentam para almoçar, eles cospem a comida em um horror engasgado. Ao redor deles estão os filhos menos horrendos dos nobres feéricos, comendo pão e mel, bolos e pombos assados, geleia de sabugueiro com biscoitinhos e queijo e bolotas gordas de uva. Mas cada pedacinho de comida nas cestas de meus inimigos foi muito bem salgado.

O olhar de Cardan encontra o meu, e não consigo segurar o sorriso cruel que ergue os cantos da minha boca. Os olhos dele brilham feito carvão, e seu ódio é uma coisa viva, cintilando entre nós assim como o ar acima das rochas negras em um dia ardente de verão.

— Você perdeu a cabeça? — pergunta Taryn, sacolejando meu ombro para me obrigar a me virar para ela. — Você só está piorando as coisas. Existe um motivo para ninguém desafiá-los.

— Eu sei — respondo baixinho, sem conseguir tirar o sorriso dos lábios. — Muitos motivos.

Ela está certa em se preocupar. Eu acabei de declarar uma guerra.

CAPÍTULO 6

Eu contei essa história toda errada. Tem coisas que eu deveria ter dito sobre crescer no Reino das Fadas. Deixei essas coisas de fora principalmente porque sou covarde. Nem gosto de me permitir pensar sobre elas. Mas talvez saber alguns detalhes relevantes sobre meu passado possa explicar o motivo de eu ser como sou, como o medo penetrou meus ossos. Como aprendi a fingir que não sinto nada disso.

Sendo assim, eis três coisas sobre mim que deveria ter mencionado antes, mas não mencionei:

1. Quando eu tinha nove anos, um dos guardas de Madoc arrancou a ponta do dedo anelar da minha mão esquerda com uma dentada. Nós estávamos lá fora, e quando gritei, ele me empurrou com força o bastante para me fazer bater a cabeça em uma viga de madeira no estábulo. Depois, o guarda me fez ficar lá, observando enquanto mastigava o pedaço que tinha arrancado. Ele me disse exatamente o quanto odiava mortais. Eu sangrei tanto... Ninguém imaginaria que um dedinho poderia sangrar tanto. Quando acabou, ele explicou que era melhor eu manter segredo sobre o que tinha acontecido, senão ele devoraria o que havia sobrado. Então, obviamente, não contei a ninguém. Até agora, que estou contando para vocês.

2. Quando eu tinha onze anos, em uma das festas, fui flagrada escondida embaixo da mesa de banquetes por um integrante

particularmente entediado da nobreza. Ele me arrastou para fora pelo pé, e eu fiquei me debatendo e chutando. Acho que ele não sabia quem eu era... Pelo menos é isso que fico dizendo a mim mesma. Mas ele me obrigou a beber, e eu bebi; o vinho feérico verde-grama desceu pela minha garganta como néctar. Ele dançou comigo pela colina. No início foi divertido, o tipo de diversão apavorante que em metade do tempo faz você gritar para ser colocada no chão, e na outra metade deixa você tonta e enjoada. Mas quando a diversão passou e eu não consegui parar, foi só apavorante. Acontece que meu medo também era divertido para ele. A princesa Elowyn me encontrou no final da festa, vomitando e chorando. Ela não me perguntou nadinha sobre o que me deixou naquele estado, só me entregou para Oriana como se eu fosse um casaco esquecido. Nós nunca contamos a Madoc. Que sentido faria? Todo mundo que me viu deve ter pensado que eu estava me divertindo.

3. Quando eu tinha quatorze anos e Oak tinha quatro, ele me enfeitiçou. Não foi de propósito... bem, pelo menos ele não entendia muito bem por que não deveria me enfeitiçar. Eu não estava usando nenhum amuleto protetor porque tinha acabado de sair do banho. Oak não queria ir para a cama, e me encantou para brincar de bonecas, e nós brincamos. Depois me mandou correr atrás dele, e brincamos de pique pelos corredores. Então ele descobriu que podia me fazer estapear meu próprio rosto, o que era muito engraçado. Tatterfell nos encontrou horas depois, deu uma boa olhada nas minhas bochechas vermelhas e nas minhas lágrimas, e correu para buscar Oriana. Durante semanas, um Oak risonho ficou tentando me enfeitiçar para que eu lhe levasse doces ou o levantasse acima da cabeça ou cuspisse na mesa de jantar. Embora nunca mais tenha dado certo, já que eu nunca mais deixei de usar meu cordão de frutas de sorveira depois disso, precisei me controlar durante meses para não lhe dar uma coça. Oriana nunca me perdoou pelo meu autocontrole. Na cabeça dela, o fato de eu não ter me vingado na época significa que ainda planejo me vingar no futuro.

Eis por que não gosto dessas histórias: elas mostram que sou vulnerável. Por mais cuidadosa que eu seja, vou acabar cometendo outro erro. Sou fraca. Sou frágil. Sou mortal.

E odeio isso mais que tudo.

Mesmo que por algum milagre eu seja melhor que eles, jamais serei um deles.

CAPÍTULO

7

Eles não esperam muito para retaliar.

Durante o restante da tarde e o começo da noite, temos aula de história. Um goblin com cabeça de gato chamado Yarrow recita baladas e nos faz perguntas. Quanto mais respostas corretas eu dou, mais irritado Cardan fica. Ele não esconde seu desprazer, fica falando para Locke como as aulas são chatas e faz cara feia para o professor.

Pela primeira vez, acabamos antes de a noite cair totalmente. Taryn e eu seguimos para casa, e ela fica o tempo todo me lançando olhares preocupados. A luz do poente passa pelas árvores, e eu respiro fundo, absorvendo o aroma de agulhas de pinheiro. Sinto uma espécie de calma estranha, apesar da estupidez que fiz.

— Esse tipo de comportamento não é muito a sua cara — diz Taryn finalmente. — Você não é de puxar briga com as pessoas.

— Apaziguá-los não vai ajudar. — Chuto uma pedra com o pé coberto pelo sapato. — Quanto mais eles se safam, mais acreditam que têm direitos.

— Então você vai o quê... ensinar bons modos a eles? — Taryn suspira. — Mesmo que alguém fosse fazer isso, esse alguém não tem que ser você.

Ela está certa. Sei que está. A fúria eufórica da tarde vai passar, e eu vou me arrepender do que fiz. Provavelmente depois de um belo e longo período de sono. Vou ficar tão horrorizada quanto Taryn está agora. A única coisa que fiz foi arranjar problemas ainda maiores para mim, por melhor que tenha sido salvar meu orgulho.

Você não é assassina.

O que lhe falta não tem nada a ver com experiência.

Mas ainda não estou arrependida. Depois de ter passado dos limites, tudo o que quero é me jogar de vez.

Começo a falar quando a mão de alguém cobre minha boca. Dedos afundam no meu queixo. Eu ataco, virando o corpo, e vejo Locke segurando a cintura de Taryn. Alguém agarra meus pulsos. Consigo libertar minha boca e dou um berro, mas gritos no Reino das Fadas são como o canto dos pássaros, comuns demais para chamar atenção.

Eles saem nos empurrando bosque adentro, rindo. Ouço um gritinho de um dos garotos. Acho que ouço Locke dizer alguma coisa sobre as cotovias acabarem logo, mas o resto da frase é engolido pelas risadas.

Sinto um empurrão nos ombros e o choque horrível da água fria se fechando ao meu redor. Eu cuspo e tento respirar. Sinto gosto de lama e junco. Impulsiono-me para cima. Taryn e eu estamos dentro do rio, a água até a cintura, a corrente nos levando em direção a uma parte mais agitada. Planto os pés na lama do fundo para não ser arrastada. Taryn está segurando uma rocha, o cabelo todo molhado. Ela deve ter escorregado.

— Tem nixies neste rio — diz Valerian. — Se vocês não saírem antes que cheguem, vão arrastá-las para debaixo da água e segurar as duas lá. Os dentes afiados vão afundar na sua pele. — Ele faz uma mímica de mordida.

Eles estão ao longo da margem; Cardan mais perto, Valerian ao lado dele. Locke passa a mão nas taboas e nos juncos, a expressão distraída. Ele não parece gentil agora. Parece entediado com os amigos e conosco também.

— Nixies não conseguem controlar o que são — provoca Nicasia, chutando água na minha cara. — Assim como vocês não vão conseguir evitar o afogamento.

Cravo os pés mais fundo na lama. A água que enche minhas botas dificulta o movimento das pernas, mas a lama ajuda a segurá-las no lugar quando consigo ficar parada. Não sei como vou chegar a Taryn sem escorregar.

Valerian está esvaziando nossas bolsas na margem do rio. Ele, Nicasia e Locke se revezam jogando nossos pertences dentro d'água. Meus cadernos com capa de couro e rolos de papel que se desintegram assim que afundam. Os livros de baladas e histórias fazem um barulho alto quando são jogados, depois se alojam entre duas pedras e ficam presos ali. Minha linda caneta cintila no fundo do rio. Meu pote de tinta se estilhaça nas pedras, tingindo a água de vermelho.

Cardan me observa. Mesmo que não erga um dedo, sei que é tudo obra dele. Vejo a estranheza do Reino das Fadas em seus olhos.

— Isso é divertido? — berro. Estou tão furiosa que não sobrou espaço para sentir medo. — Vocês estão se divertindo?

— Muitíssimo — diz Cardan. Seu olhar desliza de mim para um ponto cheio de sombras embaixo d'água. Seriam nixies? Não sei. Continuo a me arrastar em direção a Taryn.

— Isso é só uma brincadeira — diz Nicasia. — Mas às vezes mexemos com muita brutalidade nos nossos brinquedos. E eles quebram.

— E não é como se a gente tivesse afogado vocês — grita Valerian.

Meu pé escorrega nas pedras lisas e rapidamente estou submersa, levada pela correnteza, indefesa, engolindo a água lamacenta. Entro em pânico, resfolegando. Estico a mão e agarro a raiz de uma árvore. Eu me equilibro de novo, ofegante e tossindo.

Nicasia e Valerian estão gargalhando. A expressão de Locke é ilegível. Cardan está com um pé no junco, como se para ver melhor. Furiosa e engasgada, volto até Taryn, que se adianta para segurar minha mão e apertar com força.

— Pensei que você fosse se afogar — diz ela, um toque de histeria na voz.

— Estamos bem — respondo. Cravo o pé na lama novamente e estico a mão para uma pedra. Encontro uma grande o suficiente e a levanto, verde e escorregadia por causa das algas. — Se os nixies vierem, vou afastá-los.

— Pare — diz Cardan. Ele está olhando diretamente para mim. Nem desperdiça um olhar para Taryn. — Vocês nunca deveriam ter tido aulas conosco. Esqueça o torneio. Diga a Madoc que seu lugar não é entre nós, que somos superiores. Faça isso e salvo você.

Eu o encaro.

— Você só precisa desistir — insiste Cardan. — É fácil.

Olho para minha irmã. É minha culpa ela estar molhada e com medo. Apesar do calor do verão, o rio está frio, e a corrente, forte.

— Você vai salvar Taryn também?

— Ah, então você vai fazer tudo o que eu mandar para salvar sua irmã? — O olhar de Cardan está faminto, devorador. — Isso lhe parece nobre? — Ele faz uma pausa e, em meio ao silêncio, só escuto a respiração entrecortada de Taryn. — E então, parece?

Procuro os nixies, fico olhando em busca de sinal de movimento.

— Por que você não diz logo o que espera de mim?

— Interessante. — Ele dá um passo para mais perto, se agacha e nos olha da mesma altura. — Tem tão poucas crianças no Reino das Fadas que nunca vi um de nós com um irmão gêmeo. É como ser duplicado ou está mais para ser dividido ao meio?

Não respondo.

Atrás dele, vejo Nicasia passar o braço pelo de Locke e sussurrar alguma coisa. Ele a olha com uma expressão mordaz, e ela faz beicinho. Talvez estejam irritados por não estarmos sendo devoradas neste momento.

Cardan franze a testa.

— Irmã gêmea — diz ele, se virando para Taryn. Um sorriso volta aos seus lábios, como se uma ideia nova e terrível tivesse surgido para deleitá-lo. — Você faria um sacrifício semelhante? Vamos descobrir. Tenho uma proposta generosa para você. Suba a margem e beije minhas bochechas. Depois disso, desde que não defenda sua irmã com palavras ou com atos, eu não vou penalizar você pelo desafio dela. Não é uma boa barganha? Mas isso só vai acontecer se você vier até nós agora e a deixar aí, se afogando. Mostre para Jude que ela sempre vai estar sozinha.

Por um momento, Taryn fica imóvel, paralisada.

— Vá — digo. — Eu vou ficar bem.

Ainda assim, dói quando ela segue em direção à margem. Mas é claro que Taryn deve ir. Ela vai ficar em segurança, e o preço não é tão alto.

Uma das formas pálidas se separa das demais e vai nadando em direção a minha irmã, mas minha sombra na água faz a criatura hesitar. Finjo que vou jogar a pedra, e a criatura se assusta. Os nixies gostam de uma presa fácil.

Valerian segura a mão de Taryn e a ajuda a sair da água como se ela fosse uma dama importante. O vestido dela está encharcado e pinga conforme ela anda, como os vestidos das fadinhas aquáticas ou das ninfas do mar. Taryn encosta os lábios azulados nas bochechas de Cardan, uma e depois a outra. Fica o tempo todo de olhos fechados, mas os dele permanecem abertos, me observando.

— Diga "Eu renuncio a minha irmã Jude" — ordena Nicasia. — "Não vou ajudá-la. Nem gosto dela."

Taryn olha em minha direção, um olhar rápido, pedindo desculpas.

— Eu não tenho que dizer isso. Não estava no acordo. — Os outros riem.

As botas de Cardan abrem caminho entre os arbustos. Locke começa a falar, mas o príncipe o interrompe:

— Sua irmã abandonou você. Está vendo o que podemos fazer com apenas algumas palavras? E tudo pode ficar muito pior. Nós podemos encantar você para que corra por aí de quatro, latindo feito um cachorro. Podemos amaldiçoar você para que definhe desejando uma música que nunca mais vai ouvir novamente, ou uma palavra gentil dos meus lábios. Nós não somos mortais. Vamos te destruir. Você é uma coisinha frágil; nós nem precisamos nos esforçar. Desista.

— Nunca — digo.

Ele sorri, arrogante.

— Nunca? Nunca é como o para sempre... tempo demais para mortais compreenderem.

A figura na água fica onde está, provavelmente porque a presença de Cardan e dos outros faz com que pareça que tenho amigos que podem me defender caso eu seja atacada. Fico à espera do próximo gesto de Cardan, observando-o com atenção. Espero parecer desafiadora. Ele me encara por um momento longo e horrível.

— Pense na gente — diz para mim. — Durante sua caminhada longa, molhada e vergonhosa para casa. Pense na sua resposta. Isso foi apenas uma amostra do que podemos fazer. — Então, ele se vira de costas para nós. Depois de um momento, os outros o acompanham. Eu o observo ir. Observo todos eles irem.

Quando estão fora do meu campo de visão, vou até a margem do rio e me deito de costas na lama, ao lado de onde Taryn está de pé. Inspiro grandes lufadas de ar. Os nixies começam a aparecer e nos observam com olhos famintos e opalescentes. Espiam por entre plantas. Um deles começa a rastejar para a terra.

Eu jogo a pedra. Não chega nem perto de acertar, mas o barulho o assusta e ele desiste da investida.

Grunhindo, eu me obrigo a sair andando. E durante toda a caminhada para casa, enquanto Taryn chora baixinho, penso no quanto os odeio e no quanto me odeio. E depois não penso em nada além de erguer minhas botas molhadas, um passo depois do outro me levando por entre as roseiras bravas, samambaias e olmos, por arbustos de cerejas vermelhas, berberis e abrunheiras, passando por criaturas do bosque que fazem ninho nas roseiras, indo para casa, para um banho e uma cama em um mundo que não é e nunca será o meu.

CAPÍTULO

8

Minha cabeça está latejando quando Vivienne me sacode para me acordar. Ela pula na cama, chuta as cobertas e faz o estrado ranger. Eu aperto uma almofada na cara e me encolho de lado, tentando ignorá-la e voltar a um sono desprovido de sonhos.

— Levante, dorminhoca — diz ela, puxando as cobertas. — Nós vamos ao shopping.

Solto um som estrangulado e a empurro.

— Levanta! — ordena Vivi, pulando de novo.

— Não — resmungo, me escondendo mais no que sobrou do cobertor. — Eu tenho que ensaiar para o torneio.

Vivi para de quicar, e percebo que isso não é mais verdade. Eu não tenho que lutar. Mas fiz a burrice de dizer para Cardan que jamais desistiria.

E isso me faz lembrar do rio, dos nixies e de Taryn.

De como ela estava certa e eu estava magnífica e extravagantemente errada.

— Vou comprar um café para você quando chegarmos lá, com chocolate e chantilly. — Vivi é incansável. — Venha. Taryn está esperando.

Saio da cama cambaleando. Fico de pé, coço o quadril e olho para Vivi de cara feia. Ela me dá seu sorriso mais encantador, e sinto a irritação passar apesar do meu péssimo humor. Vivi costuma ser egoísta, mas ela é tão animada em relação a isso e tão incentivadora do egoísmo-feliz nos outros que é fácil se divertir com ela.

Visto rapidamente as roupas do mundo mortal que guardo no fundo do armário: calça jeans, um suéter cinza velho com uma estrela preta na frente e um par de All Star prateados de cano alto. Prendo o cabelo em um gorro grandão e quando me vejo no espelho de corpo inteiro (entalhado para parecer que tem um par de faunos irreverentes nele, um de cada lado, espiando), uma pessoa completamente diferente está olhando para mim.

Talvez a pessoa que eu poderia ter me tornado caso tivesse sido criada como humana.

Seja quem for.

Quando éramos pequenas, falávamos o tempo todo sobre voltar ao mundo humano. Vivi dizia que, se aprendesse um pouco mais de magia, nós poderíamos ir. Encontraríamos uma mansão abandonada, e ela encantaria pássaros para cuidarem de nós. Eles comprariam pizza e balas, e nós só iríamos para a escola se tivéssemos vontade.

Mas quando Vivi finalmente descobriu como chegar ao mundo humano, a realidade atrapalhou nossos planos. Acontece que pássaros não conseguem comprar pizza, mesmo que estejam encantados.

Encontro minhas irmãs na frente do estábulo de Madoc, onde cavalos feéricos com ferraduras de prata estão acomodados em baias, ao lado de sapos gigantes prontos para receberem sela e rédeas, e também de renas com chifres grandes e sinos pendurados no pescoço. Vivi está usando uma calça preta e uma camisa branca, além de óculos espelhados escondendo os olhos de gato. Taryn está de legging rosa, um cardigã peludo e um par de *ankle boots*.

Tentamos imitar as garotas que vemos no mundo humano, garotas das revistas, garotas que vemos nas telas de cinema em salas com ar-condicionado, comendo balas tão doces que fazem meus dentes doerem. Não sei o que as pessoas pensam quando olham para nós. Estas roupas são tipo uma fantasia para mim. Estou brincando de me vestir no escuro. Não consigo imaginar as conclusões que acompanham os tênis brilhantes, da mesma forma que uma criança fantasiada de dragão não sabe o que dragões de verdade achariam da cor de suas escamas.

Vivi pega raminhos de erva-de-santiago que crescem perto dos bebedouros. Depois de encontrar três que se encaixam nos requisitos necessários, ela ergue o primeiro e sopra, dizendo:

— Corcel, levante-se e nos leve aonde ordeno.

Com essas palavras, ela joga o raminho no chão, e este se transforma em um pônei amarelo magricela com olhos esmeralda e uma crina que parece uma folhagem rendada. Dá um relincho estranho e triste. Vivi joga mais dois raminhos, e momentos depois três pôneis de erva-de-santiago resfolegam no ar e farejam o chão. Eles se assemelham a cavalos-marinhos, e cavalgam pela terra e pelos céus, dependendo dos comandos de Vivi, mantendo a forma durante horas antes de virarem plantas novamente.

Acontece que passar do Reino das Fadas para o mundo mortal não é tão difícil. A Terra das Fadas existe ao lado e abaixo dos vilarejos mortais, nas sombras das cidades humanas e nos centros podres, abandonados e consumidos por insetos. Os feéricos vivem em colinas, vales e montes, em becos e prédios mortais abandonados. Vivi não é a única fada de nossas ilhas a atravessar o mar e entrar no mundo humano com certa regularidade, embora a maioria delas use trejeitos mortais para confundir as pessoas. Menos de um mês atrás, Valerian estava se gabando sobre campistas que ele e seus amigos enganaram, fazendo com que se banqueteassem com folhas podres, todas encantadas para parecerem iguarias.

Subo no corcel e passo as mãos em volta do pescoço da criatura. Sempre tem um momento quando ela começa a se movimentar em que não consigo segurar um sorriso. Tem algo de gracioso na mera impossibilidade da coisa toda, na magnificência do bosque que passa por mim e na forma como os cascos chutam o cascalho ao saltarem no ar que me provoca uma onda elétrica de pura adrenalina.

Engulo o uivo que sobe pela minha garganta.

Saímos cavalgando acima dos penhascos e do mar, vemos sereias saltando nas ondas cintilantes e sereianos rolando nas espumas. Passamos pela neblina que cerca perpetuamente as ilhas e as esconde dos mortais. E logo estamos na costa, passando pelo Parque Estadual Two Lights, por um campo de golfe e por um aeroporto particular. Pousamos em uma área pequena coberta de árvores, em frente ao Maine Mall. A blusa de Vivi balança no vento quando ela pousa. Taryn e eu desmontamos. Com algumas palavras de Vivi, os corcéis de erva-de-santiago viram três plantinhas meio murchas que se misturam às outras ali.

— Lembrem-se de onde estacionamos — diz Taryn com um sorriso, e saímos andando na direção do shopping.

Vivi ama este lugar. Ama tomar smoothie de manga, experimentar chapéus e comprar o que quisermos com bolotas que ela encanta para parecer dinheiro. Taryn não gosta de tudo isso da mesma forma que Vivi, mas se diverte. Eu, quando estou aqui, me sinto um fantasma.

Andamos por uma loja de departamento como se fôssemos a coisa mais perigosa da região. Mas quando vejo famílias humanas juntas, principalmente famílias com irmãzinhas sorridentes de boca grudenta de balas, não gosto de como me sinto.

Com raiva.

Não me imagino de volta a uma vida como a delas; na verdade, o que imagino é ir até lá e assustá-las até elas chorarem.

Eu jamais faria isso, claro.

Quer dizer, acho que não faria.

Taryn parece perceber a forma como meu olhar gruda em uma criança choramingando com a mãe. Diferentemente de mim, Taryn sabe se adaptar. Ela sabe as coisas certas a dizer. E ficaria bem caso fosse jogada de volta neste mundo. Ela está bem agora. Vai se apaixonar, como falou. Vai se metamorfosear em uma esposa ou consorte e vai criar filhos feéricos que vão adorá-la e viver mais do que ela. A única coisa que a segura sou eu.

Estou tão *feliz* de ela não poder adivinhar meus pensamentos.

— Então — diz Vivi. — Estamos aqui porque vocês duas precisam se animar. Animem-se.

Olho para Taryn e respiro fundo, pronta para pedir desculpas. Não sei se era isso que Vivi tinha em mente, mas é o que sei que tenho que fazer desde que saí da cama.

— Desculpa.

— Você deve estar com raiva — diz Taryn ao mesmo tempo.

— De você? — Fico confusa.

Taryn murcha.

— Eu jurei para Cardan que não ajudaria você, apesar de ter ido naquele dia para ajudar.

Balanço a cabeça com veemência.

— Falando sério, Taryn, é você quem devia estar com raiva por eu ter feito você ser jogada na água. Sair de lá foi a coisa inteligente a fazer. Eu jamais ficaria com raiva por causa disso.

— Ah — diz ela. — Tudo bem.

— Taryn me contou sobre a peça que você pregou no príncipe — diz Vivi. Eu me vejo refletida nos óculos dela, dobrada, quadruplicada com Taryn ao meu lado. — Foi boa, mas agora você vai ter que fazer algo bem pior. Eu tenho ideias.

— Não! — corta Taryn. — Jude não precisa fazer *nada*. Ela só estava chateada com Madoc por causa do torneio. Se voltar a ignorá-los, eles vão voltar a ignorá-la também. Talvez não no começo, mas com o tempo.

Mordo o lábio porque não acho que isso seja verdade.

— Esqueça Madoc. Ser cavaleira seria um tédio mesmo — diz Vivi, descartando a coisa pela qual venho trabalhando há anos.

Dou um suspiro. É irritante, mas também tranquilizador saber que ela não acha algo tão importante, principalmente quando a perda me pareceu tão sufocante.

— E o que você quer fazer? — pergunto a Vivi para evitar que a discussão se prolongue. — Vamos ver um filme? Vocês querem experimentar batons? Não esqueça que você me prometeu café.

— Quero que vocês conheçam minha namorada — diz Vivienne, e me lembro da garota de cabelo rosa das fotos. — Ela me chamou para morarmos juntas.

— Aqui? — pergunto, como se pudesse haver outro lugar.

— No shopping? — Vivi ri das nossas expressões. — Nós vamos encontrá-la aqui hoje, mas provavelmente procurar por um lugar diferente para *morar*. Heather não sabe que o Reino das Fadas existe, então não digam nada, tá?

Quando Taryn e eu tínhamos dez anos, Vivi aprendeu a fazer os cavalos de erva-de-santiago. Nós fugimos da casa de Madoc alguns dias depois. Em um posto de gasolina, Vivi encantou uma mulher qualquer para nos levar para casa com ela.

Ainda me lembro do rosto inexpressivo da mulher enquanto dirigia. Eu queria fazê-la sorrir, mas por mais que eu fizesse caretas engraçadas, a expressão dela não mudava. Nós pernoitamos em sua casa, passando mal depois de jantarmos sorvete. Eu chorei até dormir, abraçada a uma Taryn também chorosa.

Depois disso, Vivi arrumou um quarto de hotel com fogão e nós aprendemos a fazer macarrão com queijo de pacote. Preparávamos café na cafeteira porque fazia lembrar o cheiro de nossa antiga casa. Assistíamos à televisão e nadávamos na piscina com outras crianças hospedadas lá.

Eu odiei.

Moramos naquelas condições por duas semanas, até Taryn e eu implorarmos a Vivi para que nos levasse de volta para casa, de volta ao Reino das Fadas. Sentíamos falta de nossas camas, da comida à qual estávamos acostumadas, da magia.

Acho que Vivi ficou de coração partido por ter que voltar, mas voltou. E ficou. Apesar de tudo, quando realmente fez diferença, Vivi permaneceu do nosso lado.

Acho que eu não devia ficar surpresa por ela não estar planejando ficar para sempre.

— Por que você não nos contou? — pergunta Taryn.

— Eu *estou* contando. Acabei de contar — diz Vivi, nos guiando por lojas com imagens de videogames, por vitrines luminosas com biquínis e vestidos longos e floridos, por pretzels recheados com queijo e por joalherias com bancadas cheias de diamantes reluzentes em formato de coração prometendo amor verdadeiro. Passam carrinhos, passam grupos de adolescentes usando camisas esportivas, passam casais idosos de mãos dadas.

— Você já devia ter dito alguma coisa — cobra Taryn, as mãos nos quadris.

— Meu plano para animar vocês é o seguinte — diz Vivi. — Nós vamos nos mudar para o mundo dos humanos. Vamos morar com Heather. Jude não precisa mais se preocupar com esse negócio de se tornar cavaleira, e Taryn não vai precisar se jogar para cima de algum menino feérico idiota.

— E por acaso Heather sabe sobre esse plano? — pergunta Taryn ceticamente.

Vivi balança a cabeça, sorrindo.

— Claro — digo, tentando fazer piada. — Só que não tenho habilidade nenhuma além de manusear uma espada e inventar charadas, e nenhuma das duas coisas deve render um salário muito bom.

— O mundo mortal é onde nós crescemos — insiste Vivi, subindo num banco e andando por ele, agindo como se fosse um palco. Ela empurra os óculos para a cabeça. — Vocês se acostumariam de novo.

— Onde *você* cresceu. — Vivi tinha nove anos quando fomos levadas; lembra-se muito mais da vida mundana do que nós. É injusto, já que também é a única dotada de magia entre nós.

— O povo fada vai continuar tratando vocês como lixo — diz Vivi, e salta na nossa frente, os olhos felinos brilhando. Uma moça com carrinho de bebê desvia para nos evitar.

— O que você quer dizer? — Desvio o olhar de Vivi e me concentro no desenho do piso sob meus pés.

— Oriana age como se o fato de vocês serem mortais fosse algum tipo de surpresa horrível que é jogada na cara dela todo dia de manhã — diz ela. — E Madoc matou nossos pais, e isso é horrível. E tem também os cretinos na escola sobre quem você não gosta de falar.

— Eu estava falando desses cretinos agora há pouco — retruco, sem dar a ela a satisfação de demonstrar meu choque pelo que disse sobre nossos pais. Ela age como se nós não nos lembrássemos, como se houvesse alguma forma de esquecer. Ela age como se fosse uma tragédia pessoal dela, e só dela.

— E você não gostou. — Vivi parece imensamente satisfeita consigo mesma por esta resposta em especial. — Você achou mesmo que ser cavaleira tornaria tudo melhor?

— Não sei — falo.

Vivi se vira para Taryn.

— E você?

— A gente só conhece o Reino das Fadas. — Taryn levanta a mão para protelar qualquer discussão. — Aqui, nós não teríamos nada. Não haveria bailes nem magia nem...

— Bom, acho que *eu gostaria* daqui — corta Vivi, e sai andando na nossa frente, rumo a uma loja de telefones celulares.

Nós já conversamos sobre isso, claro, e Vivi acha que somos burras por não conseguirmos resistir ao Reino das Fadas, por desejarmos ficar em um local de tanto perigo. Talvez, por termos crescido como crescemos, as coisas ruins pareçam boas para nós. Ou talvez sejamos mesmo burras igual a todo mortal idiota que deseja mais um pedaço de fruta goblin. Talvez não faça diferença.

Tem uma garota na entrada, mexendo no celular. *A garota*, suponho. Heather é pequena, tem cabelo rosa desbotado e pele negra. Está usando uma camiseta com um desenho feito à mão. Tem manchas de caneta nos dedos. Percebo abruptamente que ela pode ser a artista que desenhou os quadrinhos que já vi Vivi lendo.

Começo a fazer uma reverência, mas me lembro de onde estou e estendo a mão para ela, cheia de constrangimento.

— Sou a irmã de Vivi, Jude — digo. — E esta é Taryn.

A garota aperta minha mão. A palma dela é quentinha, a pressão do aperto quase inexistente.

É engraçado que Vivi, que fez tanto esforço para não se parecer com Madoc, tenha acabado se apaixonando por uma garota humana, exatamente como aconteceu com o pai.

— Sou Heather — diz a garota. — É um prazer conhecer vocês. Vee quase nunca fala sobre a família.

Taryn e eu trocamos um olhar. *Vee?*

— Querem se sentar? — pergunta Heather, indicando a praça de alimentação.

— Alguém me deve um café, na verdade — digo, olhando para Vivi.

Nós fazemos nossos pedidos, nos sentamos e bebemos. Heather conta que está fazendo escola técnica, estudando artes. Ela fala sobre os quadrinhos de que gosta e quais bandas curte. Nós desviamos das perguntas embaraçosas. Mentimos. Quando Vivi se levanta para jogar o lixo fora, Heather nos pergunta se ela é a primeira namorada que Vivi nos apresenta.

Taryn assente.

— Isso deve significar que ela gosta muito de você.

— Será que posso visitar a casa de vocês agora? Meus pais estão prontos para comprar uma escova de dentes para Vee. Por que não posso conhecer os dela?

Quase cuspo meu mocha.

— Ela já contou alguma coisa sobre nossa família?

Heather suspira.

— Não.

— Nosso pai é muito conservador — invento.

Um garoto de cabelo preto espetado e com uma corrente pendurada na calça e na carteira passa por nós, sorrindo para mim. Não faço ideia do que ele quer. Talvez conheça Heather. Mas ela não está prestando atenção. Não retribuo o sorriso.

— Ele ao menos sabe que Vee é bi? — pergunta Heather, atônita. Mas então Vivi volta para a mesa, e não temos mais que continuar inventando coisas. Gostar de meninas e meninos é a única coisa nesse cenário que *não* deixaria Madoc aborrecido.

Depois disso, nós quatro ficamos passeando pelo shopping, experimentando batom roxo e comendo bala de maçã coberta de açúcar que deixa minha língua verde. Eu me delicio com substâncias químicas que sem dúvida deixariam todos os lordes e ladies da Corte enjoados.

Heather parece legal. Mas ela não faz ideia de onde está se metendo.

Nós nos despedimos educadamente perto da Newbury Comics. Vivi vê três garotos escolhendo bonecos de pescoço de mola, o olhar ávido. Eu me pergunto o que se passa na cabeça dela enquanto passeia entre humanos. Em momentos assim, Vivi parece mais um lobo aprendendo os padrões de comportamento das ovelhas. Mas quando beija Heather, o gesto é totalmente sincero.

— Agradeço por terem mentido por mim — diz Vivi quando refazemos nossos passos pelo shopping.

— Em algum momento você vai ter que contar para ela — digo. — Se o relacionamento for sério. Se você for mesmo se mudar para o mundo mortal para ficar com ela.

— E, quando contar, ela vai continuar querendo conhecer Madoc — diz Taryn. Embora eu entenda por que Vivi queira evitar o encontro o máximo possível.

Vivi balança a cabeça.

— O amor é uma causa nobre. Como qualquer coisa feita em nome de uma causa nobre pode estar errada?

Taryn morde o lábio.

Antes de irmos embora, paramos em uma farmácia e compramos absorventes. Toda vez que eu compro um pacote, me lembro de que mesmo que os feéricos se pareçam com a gente, eles são uma espécie completamente diferente. Até Vivi é de uma espécie completamente diferente. Separo os pacotes e dou metade para Taryn.

Sei o que você está pensando. Não, eles não sangram uma vez por mês; sim, eles sangram. Anualmente. Às vezes, com menos frequência do que isso. Sim, eles têm soluções — em geral, absorventes tradicionais —, e, sim tais soluções são horríveis. Sim, tudo relacionado a isso é constrangedor.

Começamos a atravessar o estacionamento em direção aos nossos ramos de erva-de-santiago quando um cara da nossa idade toca no meu braço, os dedos quentes se fechando bem acima do meu pulso.

— Ei, querida. — Dou de cara com uma camiseta preta grande demais, uma calça jeans, uma carteira presa por uma corrente, cabelo espetado. O brilho de uma faca barata na bota dele. — Eu vi você antes e estava querendo saber...

Eu me viro antes mesmo de conseguir pensar, meu punho acertando o maxilar do garoto. Dou um chute assim que ele cai, fazendo-o rolar pelo chão. Então pisco e me vejo ali parada, olhando para um garoto ofegante e prestes a chorar. Já estou de prontidão para chutar a garganta dele, para esmagar a traqueia. Os garotos de pé em volta dele estão me olhando, horrorizados. Meus nervos estão à flor da pele, mas é de ansiedade. Estou pronta para mais.

Acho que ele estava flertando comigo.

Eu nem me lembro de ter decidido que ia bater no garoto.

— Venha! — Taryn puxa meu braço, e nós três saímos correndo. Alguém grita.

Olho para trás. Um dos amigos do garoto está vindo atrás de nós.

— Vaca! — grita ele. — Vaca maluca! Milo está sangrando!

Vivi sussurra algumas palavras e faz um sinal atrás de nós. Quando faz isso, o mato começa a crescer, aumentando as rachaduras no asfalto. O garoto para quando uma coisa passa por ele, uma expressão de confusão em seu rosto. Confusão de pixie, é como chamam. Ele começa a vagar entre uma fileira de carros como se estivesse perdido. Se não virar as roupas do avesso, e tenho certeza de que não sabe que deve fazer isso, ele jamais vai nos encontrar.

Paramos perto do final do estacionamento, e Vivi começa a rir.

— Madoc ficaria tão orgulhoso... a garotinha dele se lembrando de todo o treinamento — diz ela. — Afastando a terrível possibilidade de romance.

Estou atordoada demais para dizer qualquer coisa. Meter a mão na cara daquele sujeito foi a coisa mais honesta que fiz em muito tempo. Estou mais que ótima. Eu não sinto *nada*, um vazio glorioso.

— Está vendo? — digo para Vivi. — Não posso voltar para o mundo humano. Olha o que eu faria com ele.

Para isso ela não tem resposta.

Fico pensando sobre o que fiz durante todo o caminho para casa e também na escola. Uma professora de uma Corte perto da costa explica como as coisas definham e morrem. Cardan me lança um olhar cheio de significado enquanto ela fala sobre decomposição e apodrecimento. Mas estou pensando na calmaria que senti quando bati naquele garoto. Nisso, e no Torneio de Verão amanhã.

Eu sonhava com meu triunfo no torneio. Nenhuma das ameaças de Cardan me impediria de usar a trança dourada e de lutar dando o meu melhor. Mas agora, as ameaças dele são o único motivo que tenho para lutar, a pura glória perversa de não recuar.

Quando paramos para comer, Taryn e eu subimos em uma árvore para saborear nosso queijo e nossos bolinhos de aveia com geleia de cereja-da-virginia. Fand me chama, querendo saber por que não fui ao ensaio da simulação de batalha hoje.

— Eu me esqueci — digo, o que não é particularmente crível, mas não ligo.

— Mas você vai lutar amanhã? — pergunta ela. Se eu desistir, Fand vai ter que reorganizar as equipes.

Taryn me olha com esperanças, como se o gesto fosse capaz de me fazer desenvolver bom senso.

— Estarei lá — confirmo. Meu orgulho me obriga.

As aulas estão quase acabando quando flagro Taryn parada ao lado de Cardan, perto de um círculo de árvores espinhentas, chorando. Eu não devia estar prestando atenção, devo ter ficado envolvida demais guardando os livros e nossas coisas. Nem vi Cardan levar minha irmã para um canto. Mas sei que ela teria ido, fosse qual fosse a desculpa. Ela ainda acredita que, se fizermos o que querem, eles vão se entediar e nos deixar em paz. Talvez ela esteja certa, mas não ligo.

As lágrimas escorrem por suas bochechas.

Há um poço tão profundo de fúria dentro de mim.

Você não é assassina.

Largo os livros e atravesso o gramado na direção dos dois. Cardan se vira parcialmente, e dou um empurrão tão forte nele que suas costas batem em uma das árvores. Ele arregala os olhos.

— Não sei o que você disse a ela, mas nunca mais chegue perto da minha irmã — ameaço, a mão ainda agarrando a jaqueta de veludo do príncipe. — Você deu sua palavra.

Consigo sentir os olhares de todos os outros alunos em mim. Todo mundo está prendendo a respiração.

Por um momento, Cardan só me fita com aqueles olhos estúpidos e negros de corvo. E, então, dá um sorrisinho de canto de boca.

— Ah — diz ele. — Você vai se arrepender de ter feito isso.

Acho que Cardan não percebe quanto estou com raiva, nem quanto estou achando delicioso abrir mão de qualquer possível arrependimento pela primeira vez.

CAPÍTULO

9

Taryn não quer me contar o que o príncipe Cardan disse para ela. Ela insiste que não teve nada a ver comigo, que ele não estava quebrando a promessa de não culpá-la pelo meu comportamento, que eu devia me esquecer dela e me preocupar só comigo.

— Jude, desista. — Ela se acomoda na frente da lareira do quarto, bebericando uma xícara de chá de urtiga em uma caneca de argila com formato de cobra, a cauda enrolada formando a asa. Taryn está de roupão vermelho, que combina com as chamas atrás da grade. Às vezes, quando olho para ela, parece impossível que seu rosto seja igual ao meu. Ela é delicada, bonita, como uma garota em uma pintura. Uma garota à vontade com quem é.

— Só me conte o que ele disse — insisto.

— Não há nada para contar — diz Taryn. — Eu sei o que estou fazendo.

— E o que é? — pergunto, erguendo as sobrancelhas, mas ela apenas suspira.

Já tivemos conversas assim. Fico pensando no piscar preguiçoso dos cílios de Cardan sobre os olhos brilhantes como carvão. Ele parecia eufórico, arrogante, como se meu punho se fechando em sua camisa fosse exatamente o que desejava. Como se, se eu batesse nele, fosse porque ele me levara a fazer isso.

— Posso encher seu saco pelas colinas e também pelo vale — digo, cutucando o braço dela. — Vou perseguir você de um despenhadeiro até o outro e por todas as três ilhas até você me contar *alguma coisa*.

— Acho que nós duas aguentaríamos isso melhor se mais ninguém tivesse que ver — diz ela, e bebe um gole caprichado de chá.

— O quê? — Fico surpresa a ponto de não saber o que dizer em resposta. — O que você quer dizer?

— Eu *quero dizer* que acho que aguentaria ser provocada a ponto de chorar caso você não soubesse. — Ela me olha com firmeza, como se avaliasse quanto da verdade eu aguento. — Não posso simplesmente fingir que meu dia foi bom com você de testemunha do que realmente aconteceu. Às vezes faz com que eu não goste de você.

— Isso não é justo! — exclamo.

Ela dá de ombros.

— Eu sei. É por isso que estou contando a você. Mas o que Cardan me disse não importa, e quero fingir que não aconteceu, então preciso que você finja comigo. Sem lembretes, sem perguntas, sem preocupações.

Magoada, eu me levanto, vou até a prateleira acima da lareira e encosto a cabeça na pedra entalhada. Não consigo contar quantas vezes ela me disse que me meter com Cardan e os amigos dele era burrice. Mas considerando o que está dizendo agora, o que quer que a tenha feito chorar esta tarde não tem nada a ver comigo. O que significa que ela se meteu em alguma confusão sozinha.

Taryn pode ter muitos conselhos para me dar, mas não sei se ela os está seguindo.

— E o que você *quer* que eu faça? — pergunto.

— Quero que você dê um jeito nas coisas com ele — diz Taryn. — O príncipe Cardan detém todo o poder. Não dá para vencê-lo. Por mais corajosa ou inteligente ou até cruel que você seja, Jude. Acabe com isso antes que você saia machucada de verdade.

Olho para ela sem entender. Evitar a fúria de Cardan agora parece impossível. O navio zarpou... e pegou fogo no porto.

— Não posso — falo para ela.

— Você ouviu o que o príncipe Cardan disse no rio. Ele só quer que você *desista*. Quando você age como se não tivesse medo dele, é um golpe no orgulho do príncipe, além de ferir seu status. — Ela segura meu pulso e me puxa. Consigo sentir o aroma forte de ervas em seu hálito. — Diga que ele venceu e você perdeu. São só palavras. Não precisam ser verdade.

Eu balanço a cabeça.

— Não lute contra ele amanhã — continua ela.

— Eu não vou sair do torneio — teimo.

— Mesmo que não traga nada para você além de mais sofrimento?

— Mesmo assim — digo.

— Faça outra coisa — insiste ela. — Dê um jeito. Conserte essa situação antes que seja tarde demais.

Fico pensando em todas as coisas implícitas no alerta, todas as coisas que eu queria saber. Mas como ela quer que eu finja que está tudo bem, só me resta engolir minhas perguntas e deixá-la quieta em frente ao fogo.

No quarto, encontro meu traje do torneio sobre a cama, com aroma de verbena e lavanda.

É uma túnica levemente acolchoada costurada com fios metálicos. O desenho é de uma lua crescente virada de lado, como uma tigela, com uma gotícula vermelha caindo de um canto e uma adaga embaixo de tudo. O brasão de Madoc.

Não posso vestir a túnica amanhã e fracassar, não sem trazer desgraça para meu lar. E embora constranger Madoc possa me trazer um certo prazer, uma sutil sensação de vingança por ele negar minha tentativa de virar cavaleira, também seria embaraçosa para mim mesma.

Eu deveria ficar de cabeça baixa. Ser decente, mas não memorável. Deixar que Cardan e seus amigos continuem se exibindo por aí. Guardar minha habilidade para surpreender a Corte quando Madoc me der permissão para tentar o título de cavaleira. Se isso acontecer.

É o que eu *devia* fazer.

Derrubo a túnica no chão e me enfio debaixo do edredom, cobrindo a cabeça até ficar um pouco sufocada, respirando meu próprio hálito quente. Adormeço assim.

À tarde, quando me levanto, a roupa está amassada, e a única culpada sou eu mesma.

— Você é uma criança tola — diz Tatterfell, prendendo meu cabelo em tranças de guerreira. — Com a memória de um pardal.

A caminho da cozinha, passo por Madoc no salão. Ele está todo vestido de verde, a boca repuxada numa linha apertada.

— Espere um momento — diz ele.

Obedeço.

Ele franze a testa.

— Eu sei como é ser jovem e ter fome de glória.

Mordo o lábio e permaneço calada. Afinal, Madoc não me fez nenhuma pergunta. Ficamos ali nos olhando. Ele semicerra os olhos felinos. Tem tanta coisa implícita entre nós, tantos motivos para sermos apenas alguma coisa ligeiramente *parecida* com pai e filha, mas sem desempenhar nossos papéis de verdade.

— Um dia você vai entender que é melhor assim — diz ele por fim. — Divirta-se na batalha.

Faço uma reverência profunda e caminho até a porta, minha ida à cozinha abandonada. Só quero sair de casa, ir para longe do lembrete de que não há lugar para mim na Corte, de que não há lugar para mim no Reino das Fadas.

O que lhe falta não tem nada a ver com experiência.

O Torneio de Verão acontece na beirada de um penhasco em Insweal, a Ilha do Sofrimento. É longe o suficiente para eu precisar de montaria, um cavalo cinza-claro que fica ao lado de um sapo no estábulo. O sapo me observa com olhos dourados enquanto boto a sela na égua e salto em suas costas. Chego no local meio enjoada, um pouco atrasada, ansiosa e faminta.

Já tem uma multidão reunida em volta da tenda onde o Grande Rei e o restante da realeza vão se acomodar. Flâmulas bege tremulam no ar, exibindo o símbolo de Eldred: uma árvore que é metade flores brancas e metade espinhos, com raízes embaixo e uma coroa no topo. A união da Corte Seelie com a Corte Unseelie e os feéricos selvagens, tudo abaixo de uma coroa. O sonho da linhagem Greenbriar.

O indulgente filho mais velho, o príncipe Balekin, está refestelado em uma poltrona entalhada, três criadas ao redor. Sua irmã, a princesa Rhyia, a caçadora, está sentada ao seu lado. Os olhos dela estão nos combatentes em potencial, que se preparam ali perto.

Uma onda de frustração e pânico toma conta de mim quando percebo sua expressão atenta. Eu queria tanto que Rhyia me escolhesse para ser uma de suas cavaleiras. E apesar de ela não poder fazer isso agora, sou tomada por um medo horrível e repentino de não conseguir impressioná-la. Talvez Madoc esteja certo. Talvez eu não tenha o instinto para lidar com a morte.

Se eu não me esforçar demais hoje, pelo menos nunca vou precisar saber se teria sido boa o suficiente.

Meu grupo vai primeiro porque somos os mais jovens. Ainda estamos em treinamento, usando espadas de madeira em vez de aço. As lutas vão durar o dia todo, entremeadas por apresentações de bardos, algumas apresentações de magia, exibições de arquearia e outras habilidades. Sinto cheiro de vinho com especiarias, mas ainda não sinto o outro perfume dos torneios: o de sangue fresco.

Fand está nos organizando em fileiras, distribuindo nossas braçadeiras prateadas e douradas. A pele azul dela está ainda mais vibrante sob o céu iluminado. A armadura é de tons variados de azul, de oceânico a amoras, com a faixa verde cortando o peitoral. Ela vai se destacar independentemente de seu desempenho, um risco calculado. Se ela se sair bem, a plateia não vai deixar de notar. Mas é melhor que se saia bem.

Quando me aproximo dos outros alunos com suas espadas de treino, ouço meu nome sussurrado. Nervosa, olho ao redor e me dou conta de que estou sendo observada de um jeito novo. Taryn e eu sempre chamamos a atenção por sermos mortais, mas o que nos destaca é também o que nos torna indignas de atenção. Mas hoje não está sendo assim. As crianças do Reino das Fadas parecem estar prendendo o ar juntas, esperando para ver qual será o meu castigo por ter botado as mãos em Cardan no dia anterior. E esperando para ver o que vou fazer a seguir.

Olho pelo campo, para Cardan e seus amigos, que usam braçadeiras prateadas. Cardan também está com prateado no peito, uma placa de aço brilhante pendurada nos ombros que parece mais ornamental do que para proteção. Valerian me lança um sorrisinho de desprezo.

Não dou a ele a satisfação de sorrir de volta.

Fand me entrega uma braçadeira dourada e me diz onde ficar. Teremos três rodadas em cada batalha simulada, e dois lados. Cada lado tem uma capa de pele para proteger; uma delas é de cervo amarelo, a outra, de pelo prateado de raposa.

Bebo um pouco de água de um jarro de estanho deixado para os participantes e começo a me aquecer. Meu estômago está ácido por falta de comida, mas não sinto mais fome. Estou enjoada, consumida pelo nervosismo. Tento ignorar tudo, exceto os exercícios para aquecer os músculos.

E então, chega a hora. Entramos no campo e saudamos o assento do Grande Rei, embora Eldred ainda não tenha chegado. A plateia é menor do que vai estar perto do pôr do sol. Mas o príncipe Dain está aqui, com Madoc ao seu lado. A princesa Elowyn dedilha um alaúde, pensativa. Vivi e Taryn vieram assistir, mas não vejo Oriana ou Oak. Vivi acena com um espeto de frutas reluzentes, fazendo a princesa Rhyia gargalhar.

Taryn me observa com atenção, como se tentasse me dizer alguma coisa com o olhar.

Conserte.

Durante toda a primeira batalha, eu luto na defensiva. Evito Cardan. Também não chego perto de Nicasia, de Valerian ou de Locke, nem quando Valerian derruba Fand na terra. Nem quando Valerian arranca nossa pele de cervo.

Ainda assim, não faço nada.

Então somos chamados para a segunda batalha.

Cardan vem andando atrás de mim.

— Você está dócil hoje. Sua irmã a repreendeu? Ela está louca por nossa aprovação. — Um dos pés calçados com botas cutuca o chão coberto de trevos, chutando um torrão de terra. — Imagino que, se eu pedisse, ela rolaria na grama até seu vestido branco ficar verde, depois me agradeceria pela honra da minha gentileza. — Ele sorri, partindo para o ataque final, se inclinando como quem vai contar um segredo. — Não é como se eu fosse ser o primeiro a rolar na grama com ela.

Minhas boas intenções evaporam com o vento. Meu sangue está em chamas, fervendo nas veias. Não tenho muito poder, mas ainda tenho algo: posso forçar a jogada dele. Cardan pode querer me machucar, mas posso estimulá-lo a querer me machucar ainda mais. É esperado que simulemos um jogo de guerra. Quando nos chamam para nossos lugares, eu jogo. Jogo da maneira mais implacável possível. Minha espada de treino estala na placa peitoral ridícula de Cardan. Meu ombro acerta o ombro de Valerian com tanta força que ele cambaleia para trás. Eu ataco várias vezes, sem parar, derrubando todo mundo que usa a braçadeira prateada. Quando a simulação chega ao fim, meu olho está roxo e meus dois joelhos estão ralados, e o lado dourado venceu a segunda e a terceira batalhas.

Você não é assassina, disse Madoc.

Agora, sinto que eu poderia ser.

A plateia aplaude, e é como se eu tivesse despertado de repente de um sonho. Eu os esqueço. Uma pixie joga pétalas de flores para nós. Das arquibancadas, Vivi me saúda com um cálice de alguma coisa, enquanto a princesa Rhyia aplaude com educação. Madoc não está mais no camarote real. Balekin também sumiu. Mas o Grande Rei Eldred está lá, sentado em uma plataforma ligeiramente elevada, falando com Dain, a expressão distante.

Começo a me tremer toda, a adrenalina sumindo do corpo. Cortesãos, à espera de batalhas melhores, observam meus ferimentos e avaliam minha bravura. Ninguém parece particularmente impressionado. Fiz o melhor que pude, lutei da melhor maneira que consegui, e não foi suficiente. Madoc nem mesmo ficou para ver.

Meus ombros murcham.

Pior, Cardan está me esperando quando saio do campo. Sou surpreendida de repente pela altura dele, pela expressão arrogante que ostenta feito uma coroa. Ele pareceria um príncipe mesmo se estivesse usando trapos. Cardan segura meu rosto, os dedos abertos no meu pescoço. Sinto seu hálito na minha bochecha. A outra mão agarra meus cabelos, retorcendo-os como uma corda.

— Você sabe o que significa a palavra mortal? Significa *nascido para morrer.* Significa *merecedor da morte.* É o que você é, o que define você: mortal. Mesmo assim, aqui está você, determinada a se opor a mim enquanto apodrece de dentro para fora, sua criatura mortal corrupta e corrosiva. Diga-me como é. Você acha mesmo que pode me vencer? Um príncipe do Reino das Fadas?

Engulo em seco.

— Não — respondo.

Os olhos pretos do príncipe fervem de raiva.

— Então você não é completamente desprovida de astúcia animal. Que bom. Agora, implore pelo meu perdão.

Dou um passo para trás e um puxão, tentando me desvencilhar dele. Cardan segura minha trança e me encara com olhos famintos e um sorrisinho horrível. Em seguida, abre a mão e me deixa cambalear livremente. Fios de cabelo flutuam pelo ar.

Pela visão periférica, vejo Taryn com Locke, perto de onde outros cavaleiros estão vestindo suas armaduras. Ela me olha com súplica, como se fosse a vítima necessitando ser salva.

— Fique de joelhos — diz Cardan, soando terrivelmente satisfeito. A fúria virou arrogância. — Implore. Faça bem bonito. Floreado. Digno de mim.

Os outros filhos de nobres estão parados ao meu redor com suas túnicas acolchoadas e espadas de treino, observando, torcendo para minha queda ser divertida. Esse é o show que eles estão esperando ver desde que enfrentei o príncipe. Não é uma simulação de guerra; é de verdade.

— Implorar? — ecoo.

Por um momento, ele parece surpreso, mas a surpresa logo é substituída por um nível de maldade ainda maior.

— Você me *desafiou*. Mais de uma vez. Sua única esperança é se jogar a minha mercê na frente de todo mundo. Obedeça, ou vou continuar machucando você até não sobrar mais nada para machucar.

Penso nas formas escuras dos nixies na água e no garoto na festa, gritando por causa da asa arrancada. Penso no rosto de Taryn, manchado de lágrimas. Penso em como Rhyia jamais teria me escolhido, em Madoc, que sequer esperou para ver a conclusão da batalha.

Não há vergonha na rendição. Como Taryn disse, são só palavras. Não preciso nem estar falando sério. Posso mentir.

Começo a me abaixar. Isso vai acabar rápido, cada palavra vai ter gosto de bile, mas vai ter acabado.

No entanto, quando abro a boca, não sai nada.

Eu não consigo.

Então simplesmente balanço a cabeça ante a emoção que me percorre pela maluquice do que estou prestes a fazer. É a mesma emoção de saltar sem conseguir ver o chão abaixo, logo antes de você perceber que isso tem um nome: *queda*.

— Você acha que só por poder me humilhar também pode me controlar? — desafio, encarando aqueles olhos pretos. — Bom, acho que você é um idiota. Desde que começamos a ter aulas juntos, você tem se esforçado muito para fazer eu me sentir inferior a você. E para massagear seu ego, eu me submeti. Eu me fiz pequena, mantive a cabeça baixa. Mas não foi suficiente para fazer você me deixar em paz, deixar Taryn em paz, então não vou mais fazer isso.

"Vou continuar desafiando você. Vou envergonhar você com minha rebeldia. Você adora me lembrar de que sou uma mera mortal e de que você é o príncipe do Reino das Fadas. Bom, me permita lembrá-lo de que isso significa que você tem muito a perder, e eu não tenho nada. Você pode vencer no final, pode me enfeitiçar, me machucar e me humilhar, mas vou fazer questão de que você perca tudo o que eu puder tirar de você nesse ínterim. Eu prometo. — Jogo as palavras de Cardan na cara dele. — *Isso é apenas uma amostra do que posso fazer.*

Cardan me olha como se nunca tivesse me visto. Olha como se ninguém nunca tivesse falado assim com ele. E talvez ninguém tenha mesmo.

Eu me viro e saio andando, meio que esperando que Cardan agarre meu ombro e me jogue no chão, meio que esperando que ele encontre o cordão de sorvas no meu pescoço, o arrebente e diga as palavras que vão me fazer rastejar até ele, implorando apesar de todo o meu discurso. Mas ele não diz nada. Sinto seu olhar nas minhas costas, fazendo eriçar os pelinhos da minha nuca. Preciso me controlar para não sair correndo.

Não ouso olhar para Taryn e Locke, mas tenho um vislumbre de Nicasia me encarando, boquiaberta. Valerian parece furioso, as mãos cerradas junto ao corpo em uma raiva muda.

Saio cambaleando pelas tendas do torneio até um chafariz de pedra, onde lavo o rosto com a água. Então me inclino e começo a limpar o cascalho dos joelhos. Minhas pernas estão duras e eu estou tremendo.

— Você está bem? — pergunta Locke, me fitando com os olhos castanhos de raposa. Nem sequer ouvi seus passos.

Eu não estou bem.

Eu não estou nada bem, mas ele não pode saber disso e também não deveria estar perguntando.

— Que diferença faz pra você? — retruco, cuspindo as palavras. O jeito como ele está me olhando faz eu me sentir mais patética que nunca.

Ele se encosta no chafariz e abre um sorriso lento e preguiçoso.

— É engraçado, só isso.

— Engraçado? — repito, furiosa. — Você acha que foi engraçado?

Ele balança a cabeça, ainda sorrindo.

— Não. É engraçado como você o deixa irritado.

No começo, não sei se ouvi direito. Quase pergunto a quem ele está se referindo, porque não consigo acreditar que Locke esteja admitindo que o soberbo e poderoso Cardan se deixa afetar por alguma coisa.

— Como uma farpa na pele? — pergunto.

— Só se for uma farpa de ferro. Ninguém mais o incomoda como você. — Ele pega uma toalha e a molha, então se ajoelha ao meu lado e limpa meu rosto com cuidado. Eu inspiro quando o tecido frio toca meu olho machucado, mas ele é bem mais delicado do que eu teria sido. Locke está sério e concentrado em sua tarefa. Não parece reparar que o estou observando atentamente, o rosto comprido e o queixo pontudo, o cabelo castanho-avermelhado cacheado, o jeito como seus cílios refletem a luz.

Mas então ele repara. Está me olhando e eu estou olhando para ele, e é a coisa mais estranha, porque eu achava que Locke nunca prestaria atenção em alguém como eu. Mas ele está prestando atenção. E sorrindo como fez naquela noite na Corte, como se compartilhássemos um segredo. Ele está sorrindo como se estivéssemos compartilhando mais um segredo.

— Continue — diz ele.

Fico surpresa com suas palavras. Ele está mesmo falando sério?

Quando volto para o torneio e para minhas irmãs, não consigo parar de pensar no rosto escandalizado de Cardan, e também não consigo parar de avaliar o sorriso de Locke. Não sei dizer qual dos dois é mais emocionante, nem qual é mais perigoso.

CAPÍTULO 10

O restante do Torneio de Verão passa num átimo. Espadachins se enfrentam em combates individuais, lutando pela honra de impressionar o Grande Rei e sua Corte. Ogros e vulpinos, goblins e gwyllions, todos empenhados na dança mortal da batalha.

Depois de algumas rodadas, Vivi quer que a gente se enfie no meio da multidão para comprar mais espetinhos de frutas. Fico tentando chamar a atenção de Taryn, mas ela não permite. Quero saber se está com raiva. Quero perguntar o que Locke disse a ela quando estavam juntos, embora talvez seja exatamente o tipo de pergunta que ela me proibiria de fazer.

Mas a conversa com Locke não pode ter sido do tipo humilhante, do tipo que ela tenta fingir que não aconteceu, pode? Não se considerarmos que ele praticamente me disse que gostava de ver Cardan sendo humilhado. O que me faz pensar na outra pergunta que não posso fazer a Taryn.

Não é como se eu fosse ser o primeiro a rolar na grama com ela. Fadas não mentem. Cardan não poderia ter dito isso se não acreditasse que fosse verdade. Mas por que ele pensaria uma coisa dessas?

Vivi bate o espeto dela no meu e me arranca do devaneio.

— À nossa astuta Jude, que fez o povo das fadas se lembrar de por que eles ficam enfiados nas colinas e morros, por medo da ferocidade mortal.

Um homem alto com orelhas grandes de coelho e uma cabeleira castanha se vira para olhar para Vivi de cara feia. Ela sorri para ele. Balanço a cabeça, satisfeita com o brinde, mesmo sendo um exagero. Mesmo eu não tendo impressionado ninguém além dela.

— Ah, se Jude fosse um pouco menos astuta — diz Taryn baixinho.

Eu me viro para ela, mas Taryn se afasta.

Quando voltamos para a arena, a princesa Rhyia está se preparando para sua luta. Ela segura uma espada fina, bem parecida com um alfinete comprido, e perfura o ar em preparação contra o oponente. Seus dois amantes gritam incentivos.

Cardan reaparece no camarote real usando linho branco folgado e uma coroa de flores toda de rosas. Ele ignora o Grande Rei e o príncipe Dain e se senta em uma cadeira ao lado do príncipe Balekin, com quem troca algumas palavras afiadas que eu adoraria ouvir. A princesa Caelia chegou para a luta da irmã e aplaude com vigor quando Rhyia sai andando sobre os trevos.

Madoc não volta.

Vou para casa sozinha. Vivi sai com Rhyia depois que esta vence a luta; elas vão caçar em um bosque próximo. Taryn aceita acompanhá-las, mas eu estou cansada demais, dolorida demais, tensa demais.

Na cozinha da casa de Madoc, torro queijo no fogo e espalho no pão. Sentada em um banco com a comida e uma caneca de chá, vejo o sol se pôr enquanto almoço.

O cozinheiro, um trow chamado Wattle, me ignora e continua a fazer magia para que as chirívias se cortem sozinhas.

Quando termino, limpo as migalhas das bochechas e sigo para meu quarto.

Gnarbone, um criado com orelhas compridas e um rabo que se arrasta no chão, para no corredor quando me vê. Suas mãos imensas semelhantes a garras carregam uma bandeja com copinhos de bolota do tamanho de dedais e um decantador prateado com algo que cheira a vinho de amora. Seu uniforme está repuxado no peito, a pelagem visível nas fendas.

— Ah, você está em casa — diz ele, um rosnado que o faz parecer ameaçador por mais que as palavras ditas sejam boas. Apesar de tudo, não consigo deixar de pensar no guarda que comeu a ponta do meu dedo. Os dentes de Gnarbone poderiam arrancar minha mão inteira.

Faço que sim.

— O príncipe está chamando você lá embaixo.

Cardan, aqui? Meus batimentos aceleram. Não consigo pensar.

— Onde?

Gnarbone parece surpreso com minha reação.

— No escritório de Madoc. Eu estava levando...

Tiro a bandeja das mãos dele e desço, determinada a me livrar de Cardan o mais rápido possível, do jeito que der. A última coisa de que preciso é que Madoc me ouça sendo desrespeitosa e conclua que a Corte não é meu lugar. Ele é servo da linhagem Greenbriar, tão solene quanto qualquer um. Não ia gostar se eu me desentendesse nem com o menos importante dos príncipes.

Desço a escada correndo e abro a porta do escritório de Madoc. A maçaneta bate em uma das estantes quando entro, então coloco a bandeja na mesa com força suficiente para fazer os copinhos dançarem.

O príncipe Dain está com vários livros abertos na mesa à sua frente. Cachos dourados caem sobre seus olhos, e a gola do gibão azul-claro está aberta, exibindo um torque pesado de prata no pescoço. Paro, ciente do erro colossal que cometi.

Ele ergue as sobrancelhas.

— Jude. Eu não esperava que você estivesse tão afobada.

Faço uma reverência exagerada e espero que ele só me ache desajeitada. O medo me corrói, intenso e repentino. Será que Cardan o enviou? Ele está aqui para punir minha insolência? Não consigo pensar por que outro motivo o honrado e honorável príncipe Dain, futuro governante do Reino das Fadas, me chamaria.

— Hã... — começo, o pânico enrolando minha língua. Com alívio, eu me lembro da bandeja e indico o decantador. — Aqui. É para o senhor, meu lorde.

Ele pega uma bolota e serve um pouco do denso líquido negro.

— Você bebe comigo?

Faço que não, me sentindo completamente perdida.

— Vai direto para minha cabeça.

Isso o faz rir.

— Bom, então me faça companhia por um tempo.

— Claro. — Isso eu não posso recusar. Encosto no braço de uma das poltronas de couro verde e sinto meu coração bater secamente. — Posso trazer mais alguma coisa? — pergunto, sem saber bem como proceder.

Ele levanta o copinho como se em uma saudação.

— Já tenho o suficiente. O que desejo é uma conversa. Talvez você possa me contar por que chegou como um furacão. Quem achou que estivesse aqui?

— Ninguém — respondo rapidamente. Passo o polegar pelo dedo anelar, na pele lisa da ponta cortada.

Ele se senta mais ereto, como se de repente eu tivesse me tornado muito mais interessante.

— Imaginei que talvez um de meus irmãos estivesse incomodando você.

Nego com a cabeça.

— De jeito nenhum.

— É chocante — diz ele, como se estivesse fazendo um grande elogio. — Sei que os humanos são capazes de mentir, mas ver você mentindo é incrível. Faça de novo.

Sinto meu rosto esquentando.

— Eu não estava... eu...

— Faça de novo — repete ele delicadamente. — Não tenha medo.

Só um tolo não teria medo, apesar de suas palavras. O príncipe Dain veio aqui quando Madoc não estava em casa. Chamou especificamente por mim. Deu a entender que sabia sobre Cardan; talvez tenha nos visto depois da simulação de batalha, Cardan puxando minhas tranças. Mas o que Dain quer?

Estou ofegante, respirando depressa demais.

Dain, prestes a ser coroado Grande Rei, tem o poder de me garantir um lugar na Corte, o poder de se opor a Madoc e de me tornar cavaleira. Se eu ao menos conseguisse impressioná-lo, ele poderia me dar tudo o que desejo. Tudo o que pensei já ter perdido a chance de conquistar.

Eu me empertigo e olho para o cinza-prateado de seus olhos.

— Meu nome é Jude Duarte. Nasci no dia 13 de novembro de 2001. Minha cor favorita é verde. Gosto de neblina, de baladas tristes e de passas cobertas de chocolate. Não sei nadar. Agora me diga, que parte foi mentira? Eu menti em alguma coisa? Porque o mais legal sobre as mentiras é nunca saber que parte foi falsa.

Percebo abruptamente que, depois dessa pequena performance, ele pode não levar nenhuma promessa minha a sério. Mas ele parece satisfeito e sorri como se tivesse encontrado um rubi em estado bruto caído na terra.

— Agora — diz ele —, me conte como seu pai usa esse seu talentozinho.

Pisco, sem entender.

— É mesmo? Ele não usa? Que pena. — O príncipe inclina a cabeça para me observar. — Conte-me sobre seus sonhos, Jude Duarte, se é que este é seu nome verdadeiro. Diga o que você quer.

Meu coração está vibrando no peito, e estou meio perdida, meio tonta. Não pode ser tão fácil assim. O príncipe Dain, futuro Grande Rei de todo o Reino das Fadas, me perguntando o que quero. Eu mal ouso responder, mas não tenho opção.

— Eu... eu quero ser sua cavaleira — gaguejo.

Ele levanta as sobrancelhas.

— Inesperado — diz. — E satisfatório. O que mais?

— Não entendi. — Retorço as mãos para que ele não veja quanto estão tremendo.

— O desejo é uma coisa estranha. Assim que é saciado, transmuta. Se recebemos um fio de ouro, desejamos a agulha de ouro. E assim, Jude Duarte, estou perguntando o que você passaria a desejar caso eu a tornasse parte do meu grupo.

— Servir você — respondo, ainda confusa. — Jurar minha espada à Coroa.

Ele descarta minha resposta.

— Não, me diga o que você *quer*. Peça alguma coisa. Alguma coisa que nunca pediu a ninguém.

Faça com que eu deixe de ser mortal, penso, mas fico horrorizada comigo mesma. Não quero isso, principalmente porque não há jeito de conseguir. Eu nunca vou ser uma Fada.

Eu respiro fundo. Se pudesse pedir a ele qualquer dádiva, o que seria? Compreendo o perigo disso, claro. Quando eu disser, ele vai tentar negociar uma barganha, e barganhas de fadas raramente favorecem o mortal. Mas o potencial de poder paira à minha frente.

Meus pensamentos vão até o colar no meu pescoço, ao ardor da palma da minha própria mão na minha bochecha, ao som da gargalhada de Oak.

Penso em Cardan: *Está vendo o que podemos fazer com apenas algumas palavras? Nós podemos encantar você para que corra por aí de quatro, latindo feito um cachorro. Podemos amaldiçoar você para que definhe desejando uma música que nunca mais vai ouvir novamente, ou uma palavra gentil dos meus lábios.*

— Resistir a encantamentos — digo, tentando me obrigar a ficar parada. Tentando não me agitar. Quero parecer uma pessoa séria que faz barganhas sérias.

Ele me observa com olhar firme.

— Você já tem a Visão Verdadeira, dada a você quando criança. Sem dúvida entende nosso estilo. Conhece os feitiços. Se você salgar sua comida, destrói todo o encantamento nela. Se virar suas meias do avesso, você nunca vai ser enganada. Se mantiver seus bolsos cheios de fruta seca da sorveira, sua mente não vai ser influenciada.

Os últimos dias me mostraram quanto tais proteções são lamentavelmente inadequadas.

— O que acontece quando virarem meus bolsos para fora? O que acontece quando rasgarem minhas meias? O que acontece quando espalharem meu sal na terra?

Ele me olha, pensativo.

— Chegue mais perto, criança — ordena.

Eu hesito. Por tudo o que andei observando do príncipe Dain, ele sempre me pareceu uma criatura honrada. Mas o que observei foi dolorosamente pouco.

— Vamos lá, se você vai me servir, precisa confiar em mim. — Ele está inclinado para a frente na cadeira. Reparo nos pequenos chifres logo acima da testa, partindo o cabelo dos dois lados do rosto majestoso. Reparo na força dos braços e no anel de sinete brilhando na mão de dedos longos, entalhado com o símbolo da linhagem Greenbriar.

Deslizo do braço da poltrona e vou até onde ele está. Eu me obrigo a falar.

— Não pretendia ser desrespeitosa.

Ele toca em um hematoma na minha bochecha, um que eu não tinha percebido ainda. Eu me encolho, mas não me afasto.

— Cardan é um menino mimado. Sabemos que ele dilapida a linhagem com bebidas e brigas mesquinhas. Não, não se dê ao trabalho de contestar.

Não falo nada. Fico pensando em como Gnarbone me disse que um príncipe estava me esperando no escritório, sem especificar qual deles.

Fico me perguntando se Dain ordenou que ele desse o recado dessa forma. *Um estrategista experiente espera a oportunidade certa.*

— Embora sejamos irmãos, somos muito diferentes um do outro. Eu nunca serei cruel com você só por prazer. Se fizer um juramento para me servir, será recompensada. Mas o que quero para você não é um título de cavaleira.

Meu coração despenca. Foi um exagero acreditar que um príncipe do Reino das Fadas tinha passado na minha casa para fazer todos os meus sonhos virarem realidade, mas foi bom enquanto durou.

— Então o que você quer?

— Nada que você já não tenha oferecido. Você queria me conceder seu juramento e sua espada. Eu aceito. Preciso de alguém capaz de mentir, alguém com ambição. Seja minha espiã. Entre para minha Corte das Sombras. Posso lhe conceder mais poder do que você conseguiria almejar. Não é fácil para os humanos ficarem aqui conosco. Mas eu seria capaz de facilitar bastante para você.

Eu me permito afundar na poltrona. Isso é o mesmo que esperar um pedido de casamento e receber a proposta de assumir o papel de amante.

Espiã. Gatuna. Mentirosa e ladra. Claro que é isso que ele pensa de mim, dos mortais. Claro que é nisso que ele acha que sou boa.

Penso nos espiões que já vi, como a figura com nariz de cherívia e corcunda que Madoc consulta às vezes, ou o vulto escuro de capa cinza cujo rosto nunca consegui ver. Toda realeza deve ter um, mas, sem dúvida, parte da habilidade deles consiste em sua capacidade de se manter discretos.

E eu estaria bem escondida mesmo, escondida à vista de todos.

— Talvez não seja o futuro que imaginou para si — diz o príncipe. — Sem armadura brilhante e sem idas à guerra, mas prometo que, quando eu for o Grande Rei, se você me servir bem, vai poder fazer o que quiser, pois quem seria capaz de contrariar o Grande Rei? E vou botar um geas em você, um geas de proteção de encantamento.

Fico imóvel. Normalmente concedidos a mortais em troca de seu serviço, um geas concede poder, mas sempre deixa um ponto fraco, que é atingido quando você menos espera. Tipo, você fica invencível, exceto para uma flecha feita do tronco de um espinheiro, que por acaso é o tipo de flecha que seu pior inimigo prefere. Ou você vence todas as batalhas em que entra, mas não pode recusar convites para jantar, então se alguém convidar você para jantar pouco antes de uma batalha, você não vai poder comparecer e lutar. Basicamente, como tudo no Reino das Fadas, um geas é incrível, e também péssimo. Mas parece que é isso que ele está me oferecendo.

— Um geas — repito.

O sorriso dele aumenta, e depois de um momento entendo por quê. Eu não disse não. O que significa que estou pensando em dizer sim.

— Nenhum geas pode salvar você dos efeitos das nossas frutas e venenos Pense com cuidado. Eu poderia dar a você o poder de arrebatar todos que olhassem para você. Posso botar um pontinho bem aqui. — Ele toca na minha testa. — E qualquer um que visse ficaria tomado de amor. Eu poderia lhe dar uma lâmina mágica que corta a luz das estrelas.

— Eu não quero ser controlada — sussurro. Não consigo acreditar que estou dizendo isso em voz alta para o príncipe. Não consigo acreditar que estou fazendo isso. — Magicamente, quero dizer. Me dê isso e me viro com o resto.

Ele assente uma vez.

— Então você aceita.

É assustador ter uma escolha assim, uma escolha que muda todas as escolhas futuras.

Quero muito ter poder. E essa é uma boa oportunidade, ainda que apavorante e um pouco insultante. Mas também intrigante. Será que eu daria uma boa cavaleira? Não tenho como saber.

Talvez eu odiasse. Talvez o título significasse passar quase o tempo todo em posição de sentido em minha armadura e viajar para missões entediantes. Talvez significasse lutar com pessoas de quem gosto.

Faço que sim com a cabeça, e espero ser uma boa espiã.

O príncipe Dain se levanta e toca no meu ombro. Sinto o choque do contato, como uma fagulha de estática.

— Jude Duarte, filha da argila, deste dia em diante nenhum glamour de Fada afetará sua mente. Nenhum encantamento fará seu corpo se mexer contra sua vontade. Ninguém, exceto o criador deste geas. Agora, ninguém vai poder controlar você — diz ele, e pausa por um momento. — Exceto eu.

Inspiro fundo. Claro que teria uma pegadinha nessa barganha. Não posso nem ficar com raiva dele; eu deveria ter adivinhado.

Ainda assim, é emocionante ter proteção. O príncipe Dain é só um feérico, e ele viu alguma coisa em mim, alguma coisa que Madoc não quis ver, alguma coisa que desejei que fosse reconhecida.

E então eu me apoio em um joelho sobre o tapete antigo do escritório de Madoc e faço meu juramento para servir ao príncipe Dain.

CAPÍTULO 11

Durante toda a noite, enquanto estamos jantando, fico consciente do segredo que guardo. Faz com que eu sinta que tenho um poder pela primeira vez, um poder que Madoc não terá como tirar de mim. Só de pensar no meu novo status (Eu sou espiã! Sou espiã do príncipe Dain!), já sinto uns arrepios emocionantes.

Nós comemos pequenas aves recheadas de cevada e alho-poró, a pele estalando com gordura e mel. Oriana abre a dela com delicadeza. Oak mastiga a pele. Madoc não se dá o trabalho de separar a carne e devora com ossos e tudo. Eu cutuco as cenouras. Embora Taryn esteja à mesa, Vivi não voltou. Desconfio que a caçada com Rhyia era só um pretexto e que ela foi para o mundo mortal depois de um breve passeio pela floresta. Fico me perguntando se Vivi foi jantar com a família de Heather.

— Você foi bem no torneio — diz Madoc entre garfadas.

Não pontuo que ele foi embora cedo. Madoc não podia estar muito impressionado. Eu nem sei dizer direito quanto ele realmente viu.

— Isso quer dizer que você mudou de ideia?

Alguma coisa na minha voz o faz parar de mastigar e me observar com olhos semicerrados.

— Sobre ser cavaleira? — pergunta. — Não. Quando houver um novo Grande Rei no trono, nós vamos discutir seu futuro.

Dou um sorriso cheio de segredos.

— Como queira.

Taryn observa Oriana e tenta imitar seus movimentos com a ave. Ela não olha para mim, nem quando me pede para passar a jarra de água.

Mas, quando terminamos, Taryn não tem como me impedir de segui-la até o quarto.

— Olha — digo na escada. — Tentei fazer o que você queria, mas não consegui, e não quero que me odeie por isso. É a minha vida.

Ela se vira.

— Sua vida para destruir?

— É — afirmo quando chegamos ao patamar. Não posso contar a ela sobre o príncipe Dain, mas, ainda que pudesse, não sei se faria diferença. Também não tenho tanta certeza se ela aprovaria. — Nossa vida é a única coisa real que temos, nossa única moeda. Podemos comprar o que quisermos com ela.

Taryn revira os olhos. Sua voz está ácida.

— Que bonito isso! Você mesma inventou?

— Qual é seu problema? — pergunto.

Ela balança a cabeça.

— Nada. Nada. Talvez fosse melhor se eu pensasse como você. Deixa pra lá, Jude. Você foi mesmo ótima lá.

— Obrigada — respondo, franzindo a testa em confusão. Fico pensando nas palavras de Cardan a respeito de minha irmã, mas não quero repeti-las e constrangê-la gratuitamente. — E então, já se apaixonou? — questiono.

Minha pergunta só gera um olhar estranho.

— Vou ficar em casa em vez de ir para a aula amanhã — diz Taryn. — Acho que a vida é sua para que acabe com ela, mas eu não tenho que presenciar isso.

Meus pés parecem chumbo quando sigo para o palácio pelo terreno coberto de maçãs derrubadas pelo vento, o aroma dourado se espalhando no ar. Estou usando um vestido preto comprido com punhos dourados e renda verde trançada, confortável, um de meus favoritos.

Ouço as cantigas dos pássaros vespertinos trinando acima e isso me faz sorrir. Permito-me fantasiar brevemente com a coroação do príncipe Dain; eu me imagino dançando com um Locke sorridente enquanto Cardan é arrastado e jogado numa masmorra escura.

Um lampejo branco me arranca de meus pensamentos. É um cervo branco, a menos de três metros de mim. Os chifres estão cobertos com algumas teias, e o pelo é de um branco tão intenso que parece prateado na luz da tarde. Nós nos encaramos por um longo momento antes de ele sair correndo rumo ao palácio, levando meu fôlego junto.

Decido acreditar que é um bom presságio.

E, ao menos no começo, parece ser. As aulas não são muito ruins. Noggle, nosso professor, é um Far Darrig velho, gentil e esquisito do norte, com sobrancelhas enormes, uma longa barba na qual ele às vezes enfia canetas ou pedaços de papel e uma tendência a resmungar sobre tempestades de meteoros e seus significados. Quando a tarde vira noite, ele nos faz contar estrelas cadentes, uma tarefa chata, porém relaxante. Eu me deito no cobertor e olho para o céu noturno.

O único lado ruim é que tenho dificuldade de anotar os números no escuro. Normalmente, globos luminosos pendurados nas árvores ou grandes concentrações de vagalumes iluminam nossas aulas. Mas às vezes até isso parece pouco para mim, então costumo carregar tocos de velas, pois a visão humana não é tão apurada quanto a deles. Só não tenho permissão de acendê-las quando estudamos as estrelas. Tento escrever de forma legível e não sujar os dedos todos de tinta.

— Lembrem-se — começa Noggle —, eventos celestiais incomuns costumam pressagiar mudanças políticas importantes, então, com um novo rei no horizonte, é importante que observemos os sinais com atenção.

Há risinhos na escuridão.

— Nicasia — repreende nosso professor. — Alguma dificuldade?

A voz arrogante não carrega arrependimentos.

— Nenhuma.

— O que você pode me dizer sobre as estrelas cadentes? Qual seria o significado de uma chuva delas na última hora de uma noite?

— Doze nascimentos — responde Nicasia, o que é errado o suficiente para me provocar uma careta.

— *Mortes* — retruco baixinho.

Noggle me escuta, infelizmente.

— Muito bem, Jude. Fico feliz por alguém ter prestado atenção. Agora quem gostaria de me dizer quando há mais chance de as mortes acontecerem?

Não faz sentido eu me segurar, não quando fiz uma declaração de que envergonharia Cardan com minha grandeza. É melhor eu começar a demonstrar minha excelência.

— Depende da constelação pela qual as estrelas passaram e em que direção caíram — respondo. Na metade da explicação, sinto como se minha garganta estivesse se fechando. De repente fico feliz pela escuridão, por não precisar ver a expressão de Cardan. Nem a de Nicasia.

— Excelente — diz Noggle. — E é por isso que nossas anotações têm que ser detalhadas. Continue!

— Isso é chato. — Ouço Valerian reclamar. — Profecia é para bruxas e fadas inferiores. A gente devia estar aprendendo coisas mais nobres. Se vou passar a noite deitado, queria estar tendo aula sobre o *amor*.

Alguns riem.

— Muito bem — diz Noggle. — Diga-me, qual evento pode preceder o sucesso no amor?

— Uma garota tirando o vestido — dispara ele, sendo recebido por mais gargalhadas.

— Elga? — Noggle chama uma garota de cabelo prateado e uma gargalhada que parece vidro se estilhaçando. — Você pode responder por ele? Talvez Valerian tenha tido tão pouco sucesso no amor que não saiba.

Ela começa a gaguejar. Desconfio que saiba a resposta, mas não queira incorrer na fúria de Valerian.

— Devo perguntar a Jude de novo? — insiste Noggle sarcasticamente. — Ou talvez a Cardan. Por que você não nos diz?

— Não — retruca ele.

— Como é? — pergunta Noggle.

Quando Cardan fala, sua voz soa com uma autoridade sinistra.

— É como Valerian disse. Esta aula é chata. Você vai acender as lamparinas agora e começar outra que valha mais a pena.

Noggle faz uma longa pausa.

— Sim, meu príncipe — diz ele por fim, e todas as esferas à nossa volta ganham vida.

Pisco várias vezes enquanto meus olhos se adaptam. Fico me perguntando se Cardan precisa fazer alguma coisa que não queira. Acho que não me surpreende ele cochilar durante as aulas. Não me surpreende que ele uma vez, caindo de bêbado, tenha cavalgado pela grama durante uma das aulas, pisoteando cobertores e livros e fazendo todo mundo sair correndo. Ele pode mudar nosso currículo quando der vontade. Como alguma coisa pode ter importância para alguém assim?

— A visão dela é tão ruim — diz Nicasia, e percebo que ela está de pé ao meu lado. Está segurando meu caderno, mostrando para todo mundo os meus garranchos. — Pobre, pobre Jude. É tão difícil superar tantas desvantagens.

Tem tinta nos meus dedos e nos punhos dourados do meu vestido.

Do outro lado da clareira, Cardan está conversando com Valerian. Apenas Locke está nos observando, a expressão perturbada. Noggle está mexendo em uma pilha de livros grossos e poeirentos, provavelmente tentando pensar em uma aula de que Cardan goste.

— Lamento que não consiga ler minha letra — digo, pegando o caderno. A página se rasga, destruindo a maior parte do meu trabalho daquela noite. — Mas isso não é exatamente uma desvantagem *minha*.

Nicasia me dá um tapa na cara. Tropeço, chocada, de repente apoiada em um joelho, mal conseguindo me segurar para não cair esparramada. Minha bochecha arde. Minha cabeça ecoa.

— Você não pode fazer isso — respondo, atordoada.

Eu achava que tinha entendido como esse jogo funcionava. Mas me enganei.

— Posso fazer o que eu quiser — informa ela, ainda arrogante.

Nossos colegas ficam nos olhando. Elga está com a mão delicada sobre a boca. Cardan olha para nós, e pela expressão em seu rosto, vejo que a feérica não conseguiu agradá-lo. Um constrangimento surge no rosto de Nicasia.

Desde que cheguei aqui, sempre houve limites que eles jamais transpassavam. Quando empurraram a mim e a Taryn no rio, ninguém foi testemunha. Para o bem ou para o mal, pertenço a este lar e estou sob proteção de Madoc. Cardan pode ousar contrariá-lo, mas eu achava que os outros pelo menos atacariam discretamente.

Aparentemente, irritei Nicasia a ponto de ela não se preocupar mais com nada disso.

Eu me levanto.

— Você está me desafiando? Porque aí terei o direito de escolher a hora e a arma. — Como eu adoraria nocauteá-la.

Ela percebe que minha pergunta exige resposta. Eu posso estar abaixo do chão, mas isso não a absolve das obrigações para com sua honra.

De soslaio, noto Cardan vindo em nossa direção. Uma expectativa agitada se mistura ao medo. Do meu outro lado, Valerian esbarra no meu ombro. Dou um passo para me afastar dele, mas não com rapidez suficiente para evitar o ataque do cheiro de fruta podre.

Acima de nós, no domo escuro da noite, sete estrelas caem, riscando gloriosamente o céu antes de se apagarem. Olho para cima automaticamente, tarde demais para ver o trajeto exato.

— Alguém reparou nisso? — Noggle começa a gritar, procurando uma caneta na barba. — É o evento celestial que estávamos esperando! Alguém deve ter visto o ponto exato de origem. Rápido! Anotem tudo que conseguirem se lembrar.

E bem no instante em que estou olhando para as estrelas, Valerian enfia uma coisa macia na minha boca. Uma maçã, doce e podre ao mesmo tempo, o sumo de mel escorrendo pela minha língua, com gosto de luz do sol e alegria pura e idiota. Fruta de fada, que entorpece a mente, que faz os humanos a desejarem o suficiente para chegar ao ponto da inanição, apenas para poder sentir o gostinho dela outra vez. Que acaba nos tornando um tanto maleáveis, sugestionáveis e ridículos.

O geas de Dain me protege de encantamentos, do controle de qualquer um, mas a fruta de fada faz você perder o próprio controle.

Ah, não. Ah, não, não, não, não, não.

Eu cuspo a fruta. A maçã rola na terra, mas já sinto os seus efeitos.

Sal, penso, procurando minha cesta. Preciso de sal. Sal é o antídoto. Vai dissipar a névoa na minha mente.

Nicasia percebe o que estou fazendo, pega minha cesta e sai dançando enquanto Valerian me empurra para o chão. Tento engatinhar para longe dele, mas ele me agarra e enfia a maçã nojenta na minha cara.

— Deixe-me adoçar essa sua língua azeda — diz ele, empurrando a fruta. A polpa meleca minha boca e meu nariz.

Não consigo respirar. Não consigo respirar.

Estou de olhos abertos, encarando Valerian. Estou sufocando. Ele me observa com uma expressão de leve curiosidade, como se estivesse ansioso para ver o que acontece depois.

Os cantos da minha visão começam a ficar escuros. Vou morrer sufocada.

A pior parte é a alegria surgindo dentro de mim por causa da fruta, obliterando o terror. Tudo é lindo. Minha visão está dançando. Estico a mão para arranhar o rosto de Valerian, mas estou tonta demais para alcançá-lo. Um momento depois, já não importa. Não quero fazer mal a ele, não quando estou tão feliz.

— Faça alguma coisa! — berra alguém, mas, em meu delírio, não sei especificar quem está falando.

Abruptamente, Valerian é chutado de cima de mim. Rolo de lado, tossindo. Cardan aparece de repente. Minha cara está coberta de lágrimas e catarro, mas só consigo ficar deitada na terra cuspindo os pedaços da fruta doce. Não tenho ideia de por que estou chorando.

— Já chega — diz Cardan. Ele está com uma expressão estranha e louca, e tem um músculo latejando em seu maxilar.

Eu começo a rir.

Valerian se rebela.

— Vai estragar minha diversão?

Por um momento, penso que eles vão brigar, embora eu não consiga descobrir muito bem o motivo. Mas então vejo o que Cardan tem na mão. O sal da minha cesta. O antídoto. (Por que eu queria isso?, me pergunto.) Ele atira o sal no ar com uma gargalhada, e vejo o produto se espalhar ao vento. Em seguida, olha para Valerian, sorrindo.

— Qual é seu problema, Valerian? Se ela morrer, sua brincadeirinha acaba antes mesmo de começar.

— Eu não vou morrer — respondo, porque não quero que eles se preocupem. Sinto-me ótima. Estou melhor do que jamais me senti. Estou feliz porque jogaram fora o antídoto.

— Príncipe Cardan — diz Noggle. — Jude tem que ser levada para casa.

— Todo mundo está tão chato hoje — responde Cardan, mas ele não parece entediado. Na verdade, parece com dificuldade de controlar a raiva.

— Ah, Noggle, ela não quer ir. — Nicasia se aproxima e acaricia minha bochecha. — Quer, coisinha linda?

Ainda sinto o gosto sufocante de mel. Sinto-me leve. Estou me abrindo. Estou me desenrolando como uma bandeira.

— Eu gostaria de ficar — anuncio, porque aqui é maravilhoso. Porque ela é deslumbrante. Não sei bem se estou me sentindo bem, mas sei que estou me sentindo ótima.

Tudo é maravilhoso. Até Cardan. Antes eu não gostava dele, mas agora isso parece besteira. Abro um sorriso largo e feliz, mas ele não sorri em resposta.

Eu não levo para o lado pessoal.

Noggle se vira de costas para nós, resmungando alguma coisa sobre o general, sobre tolice e príncipes degolados. Cardan o vê se afastar, as mãos se fechando junto ao corpo.

Um grupo de garotas se abaixa na grama ao meu lado. Elas estão rindo, e isso me faz rir também.

— Eu nunca vi um mortal comer as frutas de Elfhame — diz uma delas, Flossflower, para outra. — Ela vai se lembrar disso?

— Seria bom que alguém a encantasse para não se lembrar — diz Locke em algum lugar atrás de mim, mas ele não parece ter raiva, como Cardan. Parece tranquilo. Eu me viro para Locke, que toca meu ombro. Eu me inclino para o calor de sua pele.

Nicasia ri.

— Ela não ia querer isso. Jude gostaria mesmo era de outro pedaço de maçã.

Minha boca se enche d'água com a lembrança. Eu me lembro das maçãs caídas no chão, douradas e cintilantes, no caminho da escola, e amaldiçoo minha tolice de nunca ter parado para comê-las.

— Então nós podemos perguntar coisas pra ela? — quer saber outra garota, Moragna. — Coisas constrangedoras. Ela vai responder?

— Por que ela acharia qualquer coisa constrangedora se está entre amigos? — diz Nicasia, os olhos apertados. Ela parece uma gata que bebeu todo o leite e está prontinha para tirar um cochilo ao sol.

— Qual de nós você mais gostaria de beijar? — pergunta Flossflower, se aproximando. Ela nunca falou comigo direito. Fico feliz por querer ser minha amiga.

— Eu gostaria de beijar todos vocês — respondo, o que rende gritinhos e gargalhadas. Dou um sorriso para as estrelas.

— Você está com roupas demais — diz Nicasia, franzindo a testa para minhas saias. — E estão sujas. Você devia tirar tudo.

Meu vestido parece abruptamente pesado. Eu me imagino nua ao luar, a pele prateada como as folhas acima.

Fico de pé. Tudo parece estar meio tombado. Começo a tirar as roupas.

— Você está certa — comento, satisfeita. Meu vestido cai em um montinho, do qual saio com facilidade. Estou usando roupas de baixo mortais, sutiã e calcinha preto de bolinhas verde.

Todos estão me olhando de um jeito estranho, como se questionassem onde arranjei a lingerie. Todos estão tão resplandecentes que tenho dificuldade de olhar demais sem sentir dor de cabeça.

Estou consciente da maciez do meu corpo, dos calos nas mãos e do oscilar dos meus seios. Estou consciente do roçar da grama embaixo dos meus pés e do calor da terra.

— Eu sou bonita como vocês? — pergunto a Nicasia, com curiosidade genuína.

— Não — diz ela, lançando um olhar para Valerian. Ela pega alguma coisa no chão. — Você é bem diferente da gente. — Lamento ouvir isso, mas não estou surpresa. Ao lado deles, qualquer um é feito uma sombra, um reflexo borrado de um reflexo.

Valerian aponta para o colar de sorveira pendurado no meu pescoço, as frutas secas entrelaçadas em uma corrente prateada comprida.

— Você devia tirar isso também.

Eu faço que sim de forma conspiratória.

— Você está certo — confirmo. — Não preciso mais disso.

Nicasia sorri e mostra a coisa dourada que tem nas mãos. Os restos imundos e amassados da maçã.

— Venha lamber minhas mãos. Você não se importa, não é? Mas tem que ser de joelhos.

Ofegos e risadinhas se espalham por nossos colegas como uma brisa. Eles querem que eu obedeça a ela. E eu quero deixá-los felizes. Quero que todo mundo fique tão feliz quanto eu. E quero sentir o gosto da fruta novamente. Começo a engatinhar em direção a Nicasia.

— Não — ordena Cardan, entrando na minha frente, a voz ressonante e um pouco irregular. Os outros recuam, abrindo espaço para ele. Ele tira o sapato de couro macio e coloca um pé pálido bem na minha frente. — Jude vai vir aqui beijar meu pé. Ela disse que queria beijar a todos nós. E, afinal, eu sou o príncipe dela.

Dou outra gargalhada. Sinceramente, não sei por que eu costumava rir tão pouco antes. Tudo é maravilhoso e ridículo.

Mas quando olho para Cardan, algo me parece errado. Seus olhos brilham com fúria e desejo, e talvez até vergonha. Um instante depois, ele pisca, e novamente é só a arrogância apavorante de sempre.

— E então? Seja rápida — ordena com impaciência. — Beije meu pé e me diga como sou maravilhoso. Diga o quanto me admira.

— Chega — interrompe Locke com rispidez. Ele está com as mãos nos meus ombros, me puxando para que eu me levante. — Eu vou levá-la para casa.

— Ah, vai? — pergunta Cardan, as sobrancelhas erguidas. — Momento oportuno. Você gosta de sentir o gostinho da humilhação, mas sem muito exagero?

— Eu odeio quando você fica assim — responde Locke, baixinho.

Cardan puxa um alfinete do casaco, uma coisa cintilante e dourada no formato de uma bolota com uma folha de carvalho atrás. Por um momento delirante, fico achando que ele vai entregar a Locke, um escambo para que ele me deixe ali. Parece impossível, mesmo para minha mente louca.

Mas Cardan segura minha mão, o que parece mais impossível ainda. Os dedos dele estão quentes na minha pele. Ele enfia a ponta do alfinete no meu polegar.

— Ai — reclamo, me afastando dele e metendo o dedo furado na boca. Meu sangue tem gosto metálico.

— Faça uma boa caminhada para casa — diz ele para mim.

Locke me guia, parando para pegar o cobertor de alguém, que é colocado sobre meus ombros. Várias fadas ficam nos olhando quando entramos no bosque, eu cambaleando, ele me segurando. Os poucos professores que vislumbro não me encaram.

Eu sugo o polegar machucado, me sentindo estranha. Minha cabeça ainda está girando, mas não como antes. Tem alguma coisa errada. Um momento depois, percebo o que é. Tem sal no meu sangue.

Meu estômago embrulha.

Olho para Cardan, que está rindo com Valerian e Nicasia. Moragna está de braço dado com ele. Outra professora, uma elfa musculosa de uma ilha a leste, está tentando começar a aula.

Eu os odeio. Odeio todos eles, tanto. Por um momento, só sinto isso, o calor da minha fúria transformando todos os meus pensamentos em cinzas. Com mãos trêmulas, aperto o cobertor nos ombros e deixo Locke me guiar pelo bosque.

— Tenho uma dívida com você — digo entre dentes depois de andarmos um pouco. — Por me tirar de lá.

Ele me lança um olhar calculado. Volto a ficar abalada com sua beleza, os cachos macios caindo no rosto. É horrível estar a sós com Locke sabendo que ele me viu engatinhando de lingerie, mas a raiva ainda é maior que o constrangimento.

Ele balança a cabeça.

— Você não deve nada a ninguém, Jude. Principalmente depois de hoje.

— Como você consegue suportá-los? — pergunto, a fúria me fazendo confrontar Locke mesmo que ele não seja o único a despertar minha raiva neste momento. — Eles são horríveis. São monstros.

Ele não me responde. Continuamos caminhando, e quando chego na parte das maçãs caídas, chuto uma com tanta força que ela ricocheteia no tronco de um olmo.

— Há um prazer em estar com eles — começa Locke. — Em ter tudo o que a gente quer, em poder manifestar todo pensamento horrível. Há uma satisfação em ser horrível.

— Porque eles não são horríveis assim com você? — pergunto.

Mais uma vez, ele não responde.

Quando chegamos perto da propriedade de Madoc, eu paro.

— É melhor eu ir sozinha a partir daqui. — Dou um sorriso que deve parecer meio hesitante. É difícil segurá-lo no rosto.

— Espere — pede Locke, dando um passo em minha direção. — Eu quero ver você de novo.

Dou um gemido, exasperada demais para estar surpresa. Estou usando um cobertor emprestado, botas e lingerie comprada em um shopping center. Estou suja de terra e acabei de fazer papel de idiota.

— *Por quê?*

Ele me encara como se estivesse vendo uma coisa completamente diferente. Tem uma intensidade em seu olhar que me faz ficar mais ereta, apesar da sujeira.

— Porque você é como uma história que ainda não aconteceu. Porque quero ver o que vai fazer. Quero ser parte do desenrolar da história.

Não sei se isso é um elogio ou não, mas acho que vou aceitá-lo.

Ele pega minha mão, a mesma que Cardan perfurou com o alfinete, e beija as pontas dos meus dedos.

— Até amanhã — diz, fazendo uma reverência.

E assim, com aquele cobertor emprestado, de botas e lingerie, sigo sozinha na direção de casa.

— Diga-me quem fez isso — insiste Madoc repetidamente, mas eu não deduro ninguém.

Ele está andando de um lado a outro, pisando duro, explicando em detalhes que vai encontrar os feéricos responsáveis e destruí-los. Vai arrancar o coração deles. Vai decapitá-los e expor suas cabeças no telhado de nossa casa como aviso para os outros.

Eu sei que não é a mim que ele está ameaçando, mas é comigo que está gritando.

Quando fico com medo, não consigo esquecer que, por melhor que Madoc seja no papel de pai, ele também sempre será o assassino do meu pai biológico.

Fico calada. Penso no quanto Oriana tinha medo de que Taryn e eu nos comportássemos mal na Corte e provocássemos constrangimento para Madoc. Agora eu me pergunto se ela estava mais preocupada com a reação dele caso alguma coisa acontecesse. Cortar a cabeça de Valerian e Nicasia seria um ato político ruim. Fazer mal a Cardan é traição.

— Eu mesma fiz — digo por fim, para que ele pare. — Eu vi a fruta e pareceu gostosa, então comi.

— Como você pôde ser tão burra? — pergunta Oriana, se virando. Ela não parece surpresa; é como se eu estivesse confirmando suas piores desconfianças. — Jude, você sabe que não pode fazer isso.

— Eu queria me divertir. É para ser divertido — digo a ela, bancando a filha desobediente. — E *foi*. Foi como um lindo sonho...

— Quietas! — grita Madoc, calando a nós duas à base do choque. — As duas, *quietas*!

Eu me encolho involuntariamente.

— Jude, pare de tentar irritar Oriana — ordena ele, me lançando um olhar exasperado que acho que é inédito para mim, apesar de já ter sido direcionado a Vivi muitas vezes.

Madoc sabe que estou mentindo.

— E Oriana, não seja tão trouxa. — Quando ela entende o que ele quer dizer, cobre a boca com a mão pequenina e delicada.

— Quando eu descobrir a quem você está protegendo — diz Madoc —, a pessoa vai lamentar já ter respirado.

— Isso não está ajudando — respondo, me encostando na cadeira.

Ele se ajoelha na minha frente e toma minha mão nos dedos verdes ásperos. Acho que sente minha agitação. Solta um longo suspiro, provavelmente descartando mais ameaças.

— Então me diga o que vai ajudar, Jude. Diga, e eu farei.

Eu me pergunto o que aconteceria se eu dissesse as palavras: *Nicasia me humilhou. Valerian tentou me matar. Eles fizeram isso para impressionar o príncipe Cardan, que me odeia. Eu tenho medo deles. Tenho mais medo deles do que de você, e você me apavora. Faça com que parem. Faça com que me deixem em paz.*

Mas não vou dizer nada. A raiva de Madoc é abismal. Eu a vi no sangue da minha mãe no piso da cozinha. Uma vez conjurada, não pode ser abandonada.

E se ele assassinasse Cardan? E se matasse todos eles? A resposta de Madoc a tantos problemas é o derramamento de sangue. Se eles fossem mortos, seus pais exigiriam satisfações. A ira do Grande Rei recairia sobre Madoc. Eu estaria em uma situação bem pior do que agora, e ele provavelmente seria morto.

— Quero aprender mais coisas — peço. — Mais estratégias. Me ensine a usar melhor a espada. Me ensine tudo o que sabe. — O príncipe Dain pode me querer como espiã, mas isso não significa abrir mão da espada.

Madoc parece impressionado, e Oriana, irritada. Dá para ver que ela acha que estou tentando manipulá-lo e sendo bem-sucedida nisso.

— Muito bem — diz ele com um suspiro. — Tatterfell vai subir seu jantar, a não ser que você queira se juntar a nós à mesa. Vamos começar um treinamento mais intensivo amanhã.

— Vou comer lá em cima — aviso, e sigo para o meu quarto, ainda embrulhada no cobertor de sei-lá-quem. No caminho, passo pela porta fechada de Taryn. Parte de mim quer entrar, me jogar na cama dela e chorar. Quero que ela me abrace e me diga que não havia nada que eu pudesse ter feito diferente. Quero que Taryn me diga que sou corajosa e que ela me ama.

Mas, como tenho certeza de que ela não vai fazer nada disso, passo direto.

Meu quarto foi arrumado quando saí. A cama está feita e as janelas estão abertas para o ar noturno entrar. E ali, no pé da minha cama, tem um vestido dobrado, estampado com o brasão real que os servos dos príncipes e princesas usam. O duende com cara de coruja está sentado na varanda.

Ele se ajeita e eriça as penas.

— Você! — exclamo — Você é um dos...

— Vá à Mansão Hollow amanhã, docinho — gorjeia ele, me interrompendo. — Descubra um segredo do qual o rei não vai gostar. Descubra a traição.

Mansão Hollow É a casa de Balekin, o príncipe mais velho.

Tenho minha primeira tarefa pela Corte das Sombras.

CAPÍTULO

12

Vou dormir cedo e, quando acordo, está totalmente escuro. Minha cabeça está doendo, talvez por ter dormido demais, e meu corpo está dolorido. Provavelmente adormeci com todos os músculos contraídos.

As aulas do dia já começaram. Não importa. Eu não vou.

Tatterfell deixou uma bandeja com café temperado com canela, cravo e um pouco de pimenta. Sirvo uma xícara. Está morno, o que significa que já está ali há um tempo. Tem torrada também, que fica macia quando a mergulho no café.

Depois de comer, lavo o rosto, ainda grudento da polpa de maçã, e limpo o restante do corpo. Penteio o cabelo rapidamente e prendo em um coque sustentado por um palito de galho.

Eu me recuso a pensar no que aconteceu no dia anterior. Eu me recuso a pensar em qualquer coisa além de hoje e na minha missão para o príncipe Dain.

Vá à Mansão Hollow. Descubra um segredo do qual o rei não vai gostar. Descubra a traição.

Então Dain quer que eu ajude a garantir que Balekin não será o escolhido para ocupar o lugar do Grande Rei. Eldred pode escolher qualquer um dos filhos para o trono, mas prefere os três mais velhos: Balekin, Dain e Elowyn — e Dain acima de todos. Eu me pergunto se espiões ajudam a ordem a permanecer assim.

Se eu me sair bem na missão, Dain me dará poder assim que subir ao trono. E, depois de ontem, eu quero muito isso. Quero com o mesmo fervor que desejei sentir o gosto da fruta de fada.

Coloco o vestido de serva sem nenhuma das minhas lingeries de shopping por baixo, a fim de garantir o máximo de autenticidade possível. Calço um par de sapatinhos de couro velhos, tirados do fundo do meu armário. Tem um buraco no dedão que tentei consertar quase um ano antes, mas sou péssima em costura e acabei só deixando o sapato feio. Mas servem, e todos os meus outros sapatos são bonitos demais.

Nós não temos servos humanos na casa de Madoc, mas já os vi em outras partes do Reino das Fadas. Há parteiras humanas para fazer o parto de consortes humanas. Há artesãos humanos amaldiçoados ou abençoados com habilidades cativantes. Amas de leite humanas para amamentar bebês feéricos doentes. Pequenos filhotes humanos criados no Reino das Fadas, mas que não foram educados com os nobres, como nós. Alegres caçadores de magia que não se importam de fazer um pouco de trabalho tedioso em troca de algum desejo realizado. Quando nossos caminhos se cruzam, eu tento falar com eles. Às vezes eles querem, às vezes não. A maioria dos que não são artesãos foram enfeitiçados pelo menos um tiquinho para se esquecerem de algumas coisas. Eles acham que estão em um hospital ou na casa de uma pessoa rica. E quando são devolvidos — e Madoc me garantiu que são —, recebem um bom pagamento e até ganham presentes, tais como boa sorte ou cabelos brilhantes ou um talento para adivinhar os números certos da loteria.

Mas sei que também há humanos que fazem barganhas ruins ou que ofendem o feérico errado, e por isso não são tratados tão bem. Taryn e eu já ficamos sabendo de algumas coisas, mesmo que tenham tentado esconder de nós; histórias de humanos dormindo em pisos de pedra e comendo restos, acreditando estar descansando em camas de penas e jantando iguarias. Humanos dopados loucamente de fruta feérica. Os servos de Balekin levam a fama de ser assim, feios e maltratados.

Estremeço só de pensar. Mas consigo ver por que um mortal seria um espião útil, além de conseguirem mentir. Um mortal pode passar em lugares baixos e altos sem ser muito notado. Segurando uma harpa, somos bardos. Em lares, somos servos. De vestidos, somos esposas com filhos goblins chorões.

Acho que há vantagens em estar abaixo da posição de ser notada.

Continuo a me arrumar, enfiando na bolsa de couro uma muda de roupa para troca e uma faca. Jogo uma capa grossa de veludo sobre o vestido e desço a escadaria. O café embrulha meu estômago. Estou quase na porta quando vejo Vivi sentada no assento da janela coberto de tapeçaria.

— Você acordou — diz ela, se levantando. — Que bom. Quer atirar em coisas por aí? Eu tenho flechas.

— Talvez mais tarde. — Mantenho a capa bem fechada em volta do corpo e tento passar por ela, mantendo uma expressão vaga.

Não adianta. Ela estica o braço para bloquear minha passagem.

— Taryn me contou o que você disse para o príncipe no torneio — diz ela. — E Oriana falou sobre como você chegou em casa ontem à noite. Posso adivinhar o resto.

— Não preciso de mais um sermão — respondo.

Essa missão de Dain é a única coisa que tem me impedido de ser assombrada pelos acontecimentos do dia anterior. Não quero perder o foco. Tenho medo de que, se perdê-lo, eu acabe perdendo o autocontrole também.

— Taryn está se sentindo péssima — diz Vivi.

— É — comento. — Às vezes é um saco estar certa.

— Pare. — Ela agarra meu braço e me encara com aqueles olhos de pupila partida. — Pode falar comigo. Pode confiar em mim. O que está acontecendo?

— Nada — respondo. — Eu cometi um erro. Fiquei com raiva. Quis provar uma coisa. Foi burrice.

— Foi por causa do que eu disse? — Os dedos dela estão apertando meu braço com força.

O povo fada vai continuar tratando vocês como lixo.

— Vivi, o fato de eu ter decidido estragar minha vida não tem nada a ver com você. Mas vou fazer com que eles se arrependam por me irritar.

— Espere, o que quer dizer?

— Não sei — retruco, me desvencilhando dela. Sigo para a porta, e desta vez ela não me impede. Quando saio, corro pelo gramado até o estábulo.

Sei que não estou sendo justa com Vivi, que ela não fez nada. Ela só queria ajudar.

Talvez eu não saiba mais ser uma boa irmã.

No estábulo, tenho que parar e me encostar em uma parede para recuperar o fôlego. Durante mais da metade da minha vida, tenho lutado contra o pânico. Talvez não seja a melhor coisa do mundo essa agitação parecer normal, ou mesmo necessária. Mas, a essa altura, eu já não saberia viver sem ela.

A coisa mais importante agora é impressionar o príncipe Dain. Não posso deixar Cardan e seus amigos tirarem isso de mim.

Para chegar na Mansão Hollow, decido pegar um dos sapos, pois só os nobres montam em cavalos com ferraduras de prata. Embora um servo provavelmente não possua montaria alguma, pelo menos o sapo chama menos atenção.

Só mesmo no Reino das Fadas um sapo gigante é a escolha que chama *menos* atenção.

Coloco sela e rédeas em uma pintadinha (vejo que é fêmea) e a levo para a grama. Ela acerta um dos olhos dourados com a própria língua, me fazendo dar um passo involuntário para trás.

Passo o pé pelo estribo e subo na sela. Com uma das mãos, puxo as rédeas e, com a outra, faço carinho na pele macia e fria das costas do animal. A criatura dá um salto, e eu me agarro.

A Mansão Hollow é uma casa de pedra com uma torre alta e torta, e toda a construção está meio coberta de hera e urtiga. Há uma sacada no segundo andar que parece ter uma amurada de raízes grossas em vez de ferro. E tem uma cortina de filetes mais finos pendurada ali, como uma barba rala cheia de sujeira. Tem uma certa incongruência na propriedade que parece ter sido criada para deixá-la encantadora, mas só serve para deixá-la sinistra. Amarro o sapo, coloco a capa nos alforjes e sigo para a lateral da mansão, onde acredito que vá encontrar uma entrada de serviçais. No caminho, paro para colher cogumelos, a fim de que pareça que tive um motivo para estar no bosque.

Quando chego perto da propriedade, meu coração dispara novamente. Balekin não vai me fazer mal, digo para mim mesma. Mesmo que eu seja pega, ele só vai me entregar para Madoc. Nada de ruim vai acontecer.

Não tenho certeza absoluta de que isso seja verdade, mas consigo me persuadir o suficiente para me aproximar da porta dos serviçais e entrar.

Tem um corredor que vai até a cozinha, onde coloco os cogumelos em uma mesa, ao lado de alguns coelhos cobertos de sangue, uma torta de pombo, um buquê de broto de alho e alecrim, algumas ameixas de casca manchada e dezenas de garrafas de vinho. Um troll mexe uma panela grande ao lado de uma pixie alada. E cortando legumes, há dois humanos de bochechas fundas, um garoto e uma garota, ambos com sorrisinhos idiotas e olhares vidrados. Eles nem prestam atenção enquanto cortam, e estou surpresa por não deceparem os dedos. Pior, se decepassem, não sei se ao menos notariam.

Lembro-me do jeito como me senti ontem, e o eco da fruta de fada surge espontaneamente na minha boca. Sinto a garganta fechar e passo apressadamente pelo corredor.

Sou parada por um guarda feérico de olhos claros, que agarra meu braço. Olho para ele, torcendo para minha expressão estar tão vazia, agradável e sonhadora quanto a dos mortais na cozinha.

— Eu nunca vi você — diz ele, em tom de acusação.

— Você é lindo — digo, tentando parecer impressionada e um pouco confusa. — Que lindos olhos de espelho.

Ele faz um som enojado, que acho que significa que estou fazendo um bom trabalho ao fingir ser uma serva humana enfeitiçada, embora eu mesma ache que estou sendo esquisita e exagerada no meu nervosismo. Não sou tão boa de improviso quanto esperava que fosse.

— Você é nova aqui? — pergunta ele, falando devagar.

— Nova? — repito, tentando pensar o que alguém trazido até ali poderia achar da experiência. Não consigo deixar de me lembrar do gosto doce e enjoativo da fruta de fada, mas em vez de isso me ajudar a entrar mais no personagem, só me deixa com vontade de vomitar. — Antes eu estava em outro lugar — falo —, mas agora tenho que limpar o salão com cera até cada centímetro estar brilhando.

— Bom, acho melhor você ir, então — diz ele, me soltando.

Tento controlar o tremor que cresce debaixo da minha pele. Não me lisonjeio achando que minha atuação o convenceu; ele só foi convencido porque sou humana, e ele espera que humanos sejam meros serviçais. Mais uma vez, consigo ver por que o príncipe Dain achou que eu seria útil. Depois do guarda, fica relativamente fácil andar pela mansão. Há dezenas de humanos circulando e executando tarefas, perdidos em sonhos doentios. Eles entoam canções e sussurram palavras aleatórias, mas são apenas trechos de uma conversa acontecendo em seus sonhos. Os olhos são confusos. As bocas, rachadas.

Não me admira o guarda ter achado que eu era uma novata.

Mas além dos servos, tem os feéricos. Convidados de alguma festa que parece ter esfriado, mas não terminado. Estão em vários estados de nudez, jogados em sofás e entrelaçados no piso das salas pelas quais passo, as bocas manchadas de nuncamais, um pó dourado tão concentrado que entorpece os feéricos e dá aos mortais a capacidade de enfeitiçar uns aos outros. Há cálices tombados, o hidromel escorrendo pelo piso irregular como afluentes de grandes lagos de vinho de mel. Algumas fadas estão tão imóveis que fico com medo de terem morrido de devassidão.

— Com licença — digo para uma garota da minha idade que carrega um balde de metal. Ela passa por mim sem nem parecer reparar que falei alguma coisa.

Sem ideia do que fazer, resolvo ir atrás dela. Subimos uma escadaria ampla de pedras e sem corrimão. Tem mais três feéricos caídos num estupor ao lado de uma garrafinha de bebida. Acima de nós, do outro lado do corredor, ouço um grito estranho, como se alguém estivesse sentindo dor. Alguma coisa pesada desaba no chão. Abalada, tento forçar meu rosto a retornar àquela indiferença sonhadora, mas não é fácil. Meu coração bate como um passarinho encurralado.

A garota abre a porta de uma suíte, e eu entro atrás dela.

As paredes são de pedra, desprovidas de quadros ou tapeçarias. Uma cama enorme com dossel parcial ocupa a maior parte do espaço no primeiro quarto, o painel da cabeceira entalhado com vários animais com cabeça de mulher e seios expostos — corujas, cobras e raposas —, fazendo algum tipo de dança estranha.

Eu não devia estar surpresa, considerando que Balekin lidera o libertino Círculo dos Quíscalos.

Reconheço os livros empilhados na mesa de madeira — são os mesmos que Taryn e eu estudamos para nossas aulas. Eles estão espalhados, com alguns pedaços de papel sobre a madeira entre eles, ao lado de um pote de tinta aberto. Um dos livros tem anotações cuidadosas na lateral, enquanto o outro está coberto de manchas. Uma caneta quebrada, partida no meio deliberadamente (ou pelo menos não consigo pensar em um jeito que aquilo pudesse ter acontecido que não deliberadamente) está caída no meio do livro manchado de tinta.

Nada que pareça traição.

O príncipe Dain me deu o uniforme por saber que eu conseguiria entrar, e de fato entrei. Ele estava contando com minha capacidade de mentir para fazer o restante. Mas agora que entrei, espero que haja alguma coisa na Mansão Hollow digna de ser encontrada.

O que quer dizer que, por mais assustada que eu esteja, é necessário que eu preste atenção a tudo.

Na parede há mais livros, alguns que reconheço da biblioteca de Madoc. Paro na frente de uma prateleira, franzindo a testa, e me ajoelho. Encontro um livro que conheço, mas que não esperava ver aqui, nesse lugar: *Alice no País das Maravilhas* e *Alice através do espelho* em volume único. Mamãe leu esse mesmo livro para nós diversas vezes no mundo mortal.

Quando abro o livro, vejo as ilustrações familiares e as palavras:

"Mas eu não quero andar entre loucos", observou Alice.

"Ah, você não pode evitar", disse o gato. "Nós todos somos loucos aqui. Eu sou louco. Você é louca."

"Como você sabe que eu sou louca?", perguntou Alice.

"Você deve ser", disse o gato, "senão não teria vindo para cá."

Uma gargalhada de medo ameaça subir pela minha garganta, e tenho que morder o lábio para segurá-la.

A humana está ajoelhada na frente de uma lareira enorme, varrendo as cinzas. Cães no formato de serpentes enormes e enroladas ladeiam a lareira, os olhos de vidro prontos para brilhar com as chamas acesas.

Apesar de ser ridículo, não suporto a ideia de botar o livro no lugar. Vivi não trouxe esse título, e não o vejo desde que minha mãe lia para nós na hora de dormir. Então o enfio na parte da frente do vestido.

Em seguida, vou até o armário e abro a porta, procurando alguma pista, alguma informação valiosa. Mas, assim que examino lá dentro, um pânico louco surge em meu peito. Imediatamente sei quem é o dono do quarto onde estou. São os gibões, as calças extravagantes, as capas forradas de pele e as camisas de seda fina do príncipe Cardan.

Depois que termina de tirar as cinzas da lareira, a garota empilha a madeira recém-cortada numa pirâmide, botando um pedaço de pinheiro aromático no topo.

Quero passar por ela e sair correndo da Mansão Hollow. Eu supus que Cardan morasse no palácio com o pai, o Grande Rei. Não me ocorreu que ele poderia morar com um dos irmãos. Eu me lembro de Dain e Balekin bebendo juntos na última festa da Corte. Espero desesperadamente que isso não tenha sido planejado para me humilhar ainda mais, para dar a Cardan mais um pretexto — ou pior, mais uma oportunidade — para me punir ainda mais.

Não quero acreditar nisso. O príncipe Dain, prestes a ser coroado Grande Rei, não tem tempo para se permitir um esporte mesquinho desses, para fingir aceitar meus serviços só porque é o desejo de seu irmão mais jovem e imaturo. Ele não faria um geas em mim nem negociaria comigo só por esse motivo. Tenho que continuar acreditando nisso, porque a alternativa é horrível demais.

A descoberta significa que, além do príncipe Balekin, preciso evitar o príncipe Cardan no meu caminho pela casa. Qualquer um dos dois poderia me reconhecer se visse meu rosto. Tenho que tomar cuidado para que isso não aconteça.

É provável que eles não olhem com atenção. Ninguém olha com atenção para servos humanos.

Percebendo que não sou tão diferente, eu me obrigo a reparar no padrão das pintinhas na pele da garota humana, nas pontas duplas do cabelo louro e na aspereza dos joelhos. Observo como ela oscila um pouco quando se levanta; o corpo está exausto, mesmo que o cérebro não se dê conta disso.

Se eu voltar a vê-la, quero que ela saiba que eu a reconheceria.

Mas não adianta, não desfaz nenhum feitiço. Ela continua a tarefa, dando o mesmo sorriso horrível e satisfeito. Quando sai do quarto, sigo na direção oposta. Preciso encontrar os aposentos particulares de Balekin, descobrir os segredos dele, e então cair fora.

Abro portas com cuidado e espio. Chego em dois cômodos, ambos cobertos por uma camada densa de poeira, um deles com uma pessoa deitada sob uma mortalha de teias na cama. Paro por um momento, tentando decidir se é uma estátua ou um cadáver, ou até mesmo algum tipo de coisa viva, mas percebo que não tem nada a ver com minha missão e saio rapidamente. Abro outra porta e encontro vários feéricos entrelaçados numa cama, dormindo. Um deles pisca para mim, sonolento, e eu prendo a respiração em expectativa, mas ele simplesmente volta a dormir.

O sétimo aposento começa em um corredor com uma escada em espiral, dando no que deve ser a torre. Subo rapidamente, o coração disparado, os sapatos de couro suaves na pedra.

O quarto circular onde vou parar está coberto por estantes cheias de manuscritos, pergaminhos, adagas douradas, frascos de vidro fino com líquidos da cor de pedras preciosas e o crânio de algum tipo de cervo com chifres enormes sustentando velas cônicas finas. Tem duas poltronas grandes perto da única janela. Uma mesa enorme domina o meio do cômodo, e nela há mapas com as pontas presas por pedaços de vidro e objetos de metal. Embaixo tem correspondências. Mexo nos papéis até encontrar a seguinte carta:

> *Sei da proveniência do cogumelo amanita que você pede, mas seja lá o que for fazer, não deve ser relacionado a mim. Depois disso, considero minha dívida paga. Que meu nome seja apagado dos seus lábios.*

Embora a carta não esteja assinada, a caligrafia é elegante, feminina. Parece importante. Pode ser a prova que Dain está procurando? Pode ser útil o bastante para agradá-lo? Mas não posso levá-la. Se a carta sumir, Balekin terá certeza de que alguém esteve ali. Encontro uma folha em branco e a aperto sobre o bilhete. Copio a carta o mais depressa que consigo, tentando capturar a caligrafia com o máximo de precisão.

Estou quase acabando quando ouço um som. Há alguém subindo pela escada.

Entro em pânico. Não tenho onde me esconder. Não tem praticamente nada no quarto; é quase todo de espaço aberto, exceto pelas estantes. Dobro o bilhete, sabendo que está inacabado, sabendo que a tinta fresca vai manchar.

O mais rapidamente que consigo, entro embaixo de uma das poltronas de couro, me encolhendo bem. Queria ter deixado o livro idiota onde o encontrei, porque um dos cantos está espetando o meu braço. Fico me perguntando o que eu tinha na cabeça, achando que era inteligente o bastante para ser uma espiã no Reino das Fadas.

Aperto bem os olhos, como se não ver quem está entrando no quarto me impedisse de ser vista.

— Espero que você esteja treinando — diz Balekin.

Abro uma fresta dos olhos. Cardan está ao lado das prateleiras; um serviçal de rosto vazio segura uma espada com entalhes em ouro no cabo e asas de metal formando a guarda da arma. Tenho que morder a língua para não emitir nenhum som.

— É preciso? — pergunta Cardan. Ele parece entediado.

— Mostre-me o que aprendeu. — Balekin pega um cajado de um suporte ao lado da mesa, o qual contém uma variedade de cajados e bengalas. — Você só precisa acertar uma vez. Só uma, irmãozinho.

Cardan simplesmente fica ali parado.

— *Pegue a espada.* — A paciência de Balekin já está no limite.

Com um suspiro longo e aborrecido, Cardan levanta a espada. Sua postura é horrorosa. Consigo ver por que Balekin está irritado. Cardan deve ter instrutores de luta desde que tinha idade suficiente para segurar uma vara. Eu fui instruída desde que cheguei ao Reino das Fadas, então ele teve anos de vantagem, e a primeira coisa que aprendi foi como posicionar os pés.

Balekin ergue o cajado.

— Agora, ataque.

Por um longo momento, eles ficam parados, se olhando. Cardan movimenta a espada de um jeito estabanado, e Balekin bate o cajado com força, acertando-o na lateral da cabeça. Faço uma careta ao som da madeira no crânio dele. Cardan cambaleia para a frente, mostrando os dentes. A bochecha e uma das orelhas estão completamente vermelhas.

— Isso é ridículo — diz Cardan, cuspindo no chão. — Por que temos que fazer esse jogo bobo? Ou você gosta desse papel? É isso que torna tudo divertido para você?

— O jogo de espadas não é brincadeira. — Balekin ataca de novo. Cardan tenta saltar para trás, mas o cajado acerta sua coxa.

Cardan faz uma careta e levanta a espada, na defensiva.

— Então por que se chama *jogo* de espadas?

A expressão de Balekin se fecha e ele aperta o cajado com mais força. Desta vez, acerta Cardan na barriga, golpeando de repente e com força o bastante para fazê-lo cair no piso de pedra.

— Eu tentei fazer você melhorar, mas você insiste em desperdiçar seu talento em festas, em bebedeira sob o luar, em rivalidades impensadas e romances patéticos...

Cardan se levanta e parte para cima do irmão, golpeando loucamente com a espada. Ele a segura feito uma clava. O frenesi do ataque faz Balekin dar um passo para trás.

A técnica de Cardan finalmente aparece. Ele fica mais deliberado, ataca de ângulos novos. Na escola, ele nunca demonstrou muito interesse em espadas, e, apesar de saber o básico, não sei se costuma treinar. Balekin o desarma impiedosa e eficientemente. A espada de Cardan sai voando e vem tilintando piso afora, na minha direção.

Eu me encolho sob a escuridão da poltrona. Por um momento, acho que vou ser vista, mas o servo é quem pega a espada, e seu olhar nem oscila.

Balekin bate o cajado na parte de trás das pernas de Cardan, derrubando-o.

Eu estou adorando. Parte de mim queria ser a pessoa segurando o cajado.

— Não se dê o trabalho de levantar. — Balekin solta o cinto e o entrega ao servo. O humano o enrola duas vezes na palma da mão. — Você fracassou no teste. De novo.

Cardan não fala nada. Seus olhos estão cintilando com uma fúria familiar, mas desta vez não direcionada a mim. Ele está de joelhos, mas não parece intimidado.

— Diga-me. — A voz de Balekin está sedosa, e ele caminha em volta do irmão mais novo. — Quando você vai deixar de ser uma decepção?

— Talvez quando você deixar de fingir que não faz isso por puro prazer — responde Cardan. — Se quer me machucar, nos pouparia muito tempo se você fosse logo...

— Nosso pai estava velho, e a semente dele estava fraca quando gerou você. É por isso que você é fraco. — Balekin coloca a mão no pescoço do irmão. Parece um gesto de afeição, até eu perceber que Cardan se encolhe, o equilíbrio vacilando. É assim que percebo que Balekin está empurrando com força, prendendo Cardan no chão. — Agora tire a camisa para receber sua punição.

Cardan começa a tirar a camisa, mostrando um pedaço de pele pálido como a lua e as costas cobertas de rastros delicados de cicatrizes já desbotadas.

Meu estômago embrulha. Vão dar uma surra nele.

Eu devia estar exultante por ver Cardan assim. Devia estar feliz porque sua vida é horrível, talvez até pior do que a minha, embora ele seja um príncipe e um cretino desgraçado que provavelmente vai viver para sempre. Se alguém me dissesse que eu teria a oportunidade de ver isso, eu acharia que a única coisa que eu teria que sufocar seria minha vontade de aplaudir efusivamente.

Mas ao olhar a cena, não consigo deixar de observar que sob toda aquela postura desafiadora existe uma boa dose de medo. Sei bem o que é dizer uma coisa espertinha porque você não quer que ninguém perceba como você realmente se sente. Não me faz gostar de Cardan, mas pela primeira vez ele me parece de verdade. Não bonzinho, mas real.

Balekin assente. O servo bate duas vezes, o estalo do couro ecoando alto no ar parado do quarto.

— Não ordeno isso por estar com raiva de você, irmão — diz Balekin para Cardan, me fazendo tremer. — Faço porque amo você. Porque amo nossa família.

Quando o mortal levanta o braço para bater uma terceira vez, Cardan pula para pegar a espada sobre a mesa de Balekin, onde o servo a colocou. Por um momento, penso que Cardan vai perfurar o rapaz.

O servo não grita nem levanta as mãos para se proteger. Talvez esteja enfeitiçado demais para isso. Talvez se Cardan lhe enfiasse a espada no coração, ele nem ao menos tentasse se defender. Estou bamba de pavor.

— Vá em frente — diz Balekin, entediado. Ele faz um gesto vago na direção do servo. — Mate-o. Mostre que não se importa de fazer sujeira. Mostre que pelo menos sabe dar um golpe fatal em um alvo tão patético quanto este.

— Eu não sou assassino — diz Cardan, me surpreendendo. Eu nunca achei que fosse me orgulhar de uma coisa dessas.

Em dois passos, Balekin está na frente do irmão. Eles são tão parecidos quando estão lado a lado. O mesmo cabelo escuro, expressões de desprezo correspondentes, olhos ávidos. Mas Balekin mostra suas décadas de experiência arrancando a espada das mãos de Cardan e o derrubando no chão com a empunhadura.

— Então aceite sua punição como a criatura patética que você é. — Balekin assente para o servo, que desperta da sonolência.

Fico assistindo cada golpe, cada movimento. Não tenho muita escolha. Posso fechar os olhos, mas os sons são igualmente horrendos. E o pior de tudo é o rosto vazio de Cardan, seus olhos embotados como chumbo.

Na verdade, sua crueldade é resultado das atitudes de Balekin. Ele foi criado assim, aprendeu suas nuanças, foi refinado em sua aplicação. Por pior que Cardan seja, agora vejo o que ele pode vir a se tornar, e então sinto medo de verdade.

CAPÍTULO

13

Perturbadoramente, é ainda mais fácil entrar no Palácio de Elfhame com meu vestido de serviçal do que foi entrar na casa de Balekin. Todo mundo, de goblins a nobres, ao Poeta e Senescal mortal do Grande Rei, mal me olha conforme vou passando pelos corredores labirínticos. Não sou nada, ninguém, uma mensageira tão digna de atenção quanto uma bonequinha animada feita de galhos ou uma coruja. Minha expressão agradável e plácida, combinada ao movimento sempre avante, me leva aos aposentos do príncipe Dain sem levantar suspeita, muito embora eu me perca duas vezes e precise refazer meus passos.

Bato à porta e fico aliviada quando o príncipe em pessoa atende.

Ele levanta as sobrancelhas e me observa em meu vestido simples. Faço uma cortesia formal, como qualquer servo faria. Não altero minha expressão por medo de ele não estar sozinho.

— Sim? — pergunta.

— Tenho um recado para Vossa Alteza — digo, na esperança de minhas palavras soarem certas. — Peço um momento de seu tempo.

— Você tem talento natural — diz ele, sorrindo. — Entre.

É um alívio relaxar o rosto. Abandono o sorriso vazio e o acompanho até a sala.

Mobiliada em veludo, seda e brocados elaborados, é uma mistura de escarlate e azul e verde, tudo intenso e escuro, como frutas maduras demais. As estampas nos tecidos são o tipo de coisa com a qual já me acostumei: tranças intrincadas de roseira brava, folhas que também podem ser aranhas quando examinadas de outro ângulo, e uma representação de uma caçada que não deixa muito claro qual criatura está caçando qual.

Dou um suspiro e me sento na cadeira para a qual Dain está apontando, remexendo no bolso.

— Aqui — ofereço, tirando o bilhete amassado e abrindo-o em cima de uma mesinha com pés entalhados de aves. — Ele entrou bem quando eu estava copiando, então ficou um pouco borrado. — Deixei o livro roubado no sapo; a última coisa que quero é que o príncipe Dain saiba que peguei alguma coisa para mim.

Dain aperta os olhos e examina as formas das letras embaixo dos borrões.

— E Balekin não viu você?

— Ele estava distraído — respondo com sinceridade. — Eu me escondi.

O príncipe Dain assente e toca uma sineta, provavelmente para chamar algum criado. Vou ficar feliz se for alguém não enfeitiçado.

— Que bom. E você gostou?

Não sei bem como interpretar a pergunta. Passei quase o tempo todo com medo, o que não é nada agradável. Mas quanto mais eu penso no assunto, mais percebo que gostei, *sim*. A maior parte da minha vida é feita de expectativa e medo, uma espera pela próxima desgraça: em casa, nas aulas, na Corte. O medo de ser flagrada foi um sentimento totalmente novo, um que pelo menos me deu a sensação de saber ao certo o que eu devia temer. Eu sabia o que era preciso para vencer. Andar sorrateiramente pela casa de Balekin foi menos assustador do que algumas festas às quais já compareci.

Pelo menos até eu presenciar Cardan levando a surra. Naquele momento, senti uma coisa que não faço muita questão de revisitar.

— Eu gostei de ter feito um bom trabalho — digo, finalmente encontrando uma resposta honesta.

Isso faz Dain assentir. Ele está prestes a me dizer outra coisa quando um feérico entra na sala. É um goblin, a pele do tom verde dos lagos. O nariz é comprido e se retorce todo antes de se curvar novamente na direção do rosto, como uma foice. O cabelo é um tufo preto no alto da cabeça. Os olhos são ilegíveis. Ele pisca várias vezes, como se tentasse se concentrar em mim.

— Me chamam de Barata — diz ele, a voz melodiosa, totalmente incongruente com o rosto. Ele se curva e inclina a cabeça de lado, na direção de Dain. — A serviço dele. Acho que nós dois estamos. Você é a garota nova, certo?

Faço que sim.

— Devo dizer meu nome ou tenho que inventar alguma coisa inteligente?

Barata sorri, gesto que retorce seu rosto de forma ainda mais hedionda.

— Estou aqui para levá-la para conhecer a trupe. E não se preocupe com o modo como vamos chamar você. Nós mesmos decidimos isso. Você acha que alguém em sã consciência iria querer ser chamado de Barata?

— Legal — respondo, e dou um suspiro.

Ele me olha com atenção.

— É, consigo ver que é um grande talento. Não precisar dizer o que você pensa.

Ele está usando uma imitação de gibão da corte, só que o dele é feito de trapos de couro. Fico me perguntando o que Madoc diria se soubesse onde estive e com quem. Acho que não ficaria satisfeito.

Acho que ele não ficaria satisfeito com nada do que fiz hoje. Soldados valorizam um tipo peculiar de honra, mesmo os que mergulham os capuzes no sangue dos inimigos. Esgueirar-se por casas e roubar papéis não condiz com isso. Embora Madoc tenha espiões, acho que ele não gostaria de saber que me tornei uma.

— Então ele está chantageando a rainha Orlagh — diz Dain, e Barata e eu olhamos para ele.

O príncipe Dain está franzindo a testa para a carta, e de repente eu entendo: ele reconhece minha cópia da caligrafia. A mãe de Nicasia, a rainha Orlagh, deve ser a mulher que pegou o veneno para Balekin. Ela escreveu que estava pagando uma dívida, embora, conhecendo Nicasia, eu imagine que um pouco de maldade não seria um grande incômodo para sua mãe. Mas o reino da Rainha Submersa é abrangente e poderoso. É difícil imaginar o que Balekin poderia ter contra ela.

Dain entrega minha carta a Barata.

— Então, você acha que ele vai usar isso antes da coroação?

O nariz do goblin treme.

— É o gesto inteligente. Quando a coroa estiver em sua cabeça, nada vai tirá-la de lá.

Até aquele momento, eu não tinha certeza de para quem era o veneno. Faço menção de falar, mas mordo a bochecha por dentro para não dizer nada idiota. Claro que só pode ser para o príncipe Dain. Quem mais necessitaria de veneno especial? Se fosse matar alguém comum, Balekin provavelmente recorreria a algum veneno vagabundo para pessoas comuns.

Dain parece reparar na minha surpresa.

— Nós nunca nos demos bem, meu irmão e eu. Ele sempre foi ambicioso demais para isso. Mas eu tinha esperança... — Ele balança a mão, ignorando o que ia dizer. — O veneno pode ser a arma de um covarde, mas é eficiente.

— E a princesa Elowyn? — pergunto, mas logo desejo poder retirar o que disse. Provavelmente o veneno é para ela também. A rainha Orlagh devia ter uma boa quantidade.

Desta vez, Dain não me responde.

— Talvez Balekin planeje se casar com ela — diz Barata, surpreendendo a nós dois. Ao ver nossa expressão, ele dá de ombros. — O quê? Se ele for óbvio demais, será o próximo a levar uma facada nas costas. E não seria o primeiro membro dos nobres a se casar com uma irmã.

— Se ele se casar com ela — diz Dain, rindo pela primeira vez durante a conversa —, vai levar uma facada no peito.

Eu sempre pensei em Elowyn como a irmã gentil. Mais uma vez, fico ciente de quão pouco sei sobre o mundo no qual estou tentando circular.

— Venha — diz Barata, me chamando para ficar de pé. — Está na hora de conhecer os outros.

Lanço um olhar de súplica na direção de Dain. Não quero ir com Barata, um sujeito que acabei de conhecer e ainda não sei se é digno de minha confiança. Até eu, que cresci na casa de um militar, tenho medo de goblins.

— Antes de você ir. — Dain caminha até estar parado diante de mim. — Eu prometi que ninguém poderia obrigar você a nada, exceto eu. Infelizmente, vou ter que usar esse poder. Jude Duarte, eu proíbo você de falar em voz alta sobre seus serviços para mim. Proíbo você de escrever ou de expressar em forma de canção. Você nunca vai contar a ninguém sobre Barata. Nunca vai contar a ninguém sobre nenhum de meus espiões. Nunca vai revelar os segredos deles, os locais de encontro, os esconderijos. Enquanto eu viver, você vai obedecer a isto.

Estou usando meu colar de sorvas, mas ele não serve de proteção contra a magia do geas. Este não é um feitiço como os outros, não é bruxaria simples.

O peso do geas desaba com tudo sobre mim, e sei que se eu tentasse falar, minha boca não conseguiria articular as palavras proibidas. Odeio isso. É uma sensação horrível de falta de controle. Faz com que minha mente vire uma confusão, tentando imaginar uma saída para a ordem, mas não consigo.

Penso na minha primeira viagem ao Reino das Fadas e no som de Taryn e Vivi chorando. Penso na expressão sombria de Madoc, o maxilar travado, sem dúvida desacostumado com crianças, ainda mais as humanas. Os ouvidos dele deviam estar doendo. Ele devia estar louco para que calássemos a boca. É difícil pensar em alguma coisa boa a respeito de Madoc naquele momento, com o sangue dos nossos pais ainda em suas mãos. Mas uma coisa digo a seu favor: ele nunca nos enfeitiçou para afastar nossa dor, nem tirou nossa voz. Madoc nunca fez nada para tornar sua viagem mais fácil.

Tento me convencer de que, ao me encantar, o príncipe Dain só está fazendo a coisa inteligente, o necessário. Mas, ainda assim, não consigo evitar os arrepios.

Por um momento, fico em dúvida sobre minha decisão de servi-lo.

— Ah — diz Dain quando estou prestes a sair. — Mais uma coisa. Você sabe o que é mitridatismo?

Faço que não com a cabeça, sem saber se estou interessada em qualquer coisa que ele tenha a dizer agora.

— Pesquise. — Dain sorri. — Não é uma ordem, só uma sugestão.

Acompanho Barata pelo palácio, mantendo alguns passos de distância para não parecer que estamos juntos. Passamos por um general que Madoc conhece, e tomo o cuidado de ficar de cabeça baixa. Não acho que ele me olharia com atenção suficiente para me reconhecer, mas é melhor não arriscar.

— Aonde estamos indo? — sussurro depois de uns bons minutos andando pelos corredores.

— Só mais um pouco — diz ele com irritação, abrindo um armário e entrando. Seus olhos emitem um reflexo alaranjado, como os de um urso. — Bem, vamos, entre e feche a porta.

— Eu não enxergo no escuro — lembro a ele, porque essa é uma das muitas coisas que as criaturas nunca lembram sobre nós.

Ele rosna.

Eu entro e me encolho para que nenhum pedacinho do goblin toque em mim, depois fecho a porta do armário. Ouço o deslizar da madeira e sinto o ar frio e úmido. O cheiro de pedra molhada toma o ambiente.

Ele pousa a mão no meu braço com cuidado, mas ainda assim consigo sentir suas garras. Deixo que me guie, permito que empurre minha cabeça para eu saber quando abaixá-la. Quando me empertigo, estou em uma plataforma estreita, acima do que parece ser a adega do palácio.

Meus olhos ainda estão se ajustando, mas, pelo que consigo ver, há uma rede de passagens no subterrâneo do palácio. Eu me pergunto quantas pessoas sabem sobre este lugar. Dou um sorriso por perceber que sou uma das poucas dignas de tal segredo. Logo eu.

Eu me pergunto se Madoc sabe.

Aposto que Cardan não sabe.

Dou um sorriso ainda mais largo do que antes.

— Cansou de olhar? — pergunta Barata. — Eu posso esperar.

— Você está pronto para me contar alguma coisa? — pergunto a ele. — Tipo, aonde estamos indo ou o que vai acontecer quando chegarmos lá?

— Descubra sozinha — diz ele, o rosnado na voz. — Continue.

— Você disse que encontraríamos os outros — respondo, começando com o que sei, tentando me manter ereta e não tropeçar no terreno irregular. — E o príncipe Dain me fez prometer não revelar nenhum local escondido, então obviamente estamos indo para sua toca. Mas isso não me esclarece o que vamos fazer quando chegarmos lá.

— Talvez a gente queira mostrar a você nosso aperto de mão secreto — diz Barata. Ele está fazendo alguma coisa que não consigo ver, mas um momento depois ouço um estalo, como se uma tranca tivesse sido armada ou uma armadilha desarmada. Um empurrão de leve na minha lombar, e logo estou seguindo por um túnel novo e ainda menos iluminado.

Sei que chegamos a uma porta porque dou de cara nela, para a diversão de Barata.

— Você não enxerga mesmo — diz ele.

Massageio minha testa.

— Eu falei que não enxergava!

— É, mas você é a mentirosa — lembra ele. — Eu não devo acreditar em nada do que você diz.

— Por que eu mentiria sobre uma coisa assim? — questiono, ainda irritada.

Ele deixa minha pergunta no ar. A resposta é óbvia: para eu poder refazer meus passos. Para ele poder me mostrar acidentalmente alguma coisa que não mostraria a outra pessoa. Para ele ser incauto.

Eu preciso parar de fazer perguntas idiotas.

E talvez ele precise ser menos paranoico, pois Dain já botou um geas em mim que me impede de contar tudo o que estou vendo agora a qualquer pessoa.

Barata abre a porta, e uma luz se espalha pelo corredor. Automaticamente posiciono o braço na frente do rosto. Piscando, começo a examinar o esconderijo dos espiões do príncipe Dain. É de terra batida de todos os lados, com paredes côncavas e um teto abobadado. Uma mesa grande toma o ambiente, e sentados a ela estão dois feéricos que nunca vi, os dois me olhando com descontentamento.

— Bem-vinda — diz Barata — à Corte das Sombras.

CAPÍTULO
14

Os dois outros integrantes da trupe de espiões de Dain também têm codinomes. Há o feérico magro, bonito e um pouco semelhante a um humano, que dá uma piscadela para mim e me diz para chamá-lo de Fantasma. Ele tem cabelo louro-claro, normal para um mortal, porém incomum para um feérico, e orelhas com pontas bem sutis.

O outro é uma garota pequena e delicada, a pele de um castanho sarapintado de gazela, o cabelo uma nuvem branca em volta da cabeça, e nas costas um par de asas de borboleta em miniatura, azul-acinzentadas. Ela tem pelo menos um pouco de pixie, isso se não for parte diabrete.

Eu a reconheço da festa da lua cheia do Grande Rei. Foi ela quem roubou o cinto de um ogro, o qual tinha armas e bolsas penduradas.

— Sou a Bomba — diz ela. — Gosto de explodir coisas.

Faço que sim. É o tipo de coisa direta que não espero que fadas digam, mas estou acostumada a estar perto de feéricos da Corte e de sua etiqueta barroca. Não estou acostumada com feéricos solitários. Estou perdida em relação a como devo falar com eles.

— Então são só vocês três?

— Quatro agora — diz Barata. — Nós cuidamos para que o príncipe Dain fique vivo e bem informado sobre os acontecimentos da Corte. Nós roubamos, nos esgueiramos e enganamos para garantir a coroação dele. E quando for rei, nós vamos roubar, nos esgueirar e enganar para garantir que ele permaneça no trono.

Assinto outra vez. Depois de enxergar a verdadeira personalidade de Balekin, quero Dain no trono mais do que nunca. Madoc ficará do lado dele, e se eu puder ser útil o suficiente, talvez eles tirem o restante dos nobres do meu pé.

— Você consegue fazer duas coisas que não conseguimos — diz Barata. — Uma delas é se misturar aos servos humanos. A outra é circular entre os nobres. Nós vamos ensinar alguns outros truques. Sendo assim, enquanto você não recebe uma nova missão diretamente do príncipe, seu trabalho será fazer o que eu mandar.

Faço que sim de novo. Eu já esperava esse tipo de coisa.

— Eu nem sempre consigo escapar lá de casa. Matei aula hoje, mas não posso fazer isso sempre, senão alguém vai reparar e perguntar onde estive. E Madoc espera que eu jante com ele, Oriana e o restante da família por volta da meia-noite.

Barata olha para Fantasma e dá de ombros.

— Esse é sempre o problema de infiltrar a Corte. Muitas regras de etiqueta tomando o tempo. Quando você *consegue* escapar?

— Teoricamente, depois do meu horário de estar na cama — respondo.

— Serve — diz Barata. — Um de nós vai encontrar você perto da sua casa para iniciar o treinamento ou passar tarefas. Você não precisa vir sempre aqui, ao ninho. — Fantasma assente, como se meus problemas fossem razoáveis, parte do trabalho, mas me sinto infantil. São problemas de criança.

— Então vamos iniciá-la — diz Bomba, se aproximando de mim.

Prendo a respiração. O que quer que aconteça agora, posso tolerar. Já aguentei mais do que eles podem imaginar.

Mas Bomba simplesmente começa a rir, e Barata dá um empurrão brincalhão nela.

Fantasma me lança um olhar solidário e balança a cabeça. Reparo que seus olhos são de um castanho mutante.

— Se o príncipe Dain diz que você é parte da Corte das Sombras, então você é. Tente não ser uma grande decepção e ficaremos do seu lado.

Expiro, aliviada. Não sei bem se teria preferido alguma tarefa, alguma forma de provar meu valor.

Bomba faz uma careta.

— Você vai saber que é uma de nós quando ganhar seu nome. Não espere que seja em breve.

Fantasma vai até um armário e pega meia garrafa de um líquido claro e esverdeado e uma pilha de copos de bolotas polidas. Serve quatro doses.

— Tome uma bebida. E não se preocupe — diz ele. — Não vai confundir você mais do que qualquer outra bebida.

Balanço a cabeça, me lembrando de como me senti depois da maçã dourada enfiada em minha cara. Nunca mais quero me sentir tão descontrolada novamente.

— Eu passo.

Barata vira sua dose e faz uma careta, como se o líquido estivesse queimando a garganta.

— Fique à vontade — ele consegue dizer antes de começar a tossir.

Fantasma nem faz careta ao beber o líquido. Bomba está tomando golinhos. Pela expressão dela, fico feliz de ter recusado.

— Balekin será um problema — diz Barata, explicando o que descobri.

Bomba coloca seu copo na mesa.

— Não gosto nada disso. Se ele fosse agir contra Eldred, já teria agido.

Eu não tinha sequer pensado que ele seria capaz de envenenar o pai.

Fantasma espreguiça o corpo esguio ao se levantar.

— Está ficando tarde. Tenho que levar a garota para casa.

— Jude — lembro a ele.

Ele sorri.

— Eu conheço um atalho.

Voltamos para os túneis, e seguir Fantasma é um desafio porque, como seu nome sugere, ele se movimenta de maneira quase silenciosa. Por várias vezes fico achando que ele me largou sozinha, mas sempre que estou prestes a parar de andar, ouço um leve exalar ou um movimento na terra e me convenço a seguir em frente.

Depois do que parece um tempo agonizante, uma porta se abre. Fantasma está parado sob o batente, e atrás dele está a adega do Grande Rei. O espião faz uma pequena reverência.

— Esse é seu atalho? — pergunto.

Ele pisca.

— Se algumas garrafas caírem na minha bolsa quando passarmos, não é culpa minha, é?

Forço uma gargalhada, o som seco e falso aos meus ouvidos. Não estou acostumada a ser incluída nas piadas dos feéricos, ao menos não fora da minha família. Gosto de acreditar que estou me saindo bem aqui no Reino das Fadas. Gosto de acreditar que, apesar de eu ter sido drogada e quase assassinada na escola ontem, sou capaz de esquecer essa história hoje. Eu estou bem.

Mas se não estou conseguindo rir sinceramente, então talvez eu não esteja tão bem assim.

Já no bosque, perto do terreno de Madoc, ponho o vestido azul que levei na bolsa de couro, mesmo estando tão cansada a ponto de sentir dor nas juntas. Eu me pergunto se os feéricos ficam cansados assim, se sentem dores depois de uma noite longa. A sapinha também parece exausta, embora talvez só esteja empanzinada. Pelo que sei, o bicho passou boa parte do dia esticando a língua para as borboletas que passavam, e também para um ou dois camundongos.

Está completamente escuro quando volto para casa. As árvores estão iluminadas por pequenas criaturas, e vejo um Oak risonho correndo entre elas, perseguido por Vivi e Taryn e... *ah, inferno*... Locke. É desorientador vê-lo aqui, impossivelmente fora de contexto. Será que veio por minha causa?

Com um grito, Oak se aproxima e sobe pelos alforjes até meu colo.

— Me pega! — grita ele, sem fôlego, dominado pelo êxtase agitado da infância.

Até os feéricos são jovens um dia.

Impulsivamente, eu o abraço contra o peito. Ele está quente e tem cheiro de grama e floresta. E me permite abraçá-lo por um momento, os bracinhos em volta do meu pescoço, a cabecinha com chifres no meu peito. E então, rindo, ele desce e sai correndo para longe, lançando um olhar arteiro para ver se vou atrás.

Crescendo aqui, no Reino das Fadas, será que ele vai aprender a desprezar os mortais? Quando eu for velha e ele ainda estiver jovem, também vai me desprezar? Vai ficar cruel como Cardan? Vai ficar brutal como Madoc?

Não tenho como saber.

Desmonto da sapa, o pé no estribo enquanto desço o corpo. Faço um carinho acima do nariz dela, que fecha os olhos dourados. Na verdade, ela parece estar dormindo até eu tirar as rédeas e levá-la de volta ao estábulo.

— Oi — diz Locke, correndo até mim. — Para onde você foi?

— Não é da sua conta — retruco, mas alivio o tom com um sorriso. Não consigo evitar.

— Ah! Uma dama misteriosa. Meu tipo favorito. — Ele está usando um gibão verde, que se abre e exibe a camisa de seda por baixo. Seus olhos de raposa estão iluminados. Locke parece um amante feérico saído de uma balada, do tipo que não rende nada de bom à garota que foge com ele. — Espero que você esteja pensando em voltar para a escola amanhã — diz.

Vivi continua correndo atrás de Oak, mas Taryn fica perto de um olmo grande. Ela me observa com a mesma expressão do campo do torneio, como se pudesse me impedir de ofender Locke se me olhar com intensidade suficiente.

— Para que seus amigos saibam que não me espantaram? — questiono. — Faz alguma diferença?

Ele me olha de um jeito estranho.

— Você está fazendo o grande jogo de reis e príncipes, de rainhas e coroas, não está? Claro que tem importância. Tudo tem importância.

Não sei bem como interpretar as palavras. Eu não achava que estivesse fazendo esse tipo de jogo. Pensava estar fazendo o jogo de irritar pessoas que já me odiavam e aguentar as consequências.

— Volte. Você e Taryn deviam voltar. Eu falei para ela. — Viro a cabeça, procurando minha gêmea no pátio, mas ela não está mais junto ao olmo. Vivi e Oak estão desaparecendo acima de uma colina. Talvez ela tenha ido com eles.

Chegamos ao estábulo e eu coloco o sapo na baia. Encho sua estação com água de um barril no centro do cômodo, e uma neblina surge e escorre por sobre a pele macia. Os cavalos resfolegam e batem as patas quando saímos. Locke observa tudo em silêncio.

— Posso perguntar outra coisa? — começa ele, olhando na direção da mansão.

Eu faço que sim.

— Por que você não contou ao seu pai o que está acontecendo? — O estábulo de Madoc é impressionante. Talvez, ao entrar nele, Locke tenha se lembrado do tamanho do poder e da influência do general. Mas isso não quer dizer que eu seja herdeira desse poder. Talvez Locke também devesse se lembrar de que sou apenas uma das filhas bastardas da esposa humana de Madoc. Sem Madoc e sua honra, ninguém ligaria para mim.

— Para que ele possa invadir nossas aulas com uma espada e matar todo mundo? — pergunto em vez de corrigir Locke sobre minha posição na vida.

Ele arregala os olhos. Acho que não era bem a resposta que estava esperando.

— Pensei que seu pai tiraria você da escola... e que, se você não contou para ele, era porque tinha a intenção de ficar.

Dou uma gargalhada curta.

— Ele não faria isso de jeito nenhum. Madoc não é fã de rendição.

À sombra fresca do estábulo, com os cavalos feéricos resfolegando à nossa volta, ele segura a minha mão.

— Nada lá seria igual sem você.

Como eu nunca pretendi abandonar as aulas, é bom ver alguém fazendo tanto esforço para me convencer a fazer uma coisa que eu faria de qualquer jeito. E o jeito como ele está me encarando, a intensidade do olhar, é tão agradável que fico constrangida. Ninguém nunca me olhou assim.

Sinto o calor nas minhas bochechas e me pergunto se as sombras estão ajudando a esconder alguma coisa. Neste momento, sinto como se ele estivesse me decifrando: todas as esperanças do meu coração, todo pensamento errante que já tive antes de cair em um sono exausto a cada aurora.

Locke leva uma de minhas mãos à boca e beija a palma. Meu corpo inteirinho se contrai. De repente, fico com calor demais, com tudo demais. O hálito dele é um breve sussurro na minha pele.

Com um puxão delicado, ele me leva para mais perto. Seu braço envolve meu corpo. Ele se inclina para um beijo, e meus pensamentos se dissipam.

Isso não pode estar acontecendo.

— Jude? — Ouço Taryn chamando, hesitante, logo ali, e cambaleio para longe de Locke. — Jude? Você ainda está no estábulo?

— Aqui — respondo, meu rosto quente. Saímos para a noite e encontramos Oriana nos degraus da casa, chamando Oak para dentro. Vivi está acenando para ele enquanto o menino tenta se soltar da mãe. Taryn tem as mãos nos quadris.

— Oriana chamou todo mundo para jantar — informa Taryn a nós dois com pompa. — Ela quer que Locke fique e jante conosco.

Ele faz uma reverência.

— Por favor, diga à senhora sua mãe que embora tenha achado uma honra ser convidado para o jantar, eu não gostaria de impor minha presença. Eu só queria falar com vocês duas. Mas voltarei para visitar. Podem ter certeza disso.

— Você falou com Jude sobre a escola? — Há uma trepidação na voz de Taryn. Eu me pergunto sobre o que eles conversaram antes de eu voltar. Eu me pergunto se ele a persuadiu a voltar às aulas e, se sim, como conseguiu isso.

— Até amanhã — diz ele para nós com uma piscadela.

Eu o vejo se afastar, ainda afobada. Não ouso olhar para Taryn, com medo de que ela veja tudo na minha cara, os eventos do dia inteiro, o quase beijo. Não estou pronta para conversar, então agora sou eu que a evito. Subo os degraus com o máximo de indiferença possível e vou para o meu quarto me trocar para o jantar.

Esqueci que pedi a Madoc para me ensinar mais sobre luta de espada e estratégia, mas depois do jantar ele me entrega uma pilha de livros de história militar de sua biblioteca pessoal.

— Quando tiver acabado de ler estes aqui, nós conversamos — informa ele. — Vou criar uma série de desafios, e você vai me dizer como pode superá-los com os recursos que eu der.

Acho que ele espera que eu proteste e insista no uso mais prático da espada, mas estou cansada demais para pensar nisso.

Caio na cama uma hora depois, sem nem tirar o vestido azul de seda que estou usando. Meu cabelo ainda está desarrumado, embora eu tenha tentado melhorar com alguns grampos. Eu devia pelo menos tirá-los, digo a mim mesma, mas não consigo fazer movimento nenhum.

Minha porta se abre, e Taryn entra e se senta na minha cama.

— Tudo bem — diz ela, me cutucando na lateral. — O que Locke queria? Ele disse que precisava falar com você.

— Ele é legal — digo, rolando para o lado e cruzando os braços embaixo da cabeça, olhando para as dobras de tecido emboladas em cima de mim. — Não é marionete de Cardan como o restante deles.

Taryn está com uma expressão estranha, como se quisesse me contradizer, mas estivesse se segurando.

— Sei. Desembuche.

— Sobre Locke? — pergunto.

Ela revira os olhos.

— Sobre o que aconteceu com ele e os amigos dele.

— Eles nunca vão me respeitar se eu não reagir — insisto.

Taryn suspira.

— Nunca vão respeitar você, ponto.

Penso em quando engatinhei na grama, os joelhos sujos, o sabor da fruta na boca. Mesmo agora consigo sentir o eco do sabor, o vazio que ele preencheria, a alegria eufórica e delirante que promete.

Taryn continua:

— Você chegou em casa praticamente nua ontem, suja de fruta de fada. Isso já não é ruim o suficiente? Você não se importa? — Ela encosta o corpo todo em uma das colunas da minha cama.

— Estou cansada de me importar — respondo. — Por que deveria?

— Porque eles podem matar você!

— É melhor que matem — provoco. — Porque qualquer coisa menor do que isso não vai dar certo.

— Você tem algum plano para impedi-los? — pergunta ela. — Você disse que desafiaria Cardan sendo a incrível você mesma e que, se ele tentasse derrubar você, então o levaria junto. Como pretende fazer isso?

— Não sei exatamente — admito.

Ela levanta as mãos de frustração.

— Não, olha — recomeço. — Cada dia que eu passo sem suplicar pelo perdão de Cardan por causa de uma briga iniciada por ele, é um dia de vitória para mim. Ele pode me humilhar, mas toda vez que faz isso e eu não recuo, ele se torna menos poderoso. Afinal, ele está jogando com tudo contra uma pessoa fraca como eu, e nem assim está dando certo. Ele vai se derrubar sozinho.

Taryn suspira e se aproxima de mim, coloca a cabeça no meu peito e me abraça. Então sussurra junto ao meu ombro:

— Ele é uma faísca e você é altamente inflamável.

Eu a abraço mais apertado e não faço promessas.

Ficamos assim por um bom tempo.

— Locke ameaçou você? — pergunta baixinho. — Foi tão estranho ele vir aqui te procurar, e você estava com uma expressão tão esquisita quando entrei no estábulo.

— Não, não foi nada de ruim — digo a ela. — Não sei exatamente por que ele veio aqui, mas ele beijou minha mão. Foi legal, como nos livros de histórias.

— Não acontecem coisas lindas nos livros de histórias — diz Taryn. — Ou, quando acontecem, alguma coisa ruim acontece logo em seguida. Porque senão a história seria chata e ninguém a leria.

É minha vez de suspirar.

— Sei que é burrice fazer bom juízo de um dos amigos de Cardan, mas ele realmente me ajudou. Ele enfrentou Cardan. Mas eu prefiro falar de você. Tem alguém, não tem? Quando disse que ia se apaixonar, você estava falando de uma pessoa específica.

Não é como se eu fosse ser o primeiro a rolar na grama com ela.

— Tem um garoto — confirma Taryn lentamente. — Ele vai se declarar na coroação do príncipe Dain. Vai pedir minha mão para Madoc, e aí tudo vai mudar para mim.

Penso nela chorando ao lado de Cardan. Penso na raiva que ela sentiu por eu estar brigando com ele. Ao me lembrar disso, um medo gelado e terrível surge dentro de mim.

— *Quem?* — pergunto.

Por favor, que não seja Cardan. Qualquer um, menos Cardan.

— Eu prometi não contar a ninguém — diz ela. — Nem para você.

— Nossas promessas não importam — respondo, pensando no geas do príncipe Dain, que ainda congela minha língua, pensando no quanto poucos deles confiam na gente. — Ninguém espera honra alguma da nossa parte. Todo mundo sabe que nós mentimos.

Ela me olha com severidade e reprovação.

— É uma proibição feérica. Se eu a quebrar, ele vai saber. Preciso provar a ele que consigo viver como feérica.

— Certo — respondo devagar.

— Fique feliz por mim — diz ela, e me sinto arrasada. Taryn encontrou seu lugar no Reino das Fadas, e parece que encontrei o meu. Mas não consigo evitar a preocupação.

— Só me conte uma coisa qualquer a respeito dele. Diga-me que ele é gentil. Diga que você o ama e que ele prometeu ser bom para você. Diga.

— Ele é feérico — esclarece ela. — Eles não amam como nós. E acho que você gostaria dele. Pronto, já é alguma coisa.

Não parece ser Cardan, a quem eu desprezo. Mas também não sei se acho a resposta tranquilizadora.

O que ela quer dizer com "eu gostaria dele"? Quer dizer que não nos conhecemos? O que ela quer dizer quando fala que ele não ama como nós amamos?

— Eu *estou* feliz por você. De verdade — confirmo, embora esteja mais preocupada do que qualquer outra coisa. — Isso é empolgante. Quando a costureira de Oriana vier, você vai ter que pedir um vestido muito lindo.

Taryn relaxa.

— Eu só quero que tudo melhore. Para nós duas.

Estico a mão para a mesa de cabeceira e pego o livro que roubei da Mansão.

— Lembra desse? — pergunto, mostrando *Alice no País das Maravilhas*. Quando o faço, um pedaço de papel escorrega e cai no chão.

— Nós líamos esse livro quando éramos pequenas — diz ela, pegando o volume. — Onde você conseguiu?

— Encontrei por aí — digo, sem poder explicar de qual estante veio nem por que fui até a mansão. Para testar o geas, tento dizer as palavras: *espionando para o príncipe Dain*. Minha boca não se mexe. Minha língua fica parada. Uma onda de pânico toma conta de mim, mas seguro as pontas. É um preço baixo em comparação ao que ele me proporcionou.

Taryn não insiste. Está ocupada demais folheando o livro e lendo trechos em voz alta. Embora eu não consiga me lembrar direito da cadência da voz de minha mãe, acho que ouço um eco dela na voz de Taryn.

— "*Veja bem, é preciso correr* muito *para ficar no mesmo lugar*" — lê ela. — "*Se você quer chegar a outro lugar, corra duas vezes mais!*"

Estico a mão discretamente e enfio o papel caído embaixo do meu travesseiro. Planejo desdobrá-lo quando Taryn voltar para o próprio quarto, mas acabo adormecendo bem antes de a história acabar.

Acordo de manhã bem cedo, ávida para fazer xixi. Vou até meu banheiro, levanto a saia e faço o que tenho que fazer na bacia de cobre deixada lá para isso, a vergonha esquentando meu rosto embora eu esteja sozinha. Esse é um dos aspectos mais humilhantes da vida humana. Sei que feéricos não são deuses — talvez eu saiba disso melhor do que qualquer outro mortal vivo —, mas também nunca vi um deles de cócoras em cima de uma comadre.

De volta à cama, abro a cortina e deixo a luz do sol entrar, mais forte do que qualquer lampião. Pego o papel dobrado atrás do travesseiro.

Quando o estico, vejo a caligrafia furiosa e arrogante de Cardan por toda a página, ocupando todo o espaço disponível. Em alguns pontos, ele apertou a ponta da caneta com tanta força que o papel rasgou.

Jude, diz o texto, cada execução odiosa do meu nome como um soco na barriga.

Jude Jude Jude Jude Jude Jude Jude Jude Jude Jude
Jude Jude Jude Jude Jude Jude Jude Jude Jude Jude
Jude Jude Jude Jude Jude Jude Jude Jude Jude
Jude Jude Jude Jude Jude Jude Jude Jude Jude
Jude Jude Jude Jude Jude Jude Jude Jude Jude
Jude Jude Jude Jude Jude Jude Jude Jude Jude
Jude Jude Jude Jude Jude Jude Jude
Jude Jude Jude Jude Jude Jude Jude
Jude Jude Jude Jude Jude Jude Jude Jude
Jude Jude Jude Jude Jude Jude Jude Jude
Jude Jude Jude Jude Jude Jude Jude Jude Jude
Jude Jude Jude Jude Jude Jude Jude Jude Jude
Jude Jude Jude Jude Jude Jude Jude Jude
Jude Jude Jude Jude Jude Jude Jude Jude
Jude Jude Jude Jude Jude Jude Jude Jude
Jude Jude Jude Jude Jude Jude Jude
Jude Jude Jude Jude Jude Jude Jude Jude
Jude Jude Jude Jude Jude Jude Jude Jude
JudeJude Jude Jude Jude Jude Jude
Jude Jude Jude Jude Jude Jude Jude

CAPÍTULO

15

A costureira chega cedo na tarde seguinte, uma fada de dedos longos chamada Brambleweft. Seus pés são virados para trás, o que deixa seu gingado um tanto esquisito. Os olhos são como os de um bode, marrons e com uma linha horizontal preta bem no meio. Ela está usando um de seus trabalhos, um vestido com fileiras de espinhos bordadas, criando uma estampa listrada ao longo do comprimento.

Ela trouxe vários rolos de tecido. Alguns são dourados e rígidos, um deles muda de cor como as asas iridescentes de um besouro. Além disso, ela nos diz, tem uma seda de aranha tão delicada que passaria pelo buraco de uma agulha três vezes, e ainda assim continuaria forte o suficiente para precisar ser cortado com tesouras de prata enfeitiçadas para nunca perderem o fio. O tecido roxo entremeado de dourado e prateado é tão luminoso que parece o luar se espalhando sobre as almofadas.

Todos os tecidos estão abertos no sofá da sala de Oriana para avaliarmos. Até Vivi é atraída a passar os dedos pelo tecido, um sorriso distante no rosto. Não tem nada assim no mundo mortal, e ela sabe disso.

A criada atual de Oriana, uma criatura peluda e envelhecida chamada Toadfloss, traz chá e bolinhos, carne e geleia, tudo empilhado em uma bandeja de prata enorme. Eu me sirvo de chá e bebo sem creme, torcendo para sossegar meu estômago. O terror dos últimos dias tem me assombrado horrores, me enchendo de calafrios súbitos. A lembrança da fruta feérica fica surgindo espontaneamente na minha língua, junto com os lábios rachados dos servos no palácio de Balekin e com o som do couro atingindo as costas expostas do príncipe Cardan.

E também com meu próprio nome, escrito repetidas vezes. Eu achava que sabia quanto Cardan me odiava, mas ao olhar para aquele papel, eu me dei conta de que não fazia ideia. E ele me odiaria ainda mais se soubesse que o vi de joelhos, sendo surrado por um servo humano. Uma mortal, para acrescentar uma dose a mais de humilhação, uma dose a mais de raiva.

— Jude? — chama Oriana, e percebo que eu estava olhando pela janela, para a luz desbotada do entardecer.

— Sim? — Abro um sorriso largo e falso.

Taryn e Vivienne começam a rir.

— Em quem você está pensando com essa expressão sonhadora? — pergunta Oriana, o que faz Vivi rir de novo. Taryn não ri porque deve achar que sou uma idiota.

Balanço a cabeça, torcendo para não ter ficado com o rosto vermelho.

— Não, não era nada disso. Eu só... não sei. Não importa. De que estávamos falando?

— A costureira quer medir você primeiro — diz Oriana. — Já que é a mais nova.

Olho para Brambleweft, que está segurando uma fita. Subo na caixa que ela colocou no chão e estico os braços. Serei uma boa filha hoje. Vou escolher um vestido bonito. Vou dançar na coroação do príncipe Dain até meus pés sangrarem.

— Não faça cara feia — repreende a costureira. Antes que eu possa gaguejar um pedido de desculpas, ela continua, a voz baixa. — Mandaram que eu fizesse este vestido com bolsos capazes de esconder armas e venenos e outras coisas que você talvez precise. Vamos cuidar para que isso seja feito sem deixar de exibir o seu melhor.

Quase caio da caixa de tão surpresa que fico.

— Que maravilha — sussurro, sabendo que não devo agradecer. Feéricos não acreditam em gratidão em poucas palavras. Acreditam em dívidas e barganhas, e a pessoa com quem tenho a maior dívida não está presente. É o príncipe Dain que espera ser recompensado.

Ela sorri com os alfinetes na boca, e eu sorrio de volta. Vou recompensar Dain, embora minha dívida pareça grande demais agora. Farei com que ele sinta orgulho de mim. E farei com que todas as outras pessoas se arrependam muitíssimo.

Quando levanto o rosto, Vivi está me observando com desconfiança. Taryn é a próxima a ser medida. Quando ela sobe na caixa, vou atrás de mais chá. Em seguida, como três bolinhos açucarados e uma tira de presunto.

— Aonde você foi naquele dia? — pergunta Vivi, quando engulo a carne como se fosse uma ave de rapina; acordei faminta.

Penso na forma como fugi de nossa conversa quando estava a caminho da Mansão Hollow. Não posso negar isso, não sem explicar mais sobre minha saída do que minha língua enfeitiçada permitiria, claro. Dou de ombros em um gesto displicente.

— Eu fiz um dos filhos dos nobres descrever o que aconteceu com você na aula — diz Vivi. — Você poderia ter morrido. O único motivo para estar viva é que eles não queriam que a brincadeira acabasse.

— Eles são assim — lembro a ela. — E as coisas são assim. Você quer que o mundo seja diferente do que é? Porque é esse mundo que nós temos, Vivi.

— Não é o único mundo — diz ela baixinho.

— É o *meu* mundo — replico, o coração disparado. Eu me levanto antes que ela possa me contestar. Mas minhas mãos estão tremendo, e as palmas estão suadas quando vou mexer nos tecidos.

Desde que voltei para casa cambaleando de lingerie, tenho tentado não pensar a respeito do que aconteceu. Tenho medo de não conseguir suportar se começar a pensar. Tenho medo de a emoção agir como uma onda, me arrastando.

Não é a primeira coisa horrível que tolero e empurro para o fundinho do cérebro. É assim que eu aguento, e se há outro jeito melhor, desconheço.

Concentro minha atenção no tecido até conseguir respirar direito novamente, até o pânico passar. Tem um veludo azul-esverdeado que me lembra o lago no crepúsculo. Encontro um tecido lindo e fantástico, bordado com mariposas, borboletas, samambaias e flores. Eu o levanto, e embaixo dele vejo o rolo de um tecido maravilhoso, cinza-neblina, que ondula como fumaça. São tão bonitos. O tipo de tecido que as princesas dos contos de fadas usam.

Claro que Taryn está certa sobre as histórias. Coisas ruins acontecem com as princesas. Elas são furadas por espinhos, envenenadas por maçãs, se casam com os próprios pais. Têm as mãos cortadas e os irmãos transformados em cisnes, os amantes esquartejados e plantados em vasos de manjericão. Vomitam diamantes. Quando andam, sentem como se estivessem sobre facas.

Mas elas ainda conseguem ficar bonitas.

— Quero aquele — diz Taryn, apontando para o rolo de tecido que estou segurando, o bordado. A costureira já terminou de tirar suas medidas. Agora Vivi está em cima da caixa, esticando os braços e me olhando daquele jeito irritante dela, como se decifrasse meus pensamentos.

— Sua irmã encontrou primeiro — diz Oriana.

— Por favoooor — implora Taryn, inclinando a cabeça e olhando para mim através dos cílios. Ela está brincando, mas ao mesmo tempo não está. Taryn precisa ficar bonita para o tal garoto que supostamente vai se declarar na coroação. Ela não vê sentido na minha vontade de me embelezar — eu, com meus ressentimentos e desafetos.

Com um meio sorriso, coloco o rolo no lugar.

— Claro. Todo seu.

Taryn me dá um beijo na bochecha. Acho que voltamos ao normal. Se ao menos tudo na minha vida se resolvesse com tanta facilidade assim.

Escolho um tecido diferente, o veludo azul-marinho. Vivienne escolhe um violeta que parece cinza-prateado quando ela o vira na mão. Oriana escolhe um rosa-claro para ela e um verde-grilo para Oak. Brambleweft começa a desenhar: saias esvoaçantes e capas elegantes, corpetes bordados com criaturas de fantasia. Borboletas bordadas nas mangas e enfeites de cabeça elaborados. Fico encantada com a visão estranha de mim mesma: meu corpete vai ter dois besouros dourados bordados no que parece um peitoral, com o brasão de lua de Madoc e espirais elaboradas de fio cintilante descendo pela frente, além de mangas longas transparentes em tom dourado.

Vai ficar bem nítido a qual Casa pertenço.

Ainda estamos fazendo pequenas ajustes quando Oak entra correndo, perseguido por Gnarbone. Oak me vê primeiro e sobe no meu colo, passa os braços pelo meu pescoço e me morde embaixo do ombro.

— Ai! — reclamo, surpresa, mas ele só ri. Também me faz rir. Ele é um garoto meio esquisito, talvez por ser feérico ou talvez porque todas as crianças, humanas ou não, sejam igualmente esquisitas. — Você quer que eu conte uma história sobre um garotinho que mordeu uma pedra e perdeu todos os dentinhos brancos? — pergunto no que espero ser um tom de ameaça, enfiando os dedos nas axilas dele para fazer cócegas.

— Quero — ele responde imediatamente, entre risadinhas e gritinhos arquejantes.

Oriana anda até nós, o rosto perturbado.

— É muita gentileza sua, mas temos que começar a nos vestir para o jantar. — Ela o tira do meu colo. Oak começa a gritar e a chutar. Um dos chutes acerta minha barriga com força para machucar, mas não digo nada.

— História! — grita ele. — Eu quero a história!

— Jude está ocupada agora — diz ela, carregando o corpinho agitado em direção à porta, onde Gnarbone está esperando para levá-lo de volta ao quarto de brinquedos.

— Por que você nunca confia em mim para ficar com ele? — grito, e Oriana se vira, impressionada por eu ter dito algo sobre o qual nunca comentamos. Estou assustada também, mas não consigo parar. — Eu não sou um monstro! Nunca fiz nada contra nenhum de vocês.

— Eu quero a história — choraminga Oak, parecendo confuso.

— Já chega — repreende Oriana com severidade, como se todos estivéssemos discutindo. — Vamos conversar sobre isso mais tarde com seu pai.

E, assim, ela sai da sala.

— Não sei de qual pai você está falando, porque ele não é o meu — retruco.

Taryn arregala os olhos até ficarem do tamanho de pires. Vivienne está com um sorrisinho nos lábios. Ela toma um golinho de chá e levanta a xícara na minha direção em um cumprimento. A costureira está se fingindo alheia a tudo, nos deixando ter nosso momento particular.

Não consigo me readaptar ao formato da filha obediente.

Estou me desfazendo. Estou me desmontando.

No dia seguinte, na escola, Taryn caminha ao meu lado, balançando a cesta com o almoço. Mantenho a cabeça erguida e o maxilar firme. Estou com minha faca de ferro frio enfiada em um dos bolsos da saia, e carrego mais sal do que precisaria racionalmente. Estou até com um novo colar de sorvas, costurado por Tatterfell e sendo usado porque ela não teria como saber que não preciso mais dele.

Paro no jardim do palácio para coletar mais algumas coisas.

— Você tem permissão para colher isto aí? — pergunta Taryn, mas não respondo.

À tarde, vamos a uma aula na torre alta, onde aprendemos sobre os cantos dos pássaros. Toda vez que sinto que minha coragem vai vacilar, passo os dedos no metal frio da lâmina.

Locke olha para mim e, quando chama minha atenção, pisca.

Do outro lado da sala, Cardan faz uma expressão de desprezo para o professor, mas não diz nada. Quando vai pegar um pote de tinta na bolsa, eu o flagro fazendo uma careta. Penso em como suas costas devem estar doendo, em como deve ser incômodo se mexer. Mas a leve rigidez quando ele faz cara de desprezo parece ser a única diferença em seu comportamento.

Cardan parece bem treinado em esconder a dor.

Penso no papel que encontrei, na força da caneta, suficiente para espalhar respingos de tinta enquanto escrevia meu nome. Força suficiente para perfurar o papel, talvez até para marcar a mesa embaixo.

Se foi isso que fez com o papel, estremeço só de pensar no que ele deseja fazer comigo.

Depois da aula, fico treinando com Madoc. Ele me mostra um bloqueio inteligente, e eu repito o gesto sem parar, cada vez melhor e mais depressa, fazendo com que até ele se surpreenda. Quando entramos, cobertos de suor, passo por Oak, que está correndo para algum lugar, arrastando minha cobra de pelúcia como uma corda suja. Ele obviamente roubou a cobra do meu quarto.

— Oak! — grito para ele, mas o moleque já subiu pelas escadas e sumiu.

Tomo um banho e, sozinha no quarto, desfaço a bolsa da escola. No fundo, embrulhado em um pedaço de papel, tem uma fruta de fada comida por minhocas, que peguei no caminho de casa. Eu a coloco em uma bandeja e calço luvas de couro. Em seguida, pego a faca e a corto em pedaços. São fatias finas de fruta dourada já molenga.

Andei pesquisando sobre venenos feéricos em livros poeirentos escritos à mão na biblioteca de Madoc. Li sobre o cogumelo amanita, um fungo que explode em gotinhas de um líquido vermelho desconfortavelmente semelhante a sangue. Pequenas doses provocam paralisia, enquanto doses grandes são fatais, até para os feéricos. Tem também o docemorte, que provoca sono com duração de cem anos. E a baga-fantasma, que faz seu sangue disparar pelas veias até seu coração estancar de vez. E a fruta de fada, claro, que um livro chamou de maçã-eterna.

Pego um frasco de licor de pinha, roubado da cozinha, denso e grosso como seiva. Jogo a fruta dentro para mantê-la fresca.

Minhas mãos estão tremendo.

O último pedaço eu coloco na língua. A sensação vem com tudo, e aperto os dentes. Em meio ao meu torpor, pego as outras coisas. Uma folha de baga-fantasma do jardim do palácio. Uma pétala de uma flor de docemorte. Uma gotinha do sumo de um cogumelo amanita. Vou pegando um bocadinho de cada e engulo.

O nome é mitridatismo. Não é um nome engraçado? O processo de consumir veneno para aumentar a imunidade. Contanto que eu não morra disso, vai ser bem mais difícil me matar.

Não desço para jantar. Estou ocupada demais vomitando, ocupada demais tremendo e suando.

Eu adormeço no banheiro da minha suíte, caída no chão. É lá que Fantasma me encontra. Acordo com ele cutucando minha barriga com a ponta da bota. Apenas o estado grogue me impede de gritar.

— Levante, Jude — diz Fantasma. — Barata quer que você treine hoje.

Eu me levanto, exausta demais para desobedecer. Do lado de fora, na grama molhada de orvalho, com os primeiros raios de sol surgindo na ilha, Fantasma me mostra como subir silenciosamente em árvores. Como botar o pé no chão sem quebrar um galho, nem fazer barulho pisando numa folha seca. Eu achava que tinha aprendido tudo isso nas aulas do palácio, mas ele me mostra erros que meus professores não se deram ao trabalho de corrigir. Repito tudo várias vezes. Na maior parte das vezes, fracasso.

— Bom — diz ele quando meus músculos já estão tremendo. Ele falou tão pouco até então que sua voz me dá um susto. Fantasma poderia passar por humano com mais facilidade que Vivi, com as orelhas apenas levemente pontudas, o cabelo claro e os olhos castanhos. Mas ele me parece inalcançável, mais calmo e mais frio do que ela. O sol está quase alto. As folhas estão ficando douradas. — Continue treinando. Pegue suas irmãs de surpresa. — Quando sorri, com o cabelo claro caindo no rosto, ele parece mais jovem do que eu, mas tenho certeza de que não é.

E, quando vai embora, o faz de tal modo que parece desaparecer. Volto para casa e aplico o que acabei de aprender para passar pelos servos na escada. Chego ao quarto, e desta vez, quando desabo, consigo fazê-lo na cama.

Acordo no dia seguinte e faço tudo de novo.

CAPÍTULO 16

Ir às aulas é mais difícil do que nunca. Primeiro porque estou passando mal, meu corpo lutando contra os efeitos da fruta e dos venenos que andei engolindo. Além disso, estou exausta por ter treinado com Madoc e com a Corte das Sombras de Dain. Madoc me dá charadas — doze cavaleiros goblins têm que invadir uma fortaleza, com nove nobres destreinados para defendê-la — e pede minhas respostas toda noite depois do jantar. Barata me manda praticar minha circulação por multidões de cortesãos sem ser notada, ouvir conversas sem parecer interessada. Bomba me ensina a encontrar o ponto fraco de uma construção, o ponto de pressão de um corpo. Fantasma me ensina a me pendurar em vigas e não ser vista, a preparar um disparo com uma besta, a firmar minhas mãos trêmulas.

Sou enviada em mais duas missões para conseguir informações. Primeiro, roubo uma carta da mesa de um cavaleiro no palácio endereçada a Elowyn. Na segunda vez, uso roupas de uma noiva-fada e percorro uma festa até os aposentos particulares da linda Taracand, uma das consortes do príncipe Balekin, onde roubo um anel de uma mesa. Em nenhum dos dois casos tenho permissão para tomar conhecimento da importância do que roubei.

Frequento aulas ao lado de Cardan, Nicasia, Valerian e todos os filhos de nobres que riram da minha humilhação. Não dou a eles a satisfação do meu afastamento, mas desde o incidente com a fruta feérica, as escaramuças cessaram. Estou alerta. Só posso supor que estão fazendo o mesmo. Não sou tola de pensar que está tudo resolvido.

Locke continua seu flerte. Ele se senta com Taryn e comigo quando almoçamos no cobertor aberto, vendo o sol se pôr. Às vezes me acompanha até em casa pelo bosque, parando para me beijar perto de um aglomerado de abetos pouco antes da propriedade de Madoc. Só espero que ele não sinta o amargor do veneno nos meus lábios.

Não entendo muito bem por que ele gosta de mim, mas é empolgante receber afeição.

Taryn não parece entender também. Ela olha para Locke com desconfiança. Talvez, como tenho me mostrado preocupada com seu amor misterioso, seja adequado ela parecer igualmente preocupada com o meu.

— Está se divertindo? — Ouvi Nicasia perguntar certa vez a Locke quando ele se juntou ao grupo para uma aula. — Cardan não vai perdoar você pelo que anda fazendo com ela.

Faço uma pausa, incapaz de passar sem tentar ouvir a resposta.

Mas Locke só ri.

— Ele está com mais raiva por você ter me escolhido em vez de escolhê-lo, ou por eu ter escolhido uma mortal em vez de você?

Levo um susto, sem saber se ouvi direito.

Ela está prestes a responder quando me vê. Sorri sarcasticamente.

— Ratinha — diz ela. — Não acredite na língua doce dele.

Barata daria um chilique se visse como disfarcei mal. Não fiz nada do que ele me ensinou; nem me escondi, nem me misturei à multidão para não ser notada. Pelo menos ninguém desconfiaria dos meus novos conhecimentos sobre espionagem.

— E Cardan perdoou *você*? — pergunto a ela, satisfeita por sua expressão abalada. — Que pena. Eu soube que o favoritismo de um príncipe é coisa importante.

— Que necessidade tenho eu de príncipes? — pergunta ela. — Minha mãe é rainha!

Tem tanta coisa que eu poderia dizer sobre a mãe dela, a rainha Orlagh, que está planejando um envenenamento, mas mordo a língua. Na verdade, mordo com tanta força que acabo não dizendo nada. Simplesmente vou andando até onde Taryn está sentada, um sorrisinho satisfeito no rosto.

Mais algumas semanas se passam, até faltarem apenas dias para a coroação. Estou tão cansada que adormeço toda vez que encosto a cabeça em algum lugar.

Chego até mesmo a dormir na torre durante uma demonstração de invocação de mariposas. O sussurro das asas me embala, acho. Não preciso de muito.

Acordo no piso de pedra. Minha cabeça está ecoando, e estou procurando a faca. Não sei onde estou. Por um momento, acho que devo ter caído. Por um momento, acho que estou paranoica. Mas vejo Valerian sorrindo acima de mim. Ele me empurrou da cadeira. Sei só de olhar sua expressão.

Eu ainda não estou paranoica o suficiente.

Vozes soam lá fora, o restante de nossos colegas comendo ao longo do gramado conforme a noite vai caindo. Ouço os gritos das crianças menores, provavelmente brincando de pega-pega por cima dos cobertores.

— Onde Taryn está? — pergunto, porque é meio atípico da parte dela não me acordar.

— Ela prometeu não ajudar você, lembra? — O cabelo dourado de Valerian cai sobre um dos olhos. Como sempre, ele está todo vestido de vermelho, um tom tão escuro que pode parecer preto ao primeiro olhar. — Nem com palavras e nem com gestos.

Claro. Que burrice a minha esquecer que eu estava sozinha.

Eu me levanto e reparo em um hematoma na minha panturrilha. Não sei bem por quanto tempo dormi. Espano a túnica e a calça.

— O que você quer?

— Estou decepcionado — diz ele com malícia. — Você se gabou de que superaria Cardan, mas não fez nada. E ainda ficou emburrada depois de uma brincadeirinha.

Minha mão desliza automaticamente para o cabo da faca.

Valerian tira meu colar de sorveira do bolso e dá um sorrisinho. Ele deve ter cortado do meu pescoço enquanto eu estava dormindo. Estremeço só de pensar que ele chegou tão perto de mim, e que em vez de cortar o colar poderia ter cortado minha pele.

— Agora, você vai fazer o que eu mandar. — Consigo praticamente sentir cheiro de feitiço no ar. Ele está tecendo a magia nas palavras. — Procure Cardan. Diga que ele venceu. E salte da torre. Afinal, nascer mortal equivale a já ter nascido morta.

A violência do que ele diz, a finalidade horrível da ordem, é chocante. Alguns meses antes, eu teria obedecido. Teria dito as palavras, teria saltado. Se não tivesse barganhado com Dain, eu estaria morta.

Valerian devia estar planejando meu assassinato desde o dia em que me sufocou. Eu me lembro da luz em seus olhos, da ansiedade com a qual ele me observava sufocar. Taryn me avisou que eu ia acabar morrendo, e eu me gabei de que estava pronta, mas não estou.

— Acho que vou de escada — respondo para Valerian, torcendo para não soar tão abalada quanto estou. E então, agindo como se tudo estivesse normal, sigo para passar por ele.

Por um momento, Valerian só parece confuso, mas a confusão se transforma em fúria rapidamente. Ele bloqueia minha fuga e para na frente dos degraus.

— Eu dei uma ordem. Por que não me obedece?

Eu o encaro e forço um sorriso.

— Você teve vantagem sobre mim duas vezes, e nas duas vezes abriu mão dela. Boa sorte para conseguir essa vantagem de novo.

Ele está balbuciando, furioso.

— Você não é nada. A espécie humana finge ser tão resiliente. As vidas mortais são uma longa brincadeira de faz de conta. Se vocês não pudessem mentir para si mesmos, cortariam a própria garganta para acabar com sua infelicidade.

Fico abalada com a palavra *espécie*, com a ideia de ele achar que sou uma coisa totalmente diferente, como uma formiga, um cachorro ou um cervo. Não sei se ele está errado, mas não gosto disso.

— Não me sinto particularmente infeliz no momento. — Não posso demonstrar que estou com medo.

Ele sorri com ironia.

— Que felicidade vocês têm? Cio e reprodução. Você ficaria maluca se aceitasse a verdade do que é. Você não é nada. Você mal existe. Seu único propósito é procriar mais seres da sua espécie antes de sofrer uma morte sem sentido e agonizante.

Eu o encaro.

— E?

Ele parece surpreso, embora a expressão de desprezo nunca desapareça.

— Tá, tá, tudo bem. Eu vou morrer. E sou uma grande mentirosa. E daí?

Ele me empurra com força contra a parede.

— E daí *você perde*. Admita que perdeu.

Eu tento me soltar, mas Valerian segura meu pescoço e aperta com força suficiente para cortar o fluxo de ar.

— Eu poderia matar você agora — diz ele. — E você seria esquecida. Seria como se nunca tivesse nascido.

Não tenho dúvida de que ele pretende ir até o fim, dúvida nenhuma. Ofegante, saco a faquinha do bolso e enfio na lateral do corpo dele. Bem entre as costelas. Se minha faca fosse mais comprida, eu teria perfurado o pulmão.

Valerian arregala os olhos em choque. O aperto afrouxa. Sei o que Madoc diria: para empurrar a lâmina mais para o alto. Acertar uma artéria. Acertar o coração. Mas se eu o fizesse, assassinaria um dos filhos adorados do Reino das Fadas. Não consigo nem imaginar minha punição.

Você não é assassina.

Paro e retiro a faca da pele dele, então saio correndo da sala. Enfio a lâmina ensanguentada no bolso. Minhas botas estalam no piso de pedra quando corro rumo à escadaria.

Quando olho para trás, eu o vejo de joelhos, apertando a lateral do corpo para estancar o sangue. Valerian solta um sibilar de dor que me faz lembrar que minha faca é de ferro frio. Ferro frio machuca os feéricos para caramba.

Eu não poderia estar mais feliz por estar carregando a faca.

Dobro a esquina e quase me choco com Taryn.

— Jude! — exclama ela. — O que aconteceu?

— Venha — chamo, arrastando-a em direção aos outros alunos. Tem sangue nos nós dos meus dedos, mas não muito. Limpo a mão na túnica.

— O que ele fez com você? — grita Taryn enquanto a arrasto comigo.

Digo para mim mesma que não me importo por ela ter me abandonado. Não era função dela se meter, principalmente depois de ter deixado bem claro que não queria fazer parte da briga. Mas tem um pedacinho traiçoeiro de mim que está irritado e triste por ela não ter me acordado com um chute, danem-se as consequências? Claro. Só que nem eu imaginei até onde Valerian seria capaz de ir, e nem a rapidez com que chegaria lá.

Estamos atravessando o gramado quando Cardan vem em nossa direção. Ele está usando roupas frouxas e carregando uma espada de treino.

O príncipe semicerra os olhos para o sangue e aponta a vara de madeira para mim.

— Acho que você se cortou. — Pergunto-me se ele está surpreso por eu estar viva. Fico imaginando se ele estava olhando para a torre durante a refeição, esperando o espetáculo divertido de me ver saltando para a morte.

Tiro a faca de debaixo da túnica e mostro para ele, um pouco manchada de vermelho.

— Posso cortar você também.

— Jude! — exclama Taryn. Ela está chocada pelo meu comportamento. E deveria estar mesmo. Meu comportamento é chocante.

— Ah, *vá* embora — diz Cardan para ela, balançando a mão para dispensá-la. — Pare de nos entediar.

Taryn dá um passo para trás. Estou surpresa também. Isso é parte do jogo?

— Sua lâmina suja e seus hábitos ainda mais sujos significam alguma coisa? — As palavras soam leves, arrastadas. Cardan está me olhando como se eu estivesse sendo *grosseira* por apontar uma arma para ele, embora tenha sido o comparsa dele o responsável pela agressão. Duas vezes. Cardan está me olhando como se fôssemos compartilhar algum tipo de réplica espirituosa, mas não sei bem o que dizer.

Ele não está mesmo preocupado com o que posso ter feito a Valerian? É possível que não saiba que Valerian me atacou?

Taryn vê Locke e dispara em sua direção, correndo pelo campo. Eles conversam por um momento e Taryn se afasta. Cardan nota que reparei. Então funga, como se meu cheiro o ofendesse.

Locke vem em nossa direção, todo membros relaxados e olhos brilhantes. Acena para mim. Por um momento, eu me sinto quase a salvo. Fico imensamente agradecida a Taryn por tê-lo enviado. Fico imensamente agradecida a Locke por ter vindo em meu socorro.

— Você acha que eu não o mereço — digo para Cardan.

Ele abre um sorriso lento, como a lua se enfiando sob as ondas do lago.

— Ah, não. Eu acho vocês perfeitos um para o outro.

Alguns instantes depois, Locke está com um braço em volta dos meus ombros e diz:

— Venha. Vamos sair daqui.

E, sem nem um olhar para trás, nós saímos.

Seguimos pela Floresta Torta, onde todas as árvores são inclinadas na mesma direção, como se sopradas por um vento forte desde que eram mudinhas. Paro para colher algumas amoras sob os caules espinhosos dos arbustos crescendo entre elas. Tenho que soprar formigas de cada uma antes de botá-las na boca.

Ofereço uma amora para Locke, mas ele recusa.

— Então, em resumo, Valerian tentou me matar — explico, concluindo minha história. — E eu o esfaqueei.

Seus olhos de raposa estão grudados em mim.

— Você *esfaqueou* Valerian.

— Então pode ser que eu esteja encrencada. — Respiro fundo.

Ele balança a cabeça.

— Valerian não vai contar a ninguém que foi subjugado por uma garota mortal.

— E Cardan? Não vai ficar decepcionado porque seu plano não deu certo? — Eu olho para o mar, visível entre os troncos das árvores. Parece se esticar eternamente no horizonte.

— Duvido de que ele soubesse — diz Locke, e sorri ante minha surpresa. — Ah, ele gostaria de fazer você acreditar que é nosso líder, mas é assim: Nicasia gosta de poder, eu gosto de drama e Valerian gosta de violência. Cardan pode nos fornecer os três, ou pelo menos nos fornecer pretextos para os três.

— Drama? — repito.

— Eu gosto que as coisas aconteçam, que histórias se desdobrem. E se não consigo encontrar alguma história boa o suficiente, eu invento uma. — Ele parece um vigarista nesse momento. — Sei que você ouviu Nicasia falando sobre o que havia entre nós. Ela estava com Cardan, mas só ao trocá-lo por mim foi que conseguiu ganhar algum poder sobre ele.

Pondero por um momento e, enquanto isso, percebo que não estamos fazendo o caminho de sempre para a casa de Madoc. Locke está me levando para outro lugar.

— Aonde estamos indo?

— Para minha propriedade — diz ele com um sorriso, feliz de ter sido pego. — Não fica longe. Acho que você vai gostar do labirinto de cercas vivas.

Eu nunca fui a nenhuma propriedade deles além da Mansão Hollow. No mundo humano, sempre estávamos no jardim dos vizinhos, brincando, nadando e pulando, mas as regras aqui não são nada parecidas. A maioria das crianças na Corte do Grande Rei é da realeza, enviada de Cortes menores para obter influência com os príncipes e princesas, e por isso elas não têm tempo para outras coisas.

Claro que, no mundo mortal, existem lugares como quintais. Aqui há florestas e mares, pedras e labirintos, flores que ficam vermelhas só quando conseguem sangue fresco. Não gosto muito da ideia de me perder deliberadamente em um labirinto de cercas vivas, mas sorrio como não houvesse nada mais prazeroso. Não quero decepcioná-lo.

— Vai haver uma reunião mais tarde — continua Locke. — Você devia ficar. Prometo que será divertido.

Ao ouvir isso, sinto um aperto no estômago. Duvido que ele esteja dando uma festa sem os amigos.

— Isso parece burrice — comento para evitar uma recusa aberta ao convite.

— Seu pai não gosta que você fique fora até tarde? — Locke me olha com pena.

Sei que ele só está tentando fazer com que eu me sinta infantil, quando sabe perfeitamente bem por que eu não deveria ir, mas embora eu tenha consciência de sua manipulação, funciona perfeitamente.

A propriedade de Locke é mais modesta do que a de Madoc, e menos fortificada. Torres altas cobertas de telhas de casca de árvore se erguem entre as árvores. A hera e a madressilva sinuosas que sobem pelas laterais deixam as estruturas verdes e folhosas.

— Uau — digo. Eu já havia passado por ali e visto as torres ao longe, mas jamais soube quem era o dono do local. — Lindo.

Ele me lança um sorriso breve.

— Vamos entrar.

Apesar de haver uma porta dupla enorme na frente, ele me leva até uma portinha lateral que dá diretamente na cozinha. Tem pão fresco na bancada, junto a maçãs, groselhas e um queijo macio, mas não vejo os criados que devem ter preparado isso.

Penso involuntariamente na garota limpando a lareira de Cardan, na Mansão Hollow. Fico pensando se sua família imagina seu paradeiro e que tipo de acordo ela fez. Fico pensando na facilidade com que eu poderia ter sido ela.

— Sua família está em casa? — pergunto, afastando o pensamento.

— Não tenho ninguém — responde ele. — Meu pai era selvagem demais para a Corte. Ele gostava das florestas escuras e primitivas bem mais do que das intrigas da minha mãe. Ele foi embora e ela morreu. Agora, só sobrou eu.

— Que horrível — lamento. — E solitário.

Ele descarta minhas palavras.

— Eu soube da história dos seus pais. Uma tragédia adequada a uma balada.

— Foi muito tempo atrás. — A última coisa sobre a qual quero falar é Madoc e o assassinato. — O que aconteceu com sua mãe?

Ele faz um gesto despretensioso.

— Ela se envolveu com o Grande Rei. Nesta corte, isso basta. Foi gerado um filho, filho *dele*, eu acho, e alguém não queria que nascesse. Foi cogumelo amanita. — Embora ele tenha começado o discurso com um tom leve, o desfecho foi bem mais pesado.

Cogumelo amanita. Penso na carta da rainha Orlagh que encontrei na casa de Balekin. Tento me convencer de que o bilhete não podia fazer referência ao envenenamento da mãe de Locke, que Balekin não tinha motivos para isso se Dain já era o herdeiro escolhido do Grande Rei. Porém, por mais que eu tente me convencer, não consigo parar de pensar na possibilidade pavorosa de haver um dedinho da mãe de Nicasia na morte da mãe de Locke.

— Eu não devia ter perguntado. Foi grosseria minha.

— Nós somos filhos de tragédias. — Ele balança a cabeça e sorri. — Não era assim que eu pretendia começar. Eu pretendia lhe oferecer vinho, frutas e queijo. Pretendia dizer que seu cabelo é lindo como fumaça em espiral, que seus olhos são da mesma cor de uma noz. Imaginei que poderia compor uma ode sobre isso, mas não sou muito bom com odes.

Dou uma gargalhada, e ele leva a mão ao peito, como se ferido por minha crueldade.

— Antes de mostrar o labirinto, quero mostrar outra coisa.

— O quê? — quero saber, curiosa.

Ele segura minha mão.

— Venha — diz, brincalhão, me guiando pela casa. Subimos por uma escada em espiral. Subimos e subimos e subimos.

Fico tonta. Não há portas nem patamares. Só pedra e degraus, e meu coração batendo muito alto. Só os sorrisos tortos dele e os olhos cor de âmbar. Tento não tropeçar ou escorregar na subida. Tento não desacelerar, por mais tonta que me sinta.

Penso em Valerian. *Salte da torre.*

Continuo subindo e sorvendo o ar em breves lufadas.

Você não é nada. Você mal existe.

Quando chegamos ao topo, há uma portinha — tem metade da nossa altura. Eu me encosto na parede, esperando o equilíbrio voltar, e vejo Locke virar a maçaneta prateada e elaborada. Ele se abaixa para entrar. Eu me preparo, me afasto da parede e vou atrás.

E então arquejo. Estamos em uma sacada no topo da torre mais alta, uma que fica acima da copa das árvores. De lá, iluminado pelas estrelas, vejo o labirinto abaixo e o castelinho no centro dele. Consigo ver as partes altas do Palácio de Elfhame e da propriedade de Madoc e da Mansão Hollow, de Balekin. Consigo ver o mar que envolve a ilha e, além, as luzes fortes de cidades humanas através da neblina sempre presente. Eu nunca olhei diretamente do nosso mundo para o deles.

Locke coloca a mão nas minhas costas, entre minhas omoplatas.

— À noite, o mundo humano parece cheio de estrelas cadentes.

Eu me jogo contra o toque, ignoro o horror da subida e tento não ficar muito perto da beirada.

— Você já foi lá?

Ele assente.

— Minha mãe me levou quando eu era criança. Disse que nosso mundo ficaria estagnado sem o seu.

Quero dizer para ele que não é o meu, que eu mal o compreendo, mas sei o que Locke está tentando dizer, e a correção faria parecer que não entendi. A atitude de sua mãe é gentil, bem mais gentil do que a maioria das visões do mundo mortal. Ela devia ser uma pessoa boa.

Ele se vira para mim e me beija, lentamente. Seus lábios são macios, e o hálito é tépido. Sinto-me tão distante do meu corpo quanto as luzes da cidade ao longe. Minha mão se apoia na amurada. Quando o braço dele envolve minha cintura, aperto a beirada com força para me agarrar ao que está acontecendo, para me convencer de que estou mesmo aqui e de que este momento, acima de tudo, é real.

Ele se afasta.

— Você é muito bonita — diz.

Nunca fiquei tão feliz como agora por saber que eles não conseguem mentir.

— Isso é incrível — comento, olhando para baixo. — Tudo parece tão pequeno, feito um tabuleiro de estratégia.

Ele ri como se eu não pudesse estar falando sério.

— Você passa muito tempo no escritório do seu pai?

— O suficiente — digo. — O suficiente para conhecer minhas chances contra Cardan. Contra Valerian e Nicasia. Contra você.

Ele segura minha mão.

— Cardan é um tolo. O restante de nós não importa. — O sorriso dele fica sem graça. — Mas talvez seja parte do seu plano; me convencer a levar você ao centro da minha fortaleza. Talvez você esteja prestes a revelar seu esquema do mal e a me fazer obedecer às suas vontades. Só para você saber, acho que essa última parte não vai ser muito difícil.

Dou uma gargalhada, apesar de tudo.

— Você não é como eles.

— Não sou?

Olho para Locke por um bom tempo.

— Não sei. Você vai me mandar saltar desta sacada?

Ele ergue as sobrancelhas.

— Claro que não.

— Então você não é como eles — confirmo, cutucando-o com força no centro do peito. Minha mão se abre quase inconscientemente, permitindo que o calor dele penetre minha palma. Eu não tinha percebido quanto estava com frio por ficar parada no vento.

— Você não é como eles disseram que seria — diz ele, se inclinando na minha direção. E então me beija de novo.

Não quero pensar nas coisas que eles disseram, não agora. Quero a boca de Locke na minha, bloqueando tudo.

Demoramos muito tempo para descer. Minhas mãos estão no seu cabelo. Sua boca está no meu pescoço. Minhas costas estão coladas na parede antiga de pedra. Tudo é tão lento e perfeito, e não faz sentido nenhum. Esta não pode ser a minha vida. Não parece em nada com a minha vida.

Nós nos sentamos na mesa de banquete longa e vazia e comemos queijo e pão. Tomamos vinho verde com gosto de ervas em cálices enormes que Locke pegou no fundo de um armário. Estão tão cobertos de poeira que ele precisou lavá-los duas vezes antes de podermos usá-los.

Quando terminamos, ele me encosta na mesa, me ergue para que eu fique sentada no tampo e nossos corpos se grudam. É emocionante e apavorante, como tantas coisas no Reino das Fadas.

Não sei se beijo bem. Minha boca é desajeitada. Sou tímida. Quero puxá-lo e afastá-lo ao mesmo tempo. Feéricos não têm muitos tabus em relação ao pudor, mas eu tenho. Tenho medo de meu corpo mortal estar fedendo a suor, a decomposição, a medo. Não sei onde colocar as mãos, com que força apertar, até onde cravar as unhas nos ombros dele. E embora eu saiba o que vem depois do beijo, embora eu entenda o significado das mãos dele subindo pela minha panturrilha machucada até minha coxa, não faço ideia de como esconder minha inexperiência.

Ele recua para me olhar, e tento manter o pânico longe dos olhos.

— Fique esta noite — murmura.

Por um momento, acho que ele quer dizer com ele, tipo *com ele*, e meu coração acelera em uma combinação de desejo e medo. Mas logo me lembro de que vai haver uma festa, e é para isso que ele está me pedindo para ficar. Os servos invisíveis, onde quer que estejam, devem estar preparando o local. Em pouco tempo, Valerian, meu quase assassino, pode estar dançando no jardim.

Bom, talvez não *dançando*. Ele provavelmente vai ficar encostado rigidamente em alguma parede, uma bebida na mão, ataduras em volta das costelas e um novo plano para me matar. Isso se não forem novas *ordens* de Cardan para me matar.

— Seus amigos não vão gostar — falo, descendo da mesa.

— Eles vão ficar bêbados rápido demais para notar. Você não pode passar a vida trancada no quartel embelezado de Madoc. — Ele dá um sorriso que tem o objetivo claro de me encantar. Até que funciona. Penso na proposta de Dain de botar uma marca de amor na minha testa e me pergunto se Locke teria uma, porque, apesar de tudo, fico tentada.

— Não estou com a roupa adequada — lembro-o, indicando a túnica manchada com o sangue de Valerian.

Ele me olha da cabeça aos pés por mais tempo do que uma inspeção dos meus trajes pede.

— Consigo arrumar um vestido. Consigo arrumar qualquer coisa que você queira. Você me perguntou sobre Cardan, Valerian e Nicasia. Venha vê-los fora da escola, venha vê-los fazendo papel de tolos, bêbados e se rebaixando. Veja a vulnerabilidade deles, as rachaduras na armadura. Você tem que conhecê-los para vencê-los, certo? Não digo que vá passar a gostar deles, você não precisa gostar deles.

— Eu gosto de *você* — declaro. — Gosto de brincar de faz de conta com você.

— Faz de conta? — repete ele, como se não tivesse certeza se é um insulto.

— Claro — digo, indo até as janelas do salão e olhando para fora. O luar penetra na entrada folhosa do labirinto. Há tochas acesas ali perto, as chamas ardendo e tremulando ao vento. — Claro que estamos fingindo! Nós não podemos ficar juntos, mas é divertido mesmo assim.

Ele me lança um olhar avaliador e conspiratório.

— Então vamos continuar fazendo isso.

— Tudo bem — digo com impotência. — Eu fico. Estarei na sua festa. — Eu me diverti pouquíssimas vezes na vida até agora. É difícil recusar a promessa de mais diversão.

Ele me leva por vários aposentos até chegarmos a uma porta dupla. Por um momento, ele hesita e olha para mim. Em seguida, empurra a porta, e entramos em um quarto enorme. Uma camada densa e opressiva de poeira cobre tudo. Tem marcas de pegadas, dois pares. Ele já entrou ali antes, mas poucas vezes.

— Os vestidos no armário foram da minha mãe. Pegue o que quiser — diz, segurando minha mão.

Ao olhar para o quarto intocado no coração da casa, entendo a dor que o fez trancá-lo por tanto tempo. Fico feliz de ter sido convidada a entrar. Se eu tivesse um quarto cheio das coisas de minha mãe, não sei se deixaria alguém invadi-lo. Não sei nem se eu mesma teria coragem.

Ele abre um dos armários. Boa parte das roupas está comida de traças, mas consigo ver como costumavam ser. Uma saia com um desenho de romãs feito com miçangas, outra que é repuxada tal qual uma cortina e mostra um palco com marionetes mecânicas embaixo. Tem até uma bordada com a silhueta de faunos dançarinos do tamanho da saia. Eu admiro os vestidos de Oriana pela elegância e opulência, mas estes despertam em mim uma fome por algo turbulento. Estes me fazem desejar ter visto a mãe de Locke usando um deles. Estes me fazem pensar que ela devia gostar de rir.

— Acho que nunca vi um vestido assim — digo a ele. — Você quer mesmo que eu use um?

Ele passa a mão por uma manga.

— Acho que estão meio podres.

— Não — digo. — Gostei deles.

O que tem os faunos é o menos danificado. Tiro a poeira dele e o levo para trás de um biombo velho. Tenho dificuldade, porque é o tipo de roupa difícil de se vestir sem a ajuda de Tatterfell. Não tenho ideia de como prender meu cabelo de um jeito diferente, então deixo como está, trançado em formato de coroa em volta da cabeça. Quando limpo um espelho de prata com a mão e me vejo usando a roupa da fada morta, um tremor percorre meu corpo.

De repente, não sei por que estou aqui, neste lugar. Não sei bem quais são as intenções de Locke. Quando ele tenta botar as joias da mãe em mim, eu recuso.

— Vamos para o jardim — chamo. Não quero mais ficar naquele quarto vazio, mas cheio de eco.

Ele guarda o cordão de esmeraldas que estava segurando. Quando saímos, olho para o armário de roupas mofadas. Apesar do meu sentimento de inquietação, parte de mim não consegue deixar de imaginar como seria ser a dona daquele lugar. De imaginar o príncipe Dain com a coroa. De imaginar muita diversão à longa mesa na qual nos beijamos, meus colegas de escola todos bebendo o vinho verde e fingindo que nunca tentaram me matar. Locke segurando minha mão.

E eu, espionando-os todos para o rei.

O labirinto de cercas vivas é mais alto que um ogro e composto de folhas densas e brilhantes de um verde-escuro. Aparentemente, o círculo de Cardan se reúne ali com frequência. Consigo ouvi-los rindo no centro do labirinto enquanto o contorno com Locke, atrasado para a própria festa. O cheiro de licor de pinha está vivo no ar. A luz das tochas cria longas sombras e pinta tudo de vermelho. Meus passos desaceleram.

Enfio a mão no bolso do vestido emprestado e toco na faca, ainda suja com o sangue de Valerian. Quando o faço, também toco em outra coisa, algo que a mãe de Locke deve ter deixado lá dentro anos atrás. Puxo o objeto e vejo que é uma bolota dourada. Não parece uma joia, não tem corrente, e não consigo imaginar qual seria seu propósito para além da beleza em si. Eu a coloco de volta no bolso.

Locke segura minha mão conforme andamos pelas passagens do labirinto. Não me parecem muitas. Tento mapear o caminho para o caso de ter que sair sozinha. A simplicidade do local me deixa mais nervosa do que confiante. Não acredito que haja muitas coisas simples no Reino das Fadas. Em casa, o jantar deve estar terminando sem mim. Taryn deve estar fofocando com Vivi que fui a algum lugar com Locke. Madoc talvez esteja de cara amarrada, espetando a carne, irritado por eu ter perdido suas lições.

Já encarei coisas piores.

No centro do labirinto, um flautista está tocando uma canção ritmada e agitada. Pétalas de rosas brancas voam pelo ar. Alguns feéricos estão reunidos, comendo e bebendo de uma mesa comprida que parece cheia de destilados variados: licores com raízes de mandrágora dentro, vinho de ameixa azeda, uma bebida límpida com infusão de cravo vermelho. E, além disso, frascos de nuncamais dourado.

Cardan está deitado em um cobertor, a cabeça inclinada para trás e a camisa branca e frouxa desabotoada. Embora ainda esteja cedo, ele parece muito bêbado. A boca está contornada de dourado. Uma garota chifruda que não conheço está beijando seu pescoço, e outra, de cabelo amarelo, encosta a boca em sua panturrilha, logo acima do cano da bota.

Para meu alívio, não vejo Valerian. Espero que esteja em casa, cuidando do ferimento que infligi nele.

Locke me entrega um cálice de bebida, e tomo um golinho só por educação. Começo a tossir na mesma hora. Nesse momento, o olhar de Cardan pousa em mim. Suas pálpebras mal estão abertas, mas vejo o brilho em seus olhos, úmidos como piche. Ele me observa enquanto a garota beija sua boca, me observa quando ela enfia a mão embaixo da barra da camisa de babados idiotas.

Minhas bochechas ficam quentes. Viro para o outro lado e fico com raiva de mim mesma por ter dado a ele a satisfação de ver meu desconforto. É ele quem está fazendo papel de tolo.

— Estou vendo que um integrante do *Círculo das Minhocas* decidiu nos agraciar com sua presença hoje — diz Nicasia, se aproximando de nós com um vestido de todas as cores do pôr do sol. Ela me encara. — Mas qual deles?

— Aquela de quem você não gosta — respondo, ignorando a alfinetada.

Isso a faz dar uma gargalhada aguda e falsa.

— Ah, você ficaria surpresa pelo que alguns de nós sentem por você.

— Eu prometi diversões melhores do que esta — diz Locke rigidamente, segurando meu cotovelo. Fico agradecida quando ele me leva até uma mesa baixa com almofadas espalhadas ao redor, mas não consigo evitar um pequeno aceno antagônico para Nicasia quando me retiro.

Viro o cálice de bebida na grama quando Locke não está olhando. O flautista termina, e um garoto nu, cintilando de tinta dourada, pega uma lira e canta uma música obscena sobre corações partidos: *"Ó moça bonita! Ó moça cruel! Sinto falta dos seus beijos de mel. Sinto falta do seu cabelo. Sinto falta da sua boca. Mas, mais do que tudo, sinto falta das suas coxas."*

Locke me beija de novo, na frente da fogueira. Todo mundo pode ver, mas não sei se estão olhando. Fecho os olhos o máximo que consigo.

CAPÍTULO

17

Acordo na casa de Locke, em uma cama coberta de tapeçarias. Sinto gosto de ameixas azedas, e minha boca está inchada dos beijos. Locke está ao meu lado, os olhos fechados, ainda com a roupa da festa. Paro no meio do ato de me erguer para observá-lo, as orelhas pontudas e o cabelo de pelo de raposa, a maciez da boca, os membros longos espalhados no sono. A cabeça dele está apoiada no pulso coberto pela camisa.

A noite volta em uma lembrança fugaz. Houve danças e uma perseguição no labirinto. Eu me lembro de cair com as mãos na terra e rir, um comportamento totalmente atípico. De fato, quando olho para o vestido emprestado com o qual dormi, há manchas de grama nele.

Não é como se eu fosse ser o primeiro a rolar na grama com ela.

O príncipe Cardan passou a noite inteira me olhando, um tubarão circulando sem descanso, esperando o momento certo para atacar. Mesmo agora consigo conjurar a lembrança dos olhos negros causticantes. E se eu ri mais alto para irritá-lo, se dei um sorriso mais largo e beijei Locke por mais tempo, esse é o tipo de provocação que nem mesmo os feéricos podem condenar.

Agora, no entanto, a noite parece um sonho longo e impossível.

O quarto de Locke está uma zona, tem livros e roupas espalhados em divãs e sofás baixos. Vou até a porta e caminho pelos corredores vazios da casa. Chego no quarto poeirento da mãe dele, tiro o vestido e coloco as roupas do dia anterior. Enfio a mão no bolso para pegar minha faca e acabo pegando a bolota dourada junto.

Impulsivamente, coloco os dois objetos na túnica. Quero uma lembrança de ontem, uma recordação, para o caso de nada assim voltar a acontecer. Locke me disse que eu podia pegar qualquer coisa no quarto, então estou pegando.

Quando saio, passo pela longa mesa de jantar. Nicasia está lá, cortando uma maçã com uma faquinha.

— Seu cabelo parece um ninho — diz ela, enfiando uma fatia da fruta na boca.

Olho para um prato de prata na parede, que mostra só uma imagem distorcida e borrada de mim. Mesmo assim, vejo que ela está certa, tem uma auréola castanha em volta da minha cabeça. Então desfaço a trança e penteio o cabelo com os dedos.

— Locke está dormindo — aviso, supondo que ela esteja aguardando para vê-lo. Espero pela sensação gostosa de ter algum tipo de vantagem sobre Nicasia, considerando que vim do quarto de Locke, mas na verdade só sinto um certo pânico.

Não sei fazer isso. Não sei acordar na casa de um garoto e conversar com a ex dele. E o fato de ela também provavelmente me querer morta é estranhamente a única parte disso tudo que parece normal.

— Minha mãe e o irmão dele achavam que a gente ia se casar — diz Nicasia, parecendo estar falando com o ar e não comigo. — Seria uma aliança útil.

— Com Locke? — pergunto, confusa.

Ela me olha com irritação, minha pergunta parecendo arrancá-la brevemente de seus devaneios.

— Cardan e eu. Ele estraga as coisas. É disso que ele gosta. De estragar as coisas.

Claro que Cardan gosta de estragar as coisas. Eu me pergunto como ela só foi capaz de perceber isso agora. Pensei que fosse algo que eles tivessem em comum.

Eu a deixo com a maçã e as lembranças e volto para o palácio. Uma brisa fresca sopra nas árvores, balançando meu cabelo solto e trazendo o cheiro de pinheiro. No céu, ouço o grito das gaivotas. Fico grata pela aula de hoje, feliz por ter uma desculpa para não ir para casa e ouvir o que quer que Oriana tenha para me dizer.

A aula de hoje é na torre, o local de que menos gosto. Subo os degraus e me acomodo. Estou atrasada, mas encontro lugar em um banco perto dos fundos. Taryn está sentada do outro lado. Ela me olha uma vez e ergue as sobrancelhas. Cardan está ao seu lado, usando veludo verde com bordados dourados formando espinhos de pontas azuis. Ele se reclina no banco, os dedos longos tamborilando com inquietação na lateral.

Olhar para ele me deixa igualmente inquieta.

Pelo menos Valerian não apareceu. Não é sensato esperar que ele nunca mais volte, mas pelo menos tenho o dia de hoje.

Uma nova professora, uma cavaleira chamada Dulcamara, está falando sobre regras de herança, provavelmente por causa da coroação iminente.

A coroação que também vai marcar minha subida ao poder. Quando o príncipe Dain for o Grande Rei, seus espiões poderão correr pelas sombras de Elfhame só com o próprio Dain para nos chamar atenção.

— Em algumas cortes inferiores, o assassino de um rei ou de uma rainha pode ficar com o trono — diz Dulcamara. Ela conta que faz parte da Corte dos Cupins, que ainda não se juntou ao estandarte de Eldred.

Embora não esteja usando armadura, ela está parada como se estivesse acostumada com o peso de uma.

— E foi por isso que a rainha Mab negociou com os feéricos selvagens para criarem a coroa que o rei Eldred usa, que só pode ser passada para os descendentes dela. Seria complicado obtê-la à força. — Ela dá um sorriso malicioso.

Se Cardan tentasse atrapalhar essa aula, provavelmente seria comido vivo, e a professora ainda quebraria seus ossos para chupar o tutano.

Os filhos dos nobres olham para Dulcamara com desconforto. Há boatos de que Lorde Roiben, o rei dela, está planejando se juntar ao novo Grande Rei, levando consigo sua grande Corte, uma que tem resistido às forças de Madoc há anos. A junção de Roiben à Grande Corte de Elfhame é amplamente considerada um golpe de mestre da diplomacia, negociada pelo príncipe Dain contra a vontade de Madoc. Acho que ela veio para a coroação.

— O que acontece se não houver mais filhos na linhagem Greenbriar? — Larkspur, um dos mais jovens entre nós, pergunta.

O sorriso de Dulcamara fica mais gentil.

— Quando há menos de dois descendentes, um para usar a coroa e outro para colocá-la no governante, a Grande Coroa e seu poder se desfazem. Toda Elfhame fica livre de seus juramentos. E depois, quem sabe? Talvez um novo governante faça uma nova coroa. Talvez vocês voltem a guerrear contra as Cortes menores de Seelie e Unseelie. Talvez vocês se juntem aos nossos estandartes no sudoeste.

O sorriso deixa claro qual dessas opções ela prefere.

Eu levanto a mão. Dulcamara assente na minha direção.

— E se alguém *tentar* pegar a coroa?

Cardan me olha. Quero fazer cara feia, mas não consigo esquecer a imagem dele esparramado no chão com aquelas garotas. Minhas bochechas queimam. Eu baixo o olhar.

— Pergunta interessante — diz Dulcamara. — A lenda diz que a coroa não permite que ela seja colocada na cabeça de ninguém que não seja herdeiro de Mab, mas a linhagem de Mab é muito ampla. Se um par de descendentes tentar pegar a coroa, até pode acontecer. Mas a parte mais perigosa do golpe seria a seguinte: a coroa carrega uma maldição em que, caso a pessoa que a use seja assassinada, o responsável pelo ato também morre.

Penso no bilhete que encontrei na casa de Balekin, no cogumelo amanita, penso em vulnerabilidade.

Depois da aula, desço a escada com cuidado, me lembrando de quando desci correndo depois de esfaquear Valerian. Minha visão fica borrada, e me sinto tonta por um momento, mas logo passa. Taryn se aproxima por trás de mim e praticamente me empurra para o bosque quando saímos.

— Primeiro de tudo — diz ela, me puxando para uma área de samambaias —, apenas Tatterfell sabe que você não passou a noite em casa, e dei a ela um de seus anéis mais bonitos para que ficasse de bico fechado. Mas você tem que me contar onde esteve.

— Locke deu uma festa na casa dele — digo. — Fiquei por lá, mas não rolou. Quer dizer, não aconteceu nada. Nós nos beijamos. E só.

As tranças castanhas de Taryn voam quando ela balança a cabeça.

— Não sei se acredito nisso.

Dou um suspiro, talvez com dramaticidade demais.

— Por que eu mentiria? Não sou eu quem está escondendo a identidade da pessoa me cortejando.

Ela franze a testa.

— Eu só acho que dormir no quarto de alguém, na cama de alguém, é mais do que beijar.

Minhas bochechas esquentam quando penso na sensação de acordar com o corpo dele ao meu lado. Para desviar a atenção de mim, começo a especular sobre o relacionamento dela.

— Aaaah, pode ser o príncipe Balekin. Você vai se casar com o príncipe Balekin? Ou talvez seja Noggle, e vocês possam contar as estrelas juntos.

Ela dá um tapa no meu braço com força demais.

— Pare de tentar adivinhar — diz. — Você sabe que não tenho permissão para dizer.

— Ai! — Colho uma florzinha branca de erva-traqueira e prendo atrás da orelha.

— Então você gosta dele? — pergunta ela. — De verdade?

— De Locke? Claro que gosto.

Ela me olha, e imagino o quanto devo tê-la deixado preocupada ao não ir para casa na noite anterior.

— De Balekin eu gosto menos — brinco, e ela revira os olhos.

Quando voltamos à fortaleza, descubro que Madoc deixou recado de que vai voltar tarde. Com pouca coisa para fazer, procuro por Taryn, mas apesar de tê-la visto subir a escadaria alguns minutos antes, ela não está no quarto. Seu vestido está na cama e o armário está aberto, algumas peças penduradas de qualquer jeito, como se as tivesse puxado antes de perceber que eram inadequadas.

Será que Taryn foi encontrar o pretendente? Dou uma olhada no quarto, tentando enxergar tudo sob o prisma de uma espiã em busca de sinais. Não reparo em nada de incomum além de algumas pétalas de rosas murchando na mesa de cabeceira.

Vou para o meu quarto e me deito na cama, repassando as lembranças da noite anterior. Enfio a mão no bolso e retiro a faca para finalmente limpá-la. Quando a puxo, a bolota dourada vem junto. Reviro o objeto na mão.

É um pedaço maciço de metal, um lindo objeto. Primeiro, acho que é só isso, mas reparo que tem linhas pequenininhas nele todo, linhas que parecem indicar partes móveis. Como se fosse um quebra-cabeça.

Não consigo soltar a parte de cima, por mais que tente. Não consigo fazer mais nada com a bolota. Estou prestes a desistir e jogá-la na penteadeira quando vislumbro um buraquinho, tão pequeno a ponto de ser quase invisível, bem na parte inferior. Eu pulo da cama, reviro a penteadeira e procuro um alfinete. O que encontro tem uma pérola na ponta. Tento enfiar a ponta na bolota. Demora um momento, mas consigo, empurrando além da resistência até sentir um clique e o objeto se abrir.

Degraus mecanizados saem de um centro brilhante, onde tem um pássaro dourado pequenininho. O bico se move, e ele fala com uma vozinha esganiçada. "Minha querida amiga, essas são as últimas palavras de Liriope. Tenho três pássaros dourados para espalhar. Três tentativas para que um chegue em suas mãos. Meu estado já está muito além da capacidade de qualquer antídoto, e se você ouvir isto, deixo com você o peso de meus segredos e o último desejo em meu coração. Proteja-o. Leve-o para longe dos perigos desta Corte. Faça com que ele fique em segurança e nunca, nunca conte a ele a verdade do que aconteceu comigo."

Tatterfell entra no quarto, trazendo uma bandeja com itens para o chá. Ela tenta espiar o que estou fazendo, mas coloco a mão sobre a bolota.

Quando ela sai, coloco o objeto na mesa, sirvo uma xícara de chá e a seguro para esquentar as mãos. Liriope é a mãe de Locke. Parece uma mensagem pedindo a alguém, algum amigo ou amiga, para levar Locke para longe. Ela chama a mensagem de suas "últimas palavras", então já devia saber que estava prestes a morrer. Talvez as bolotas devessem ter sido enviadas ao pai de Locke, na esperança de o garoto passar o restante da vida explorando ambientes selvagens com ele em vez de se envolver em intrigas.

Mas como Locke ainda está aqui, parece que nenhuma das três bolotas foi encontrada. Talvez nenhuma delas tenha sequer saído do quarto.

Eu devia entregar o objeto a Locke, deixar que ele decida o que fazer. Mas fico pensando no bilhete na mesa de Balekin, que parecia colocá-lo como suspeito no assassinato de Liriope. Devo contar tudo a Locke?

Sei da proveniência do cogumelo amanita que você pede, mas seja lá o que for fazer, não deve ser relacionado a mim.

Reviro as palavras em pensamento da mesma forma que revirei a bolota na mão e sinto os mesmos vãos.

Tem alguma coisa estranha naquela frase.

Eu a copio em um pedaço de papel para ter certeza de que me lembro bem. Quando li pela primeira vez, o bilhete parecia insinuar que a rainha Orlagh tinha encontrado um veneno mortal para Balekin. Mas os cogumelos amanita, embora raros, crescem livremente até nesta ilha. Eu colhi alguns no Bosque Leitoso, ao lado de abelhas de ferrão negro, que construíram colmeias no alto das árvores (um antídoto pode ser feito com o mel delas, aprendi recentemente com minhas leituras). Cogumelos amanita não são perigosos se o líquido vermelho não for ingerido.

E se o bilhete da rainha Orlagh não quisesse dizer que ela *encontrou* cogumelos amanita nem que pretendia dá-los Balekin? E se ao dizer "sei da proveniência", Orlagh quisesse dizer literalmente que *sabia* de onde cogumelos amanita *específicos* tinham vindo? Afinal, ela diz "seja lá o que for fazer" e não "seja lá o que for fazer com *eles*". Ela está dando um aviso sobre o que Balekin vai fazer com a informação, não com o cogumelo em si.

O que quer dizer que ele não vai envenenar Dain.

Também quer dizer que Balekin pode ter descoberto quem provocou a morte da mãe de Locke, isso se tiver descoberto quem tinha o cogumelo amanita que a matou. A resposta podia estar ali, no meio dos outros papéis que eu, na minha pressa, deixei passar.

Eu tenho que voltar. Preciso subir naquela torre. Hoje, antes que o dia da coroação se aproxime mais. Porque pode ser que Balekin não tente matar Dain e que a Corte das Sombras esteja com a ideia errada. Ou, se estiverem com a ideia certa, que ele não vá fazer isso com o cogumelo amanita.

Engulo meu chá e encontro o vestido de serviçal no fundo do armário. Solto o cabelo e o arrumo em uma trança parecida com aquela que as garotas da casa de Balekin usavam. Prendo a faca no alto da coxa e coloco no bolso um pouco do sal da minha caixa prateada. Em seguida, pego minha capa, calço os sapatos de couro e saio, as palmas das mãos começando a suar.

Descobri bem mais desde minha primeira incursão à Mansão Hollow, o suficiente para me fazer entender melhor os riscos que andei correndo.

Isso não ajuda meus nervos em nada. Considerando o que vi dele com Cardan, não estou nem um pouco confiante de que posso aguentar o que Balekin faria comigo caso me pegasse.

Respiro fundo, e reforço que não posso ser pega.

Barata diz que esse é o verdadeiro trabalho de um espião. A informação é secundária. O trabalho é não ser pego.

No corredor, passo por Oriana. Ela me olha da cabeça aos pés. Preciso resistir à vontade de fechar mais a capa em volta do corpo. Ela está usando um vestido da cor de amoras ainda verdes, e o cabelo está um pouco puxado para trás. As pontas das orelhas estão cobertas por capinhas de cristal cintilante. Sinto uma certa inveja delas. Se eu as usasse, elas esconderiam o formato redondo e humano das minhas.

— Você chegou muito tarde ontem — diz ela, a irritação repuxando a boca. — Perdeu o jantar, e seu pai estava esperando para lutar com você.

— Vou melhorar — digo, e na mesma hora me arrependo da declaração porque provavelmente também não volto para o jantar hoje. — Amanhã. Vou começar a melhorar amanhã.

— Criatura desleal — retruca Oriana, olhando para mim como se a pura intensidade de seu olhar pudesse arrancar meus segredos. — Você está tramando.

Estou tão cansada da desconfiança dela, tão cansada.

— Você sempre acha isso — respondo. — E, pela primeira vez, você está certa. — Deixo-a preocupada com o que isso pode significar e desço a escada até a grama. Desta vez, não tem ninguém no caminho, ninguém para me fazer repensar o que estou prestes a fazer.

Não pego o sapo; tomo mais cuidado. Vou andando pelo bosque e vejo uma coruja circulando acima. Puxo o capuz da capa para cobrir meu rosto.

Na Mansão Hollow, guardo a capa do lado de fora, entre os troncos de uma pilha de madeira, e entro pela cozinha, onde o jantar está sendo preparado. Há pombos laqueados com geleia de rosas, o cheiro da pele torrada bastando para fazer minha boca aguar e meu estômago se contrair.

Abro um armário e encontro uma dezena de velas, todas da cor de couro polido e decoradas com um selo dourado com o brasão pessoal de Balekin — três pássaros pretos gargalhando. Pego nove velas e, tentando me movimentar da maneira mais mecânica possível, carrego-as passando pelos guardas. Um deles me olha de um jeito estranho. Tenho certeza de que tem algo de peculiar em mim, mas ele já viu meu rosto, e estou com os passos mais firmes do que da última vez.

Pelo menos até ver Balekin descendo a escada.

Ele lança um olhar na minha direção, e preciso me esforçar para ficar de cabeça baixa e caminhar sem hesitação. Levo as velas para o aposento à minha frente, que é a biblioteca.

Para meu imenso alívio, ele não parece me ver. Mas meu coração está disparado, e minha respiração, arquejante.

A serviçal que estava limpando a lareira no quarto de Cardan agora está colocando livros de volta nas estantes. Ela continua tal como me lembro: os lábios rachados, magra demais e com olhos machucados. Seus movimentos são lentos, como se o ar tivesse a densidade da água. Em seu sonho drogado, sou tão desinteressante quanto a mobília e não ofereço nenhum perigo.

Passo os olhos pelas prateleiras com impaciência, mas não vejo nada de útil. Preciso subir à torre, remexer na correspondência do príncipe Balekin e torcer para encontrar alguma coisa relacionada à mãe de Locke ou a Dain ou a coroação, alguma coisa que eu tenha deixado passar.

Mas não posso fazer nada com Balekin na escadaria.

Olho para a garota de novo. Fico pensando na vida dela aqui, no modo como ela sonha. Se um dia, por algum momento, ela já teve a oportunidade de fugir. Pelo menos, graças ao geas, se Balekin me pegasse, ficar presa aqui não seria meu destino.

Fico à espera, conto até mil enquanto empilho as velas em uma cadeira. Em seguida, olho para fora. Felizmente, Balekin sumiu. Rapidamente, subo as escadas. Prendo a respiração quando passo pelo quarto de Cardan, mas estou com sorte. A porta está fechada.

Continuo subindo para o escritório de Balekin. Reparo nas ervas em potes espalhadas pelo quarto, ervas que agora encaro com um novo olhar. Algumas são venenosas, mas a maioria é narcótica. Não vejo cogumelos amanita em lugar nenhum. Vou até a mesa dele e limpo as mãos no tecido áspero do vestido, tentando não deixar rastros de suor, tentando memorizar a organização dos papéis.

Há duas cartas de Madoc, mas parecem ser apenas sobre a posição dos cavaleiros na coroação. Outras parecem ser sobre encontros amorosos, festas e farras e divertimentos. Nada sobre cogumelos amanita, nada sobre venenos. Nada sobre Liriope e nem sobre assassinato. A única coisa que parece um pouco surpreendente são alguns versos, um poema de amor na letra do príncipe Dain, sobre uma mulher que permanece não identificada, exceto pelo "cabelo de alvorecer" e "olhar estrelado".

Pior, nada que encontro fala sobre um plano contra o príncipe Dain. Se Balekin vai assassinar o irmão, ele é inteligente o bastante para não deixar provas por aí. Até a carta sobre o cogumelo amanita sumiu.

Eu arrisquei vir até a Mansão Hollow por nada.

Por um momento, fico ali parada, tentando controlar os pensamentos. Preciso sair sem atrair atenção.

Mensageira. Vou me disfarçar de mensageira. Mensagens são trocadas entre as propriedades o tempo todo. Pego uma folha de papel em branco e escrevo *Madoc* de um lado, aí dobro e selo com cera. O enxofre no fósforo espalha o odor no ar por um momento. Quando se dissipa, desço os degraus com a mensagem falsa na mão.

Quando passo pela biblioteca, hesito. A garota ainda está lá dentro, erguendo mecanicamente livros de uma pilha e encaixando-os nas estantes. Ela vai continuar fazendo isso até que seja ordenada a fazer outra coisa, até ela desmoronar, até sumir, esquecida. Como se fosse um nada.

Eu não posso deixá-la ali.

Não tenho nada para o que voltar no mundo mortal, mas pode ser que ela tenha. E, sim, é uma traição à fé do príncipe Dain em mim, uma traição ao próprio Reino das Fadas. Eu sei disso. Mas mesmo assim, não posso deixá-la.

Há certo alívio em perceber isso.

Entro na biblioteca e coloco o bilhete sobre a mesa. A garota não se vira, não reage. Eu enfio a mão no bolso e pego um pouco de sal. Estico a mão para ela, como se estivesse oferecendo açúcar para atrair um cavalo.

— Coma isto — digo em voz baixa.

Ela se vira para mim, mas seu olhar não tem foco.

— Não tenho permissão — responde, a voz rouca por falta de uso. — Nada de sal. Você não pode...

Ponho a mão em sua boca, um pouco de sal caindo no chão, o resto apertado nos lábios da garota.

Sou uma idiota. Uma idiota impulsiva.

Passo o braço em volta dela e a arrasto mais para dentro da biblioteca. Ela está alternando entre tentar gritar e tentar me morder. Fica arranhando meu braço, as unhas afundando na minha pele. Eu a seguro ali, contra a parede, até ela relaxar, até a vontade de brigar sumir.

— Desculpe — sussurro enquanto a seguro. — Estou improvisando. Não quero te machucar. Quero salvar você. Por favor, me deixe fazer isso. Deixe-me salvar você.

Finalmente, ela fica parada o suficiente para eu decidir arriscar afastar a mão. Ela está ofegante, a respiração rápida. Mas não grita, o que parece um bom sinal.

— Nós vamos sair daqui — digo para ela. — Pode confiar em mim.

Ela me olha sem entender.

— Só aja como se tudo estivesse normal. — Eu a puxo para ficar de pé e percebo a impossibilidade do que estou pedindo. Os olhos da garota estão indo de um lado a outro como os de um pônei louco. Não sei quanto tempo teremos até ela surtar de vez.

Ainda assim, não há mais o que fazer além de acompanhá-la para fora da mansão o mais rápido possível. Meto a cabeça pela porta do salão principal. Está vazio, então eu a arrasto da biblioteca. Ela está olhando ao redor como se estivesse vendo a escadaria pesada de madeira e a galeria acima pela primeira vez. Mas então me lembro de que larguei o bilhete falso em cima da mesa da biblioteca.

— Espere — peço. — Eu tenho que voltar e...

Ela faz um som de súplica e tenta se soltar. Eu a levo junto e pego a mensagem. Amasso o papel e enfio no bolso. Não serve para nada agora, quando os guardas poderiam conectar o desaparecimento da serviçal à casa da pessoa que a sequestrou.

— Qual é seu nome?

A garota balança a cabeça.

— Você tem que se lembrar — insisto. É terrível que, em vez de ser solidária, eu esteja irritada. *Anime-se*, penso. *Pare de sentir o que está sentindo. Vamos.*

— Sophie — responde ela, quase chorando. As lágrimas estão surgindo. Sinto-me cada vez pior por quanto serei cruel dali a uns minutos.

— Você não pode chorar — aviso com o máximo de rigidez possível, torcendo para que meu tom a assuste e faça com que ela preste atenção.

Tento soar como Madoc, falar como se estivesse acostumada a obedecerem minhas ordens. — Você *não pode chorar*. Vou estapear você se precisar.

Ela se encolhe, mas fica em silêncio. Seco seus olhos com as costas da mão.

— Tudo bem? — pergunto.

Como Sophie não responde, concluo que não faz sentido continuar conversando. Sigo na direção da cozinha. Teremos que passar pelos guardas, não há outra saída. Ela abre uma imitação horrível de sorriso, mas pelo menos está ciente o bastante para isso. Mais preocupante é a maneira como ela não consegue parar de olhar para tudo. Conforme vamos andando em direção aos guardas, a intensidade de seu olhar fica impossível de disfarçar.

Eu improviso, tentando parecer recitar uma mensagem decorada, sem inflexão nas palavras.

— O príncipe Cardan diz que precisamos vê-lo agora.

Um dos guardas se vira para o outro.

— Balekin não vai gostar disso.

Tento não reagir, mas é difícil. Só fico ali parada esperando. Se eles pularem em cima de nós, vou ter que matá-los.

— Muito bem — diz o primeiro guarda. — Vão. Mas informem a Cardan que o irmão dele exige que vocês sejam trazidas de volta desta vez.

Não gosto disso.

O segundo guarda olha para Sophie e seus olhos ficam arregalados.

— O que você está vendo?

Consigo senti-la tremendo ao meu lado, o corpo todo. Preciso dizer alguma coisa rápido, antes que ela responda por si.

— Lorde Cardan nos mandou ser mais observadoras — justifico, torcendo para que a confusão plausível de uma ordem ambígua ajude a explicar as atitudes dela.

Em seguida, ando com Sophie pela cozinha, passando pelos servos humanos que não estou salvando, ciente da futilidade de minhas ações. Ajudar apenas uma pessoa realmente faz diferença no equilíbrio geral da situação?

Quando eu tiver poder, vou procurar um jeito de ajudar a todos, digo mentalmente. E quando Dain estiver no poder, eu terei poder.

Tomo o cuidado de fazer movimentos lentos. Só me permito respirar quando estamos do lado de fora.

E, no fim das contas, foi tarde demais. Cardan está vindo em nossa direção em um cavalo alto e pintado de cinza. Atrás dele, uma garota em um palafrém — Nicasia. Assim que entrar, os guardas perguntarão sobre nós duas. Assim que entrar, Cardan saberá que tem alguma coisa errada.

Isso se ele não me flagrar e perceber ainda antes.

Qual seria a punição por sequestrar a serviçal de um príncipe? Não sei. Uma maldição, talvez, como ser transformada em corvo, ser forçada a voar para o norte e viver por sete vezes sete anos em um palácio de gelo... ou pior, não haver maldição alguma. Apenas uma execução sumária.

Reúno toda minha força para não desmoronar e sair correndo. Não acho que conseguiria chegar à selva, ainda mais arrastando uma garota junto. Cardan nos alcançaria facilmente.

— Pare de encarar — sussurro para Sophie, com mais rispidez do que pretendia. — Olhe para seus pés.

— Pare de me repreender — responde ela, mas pelo menos não está chorando. Mantenho a cabeça baixa e, enganchando o braço dela no meu, caminho em direção ao bosque.

De soslaio, vejo Cardan descer da sela, o cabelo preto voando ao vento. Ele olha na minha direção e para por um instante. Inspiro fundo e não corro.

Não posso correr.

Não há trovejar de cascos, nem uma perseguição para nos alcançar e nos punir. Para meu imenso alívio, ele parece ver apenas duas serviçais indo na direção da floresta, talvez para pegar lenha ou frutas ou qualquer coisa.

Quanto mais perto chegamos da floresta, mais nossos passos parecem propositados.

De repente, Sophie cai de joelhos e se vira para olhar para a mansão de Balekin. Um lamento surge do fundo de sua garganta.

— Não — diz ela, balançando a cabeça. — Não, não, não, não, não. Isso não é real. Isso não aconteceu.

Eu a puxo, afundando os dedos em sua axila.

— Anda — incito. — Anda, ou vou deixar você aqui. Entendeu? Vou deixar você aqui, e o príncipe Cardan vai encontrar você e te arrastar lá pra dentro.

Arrisco um olhar para trás e o vejo. Ele desceu do cavalo e está levando o animal para o estábulo. Nicasia ainda está montada no dela, a cabeça virada para trás, rindo de alguma coisa que o príncipe disse. Cardan também está sorrindo, mas não é a careta de desprezo de sempre. Ele não parece o vilão malvado de uma história. Parece um garoto não humano que foi passear com a amiga ao luar.

Sophie cambaleia para a frente. Não podemos ser pegas agora, tão perto.

Assim que entramos no bosque de pinheiros, eu solto o ar. Faço com que ela continue andando até chegarmos ao riacho. Faço com que ela o atravesse, embora sejamos atrasadas pela água gelada e pela lama densa. Qualquer maneira de esconder nosso rastro é válido.

Chega uma hora em que Sophie se senta na margem e começa a chorar. Eu a olho, desejando saber o que fazer. Desejando ser uma pessoa melhor e mais solidária em vez de estar irritada e preocupada com a possibilidade de sermos pegas devido a seus atrasos. Obrigo-me a sentar nos restos de um tronco comido por cupins na margem do riacho e a deixo chorar, mas quando os minutos se passam e as lágrimas não estão nem perto de parar, eu me aproximo dela e me ajoelho na grama lamacenta.

— Não estamos longe da minha casa — digo, tentando parecer persuasiva. — Só temos que andar mais um pouco.

— Cale a boca! — grita ela, levantando a mão para me afastar.

Minha frustração se acende. Quero gritar com ela. Quero sacudi-la. Mordo a língua e cerro as mãos numa tentativa de me conter.

— Tudo bem — recomeço, respirando fundo. — Isso está acontecendo rápido, eu sei. Mas quero muito ajudar. Posso tirar você do Reino das Fadas. Esta noite.

A garota está balançando a cabeça de novo.

— Não sei — diz. — Não sei. Eu estava no Burning Man, e um cara disse que tinha um trabalho de servir canapés para um maluco rico em uma das barracas com ar-condicionado. *Só não pegue nada*, ele me avisou. *Se pegar, você vai ter que me servir por mil anos...*

Ela para de falar, mas agora vejo como foi capturada. Provavelmente ela achou que fosse algum tipo de piada. Ela deve ter rido, ele deve ter sorrido. E então, se Sophie comeu um camarão ou botou algum talher no bolso... bem, daria na mesma.

— Está tudo bem — respondo sem muita sinceridade. — Vai ficar tudo bem.

Ela olha para mim e parece me ver pela primeira vez. Observa que estou vestida como ela, como serviçal, mas que tem alguma coisa estranha em mim.

— Quem é você? Que lugar é este? O que aconteceu conosco?

Ela me disse seu nome, então acho que devo informar o meu.

— Sou Jude. Cresci aqui. Uma das minhas irmãs pode levar você até a cidade humana mais próxima. De lá, você pode ligar para alguém te buscar, ou pode ir à polícia, e vão encontrar sua família. Essa situação está quase acabando.

Sophie absorve o que eu disse.

— Isso é algum tipo de... O que aconteceu? Eu me lembro de coisas, de coisas impossíveis. E eu quis. Não, eu não posso...

Ela para de falar, e não sei o que dizer. Não consigo imaginar o final da frase.

— Por favor, só me diga que isso não é real. Acho que não consigo viver com essas coisas sendo reais. — Ela está olhando para a mata, como se pudesse provar que, se a floresta não for mágica, o restante também não é. O que é burrice. Todas as florestas são mágicas.

— Venha — digo, porque apesar de não estar gostando da forma como Sophie fala, não adianta mentir para que se sinta melhor. Ela vai ter que aceitar que ficou presa no Reino das Fadas. Eu não tenho um barco para levá-la pelo mar; só tenho os cavalos de erva-de-santiago de Vivi.

— Você consegue andar mais um pouco? — Quanto mais rápido ela voltar para o mundo humano, melhor.

Quando me aproximo da casa de Madoc, eu me lembro da minha capa, ainda enrolada e escondida em uma pilha de madeira nos arredores da Mansão Hollow, e me xingo novamente. Levo Sophie para o estábulo e a coloco em uma das baias vazias. Ela cai sentada no feno. Acho que o vislumbre do sapo gigante acabou com qualquer confiança que tinha em mim.

— Chegamos — digo com uma animação forçada. — Vou entrar para chamar minha irmã e quero que você espere aqui. Prometa.

Ela me olha com expressão terrível.

— Não consigo fazer isso. Não consigo enfrentar isso.

— Você tem que conseguir. — Minha voz sai mais ríspida do que eu pretendia. Ando até a casa e subo a escada o mais rápido que consigo, torcendo para não esbarrar em ninguém no caminho. Abro a porta do quarto de Vivienne sem nem bater.

Felizmente, Vivi está deitada na cama, escrevendo uma carta em tinta verde cheia de desenhos de corações, estrelas e carinhas nas margens. Ela levanta o rosto quando eu entro e joga o cabelo.

— Que roupa interessante você está usando.

— Fiz uma grande burrice — começo, esbaforida.

Ela fica de pé imediatamente.

— O que aconteceu?

— Sequestrei uma garota humana, uma serviçal, do príncipe Balekin, e preciso que você me ajude a levá-la de volta para o mundo mortal antes que alguém descubra. — Quando digo isso, percebo de novo como o que fiz foi ridículo, como foi arriscado, uma tolice. Balekin simplesmente vai encontrar outra humana disposta a fazer uma barganha desvantajosa.

Mas Vivi não me repreende.

— Tudo bem, vou calçar os sapatos. Achei que você fosse me dizer que tinha matado alguém.

— Por que você acharia isso? — pergunto.

Ela ri enquanto procura as botas. Seu olhar encontra o meu ao amarrar os cadarços.

— Jude, você fica dando sorrisinhos agradáveis na frente de Madoc, mas só consigo ver dentes à mostra.

Não sei bem o que responder.

Ela coloca um casaco comprido com borda de pele, cordões fechando os botões.

— Onde está a garota?

— No estábulo — respondo. — Vou levar você...

Vivi balança a cabeça.

— De jeito nenhum. Você tem que tirar essa roupa. Ponha um vestido e vá jantar, aja como se tudo estivesse normal. Se alguém questionar, diga que esteve em seu quarto o tempo todo.

— Ninguém me viu! — rebato.

Vivi me dá seu melhor olhar de peixe morto.

— Ninguém? Você tem certeza?

Penso em Cardan chegando a cavalo enquanto escapávamos. Nos guardas para quem menti.

— Provavelmente ninguém — conserto. — Ninguém que tenha re parado em nada. — Se Cardan tivesse reparado, não teria me deixado escapar. Ele nunca abriria mão de ter tanto poder sobre mim.

— É, foi o que pensei — diz ela, erguendo a mão ameaçadora com seus dedos longos. — Jude, não é seguro.

— Eu vou — insisto. — O nome da garota é Sophie, e ela está apavorada...

Vivi ri com deboche.

— Posso apostar.

— Acho que ela não vai aceitar ir com você. Você se parece com eles. — Talvez eu esteja com mais medo de perder a coragem do que de qualquer outra coisa. Tenho medo de a adrenalina sumir do meu corpo e me deixar cara a cara com a loucura que cometi. Mas considerando a desconfiança de Sophie de mim, acho que os olhos felinos de Vivi seriam suficientes para que ela surtasse de vez. — Porque você *é* um deles.

— Você está me dizendo isso para o caso de eu ter esquecido? — pergunta Vivi.

— Nós temos que ir — chamo. — E eu vou junto. Não temos tempo para debater.

— Vamos, então — desiste ela. Juntas, descemos a escada, mas quando estamos quase saindo, Vivi segura meu ombro. — Você não pode salvar nossa mãe, sabe. Ela já morreu.

Sinto como se tivesse levado um tapa.

— Não é isso...

— Não é? — pergunta ela. — Não é o que você está fazendo? Diga que essa garota não é uma substituta para mamãe. Uma representante.

— Eu quero ajudar Sophie — justifico, me soltando do aperto de Vivi. — Apenas Sophie.

Do lado de fora, a lua está alta no céu, deixando as folhas prateadas. Vivi sai para pegar um buquê de raminhos de erva-de-santiago.

— Tudo bem, vá buscar essa tal Sophie.

Ela está onde a deixei, encolhida no feno, balançando o corpo e falando sozinha, baixinho. Fico aliviada por vê-la, aliviada por ela não ter fugido e por não termos que procurá-la na floresta, aliviada por ninguém da casa de Balekin ter descoberto seu paradeiro e a levado embora.

— Muito bem — digo com animação forçada outra vez. — Estamos prontas.

— Sim — diz ela, se levantando. Seu rosto está manchado de lágrimas, mas ela não está mais chorando. Na verdade, parece estar em choque.

— Vai ficar tudo bem — asseguro outra vez, mas ela não responde. Apenas me acompanha em silêncio por trás do estábulo, onde Vivi está à espera com dois pôneis ossudos de olhos verdes e crina de renda.

Sophie olha para eles e para Vivi. Começa a recuar, balançando a cabeça. Quando chego perto, ela se afasta de mim também.

— Não, não, não — choraminga. — Por favor, não. Chega. Não.

— É só um pouquinho de magia — diz Vivi com racionalidade, mas ainda está vindo de alguém com orelhas ligeiramente peludas nas pontas e olhos que brilham em dourado no escuro. — Só um pouquinho, e depois você nunca mais vai ter que ver nada mágico. Vai voltar ao mundo mortal, à luz do dia, ao mundo normal. Mas esse é o único caminho para levar você até lá. Nós vamos voar.

— Não — diz Sophie, a voz falhada.

— Vamos andar até o penhasco aqui perto — explico. — Você vai poder ver as luzes, talvez até alguns barcos. Vai se sentir melhor quando conseguir ver seu destino.

— Não temos muito tempo — lembra Vivi com um olhar assertivo.

— Não é longe — insisto. Não sei mais o que fazer. Minhas únicas outras ideias são deixá-la inconsciente ou pedir a Vivi para enfeitiçá-la. As duas opções são péssimas.

E assim, saímos andando pelo bosque, os cavalos de erva-de-santiago atrás. Sophie não hesita. A caminhada parece acalmá-la. Ela cata pedrinhas no caminho, pedras lisas das quais limpa a sujeira e coloca nos bolsos.

— Você se lembra de sua vida de antes? — pergunto a ela.

Ela assente e fica calada por um tempo, mas então se vira para mim. E dá uma gargalhada esquisita.

— Eu sempre torci para que magia fosse algo real — diz. — Não é engraçado? Eu queria que existisse o Coelho da Páscoa e Papai Noel. E a Tinker Bell, eu me lembro da Tinker Bell. Mas não quero. Não quero mais.

— Eu sei — afirmo. E sei mesmo. Desejei muitas coisas ao longo dos anos, mas meu primeiro desejo de verdade era que nada daquilo fosse real.

Na beirada da água, Vivi sobe no cavalo e coloca Sophie na frente. Eu pulo nas costas do outro. A garota lança um olhar vacilante para a floresta e em seguida olha para mim. Ela não parece estar com medo. Parece estar começando a acreditar que o pior ficou para trás.

— Segure firme — ordena Vivi, e o cavalo dela pula do penhasco e levanta voo. O meu vai atrás. A euforia de voar me atinge, e sorrio com um prazer familiar. Abaixo de nós estão as ondas com espuma branca, e à frente, as luzes cintilantes das cidades mortais, feito uma terra misteriosa sarapintada de estrelas. Olho para Sophie torcendo para dar a ela um sorriso tranquilizador.

Mas ela não está olhando para mim. Seus olhos estão fechados. E então, enquanto a observo, Sophie se inclina para o lado, solta a crina do cavalo e se permite cair. Vivi tenta segurá-la, mas é tarde demais. Ela está despencando silenciosamente pelo céu noturno, rumo à escuridão espelhada do mar.

Quando seu corpo bate, quase não faz barulho.

Não consigo falar. Tudo parece ficar lento ao meu redor. Penso nos lábios rachados de Sophie, penso nela dizendo *Por favor, só me diga que isso não é real. Acho que não consigo viver com essas coisas sendo reais.*

Penso nas pedras que colocou no bolso.

Eu não estava ouvindo. Eu não quis ouvi-la, só quis salvá-la.

E agora, por minha causa. Sophie está morta.

CAPÍTULO

18

Acordo grogue. Chorei até pegar no sono, e agora meus olhos estão inchados e vermelhos, a cabeça latejando. A noite anterior toda parece um pesadelo febril e horrível. Não parece possível que eu tenha entrado escondida na casa de Balekin e sequestrado uma de suas criadas. Parece ainda menos provável que ela tenha preferido se afogar a conviver com as lembranças do Reino das Fadas. Enquanto bebo o chá de funcho e visto um gibão, Gnarbone aparece em meu quarto.

— Perdão — diz ele, fazendo uma reverência breve. — Jude deve vir imediatamente...

Tatterfell o dispensa.

— Ela não está pronta para ver ninguém no momento. Vou mandá-la descer quando estiver decente.

— O príncipe Dain a aguarda no andar de baixo, na sala do general Madoc. Ele mandou chamá-la não importando seu estado. Disse para carregá-la se necessário. — Gnarbone parece arrependido de ter que dizer isso, mas está claro que nenhum de nós pode negar nada ao Príncipe da Coroa.

Um medo gélido se espalha pelo meu estômago. Como não pensei que ele, dentre todas as pessoas, com seus espiões, não iria descobrir o que fiz? Limpo as mãos no gibão de veludo. Apesar da ordem, visto uma calça e botas antes de descer. Ninguém me impede. Estou vulnerável o suficiente; vou manter a dignidade que puder.

O príncipe Dain está perto da janela, na frente da mesa de Madoc. Está de costas para mim, e meu olhar automaticamente pousa na espada pendurada em seu cinto, visível sob a capa pesada de lã. Ele não se vira quando entro.

— Eu errei — começo. Fico feliz por ele não sair da posição. É mais fácil falar sem precisar encará-lo. — E vou pagar da forma...

Ele se vira, o rosto tomado de uma fúria que repentinamente me faz ver sua semelhança com Cardan. A mão dele atinge a mesa de Madoc com força, sacudindo tudo.

— Eu não acolhi você a meu serviço e lhe dei uma grande dádiva? Não prometi um lugar em minha Corte? E ainda assim... *e ainda assim* você usa o que lhe ensinei para botar meus planos em perigo.

Meu olhar se desvia para o chão. Ele tem o poder de fazer qualquer coisa comigo. Qualquer coisa. Nem Madoc poderia impedi-lo, e acho que nem tentaria. Eu não só desobedeci Dain, mas declarei minha lealdade a uma coisa completamente alheia a ele. Ajudei uma garota mortal. Agi feito uma mortal.

Mordo o lábio para não implorar por perdão. Não posso me dar ao luxo de falar.

— O ferimento do garoto foi menos grave do que poderia ter sido, mas com a faca certa, uma faca mais longa, o golpe teria sido fatal. Não pense que não sei que sua intenção era golpeá-lo de maneira mais intensa.

Levanto o rosto de repente, surpresa demais para esconder minha reação. Ficamos nos encarando por um bom tempo, desconfortáveis. Foco no tom cinza prateado dos olhos do príncipe, reparando em como sua testa se enruga formando sulcos profundos de desgosto. Reparo nisso tudo para evitar pensar em como quase revelei um crime ainda maior do que o descoberto por ele.

— Bem? — pergunta Dain. — Você não tinha nenhum plano para o momento em que fosse descoberta?

— Ele tentou me encantar para que eu saltasse da torre — digo.

— E agora ele sabe que você não pode ser encantada. Isso só piora as coisas. — O príncipe Dain contorna a mesa, vindo em minha direção. — Você é minha criatura, Jude Duarte. Só vai atacar quando eu mandar atacar. Fora isso, se aquiete. Entendeu?

— Não — retruco automaticamente. O que ele está pedindo é ridículo. — Eu deveria ter deixado que ele me machucasse?

Se o príncipe soubesse de todas as coisas que andei fazendo, estaria com mais raiva do que já está.

Ele enfia uma adaga na mesa de Madoc.

— Pegue — ordena, e sinto a compulsão de um feitiço. Meus dedos agarram o cabo. Uma espécie de névoa me envolve. Eu sei e não sei o que estou fazendo.

— Daqui a um instante, vou pedir que você enfie a lâmina em sua mão. E quando eu pedir isso, quero que você se lembre de onde ficam seus ossos, suas veias. Quero que perfure sua mão provocando o mínimo de estrago possível. — A voz dele é encantadora, hipnótica, mas meu coração dispara mesmo assim.

Contra a minha vontade, miro a ponta da faca. Faço uma leve pressão na pele. Estou preparada.

E sinto muito ódio, mas estou preparada. Sinto ódio do príncipe Dain e de mim.

— Agora — ordena ele, e o feitiço me liberta. Dou meio passo para trás. Estou no controle de novo, ainda segurando a faca. Ele ia me fazer...

— Não me decepcione — diz.

Percebo de repente que não ganhei uma trégua. Ele não me libertou porque deseja me poupar. Ele poderia me enfeitiçar de novo, mas não vai fazê-lo porque quer que eu me perfure por vontade própria. Dain quer que eu prove minha lealdade, no sangue e nos ossos. Hesito, claro que hesito. Isso é absurdo. É horrível. Não é assim que as pessoas demonstram lealdade. Isso é uma baboseira das grandes.

— Jude? — incita ele. Não consigo dizer se é um teste no qual ele espera meu sucesso, ou se quer ver meu fracasso mesmo. Penso em Sophie no fundo do mar, os bolsos cheios de pedras. Penso na satisfação no rosto de Valerian ao me mandar saltar da torre. Penso nos olhos de Cardan, me provocando a desafiá-lo.

Tentei ser melhor do que todos eles e fracassei.

Que tipo de pessoa eu poderia me tornar caso parasse de me preocupar com a morte, com a dor, com tudo? Caso eu parasse de tentar me encaixar nesse mundinho?

Em vez de ficar com medo, eu poderia ser a fonte do temor.

Sem desviar o olhar do dele, enfio a faca na mão. A dor é uma onda que vai subindo cada vez mais alto, mas que nunca se quebra. Emito um som grave, que vem do fundo da garganta. Posso não merecer punição pelo que aconteceu na torre, mas mereço algum tipo de punição.

A expressão de Dain é estranha, vazia. Ele dá um passo para trás, como se a iniciativa de fazer aquela coisa chocante tivesse partido de mim e eu não estivesse meramente cumprindo ordens. Ele pigarreia.

— Não revele seu talento com lâminas — diz. — Não revele sua imunidade aos feitiços. Não revele tudo o que você é capaz de fazer. Mostre seu poder, mas sempre parecendo impotente. É isso que eu preciso de você.

— Sim — respondo, ofegante, e tiro a lâmina da mão. O sangue escorre pela mesa de Madoc e é mais do que esperava. Fico tonta de repente.

— Limpe — ordena ele, o maxilar firme. A surpresa sumiu, foi substituída por outra coisa.

Não há nada com que limpar a mesa além da barra do meu gibão.

— Agora me dê sua mão. — Com relutância, eu a estico para ele, mas Dain só a segura delicadamente e a enrola em um pano verde que tira do bolso. Tento dobrar os dedos e quase desmaio de dor. O tecido da atadura improvisada já está ficando escuro. — Depois que eu for embora, vá até a cozinha e coloque musgo nesse ferimento.

Assinto novamente. Não sei se consigo traduzir meus pensamentos em palavras. Estou com medo de desabar a qualquer instante, mas travo os joelhos e olho para o pedaço de madeira lascada na mesa de Madoc, onde a ponta da faca cravou, manchado de vermelho forte, já escurecendo.

A porta do escritório é aberta, pegando a nós dois de surpresa. O príncipe Dain solta minha mão, e eu a enfio no bolso, sentindo uma dor que quase me derruba. Oriana está parada ali, segurando uma bandeja de madeira com um bule fumegante e três xícaras de barro. Ela está usando um vestido diurno com o tom vívido de caquis ainda não maduros.

— Príncipe Dain — diz ela, fazendo uma bela reverência. — Os servos disseram que você estava aqui a sós com Jude, e eu disse que eles deviam estar enganados. Com a coroação tão próxima, seu tempo é valioso demais para ser ocupado por uma garota boba. Você dá crédito demais a ela, e sem dúvida o peso de sua atenção é enorme.

— Sem dúvida — diz ele, abrindo um sorriso de dentes trincados. — Já me demorei demais.

— Tome um chá antes de partir — convida ela, colocando a bandeja na mesa de Madoc. — Nós todos podemos beber uma xícara e conversar. Se Jude fez alguma coisa que o ofendeu...

— Perdão — diz ele, sem muita gentileza. — Mas seu lembrete a respeito de meus deveres incentiva minha ação imediata.

Ele passa por Oriana, me fitando uma última vez antes de sair da sala. Não tenho ideia se passei no teste ou não. Mas, de qualquer modo, ele não confia em mim como já confiou. Joguei minha oportunidade no lixo.

Eu também já não confio nele tanto assim.

— Obrigada — digo para Oriana. Estou tremendo.

Ela não me repreende, pela primeira vez. Não diz nada. As mãos pousam levemente nos meus ombros, e eu me recosto nela. O aroma de verbena esmagada chega ao meu nariz. Fecho os olhos e absorvo o cheiro familiar. Aceito qualquer consolo que houver, qualquer um.

Não penso em aulas ou em broncas. Tremendo todo o meu corpo, vou direto para o quarto e me acomodo na cama. Tatterfell acaricia meu cabelo brevemente, como se eu fosse uma gatinha sonolenta, e então volta à tarefa de arrumar minhas roupas. Meu vestido novo deve chegar ainda hoje, e o processo da coroação inicia no dia seguinte. A nomeação de Dain como Grande Rei vai gerar um mês de festas, enquanto a lua murcha e volta a crescer.

Minha mão dói tanto que não consigo suportar o contato do musgo nela. Então simplesmente a aninho contra o peito.

Está latejando, a dor chegando em pulsações intensas, como um segundo batimento irregular. Não consigo fazer mais do que ficar deitada esperando que passe. Meus pensamentos vagueiam, em vertigem.

Em algum lugar por aí, todos os lordes, damas e senhores que governam cortes distantes estão chegando para fazer suas homenagens ao novo Grande Rei. Cortes Noturnas e Cortes Brilhantes, Cortes Livres e Cortes Selvagens. Os súditos do Grande Rei e as cortes com as quais há tréguas, ainda que frágeis. Até a Corte Submarina de Orlagh vai participar. Muitos vão declarar que aceitam fielmente a avaliação do novo Grande Rei em troca de sua sabedoria e proteção. Vão declarar defendê-lo e vingá-lo se necessário. Depois, todos demonstrarão seu respeito comemorando loucamente.

Esperam que eu festeje com eles também. Um mês de danças, banquetes, bebidas, charadas e duelos.

Para isso, cada um dos meus melhores vestidos precisa estar limpo, passado e impecável. Tatterfell costura punhos feitos de escamas de pinhas em volta das mangas desfiadas. Os furinhos nas saias são tapados com bordados em formato de folhas e romãs e, em um deles, uma raposa saltitante. Ela costurou dezenas de sapatinhos de couro para mim. A expectativa é que eu dance tanto que chegue a gastar um par por noite.

Pelo menos Locke vai estar lá para dançar comigo. Tento me concentrar na lembrança dos olhos cor de âmbar, e não na dor em minha mão.

Enquanto Tatterfell circula pelo quarto, fecho os olhos e caio em um sonho estranho e agitado. Quando acordo, já é noite e estou toda suada. Mas estou estranhamente calma, as lágrimas e o pânico sufocados de algum modo. A dor em minha mão se transformou num latejar distante.

Tatterfell se foi. Vivi está sentada ao pé da minha cama, os olhos de gato captando o luar e brilhando no tom do absinto.

— Vim ver se você estava bem — diz ela. — Só que é claro que você não está.

Eu me obrigo a me sentar, usando apenas uma das mãos como apoio.

— Desculpa... pelo que pedi pra você fazer. Eu não devia ter pedido. Acabei colocando você em perigo.

— Sou sua irmã mais velha — diz ela. — Você não precisa me proteger das minhas decisões.

Depois que Sophie mergulhou, Vivi e eu passamos horas vasculhando o mar gelado, chamando a garota, tentando encontrar algum sinal. Nadamos na água negra e berramos o nome dela até ficarmos completamente roucas.

— Mesmo assim — digo.

— *Mesmo assim* — responde ela com vigor. — Eu queria ajudar. Queria ajudar aquela garota.

— Pena que não ajudamos. — As palavras entalam na minha garganta.

Vivienne dá de ombros, e sou lembrada de que, apesar de ela ser minha irmã, nós duas somos diferentes de maneiras difíceis de se compreender.

— Você fez uma coisa corajosa. Fique feliz por isso. Nem todo mundo consegue ser corajoso. Eu nem sempre sou.

— O que você quer dizer? Aquela história de "não contar a Heather o que realmente está acontecendo"?

Ela faz uma careta, mas depois sorri, grata por eu estar falando de uma coisa menos desagradável. Ainda assim, nossos pensamentos foram de uma garota mortal suicida para a amada dela, igualmente mortal.

— Há alguns dias, nós estávamos deitadas juntas na cama — começa Vivi. — E ela começou a passar o dedo pelo contorno da minha orelha. Achei que ela fosse perguntar alguma coisa que pudesse me dar abertura, mas ela só disse que a modificação da minha orelha estava ótima. Você sabia que tem mortais que operam suas orelhas para que cicatrizem pontudas?

Não estou surpresa. Entendo o desejo por orelhas como as dela. Tenho a sensação de que passei metade da vida desejando orelhas iguais, com pontas delicadas e cobertas por uma pelagem fininha.

Mas tem uma coisa que não digo: ninguém poderia tocar naquelas orelhas e achar que foram feitas por qualquer coisa que não a natureza. Heather está mentindo para Vivi, ou mentindo para si mesma.

— Não quero que ela tenha medo de mim — conclui Vivi.

Penso em Sophie, e tenho certeza de que minha irmã também está pensando nela, em seus bolsos cheios de pedras. Sophie no fundo do mar. Talvez ela não esteja tão alheia ao que acontece como quer fazer parecer.

No andar de baixo, ouço a voz de Taryn:

— Chegaram! Nossos vestidos! Venham olhar!

Quando saio da cama, Vivi sorri para mim.

— Pelo menos tivemos uma aventura. E, agora, vamos ter outra.

Deixo que ela vá na frente, pois preciso cobrir a mão machucada com uma luva antes de seguir até o andar de baixo. Arranco o botão de um casaco e ponho sobre o ferimento para evitar a pressão direta. Agora é torcer para que o inchaço na palma não esteja muito visível.

Nossos vestidos foram abertos sobre três cadeiras e um sofá na sala de Oriana. Madoc está ouvindo pacientemente enquanto ela fala com entusiasmo sobre a perfeição dos trajes. Seu vestido de baile é do tom exato de rosa de seus olhos, formando um dégradé até ficar vermelho, e parece feito de pétalas enormes que se transformam em uma cauda. O tecido do vestido de Taryn é lindo, o corte da saia e do peitilho estão perfeitos. Ao lado deles está o terninho fofo de Oak, e tem um gibão e uma capa para Madoc no tom favorito dele, de sangue seco. Vivi mostra o vestido cinza-prateado com barra desfiada e abre um sorriso para mim.

Do outro lado da sala, vejo meu traje. Taryn ofega quando o pego.

— Não foi isso que você pediu — diz ela em tom de acusação. Como se eu a tivesse enganado deliberadamente.

É verdade que o vestido que estou segurando não é o que Brambleweft desenhou para mim. É completamente diferente, e me lembra os trajes loucos e incríveis que abarrotavam o armário da mãe de Locke. Um vestido de baile, ombré, começando branco perto da gola, passando pelo azul mais pálido, até chegar num azul-anil na barra. Acima dela, foi bordado o contorno de árvores exatamente como as enxergo da minha janela no crepúsculo. A costureira até inseriu pontinhos de cristal para representar as estrelas.

É um vestido que eu jamais poderia ter imaginado. É tão perfeito que, por um momento, olhando para ele, não consigo pensar em nada além de sua beleza.

— Eu... Acho que este não é meu — aviso. — Taryn está certa. Não está parecido com os desenhos.

— Mas é lindo mesmo assim — diz Oriana com um certo tom consolador na voz, como se eu estivesse insatisfeita. — E tem seu nome nele.

Estou feliz porque ninguém está me obrigando a devolvê-lo. Não sei por que me deram um vestido desses, mas, se couber em mim, vou usá-lo.

Madoc ergue as sobrancelhas.

— Vamos ficar magníficos. — Quando ele passa por mim para sair do salão, acaricia minha cabeça. Em momentos assim, é quase possível achar que não há um rio de sangue derramado entre nós.

Oriana junta as mãos.

— Garotas, venham aqui por um momento. Sentem-se comigo.

Nós três nos posicionamos no sofá ao lado dela, esperando, intrigadas.

— Amanhã vocês estarão entre nobres de muitas cortes diferentes. Vocês sempre estiveram sob a proteção de Madoc, mas essa proteção vai ser desconhecida da maioria dos feéricos lá. Vocês não podem se permitir serem atraídas para que façam barganhas e promessas que possam ser usadas contra vocês. E, acima de tudo, não provoquem insultos que possam justificar uma quebra de hospitalidade. Não sejam tolas e não se coloquem sob o poder de ninguém.

— Nós nunca somos tolas — diz Taryn, a mentira mais descarada de todas.

Oriana faz cara de sofrimento.

— Por mim, vocês passariam longe das festas, mas Madoc instruiu especificamente que vocês participassem. Portanto, ouçam meus conselhos. Tomem cuidado, e talvez encontrem maneiras de serem agradáveis.

Eu devia ter esperado isso: mais recomendações, mais um sermão. Se ela não acredita que somos capazes de nos comportar em uma festa, certamente não vai acreditar que somos capazes de ficar longe de confusão na coroação. Nós nos levantamos, devidamente dispensadas, e ela dá um abraço em cada uma, encostando a boca fria em nossas bochechas. Meu beijo é o último.

— Não deseje nada além da posição que tem — sussurra ela para mim.

Por um momento, não entendo por que Oriana diria uma coisa dessas. Mas então, horrorizada, entendo. Depois daquela tarde, ela acredita que sou amante do príncipe Dain.

— Eu não desejo — respondo. Claro, Cardan diria que *tudo* está acima da minha posição.

Ela segura minha mão, demonstrando pena.

— Só estou pensando no seu futuro — diz Oriana, a voz ainda baixa. — Os que estão perto do trono raramente ficam verdadeiramente próximos de qualquer pessoa. Uma garota mortal teria ainda menos aliados.

Eu faço que sim, como se estivesse totalmente de acordo com o conselho sábio. Se ela não acredita em mim, então é mais fácil deixar que fale o que quiser. Acho que faz mais sentido do que a verdade, que Dain me escolheu para fazer parte de seu ninho de ladrões e espiões.

Alguma coisa na minha expressão faz com que ela segure minhas duas mãos. Faço uma careta ao sentir a pressão no ferimento.

— Antes de ser esposa de Madoc, eu fui uma das consortes do rei de Elfhame. Me escute, Jude. Não é fácil ser amante do Grande Rei. Significa estar em perigo constante. É ser um peão no tabuleiro o tempo todo.

Devo estar encarando-a boquiaberta, de tão embasbacada. Nunca pensei na vida de Oriana antes de ela se casar com Madoc. De repente, os temores que ela sente por nós ganham um novo sentido; ela estava acostumada a jogar por regras totalmente diferentes. O chão parece ter sumido. Eu não conheço a mulher diante de mim, não sei o que ela sofreu antes de vir para esta casa, nem sei mais como se tornou esposa de Madoc. Ela o amava ou fez algum tipo de acordo inteligente para ganhar a proteção dele?

— Eu não sabia — respondo de um jeito meio estúpido.

— Eu nunca dei um filho a Eldred — diz ela. — Mas outra amante dele quase deu. Quando ela morreu, o boato era de que um dos príncipes a envenenara, só para impedir a competição pelo trono. — Oriana observa meu rosto com os olhos cor-de-rosa pálidos. Eu sei que ela está falando de Liriope. — Você não precisa acreditar em mim. Há dezenas de boatos horríveis assim. Quando há muito poder concentrado num só lugar, há muitas sobras pelas quais brigar. Se a Corte não está ocupada bebendo veneno, está bebendo bile. Você não se adequaria a isso.

— O que faz você pensar assim? — pergunto, as palavras dela irritantemente semelhantes às de Madoc quando ele descartou minhas chances de me tornar cavaleira. — Talvez eu fosse me adequar bem.

Os dedos dela roçam meu rosto de novo, acariciam meu cabelo. Deveria ser um gesto carinhoso, mas é avaliador.

— Madoc deve ter amado muito sua mãe — diz ela. — Ele é louco por vocês. No lugar dele, eu teria mandado as três para longe há muito tempo.

Eu não duvido disso.

— Se procurar o príncipe Dain apesar de meus avisos, se ele semear o herdeiro dele em você, não conte a ninguém antes de me contar. Jure pelo túmulo de sua mãe. — Sinto as unhas dela em minha nuca e faço uma careta. — A ninguém. Entendeu?

— Eu prometo. — Eis uma promessa que não devo ter muita dificuldade para cumprir. Tento dar peso às palavras, para que ela acredite que estou sendo sincera. — Falando sério. Eu prometo.

Ela me solta.

— Pode ir. Descanse bem, Jude. Quando você acordar, já estará em cima da hora da coroação, e vai haver pouco tempo para descanso.

Faço uma reverência e saio.

No corredor, Taryn está me espera sentada em um banco entalhado com serpentes enroladas, balançando os pés. Quando a porta se fecha, ela ergue o rosto.

— O que estava fazendo com ela?

Balanço a cabeça, tentando me livrar da enxurrada de sentimentos.

— Você sabia que Oriana era consorte do Grande Rei?

Taryn ergue as sobrancelhas e ri, satisfeita.

— Não. Foi isso que ela contou pra você?

— Basicamente. — Penso na mãe de Locke e no pássaro cantando dentro da bolota, em Eldred no trono, a cabeça caída devido ao peso da coroa. É difícil para mim imaginá-lo com uma amante, ainda mais com a quantidade de amantes que ele devia manter para ter tido tantos filhos, um número um tanto incomum para um feérico. Mas talvez seja só falha da minha imaginação.

— Ah. — Taryn parece estar sofrendo da mesma falta de imaginação. Ela franze a testa, intrigada por um momento, e parece se lembrar do que ficou esperando para me perguntar. — Você sabe por que o príncipe Balekin esteve aqui?

— Ele esteve aqui? — Não sei se consigo sobreviver a mais surpresas. — Aqui, nesta casa?

Ela assente.

— Chegou com Madoc. Eles ficaram trancados no escritório durante horas.

Fico me perguntando quanto tempo depois da partida do príncipe Dain eles chegaram. Com sorte, por tempo suficiente para Dain não ouvir nada a respeito de uma serva desaparecida. Minha mão lateja toda vez que a mexo, mas já estou feliz por simplesmente conseguir mexê-la. Não estou nem um pouco ansiosa por mais castigos como aquele.

Mas Madoc não pareceu zangado comigo agora há pouco, quando me viu com o vestido. Ele pareceu normal, satisfeito até. Talvez estivessem discutindo outras coisas.

— Estranho — digo para Taryn, porque recebi a ordem de não contar a ela sobre ser espiã, e não consegui contar sobre Sophie.

Fico feliz porque a coroação está quase chegando. Quero que chegue e leve todo o resto embora.

À noite, cochilo na cama, totalmente vestida, esperando Fantasma. Matei suas aulas duas noites seguidas, no dia da festa de Locke e ontem, enquanto buscava Sophie no mar. Ele vai estar bem irritado quando chegar.

Tento não pensar nisso e me concentro em descansar. Inspira, expira.

Quando cheguei ao Reino das Fadas, eu tinha dificuldade para dormir. Qualquer um acharia que eu teria pesadelos, mas não me lembro de muitos. Meus sonhos lutavam para rivalizar com o horror da vida real. Na verdade, eu não conseguia me acalmar o suficiente para descansar. Ficava me revirando durante a noite e durante a manhã inteira, o coração em disparada. Então, ao final da tarde, quando o restante do povo fada estava despertando, eu finalmente caía num sono dominado por uma dor de cabeça. Por causa disso, passei a vagar pelos corredores da casa feito um espírito inquieto, folheando livros antigos, mexendo nas peças do tabuleiro dos jogos, torrando queijo na cozinha e olhando para o capuz encharcado de sangue de Madoc, como se o objeto contivesse as respostas do universo em suas marcas. Um dos duendes que trabalhavam aqui, Nell Uther, me encontrava e me levava de volta ao quarto, dizendo que se eu não conseguia dormir, era para fechar os olhos e ficar deitada. Que pelo menos meu corpo poderia descansar, mesmo que minha mente não conseguisse fazer o mesmo.

Estou deitada, tentando descansar o corpo, quando ouço um movimento na sacada. Eu me viro, esperando ver Fantasma. Estou prestes a provocá-lo por ter feito tanto barulho quando percebo que a pessoa sacudindo as portas não é Fantasma. É Valerian, e ele carrega uma faca comprida e curva, o sorriso repuxando a boca tão contundente quanto a arma.

— O quê... — Eu me sento de repente. — O que você está fazendo aqui?

Percebo que estou sussurrando, como se *eu* estivesse com medo de que *ele* fosse descoberto.

Você é minha criatura, Jude Duarte. Só vai atacar quando eu mandar atacar. Fora isso, se aquiete.

Pelo menos o príncipe Dain não me enfeitiçou para obedecer a tal ordem.

— Por que eu não deveria estar aqui? — diz Valerian, se aproximando. Ele cheira a seiva de pinheiro e cabelo queimado, e tem uma leve camada de pó dourado em uma das bochechas. Não sei bem onde ele esteve, mas não creio que esteja sóbrio.

— Aqui é minha casa. — Estou preparada para treinar com Fantasma. Tenho uma faca na bota e outra no quadril, mas penso na ordem de Dain, penso em como não devo desapontá-lo ainda mais, por isso não pego nenhuma das duas. Estou desorientada por Valerian estar aqui, no meu quarto.

Ele vem até minha cama. Está segurando a faca direito, mas percebo que não tem muita prática no manuseio. Ele não é filho de general.

— *Nada disso é sua casa* — diz ele, a voz tremendo de raiva.

— Se Cardan te mandou vir aqui, então você devia repensar seu relacionamento com ele — digo, finalmente, agora com medo. Mas por algum milagre, minha voz sai firme. — Porque se eu gritar, tem guardas nos corredores. Eles vão correr para cá. Eles têm espadas compridas e pontudas. Enormes. Seu amigo vai acabar causando sua morte.

Mostre seu poder, mas sempre parecendo impotente.

Valerian não parece estar absorvendo minhas palavras. Seus olhos estão arregalados, vermelhos e não totalmente concentrados em mim.

— Sabe o que ele disse quando contei que você tinha me esfaqueado? Disse que não era mais do que eu merecia.

Isso é impossível; Valerian deve ter entendido errado. Cardan devia estar debochando dele por ter me deixado escapar.

— O que você esperava? — pergunto, tentando esconder minha surpresa. — Não sei se você reparou, mas o sujeito é um cretino.

Se antes Valerian não tinha certeza se queria me esfaquear, agora ele tem. Com um pulo, ele enfia a lâmina no colchão bem no momento em que rolo para o lado e fico de pé. Penas de ganso voam quando ele puxa a faca, se espalhando pelo ar como neve. Ele fica em riste quando pego uma de minhas adagas.

Não revele seu talento com lâminas. Não revele sua imunidade aos feitiços. Não revele tudo o que você é capaz de fazer.

Mal sabia o príncipe Dain que minha verdadeira habilidade é a de irritar as pessoas.

Valerian avança para mim de novo. Ele está embriagado e furioso, e não é tão bem treinado, mas é um feérico, nascido com os reflexos de gato e abençoado com uma altura que lhe dá maior alcance. Meu coração está em disparada. Eu devia gritar por socorro. Devia gritar.

Abro a boca, mas ele pula em cima de mim. O grito sai como uma baforada de ar quando perco o equilíbrio. Meu ombro bate no chão com força, e eu rolo novamente. Apesar da surpresa, tenho prática suficiente para chutar a mão da faca quando ele se aproxima de mim. A lâmina sai deslizando pelo chão.

— Calma — peço, como se estivesse tentando acalmar a nós dois. — Calma.

Ele nem hesita. Apesar de eu estar segurando uma faca, apesar de ter desviado de seus ataques duas vezes e de tê-lo desarmado, apesar de já tê-lo esfaqueado uma vez, Valerian tenta agarrar meu pescoço de novo. Seus dedos afundam na minha pele e me lembro do momento em que ele enfiou a fruta de fada na minha boca, a carne macia se abrindo entre meus dentes. Eu me lembro de ter sufocado com o néctar e a polpa ao mesmo tempo em que a euforia horrível da maçã eterna tomava conta de mim, roubando até mesmo a atenção que eu deveria dar ao fato de estar morrendo. Ele queria me ver morrer, queria me ver lutar para respirar, assim como estou lutando agora. Então encaro os olhos dele e encontro a mesma expressão lá.

Você não é nada. Você mal existe. Seu único propósito é procriar mais seres da sua espécie antes de sofrer uma morte sem sentido e agonizante.

Ele está enganado. Vou fazer minha vida efêmera representar muita coisa.

Não vou ter medo dele nem da censura do príncipe Dain. Se eu não puder ser melhor do que eles, então vou ser muito pior.

Apesar dos dedos na minha traqueia, apesar de minha visão periférica já estar escurecendo, eu calculo bem meu golpe antes de enfiar a faca no peito de Valerian. No coração.

Valerian rola de cima de mim, emitindo um som gorgolejante. Respiro fundo para sorver o ar. Ele tenta ficar de pé, oscila e cai de joelhos. Olho para ele, tonta, e vejo o cabo de minha faca cravada em seu peito. O veludo do gibão está ganhando um tom vermelho mais escuro e úmido.

Ele estica a mão para a lâmina, ávido para arrancá-la.

— Não faça isso — digo automaticamente, porque sei que só vai piorar o ferimento. Procuro qualquer coisa nos arredores; tem uma anágua com várias saias no chão, a qual posso usar para estancar o sangue. Ele desliza de lado, para longe de mim, e rosna, embora mal esteja conseguindo manter os olhos abertos.

— Você tem que me deixar... — começo a dizer.

— Eu amaldiçoo você — sussurra Valerian. — Eu amaldiçoo você. Três vezes, eu amaldiçoo você. Como você me assassinou, que suas mãos estejam sempre sujas de sangue. Que a morte seja sua única companheira. Que você... — Ele para de falar abruptamente e tosse. Quando cessa, não se mexe mais. Os olhos ficam como estão, entreabertos, mas não brilham mais.

Horrorizada com a maldição, minha mão ferida voa até a boca para cobri-la, como se para segurar um grito, só que o grito não vem. Não gritei durante esse tempo todo e não vou começar agora, quando não há mais nada pelo que gritar.

Conforme os minutos vão se passando, permaneço ali, sentada ao lado de Valerian, vendo a pele de seu rosto ficar cada vez mais pálida pela falta de bombeamento de sangue, vendo os lábios ganharem um tom azul-esverdeado. Ele não morre de um jeito muito diferente dos mortais, mas tenho certeza de que detestaria saber disso. Se não fosse por mim, Valerian poderia ter vivido mil anos.

Minha mão dói mais do que nunca. Devo ter batido o ferimento durante a luta.

Olho ao redor e vejo meu reflexo no espelho do outro lado do quarto: uma garota humana, descabelada, os olhos febris, uma poça de sangue se formando aos seus pés.

Fantasma está chegando. Ele saberia o que fazer com um cadáver. Certamente matou gente antes. Mas o príncipe Dain já está doido de raiva de mim só porque esfaqueei o filho de um membro bem-visto de sua Corte. O fato de eu ter matado esse mesmo filho na noite anterior à coroação de Dain não pegaria nada bem. As últimas pessoas que preciso que saibam disso estão na Corte das Sombras.

Não, eu mesma preciso esconder o corpo.

Passo os olhos pelo quarto em busca de inspiração, mas o único lugar que julgo capaz de escondê-lo temporariamente é embaixo da cama. Abro a anágua ao lado do corpo de Valerian e o enrolo. Fico um pouco enjoada. O corpo ainda está quente. Ignoro o fato, arrasto Valerian até a cama e o empurro para baixo dela, primeiro com as mãos e depois com os pés.

Só resta uma mancha de sangue no piso. Pego a jarra de água perto da cabeceira da cama e jogo um pouco nas tábuas do chão, depois um pouco no rosto. Quando finalizo a limpeza, minha mão boa está tremendo. Caio no chão, as duas mãos no cabelo.

Eu não estou bem.

Eu não estou bem.

Eu não estou bem.

Mas, quando Fantasma chega em minha sacada, ele não percebe nada, e é isso o que importa.

CAPÍTULO

19

Durante a noite, Fantasma me mostra como subir mais alto do que o patamar onde Taryn e eu ficamos na última vez. Subimos até os caibros acima do Grande Salão e nos acomodamos nas enormes vigas de madeira. Estão cobertas de uma teia de raízes que às vezes se enveredam no formato de gaiolas, às vezes de sacadas, e às vezes mais parecem cordas bambas. Abaixo de nós estão sendo feitos os preparativos para a coroação. Toalhas de mesa em veludo azul, prata martelada e dourado trançado estão sendo estendidas, cada uma delas decorada com o brasão da Casa de Greenbriar, uma árvore florida com espinhos e raízes.

— Você acha que as coisas vão melhorar depois que o príncipe Dain se tornar o Grande Rei? — pergunto.

Fantasma dá um sorriso vago e balança a cabeça com tristeza.

— As coisas serão iguais ao que sempre foram — responde. — Só que mais.

Não sei o que isso quer dizer, mas é uma resposta feérica o suficiente para eu saber que é improvável que eu consiga arrancar mais alguma coisa dele. Penso no corpo de Valerian embaixo da minha cama. Os feéricos não apodrecem do mesmo jeito que os mortais. Às vezes seus corpos são cobertos por líquen ou por cogumelos. Já ouvi histórias sobre campos de batalhas que viraram colinas verdejantes. Eu adoraria voltar e descobrir que Valerian virou planta, mas duvido que tenha tanta sorte assim.

Eu não devia estar pensando no corpo dele; devia estar pensando *nele*. Devia estar preocupada com mais do que ser pega.

Caminhamos pelas raizes e vigas, despercebidos, saltitando silenciosamente acima de grupos de servos uniformizados. Eu me viro para Fantasma, observo o rosto calmo e a maneira experiente com que ele posiciona os pés. Tento imitá-lo. Tento não usar a mão machucada para nada além de equilíbrio. Ele parece reparar, mas não faz perguntas. Talvez já saiba o que aconteceu.

— Agora espere — ordena quando nos acomodamos em uma viga grossa.

— Por alguma coisa específica? — pergunto.

— Fui informado de que tem um mensageiro vindo da propriedade de Balekin, disfarçado com o uniforme do Grande Rei — diz. — Temos que matá-lo antes que entre nos aposentos reais.

Fantasma diz isso sem nenhuma emoção em particular. Eu me pergunto há quanto tempo ele trabalha para Dain. E me pergunto se Dain já pediu para ele enfiar uma faca na própria mão, se testa todos da mesma forma, ou se foi um teste especial, só para os mortais.

— O mensageiro vai assassinar o príncipe Dain? — pergunto.

— Não vamos esperar para descobrir — diz ele.

Abaixo de mim, esculturas com fios de açúcar são finalizadas em torres cristalinas e altas. Maçãs pintadas de nuncamais são empilhadas nas mesas de banquete, em quantidade tal para entorpecer metade da Corte.

Penso na boca de Cardan manchada de dourado.

— Tem certeza de que ele vai passar por aqui?

— Tenho — diz Fantasma, e não mais do que isso.

Então esperamos, e tento não me agitar quando os minutos viram horas, mudando de posição apenas o suficiente para os músculos não ficarem doloridos. Isso é parte do meu treinamento, provavelmente o aspecto que Fantasma acha mais essencial depois da capacidade de ser sorrateiro. Ele sempre diz que a maior parte do tempo de um assassino e ladrão se resume em esperar. A coisa mais difícil, de acordo com ele, é não deixar a mente vagar para outras coisas. Ele parece estar certo. Lá em cima, olhando a movimentação dos servos, meus pensamentos logo se voltam para a coroação, para a garota afogada, para Cardan chegando a cavalo quando eu estava fugindo da Mansão Hollow, para o sorriso congelado e morto de Valerian.

Arrasto os pensamentos de volta ao presente. Abaixo de mim, uma criatura com cauda comprida e sem pelos se arrasta na sujeira e atravessa o aposento. Por um instante, penso ser da equipe de cozinha. Mas o saco que carrega está imundo demais, e tem alguma coisa errada com o uniforme. A criatura não está vestida como um dos servos de Balekin, mas também não é o mesmo uniforme do restante da equipe do palácio.

Olho para Fantasma.

— Ótimo — diz ele. — Agora dispare.

Minhas mãos estão suadas quando pego a besta em miniatura, procurando firmá-la no braço. Cresci em uma casa que é um verdadeiro matadouro. Fui treinada para isso. Minha lembrança principal da infância envolve derramamento de sangue. E até já matei esta noite. Mas, por um momento, não tenho certeza se sou capaz.

Você não é assassina.

Respiro fundo e disparo. Meu braço tem um espasmo devido ao coice. A criatura cai, um braço trêmulo lançando uma pirâmide de maçãs douradas para tudo que é lado no chão. Eu me recosto em um amontoado denso de raízes, tal como me ensinaram. Servos iniciam uma gritaria, procurando pelo autor do disparo.

Ao meu lado, Fantasma ostenta um sorriso de canto de boca.

— Foi seu primeiro? — pergunta. E quando olho para ele, sem entender, ele esclarece: — Você já matou alguém?

Que a morte seja sua única companheira.

Balanço a cabeça, sem confiar em mim mesma para dizer a mentira em voz alta de forma convincente.

— Às vezes, os mortais vomitam. Ou choram — diz ele, claramente satisfeito por eu não estar fazendo nenhuma dessas coisas. — Não é vergonha nenhuma.

— Estou ótima — comento, respirando fundo e encaixando uma nova flecha na besta.

O que sinto é uma espécie de prontidão meio tensa, encharcada de adrenalina. Parece que ultrapassei algum tipo de limiar. Antes, eu nunca sabia até onde seria capaz de ir. Agora, acredito ter a resposta. Vou até onde tiver que ir. Vou longe demais.

Ele ergue as sobrancelhas.

— Você é boa nisso. Boa de mira e com estômago pra violência.

Fico surpresa. Fantasma não costuma fazer elogios.

Eu prometi me tornar pior do que meus rivais. Dois assassinatos executados numa única noite marcam um trajeto do qual eu deveria me orgulhar. Madoc não poderia estar mais errado a meu respeito.

— A maioria dos filhos dos nobres não tem paciência — diz ele. — E não está acostumada a sujar as mãos.

Não sei o que dizer, a maldição de Valerian está fresca na minha mente. Talvez algo tenha se quebrado dentro mim ao presenciar meus pais serem assassinados. Talvez minha vida ferrada tenha me transformado numa pessoa capaz de ferrar as coisas. Mas parte de mim se pergunta se fui criada por Madoc para fazer parte daquele ramo da família responsável pelo derramamento de sangue. Eu sou assim por causa do que ele fez com meus pais ou porque ele foi meu pai?

Que suas mãos estejam sempre sujas de sangue.

Fantasma estica a mão para segurar meu pulso, e antes que eu possa me desvencilhar, ele aponta para as meias-luas descoradas na base de minhas unhas.

— Falando em mãos, dá para ver pelos seus dedos o que você anda fazendo. A matiz azul. Também sinto o cheiro no seu suor. Você anda se envenenando.

Engulo em seco, mas, como não tenho motivo para negar, simplesmente faço que sim com a cabeça.

— Por quê? — O que mais gosto em Fantasma é que ele nunca faz as perguntas preparando o terreno para um sermão. Ele só parece curioso.

Não sei bem como explicar.

— Ser mortal significa ter que me esforçar mais.

Fantasma avalia minha expressão.

— Venderam mesmo uma porção de mentiras para você. Muitos mortais são melhores do que os feéricos em várias coisas. Por que você acha que nós costumamos sequestrá-los?

Demoro um momento para perceber que ele está falando sério.

— Então eu poderia ser...? — Não consigo terminar a frase.

Ele ri.

— Melhor do que eu? Não força a barra.

— Não era isso que eu ia dizer — protesto, mas ele apenas sorri. Eu olho para baixo. O corpo ainda está caído lá. Alguns cavaleiros se reuniram em volta. Assim que removerem o corpo, iremos embora. — Eu só preciso conseguir derrotar meus inimigos. Só isso.

Ele parece surpreso.

— Então você tem muitos inimigos? — Tenho certeza de que ele me imagina entre os filhos dos nobres, com as mãos macias e saias de veludo. Ele pensa em pequenas crueldades, delitos leves, humilhações menores.

— Não muitos — respondo, pensando no olhar indolente de ódio que Cardan lançou para mim sob a luz das tochas no labirinto. — Mas são de qualidade.

Quando os cavaleiros finalmente removem o corpo e ninguém está nos procurando mais, Fantasma me guia pelas raízes de novo. Seguimos pelos corredores até conseguirmos chegar perto o bastante da bolsa do mensageiro para roubar os papéis ali dentro. Mas, de perto, percebo uma coisa que faz gelar meu sangue. O mensageiro estava disfarçado. A criatura é mulher, e embora a cauda seja falsa, o nariz comprido de pastinaca é real. Ela é uma das espiãs de Madoc.

Fantasma enfia o bilhete no casaco e só o desenrola quando estamos no bosque, apenas o luar como iluminação. Mas quando ele lê, sua expressão fica pétrea. Ele está segurando o papel com tanta força que está enrugando entre seus dedos.

— O que diz? — quero saber.

Ele vira o papel para mim. Tem cinco palavras rabiscadas: MATE O PORTADOR DESTA MENSAGEM.

— O que quer dizer? — pergunto, enjoada.

Fantasma balança a cabeça.

— Quer dizer que Balekin armou para a gente. Venha. Temos que ir.

Ele me puxa pelas sombras, e juntos nos afastamos. Não conto para Fantasma que achava que ela trabalhava para Madoc. Em vez disso, simplesmente tento entender as coisas sozinha. Mas tenho poucas peças do quebra-cabeça.

O que o assassinato de Liriope tem a ver com a coroação? O que Madoc tem a ver com isso? A espiã dele poderia ser uma agente dupla, trabalhando para Balekin além de Madoc? Se sim, isso quer dizer que ela estava roubando informações da minha casa?

— Alguém está tentando nos distrair enquanto prepara a armadilha — diz Fantasma. — Fique alerta amanhã.

Ele não me dá mais ordens específicas, nem me manda parar de tomar as pequenas doses de veneno. Ele não me manda fazer nada de diferente; apenas me leva para casa para dormir um pouco, logo depois do amanhecer. Quando estamos prestes a nos separar, tenho vontade de parar e me botar à mercê dele. *Eu fiz uma coisa horrível*, almejo dizer. *Me ajude com o corpo. Me ajude.*

Mas todos nós sempre almejamos coisas idiotas. Isso não quer dizer que devemos obtê-las.

Enterro Valerian perto do estábulo, para além dos cercados, para que nem o mais carnívoro dos cavalos de Madoc possa cavar para mastigar seus ossos.

Não é fácil enterrar um corpo. E não é fácil enterrar um corpo sem despertar a desconfiança de todo mundo da sua casa. É necessário rolar Valerian até a sacada do meu quarto e lançá-lo na vegetação abaixo. Depois, com apenas uma das mãos, preciso arrastá-lo para bem longe de casa. Estou cansada e suada quando chego a um possível local para a cova, forrado de grama coberta de orvalho. Pássaros que acabaram de despertar chamam uns aos outros embaixo do céu cada vez mais claro.

Por um momento, só quero me deitar.

Mas ainda preciso cavar.

A tarde seguinte passa num átimo, com direito a privação de sono, sendo maquiada e trançada, apertada e espremida em um espartilho. Três brincos gordos de ouro sobem por uma das orelhas verdes de Madoc, e ele usa longas garras douradas nos dedos. Oriana parece uma rosa desabrochando ao lado dele, usando um imenso colar de esmeraldas de corte rudimentar no pescoço, grande o bastante para contar como armadura.

Em meu quarto, desenrolo a mão. Parece pior do que eu esperava, úmida e grudenta em vez de já estar formando casca. Está inchada.

Finalmente sigo o conselho de Dain e pego musgo na cozinha, lavo o ferimento e o embrulho novamente com o suporte de botão improvisado. Eu não planejava usar luvas na coroação, mas não tenho escolha. Reviro as gavetas, encontro um par de seda azul-escuro e o pego.

Imagino Locke segurando minhas mãos hoje, imagino-o me levando pela colina. Espero que eu consiga conter a careta se ele apertar minha mão. Não posso deixar que imagine o que aconteceu com Valerian. Por mais que goste de mim, creio que ele odiaria beijar a pessoa que enterrou um de seus amigos.

Minhas irmãs e eu nos esbarramos no corredor quando passamos apressadas, procurando os acessórios necessários. Vivienne revira meu armário de joias por não ter encontrado nada que combinasse com o vestido fantasmagórico que está usando.

— Você vai mesmo participar? — provoco. — Madoc vai ficar perplexo.

Estou usando uma gargantilha para esconder os hematomas que surgiram em meu pescoço quando Valerian me esganou. Quando Vivi se ajoelha para desembolar um emaranhado de brincos, fico apavorada, com medo de que ela espie embaixo da minha cama e ache alguma mancha de sangue remanescente. Fico tão preocupada que mal registro seu sorriso.

— Gosto de deixar todo mundo alerta — diz ela. — Além do mais, quero fofocar com a princesa Rhyia e ver o espetáculo de tantos governantes de cortes feéricas em um só lugar. Mas, acima de tudo, quero conhecer o pretendente misterioso de Taryn e ver o que Madoc vai achar do pedido de casamento.

— Você tem ideia de quem seja? — pergunto. Com todos os acontecimentos recentes, eu quase me esqueci.

— Não tenho nem um palpite. E você? — Ela encontra o que estava procurando: gotas de labradorite iridescentes que Taryn me deu no nosso décimo sexto aniversário, feitas por um funileiro goblin e pagas com três beijos.

Nos momentos livres, fiquei revirando sem parar a ideia de quem poderia pedir a mão dela. Penso na forma como Cardan a puxou de lado e a fez chorar. Penso no olhar predador de Valerian. No modo como ela me empurrou com força demais quando fiz a provocação sobre Balekin, embora eu tenha quase certeza de que não é ele. Minha cabeça gira, e quero me deitar na cama e fechar os olhos. Por favor, que não seja nenhum deles. Que seja um desconhecido bondoso.

Então relembro o que ela disse: *Acho que você gostaria dele.*

Eu me viro para Vivi e, quando estou prestes a começar uma lista das possibilidades mais idôneas, Madoc entra no quarto. Ele está segurando uma espada fina com cabo de prata.

— Vivienne — diz, a cabeça inclinada. — Você pode me dar um momento a sós com Jude?

— Claro, *papai* — responde Vivi, com uma ênfase baixinha e venenosa enquanto sai com meus brincos.

Ele pigarreia com certo constrangimento e entrega a espada de prata para mim. O guarda-mão e o pomo não possuem adornos, mas têm forma elegante. A lâmina é gravada no sulco com um desenho quase imperceptível de trepadeiras.

— Tenho uma coisa que gostaria que você usasse hoje. É um presente.

Acho que chego a arquejar. É uma espada muito, muito, muito bonita.

— Você tem treinado com tanta dedicação que eu logo soube que deveria ser sua. O artesão que a fez a batizou de Cair da Noite, mas é claro que você pode chamá-la como quiser, ou não chamar de nada. Dizem que dá sorte a quem a empunha, mas todo mundo diz isso sobre espadas, não é? É uma espécie de herança familiar.

As palavras de Oriana voltam à minha mente. *Ele é louco por vocês. Deve ter amado muito sua mãe.*

— Mas e Oak? — pergunto. — E se ele a quiser?

Madoc abre um pequeno sorriso.

— *Você* a quer?

— Quero — digo, sem conseguir me controlar. Quando tiro a espada da bainha, ela desliza como se tivesse sido feita para minha mão. O equilíbrio é perfeito. — Sim, claro que quero.

— Que bom, porque esta espada é sua por direito. Foi feita por seu pai, Justin Duarte. Foi ele quem a criou, ele quem a batizou. É herança da *sua* família.

Fico sem ar por um momento. Nunca ouvi o nome do meu pai saindo da boca de Madoc assim, em alto e bom som. Nós nunca conversamos sobre o fato de que ele assassinou meus pais; sempre contornamos o assunto.

Nem falamos sobre a época em que eles estavam vivos.

— Meu pai fez isto — repito com cuidado, para ter certeza. — Meu pai esteve aqui, no Reino das Fadas?

— Sim, durante vários anos. Só tenho algumas de suas produções. Encontrei duas, uma para você e outra para Taryn. — Ele faz uma careta. — Foi aqui que sua mãe o conheceu. Eles fugiram juntos para o mundo mortal.

Respiro, com um calafrio, e encontro a coragem para fazer a pergunta na qual já pensei muitas vezes, mas nunca ousei verbalizar.

— Como eles eram? — Faço uma careta quando as palavras saem. Eu nem sei se quero que ele me conte. Às vezes, só quero odiá-la; porque se eu conseguir odiá-la, amar Madoc não vai ser um fardo tão grande assim. Mas é claro que ela ainda é minha mãe. A única coisa que me faz sentir raiva de verdade é o fato de ela ter morrido, e isso certamente não foi culpa dela.

Madoc se senta no banco com pés de bode diante da minha penteadeira e estica a perna ruim, parecendo prestes a me contar uma história de ninar.

— Ela era inteligente, sua mãe. E jovem. Depois que eu a trouxe para o Reino das Fadas, ela bebeu e dançou por semanas. Era o centro de todas as festas.

"Eu nem sempre podia estar com ela. Estava acompanhando uma guerra no leste, um rei Unseelie com muitos territórios e nenhum desejo de se submeter ao Grande Rei. Mas eu absorvia a felicidade dela quando voltava para cá. Ela fazia todo mundo ao seu redor sentir que todas as coisas impossíveis eram possíveis. Acho que eu atribuía isso à mortalidade, mas creio que não estava sendo justo. Era outra coisa. A ousadia, talvez. Ela parecia nunca ter medo, nem de magia e nem de nada."

Achei que ele ficaria com raiva, mas obviamente não está. Na verdade, sua voz carrega um carinho totalmente inesperado. Eu me sento no banco na frente da cama, usando minha nova espada como apoio.

— Seu pai era interessante. Imagino que você ache que eu não o conhecia, mas ele esteve muitas vezes na minha casa, a antiga, a que eles queimaram. Costumávamos beber vinho de mel nos jardins, nós três. Ele amava espadas desde criança. Quando tinha mais ou menos a sua idade, ele conseguiu convencer os pais a deixar que construísse sua primeira forja no quintal.

"Em vez de ir para a faculdade, seu pai encontrou um mestre ferreiro especialista em espadas para aceitá-lo como aprendiz. A partir daí, foi apresentado a uma curadora assistente em um museu. Ela o deixava entrar lá de madrugada, permitia que visse as espadas e apurasse sua arte. Mas então ele ouviu falar sobre os tipos de espada que só podiam ser feitos pelos feéricos, e assim veio nos procurar.

"Ele era um mestre ferreiro quando chegou aqui, e estava ainda mais habilidoso quando foi embora. Mas não conseguiu resistir a se gabar de ter roubado nossos segredos, assim como a noiva. Em algum momento, a história chegou a Balekin, e ele a transmitiu a mim."

Se meu pai tivesse prestado atenção em Madoc, saberia que era um erro se gabar de ter roubado dele. Mas eu já andei nas ruas do mundo mortal e senti quanto parecem distantes de Elfhame. Com o passar dos anos, o período que ele passou no Reino das Fadas deve ter começado a soar feito um sonho distante.

— Não tenho muita bondade em mim — diz Madoc. — Mas tenho uma dívida com você e suas irmãs. E jurei fazer o melhor que conseguir por vocês.

Eu me levanto e atravesso o quarto para colocar a mão enluvada sobre a pele verde-clara de seu rosto. Ele fecha os olhos felinos. Não consigo perdoá-lo, mas também não consigo odiá-lo. Ficamos assim por um longo momento, então ele ergue o olhar, segura minha mão sem atadura e a beija, os lábios tocando o tecido da luva.

— Depois de hoje, as coisas serão diferentes — diz ele. — Vou esperar você na carruagem.

E então Madoc sai. Ponho as mãos na cabeça. Meus pensamentos estão uma confusão. Mas, quando me levanto, pego minha espada nova. É fria e sólida em minhas mãos, pesada como uma promessa.

CAPÍTULO

20

Oak está de verde, dançando na frente da carruagem. Quando me vê, corre até mim, ávido para que eu o pegue no colo, depois corre para fazer carinho no cavalo antes de mim. É uma criança fada, com os ímpetos de uma criança fada.

Taryn está linda com o vestido bordado, e Vivi está radiante em cinza-violeta suave com mariposas delicadamente costuradas no corpete, parecendo voar dos ombros para o peito e se reunindo em um montinho de um lado da cintura. Percebo como foram poucas as vezes em que a vi com roupas realmente esplêndidas. Seus cabelos estão presos e meus brincos cintilam nas orelhas cobertas de penugem. Os olhos de gato brilham à meia-luz, gêmeos dos de Madoc. Pela primeira vez, isso me faz sorrir. Seguro a mão de Taryn com minha mão boa, e ela a aperta com força. Trocamos um sorriso, conspiradoras desta vez.

Na carruagem, há várias coisas para comer, uma decisão muito inteligente de alguém, porque nenhuma de nós se lembrou de se alimentar o suficiente o dia todo. Tiro uma luva e como dois rolinhos de pão tão leves e cheios de ar que parecem se dissolver na língua. No recheio de cada um, uma mistura de passas e nozes com mel, a doçura suficiente para fazer meus olhos se encherem d'água. Madoc me passa um pedaço de queijo amarelo claro e uma fatia ainda sangrenta de carne de cervo com cobertura de junípero e pimenta. Mandamos ver na comida rapidamente.

Vejo o capuz vermelho de Madoc enfiado no bolso da frente. É sua versão de uma medalha, acho, a ser usada em ocasiões oficiais.

Ninguém fala nada. Não sei o que está se passando pela cabeça dos outros, mas abruptamente percebo que vou ter que dançar. Sou péssima dançarina porque não tenho prática além das aulas humilhantes na escola, com Taryn sendo meu par.

Penso em Fantasma, em Barata e em Bomba tentando proteger Dain do que Balekin planejou. Como eu gostaria de saber o que fazer para ajudá-lo.

MATE O PORTADOR DESTA MENSAGEM.

Olho para Madoc, que beberica vinho com especiarias. Ele parece totalmente à vontade, totalmente alheio (ou despreocupado) à perda de uma de suas espiãs.

Meu coração acelera. Fico me lembrando de não passar a mão na saia do vestido por medo de sujá-la de comida. Por fim, Oriana nos entrega alguns lenços molhados com água de rosas e hortelã para nos limparmos. Isso gera uma confusão, com Oak fazendo o possível para escapar da limpeza. Não há muito espaço para correr na carruagem, mas ele consegue se afastar mais do que parece ser possível, pisoteando todas nós no processo.

Estou tão distraída que nem faço a careta automática quando passamos pela pedra e entramos no palácio. Estamos parando antes mesmo de eu perceber que chegamos. Um recepcionista abre a porta, e consigo ver o pátio inteiro, tomado por música e por vozes e por alegria. E velas, florestas de velas, a cera derretendo e criando um efeito de madeira comida por cupim. Tem velas até nos galhos das árvores, as chamas tremeluzindo com o movimento dos vestidos abaixo. Elas ocupam as paredes como sentinelas, e também se amontoam sobre as pedras, iluminando a colina.

— Pronta? — sussurra Taryn para mim.

— Sim — digo, levemente sem fôlego.

Então saímos da carruagem. Oriana prendeu uma pequena coleira de prata no pulso de Oak, o que não me parece uma ideia tão ruim, ainda que ele esteja choramingando e se sentando na terra em protesto, tal qual um gato.

Vivienne olha ao redor. Há algo de feral em seu olhar. As narinas se dilatam.

— Temos que cumprimentar o Grande Rei uma última vez? — pergunta ela para Madoc.

Ele balança a cabeça sem muito afinco.

— Não. Seremos chamados quando for a hora de fazermos nosso juramento. Até lá, tenho que ficar ao lado do príncipe Dain. E vocês podem ir se divertir até os sinos tocarem e Val Moren começar a cerimônia. Nessa hora, sigam para a sala do trono para testemunharem a coroação. Prefiro que fiquem perto do trono, onde meus cavaleiros podem cuidar de vocês.

Eu me viro para Oriana, esperando um novo sermão sobre não me meter em confusão, ou pelo menos um breve discurso para que eu mantenha as pernas fechadas perto da realeza, mas ela está ocupada demais pedindo para Oak sair do meio da estrada.

— Vamos comemorar — diz Vivi, puxando a mim e a Taryn. Escapulimos para o meio da multidão e, momentos depois, estamos afogadas nela.

O Palácio de Elfhame está lotado. Os feéricos selvagens não aliados, os cortesãos e os monarcas se misturam. Sereianos da Corte Submarina da Rainha Orlagh conversam num idioma próprio, peles penduradas nos ombros feito capas. Vejo o lorde da Corte dos Cupins, Roiben, que dizem ter matado a própria amante para ganhar um trono. Ele está perto de uma das mesas mais compridas, e mesmo com o salão abarrotado, há espaço em volta dele, como se ninguém ousasse chegar perto demais. O cabelo de Roiben é da cor do sal, seu traje é todo preto e ele traz uma adaga mortal pendurada no quadril. Ao lado do lorde, uma garota pixie de pele verde usa o que parece ser um vestidinho cinza-pérola e coturnos pesados, roupas obviamente humanas. Parados, um de cada lado da pixie, estão dois cavaleiros com o uniforme da Casa de Roiben, uma com o cabelo escarlate trançado em volta da cabeça. Dulcamara, aquela que nos deu uma aula sobre a coroa.

Há outras criaturas, figuras sobre as quais já ouvi em baladas: Rue Silver de Nova Avalon, que separou sua ilha da costa da Califórnia, está conversando com o filho do exilado Alderking, Severin, que talvez vá tentar se aliar ao novo Grande Rei ou entrar na corte de lorde Roiben. Ele está acompanhado de um garoto humano ruivo e da minha idade, fato que me faz parar e observá-los. O garoto é servo de Severin? Está encantado? Não consigo saber pela forma como olha em volta, mas quando nota que estou observando, o garoto sorri.

Viro a cabeça rapidamente.

Quando faço isso, os sereianos se mexem, e percebo outra pessoa com eles. De pele cinzenta e lábios azuis, o cabelo caído em volta do rosto com olhos fundos. Mas, apesar de tudo isso, eu a reconheço. Sophie. Eu tinha ouvido histórias sobre os sereianos da Corte Submarina ficarem com os marinheiros afogados, mas não acreditava nelas. Quando Sophie mexe a boca, vejo agora que tem dentes afiados. Um tremor me atinge.

Cambaleio atrás de Vivi e Taryn. Quando olho para trás, já não vejo Sophie, e agora nem sei mais dizer se foi apenas fruto da minha imaginação.

Passamos por criaturas lupinas, um shagfoal e um barguest. Todos estão rindo alto demais, dançando com energia demais. Quando passo por uma pessoa fantasiada de goblin, o sujeito levanta a máscara e me oferece uma piscadela. É Barata.

— Eu soube sobre a outra noite. Bom trabalho — diz ele. — Agora fique de olho em qualquer coisa que pareça fora de lugar. Se Balekin decidir agir contra Dain, vai fazer antes de a cerimônia começar.

— Pode deixar — respondo, me desvencilhado de minhas irmãs para ficar um momento a sós com ele. É fácil se perder um pouco com uma multidão dessas.

— Que bom. Vim testemunhar o príncipe Dain ganhar a coroa. — Ele enfia a mão no paletó marrom-folha e saca uma garrafinha prateada, tira a tampa e bebe um gole. — E os nobres cabriolarem e fazerem papel de bobos.

Ele estica o recipiente para mim com a garra verde-acinzentada. Mesmo de longe, sinto o cheiro do que tem dentro, pungente, forte e um pouco pantanoso.

— Não, estou bem — digo, balançando a cabeça.

— Está mesmo — retruca ele, rindo, e abaixa a máscara de novo.

Fico sorrindo enquanto Barata se embrenha na multidão. Ao vê-lo, fui tomada por uma sensação de finalmente estar me encaixando. Ele, Fantasma e Bomba não são exatamente meus amigos, mas parecem gostar de mim, e não estou inclinada a me prender a detalhes. Tenho espaço junto a eles, e um propósito.

— Por onde você andou? — pergunta Vivienne, me segurando. — Você precisa de uma coleira como a de Oak. Venha, vamos dançar.

Então vou com elas. Tem música para todo lado, incitando uma leveza nos passos. Dizem que é impossível resistir à atração da música feérica, o que não é bem verdade. O impossível mesmo é parar de dançar depois que se começa, contanto que a música continue. E ela continua a noite toda, uma nova dança se iniciando antes mesmo de a anterior terminar, uma música emendando na outra sem pausa para recuperar o fôlego. É extasiante ser capturada pela música, ser levada pela maré. Mas é claro que Vivi, por ser uma deles, consegue parar quando quer. Ela também pode nos tirar da dança, então dançar com ela é quase seguro. Não que Vivi se lembre de fazer a coisa segura sempre.

Mas eu sou a última pessoa que pode julgar qualquer um por isso.

Damos as mãos e entramos no círculo de dança, pulando e rindo. A música parece estar clamando meu sangue, correndo pelas veias com o mesmo batimento irregular, com os mesmos acordes doces. O círculo se rompe, e de alguma forma me flagro de mãos dadas com Locke. Ele me gira em um movimento vertiginoso.

— Você está linda — diz. — Como uma noite de inverno.

Ele sorri para mim com aqueles olhos de raposa. O cabelo castanho-avermelhado se encaracola em volta das orelhas pontudas. Locke usa um brinco de ouro em uma das orelhas, o qual reflete a luz das velas feito um espelho. É ele quem está lindo hoje, com uma espécie de beleza sufocante e não humana.

— Estou feliz por você ter gostado do vestido — consigo dizer.

— Me responda, você seria capaz de me amar? — pergunta ele, aparentemente do nada.

— Claro. — Dou uma gargalhada, sem saber direito que resposta devo dar. Mas a pergunta é formulada de um jeito tão estranho que não tenho como negar. Eu amo o assassino dos meus pais; sendo assim, acho que seria capaz de amar qualquer um. Eu *gostaria* de amá-lo.

— Eu me pergunto — diz ele. — O que você faria por mim?

— Não sei o que você quer dizer. — Essa figura intrigante com olhos chamejantes não é o Locke que ficou no telhado de sua propriedade comigo, que conversou tão delicadamente ou que me perseguiu pelos corredores em meio a muita risada. Não sei direito quem é este Locke, mas ele me tirou totalmente do prumo.

— Você faria uma promessa por mim? — Ele está sorrindo como se fosse uma provocação.

— Que promessa? — Ele me gira, e meus sapatinhos de couro fazem uma pirueta acima da terra batida. Ao longe, um flautista começa a tocar.

— Qualquer promessa — diz ele num tom leve, embora o pedido não seja tão leve assim.

— Acho que depende — digo, porque a resposta verdadeira, um simples não, não é o que se quer ouvir.

— Você me ama o suficiente para abrir mão de mim? — Tenho certeza de que minha expressão agora é de choque. Ele chega mais perto. — Esse não é um teste de amor?

— Eu... eu não sei — respondo. Tudo isso deve estar levando a algum tipo de declaração da parte dele, seja de afeição ou de ausência dela.

— Você me ama o suficiente para chorar por mim? — As palavras são ditas pertinho do meu pescoço. Sinto o hálito de Locke, o que faz eu me eriçar, o que me causa um calafrio estranho, uma mescla de desejo e desconforto.

— Você quer dizer... se você se machucasse?

— Quero dizer se eu machucasse você.

Minha pele fica arrepiada. Não estou gostando nada disso. Mas pelo menos sei o que dizer.

— Se você me machucasse, eu não choraria. Eu machucaria você também.

O passo dele hesita conforme seguimos deslizando pelo salão.

— Tenho certeza de que você...

E então ele para de falar e olha para trás. Nem consigo pensar direito. Estou corada. Morrendo de medo do que vai dizer agora.

— Hora de trocar de parceiros — diz uma voz, e percebo que é a pior pessoa possível. Cardan. — Ah — diz ele para Locke. — Roubei sua fala?

O tom não é simpático, e quando reviro as palavras na mente, elas não me consolam.

Locke me entrega para o príncipe mais jovem, conforme é esperado por deferência. De soslaio, noto que Taryn está nos observando. Ela está paralisada no meio da festa, parecendo perdida, enquanto feéricos giram ao seu redor, rodopiando os parceiros em espirais vertiginosas. Eu me pergunto se Cardan por acaso a incomodou antes de vir me incomodar.

Ele segura minha mão ferida. Está de roupas e luvas pretas, e posso sentir o couro quente mesmo sobre a seda que encobre meus dedos. Penas de corvo cobrem a parte de cima do gibão de Cardan, e suas botas têm bicos de metal completamente exagerados que me deixam consciente de como vai ser fácil para ele me encher de chutes violentos depois que começarmos a dançar. Na cabeça, Cardan usa uma coroa de galhos de metal entrelaçado, um pouco inclinada. Tem listras de tinta prata escura nas bochechas e um delineado negro acompanha os cílios. O olho esquerdo está borrado, como se ele tivesse se esquecido e passado a mão ali.

— O que você quer? — pergunto, forçando as palavras. Continuo pensando em Locke, ainda tonta com o que ele disse e com o que não disse. — Anda logo. Pode me insultar.

Ele ergue as sobrancelhas.

— Eu não recebo ordens de mortais — provoca, o sorriso cruel costumeiro no rosto.

— Então você vai dizer alguma coisa gentil? Não acredito. Fadas não conseguem mentir. — Quero sentir raiva, mas agora só sinto gratidão. Meu rosto não está mais corado, e meus olhos não estão ardendo. Estou pronta para lutar, o que é bem melhor. Embora eu tenha certeza de que era a última coisa que pretendia, ele acabou me fazendo um favor enorme ao me tirar dos braços de Locke.

Cardan coloca a mão no meu quadril. Semicerro os olhos.

— Você me odeia mesmo, não é? — pergunta o príncipe, o sorriso crescendo.

— Quase tanto quanto você me odeia — retruco, pensando na página com meu nome escrito. Pensando no jeito como ele me olhou quando estava bêbado no labirinto de cerca viva. Pensando no jeito como ele está me olhando agora.

Cardan solta minha mão.

— Até nossa próxima luta — diz, fazendo uma reverência que não consigo deixar de considerar um deboche.

Observo Cardan sair costurando pela multidão, sem nenhuma ideia de como interpretar nossa conversa.

Sinos começam a ressoar, sinalizando o início da cerimônia. Os músicos cessam suas rabecas e as harpas. Por um longo momento, a colina fica silenciosa, todos prestando atenção, e então o público se desloca para seus lugares. Avanço para onde o restante dos nobres da Corte do Grande Rei está reunido. Para onde minha família vai estar. Oriana já está lá, ao lado de um dos melhores cavaleiros de Madoc e parecendo ávida para estar em qualquer outro lugar. Oak está livre da coleira e empoleirado nos ombros de Taryn. Ela está sussurrando alguma coisa para um Locke gargalhante.

Paro de me mexer. A multidão se move ao redor, mas fico grudada no chão quando Taryn se inclina e ajeita uma mecha de cabelo de Locke atrás da orelha.

Tem tanta coisa naquele gesto ínfimo. Tento me fazer acreditar que não significa nada, mas depois da conversa estranha que tivemos, não consigo. Mas Taryn tem um namorado, e ele vai pedir a mão dela hoje. Ela sabe que Locke e eu estamos... estamos qualquer coisa.

Você me ama o suficiente para abrir mão de mim? Isso não é um teste de amor?

Vivienne saiu da multidão, os olhos felinos brilhando, o cabelo solto ao redor do rosto. Ela toma Oak nos braços e o rodopia até os dois caírem em cima das saias de Vivi. Eu devia ir até lá, mas não vou.

Ainda não consigo olhar na cara de Taryn, não sem conseguir tirar um pensamento tão desleal da cabeça.

Fico mais recuada então, observando a família real se reunir na plataforma do trono. O Grande Rei está sentado no trono de galhos entrelaçados, usando a coroa pesada, mirando o ambiente com o rosto enrugado e os olhos cor de bronze um tanto alerta, como os de uma coruja. O príncipe Dain está sentado em um banquinho humilde de madeira ao lado do rei, todo de branco, pés e mãos expostos. E atrás do trono está o restante da família real: Balekin e Elowyn, Rhyia e Caelia. Até Taniot, a mãe do príncipe Dain, está presente, com um traje dourado brilhante. O único familiar ausente é Cardan.

O Grande Rei Eldred se levanta, e a colina toda fica em silêncio.

— Longo tem sido meu reinado, mas hoje me despeço de vocês. — A voz dele ecoa pelo local. Raramente ele falou assim, para uma grande plateia, e fico impressionada com a potência de sua voz e com a fragilidade de sua pessoa. — Quando senti o chamado para procurar a Terra da Promessa, acreditei que passaria. Mas não consigo resistir mais. Hoje, não serei mais o rei, mas um andarilho.

Embora todo mundo aqui provavelmente saiba o motivo para estarmos reunidos, ainda há choro ao redor. Uma fadinha começa a chorar nos cabelos de um puca com cabeça de bode.

O Poeta e Senescal da Corte, Val Moren, surge da lateral da plataforma. Ele é corcunda e magro, o cabelo comprido cheio de gravetos, e traz uma gralha cinzenta no ombro. Ele se apoia em um cajado de madeira lisa que começou a germinar no alto, como se ainda estivesse vivo. Há boatos de que na juventude ele foi atraído das terras mortais para a cama de Eldred. Fico me perguntando o que vai fazer agora, sem seu rei.

— Detestamos que o senhor se vá, meu rei — diz ele, e as palavras parecem assumir uma ressonância especial, agridoce, ao sair de sua boca.

Eldred junta as mãos em concha, e os galhos do trono tremem e começam a crescer, fazendo novos brotos espiralarem no ar, com folhas se abrindo e flores desabrochando ao longo do comprimento. As raízes do teto começam a serpentear, crescendo feito trepadeiras e se arrastando pela lateral da colina. O ar é tomado por um aroma, como de uma brisa de verão, carregado com a promessa de maçãs.

— Outro assumirá o meu lugar. Peço a vocês que me libertem.

Os feéricos reunidos falam ao mesmo tempo, me surpreendendo.

— *Nós libertamos o senhor* — recitam, as palavras ecoando à minha volta.

O Grande Rei deixa a veste oficial pesada cair dos ombros. O tecido se amontoa na pedra em uma pilha cravejada de joias. Ele tira da cabeça a coroa de folhas de carvalho. Já está mais ereto. Consigo notar uma ansiedade nervosa em seus movimentos. Eldred é o Grande Rei de Elfhame há mais tempo do que muitos feéricos são capazes de se lembrar; ele sempre me pareceu velhíssimo, mas o peso da idade agora parece cair junto ao manto do reino.

— Quem você colocará no seu lugar de Grande Rei? — pergunta Val Moren.

— Meu terceiro, meu filho Dain — diz Eldred. — Aproxime-se, filho.

O príncipe Dain se levanta de seu lugar humilde no banco. A mãe dele retira o pano branco que o cobre, deixando-o nu. Pisco. Estou acostumada com certo grau de nudez no Reino das Fadas, mas não na família real. Ao lado dos outros, em seus brocados pesados e magnificência bordada, ele parece extravagantemente vulnerável.

Eu me pergunto se está com frio. Penso na minha mão machucada e espero que sim.

— Você aceita? — pergunta Val Moren. A gralha cinza no ombro dele levanta as asas com pontas negras e as bate. Não sei se isso está no roteiro da cerimônia.

— Eu assumo o peso e a honra da Coroa — diz Dain num tom sério, e, naquele momento, a nudez se transforma em outra coisa, um sinal de poder. — Eu aceito.

— Corte Unseelie, anfitrião da noite, se aproxime para ungir seu príncipe — diz Val Moren.

Uma gnomo boggan segue até a plataforma. Seu corpo é coberto de pelos dourados, os braços, compridos o suficiente para se arrastarem no chão se ela não os dobrar. A criatura parece forte o bastante para quebrar o príncipe Dain no meio. Em volta da cintura, ela usa uma saia de peles costuradas, e em uma das mãos imensas carrega o que parece um tinteiro.

Ela pinta o braço esquerdo de Dain com longas espirais de sangue coagulado, pinta a barriga, a perna esquerda. Ele nem se mexe. Quando termina, ela recua para admirar o trabalho medonho e faz uma reverência curta para Eldred.

— Corte Seelie, povo do crepúsculo, se aproxime para ungir seu príncipe — diz Val Moren.

Um garoto diminuto coberto por algo que parece feito de casca de bétula e com o cabelo desgrenhado espetado para todos os lados vai até a plataforma. Ele tem asinhas verde-pálidas nas costas. E, quando unge o outro lado de Dain, usa pinceladas densas de pólen, amarelo como manteiga.

— Feéricos selvagens, Povo Tímido, se aproxime para ungir seu príncipe — diz Val Moren.

Agora é um duende que se aproxima, com um terninho garboso cuidadosamente costurado. Ele carrega um punhado de lama, a qual espalha no centro do peito do príncipe Dain, logo acima do coração.

Finalmente vejo Cardan na multidão, meio tonto e com um odre de vinho na mão. Sua bebedeira parece um gesto voluntário de rebeldia. Quando penso na mancha de tinta prateada em seu rosto e no jeito como pousou a mão no meu quadril, concluo que ele já estava a caminho da embriaguez naquela hora. Sinto uma satisfação imensa e cruel por ele não estar lá com a família real no momento mais importante da Corte em séculos.

Ele deve estar encrencado.

— Quem vai vesti-lo? — pergunta Val Moren, e, uma de cada vez, as irmãs e a mãe levam uma túnica branca e uma calça feita de pele, uma gola dourada e botas de couro de cano alto, macias. Ele parece um rei de livro de histórias, que vai governar de maneira sábia e justa. Imagino Fantasma nas vigas e Barata de máscara, assistindo com orgulho. Sinto um pouco do mesmo orgulho, sendo jurada a ele.

Mas não consigo me esquecer de suas palavras: *Você é minha criatura, Jude Duarte.*

Encosto a mão ferida no cabo da espada de prata, a espada que meu pai forjou. Depois desta noite, serei espiã do Grande Rei e verdadeira integrante da Corte. Vou mentir para os inimigos dele e, se isso não der certo, encontrarei um meio de fazer coisa pior. E se ele me irritar, bem, também vou dar um jeito de contornar isso.

Val Moren bate a base do cajado com força no chão, e sinto a reverberação nos dentes.

— E quem vai coroá-lo?

Eldred exibe uma expressão de orgulho. A coroa brilha em suas mãos retorcidas, cintilando como se o sol emanasse do metal.

— Eu vou.

Os guardas estão mudando a configuração sutilmente, talvez se preparando para escoltar Eldred para fora do palácio. Há mais cavaleiros nas periferias da multidão do que quando a cerimônia começou.

O Grande Rei fala.

— Venha, Dain. Ajoelhe-se diante de mim.

O Príncipe da Coroa se ajoelha na frente do pai e da plateia.

Desvio o olhar para Taryn, que ainda está parada ao lado de Locke. Oriana está com um braço protetor em volta de Oak, um dos tenentes de Madoc inclinado para falar com ela. Ele indica uma porta, e ela diz alguma coisa para Vivi e vai naquela direção. Taryn e Locke vão atrás. Trinco os dentes e começo a abrir caminho pela multidão até eles. Não quero me desgraçar como Cardan, não estando onde devo estar.

A voz de Val Moren corta meus pensamentos.

— E vocês, povo de Elfhame, aceitam o príncipe Dain como seu Grande Rei?

O grito erige da multidão em vozes agudas e graves.

— Aceitamos.

Volto o olhar para os cavaleiros em volta da plataforma. Em outra vida, eu seria uma deles. Mas quando pouso o olhar ali, reparo em rostos familiares. Os melhores comandantes de Madoc. Guerreiros ferozmente leais.

Eles não estão de uniforme. Por cima da armadura, usam o traje de Greenbriar. Talvez Madoc só esteja sendo cauteloso, colocando apenas seus melhores homens a seu serviço. Mas a espiã que eu matei, a que carregava a mensagem zombeteira, também era de Madoc.

E Oriana, Oak e minhas irmãs saíram. Foram escoltados da colina por um dos tenentes de Madoc bem na hora em que a plataforma ficou mais pesadamente protegida.

Eu tenho um plano para garantir nosso futuro.

Preciso encontrar Barata. Preciso encontrar Fantasma. Preciso avisar a eles que tem alguma coisa errada.

Um estrategista experiente espera a oportunidade certa.

Passo por um trio de goblins, um troll e um membro do Povo Silencioso. Um spriggan rosna para mim, mas não dou atenção. O final da coroação está chegando. Vejo cálices e canecas sendo enchidos.

Na plataforma, Balekin saiu da posição junto aos outros príncipes e princesas. Por um momento, acho que é parte da cerimônia... até ele sacar uma espada comprida e fina, a qual reconheço do duelo horrível com Cardan. Congelo.

— Irmão — repreende o príncipe Dain.

— Eu não aceito você — diz Balekin. — Vim desafiá-lo pela coroa. — Em volta da plataforma, vejo cavaleiros desembainhando espadas. Mas nem Elowyn ou Eldred, nem mais ninguém, nem Val Moren, nem Taniot, nem Rhyia estão equipados. Apenas Caelia saca uma faca do corpete, a lâmina curta demais para ser útil.

Quero sacar minha espada, mas estou imprensada pela multidão.

— Balekin — diz Eldred com severidade. — Filho. A Grande Corte não pode ser como as cortes inferiores. Nós não temos herança sanguínea. Nenhum duelo com seu irmão vai me fazer colocar uma coroa em sua cabeça indigna. Contente-se com a minha escolha. Não se humilhe perante todo o Reino das Fadas.

— Isso devia ser apenas entre nós dois — diz Balekin para Dain, sem dar crédito às palavras do pai. — Não existe Grande Monarca agora. Não há ninguém além de nós e uma coroa.

— Eu não preciso lutar contra você — diz Dain, indicando os cavaleiros agrupados em volta da plataforma, à espera de uma ordem. Madoc está entre eles, mas da distância em que me encontro não consigo ver muito mais. — Você não é digno nem disso.

— Então tenha isso em sua consciência. — Balekin dá dois passos e estica o braço. Ele nem olha na direção em que golpeia, mas a espada perfura a garganta de Elowyn. Alguém grita, e logo todos estão gritando. Por um momento, o ferimento é só uma mancha na pele dela, mas de repente o sangue jorra, um rio vermelho. Elowyn cambaleia para a frente e fica de quatro. Tecido dourado e pedrarias cintilantes estão sendo banhados de vermelho.

Foi um mero movimento da lâmina de Balekin, um gesto quase casual.

A mão de Eldred se levanta. Acho que ele pretende conjurar a mesma magia que fez as raízes crescerem, que fez os galhos do trono florescerem. Mas o poder se foi; Eldred abriu mão dele ao abdicar do reino. E então as flores recém-abertas no trono escurecem e murcham.

A gralha no ombro de Val Moren levanta voo e grasna, seguindo em direção às raízes penduradas na parte oca da colina.

— *Guardas* — chama Dain, com uma voz que espera ser obedecida. Mas nenhum dos cavaleiros avança para a plataforma. Em uníssono, eles se viram, dando as costas para a família real e mirando as espadas para a plateia. Eles estão permitindo que isso aconteça, que Balekin dê seu golpe.

Mas não consigo acreditar que esse seja o plano de Madoc. Dain é seu amigo. Dain foi à guerra com ele. Dain vai recompensá-lo quando se oficializar como Grande Rei.

A multidão começa a se movimentar e me arrasta junto. Todo mundo está correndo, seja para se aproximar ou se afastar daquela cena grotesca. Vejo o rei de cabelo branco da Corte dos Cupins tentando avançar em direção à luta, mas seus próprios cavaleiros se colocam em sua frente e o detêm. Minha família foi embora. Procuro Cardan ao redor, mas ele está perdido na multidão.

Tudo está acontecendo muito rápido. Caelia corre e se posta ao lado do Grande Rei. Ela carrega uma faquinha, quase curta demais para ser uma arma, mas a segura com bravura. Taniot se agacha ao lado do corpo de Elowyn, tentando estancar a onda de sangue com a saia do vestido.

— O que me diz agora, Pai? — pergunta Balekin. — Irmão?

Duas flechas voam das sombras e acertam a lateral de Balekin. Ele cambaleia para a frente. O tecido do gibão parece rasgado, um brilho de metal por baixo. Armadura. Procuro Fantasma nas vigas.

Sou uma agente do príncipe tanto quanto ele. É meu dever chegar a Dain. Saio empurrando a multidão outra vez. Na minha cabeça, tenho uma visão do futuro, como uma história que conto para mim mesma, uma narrativa clara e reluzente contra o caos ao meu redor. De alguma forma, vou alcançar o príncipe e defendê-lo da traição de Balekin até os membros leais da guarda dele chegarem a nós. Serei a heroína, aquela que se coloca entre os traidores e seu rei.

Madoc chega lá antes de mim.

Por um breve momento, fico aliviada. A lealdade dos oficiais pode ser comprada, mas Madoc nunca...

E então Madoc enfia a espada no peito de Dain com tanta força que a lâmina o atravessa. Ele a impulsiona para cima, pelo tórax, até o coração.

Eu paro de me mexer e deixo a multidão correr à minha volta. Estou imóvel feito uma pedra.

Vejo um lampejo de osso branco, de músculo vermelho e úmido. O príncipe Dain, que quase se tornou Grande Rei, desaba em cima da capa vermelha oficial cravejada de pedrarias, o sangue derramado perdido no amontoado de joias.

— Traidores — sussurra Eldred, mas sua voz é amplificada pelo espaço. A palavra parece ecoar pelo salão.

Madoc para e cerra o maxilar, como se estivesse cumprindo um dever repugnante. Ele está usando o capuz vermelho agora, aquele que vi em seu bolso, o mesmo que tantas vezes já observei guardado em casa. Esta noite, ele vai renová-lo. Haverá novas marcas. Mas não consigo acreditar que ele esteja fazendo isso sob ordens de alguém.

Madoc deve ter se aliado a Balekin, desorientado os espiões de Dain. Deve ter colocado seus oficiais em posição para manter a família real isolada de qualquer um que pudesse ajudá-los. Deve ter incitado Balekin a orquestrar um ataque no único momento em que ninguém esperaria.

Deve até ter percebido que o único jeito de não ativar a maldição fatal da coroa seria agindo quando ela não estivesse na cabeça de ninguém. Conhecendo-o como conheço, tenho certeza de que foi ele quem planejou esse golpe.

Madoc traiu Eldred, e Dain está morto, levando com ele todas as minhas esperanças e planos.

Coroações são um momento em que muitas coisas são possíveis.

Balekin parece insuportavelmente satisfeito consigo.

— Entregue-me a coroa.

Eldred larga o aro, que rola alguns metros pelo chão.

— Pegue você, se é o que deseja.

Caelia está emitindo um lamento terrível. Rhyia olha para a coroa, horrorizada. Val Moren está ao lado de Eldred, o rosto estreito de poeta pálido. Com os cavaleiros ao redor, a plataforma virou um palco bizarro, onde todos os atores estão destinados a executar seus papéis até chegar ao mesmo final sangrento.

As mãos de Madoc estão cobertas de vermelho. Não consigo parar de olhar para elas.

Balekin ergue a Grande Coroa. As folhas douradas de carvalho brilham à luz das velas.

— Você esperou tempo demais para deixar o trono, pai. Ficou fraco. Deixou traidores com pequenos feudos, o poder das cortes baixas segue sem verificação e os feéricos selvagens fazem o que querem. Dain teria sido igual, um covarde que viveria escondido por trás de intrigas. Mas não tenho medo de derramamento de sangue.

Eldred não diz nada. Não faz menção de pegar a coroa ou mesmo uma arma. Simplesmente aguarda.

Balekin ordena que um cavaleiro leve Taniot até ele. Uma mulher barrete vermelho de armadura sobe na plataforma para pegar a consorte de Eldred, que luta para se desvencilhar. Taniot sacode a cabeça para trás e para a frente, os chifres pretos e compridos cortando o ombro da cavaleira. Não importa. Nada importa. São cavaleiros demais. Mais dois passos e não haverá mais luta.

Balekin se ergue na frente do pai.

— Declare que sou o Grande Rei, ponha a coroa na minha cabeça e você poderá ir embora daqui, livre e ileso. Minhas irmãs serão protegidas. Sua consorte vai viver. Se você não obedecer, vou matar Taniot. Vou matá-la aqui mesmo, na frente de todos, para que saibam que você permitiu isso.

Meu olhar se desvia para Madoc, mas ele está nos degraus, falando num tom baixo com um de seus oficiais, um troll que já comeu à nossa mesa, já brincou com Oak e o fez rir. Eu também ri na ocasião. Agora minhas mãos estão tremendo, meu corpo todo está tremendo.

— Balekin, primogênito, independentemente de qual sangue derramar, você nunca vai governar Elfhame — diz Eldred. — Você é indigno da coroa.

Fecho os olhos e penso nas palavras de Oriana para mim: *Não é fácil ser amante do Grande Rei. É ser um peão no tabuleiro o tempo todo.*

Taniot segue para a morte com dignidade. Fica parada. Sua postura é majestosa e resignada, como se ela já tivesse passado para o plano dos mortos. Seus dedos estão entrelaçados. Ela não emite qualquer som quando um dos cavaleiros, a barrete vermelho com o ombro cortado, a decapita com um único golpe de espada, rápido e brutal. A cabeça com chifres de Taniot rola um pouco até bater no cadáver de Dain.

Sinto algo molhado no rosto, como chuva.

Muitos feéricos têm prazer em assistir a assassinatos, e há muitos outros que adoram um espetáculo. Uma espécie de loucura eufórica parece se espalhar pela multidão, um tipo de fome por mais matança. Temo pelo excesso de satisfação. Dois cavaleiros seguraram Eldred.

— Não vou pedir de novo — diz Balekin.

Mas Eldred apenas ri. E continua rindo quando o filho o perfura. Mas ele não cai como os outros. Em vez de jorrar sangue do ferimento, mariposas vermelhas saem voando. Elas saem de dentro dele com tanta rapidez que logo o corpo do Grande Rei já não está mais ali e só restam as mariposas vermelhas, rodopiando numa nuvem imensa, um furacão de asas finas.

No entanto, a magia que as criou não dura. Logo elas começam a cair, até ficarem espalhadas na plataforma como folhas sopradas. O Grande Rei Eldred está inegavelmente morto.

A plataforma está coberta de corpos e sangue. Val Moren está de joelhos.

— Irmãs — diz Balekin, indo na direção delas. Parte da arrogância sumiu de sua voz e foi substituída por uma delicadeza horrível. Ele parece um homem em meio a um sonho terrível do qual se recusa a acordar. — Qual de vocês vai me coroar? Quem me coroar vai viver.

Penso em Madoc mandando minha mãe não correr.

Caelia se adianta e larga a faca. Ela usa um corpete dourado e uma saia azul, um aro de frutinhas silvestres nos cabelos soltos.

— Eu faço — diz ela. — Já chega. Vou fazer de você o Grande Rei, embora a mancha de seus atos vá permanecer para sempre em seu reinado.

Nunca é como o para sempre, penso, e fico com raiva por estar me lembrando das palavras de Cardan, principalmente agora. Parte de mim está feliz por ela ter aceitado o sacrifício, apesar da abominação de Balekin, do horror inevitável que seu reinado trará. Pelo menos dará fim a essa matança.

Uma flecha voa das sombras das vigas em uma trajetória completamente diferente da anterior. E acerta Caelia bem no peito. Ela arregala os olhos, as mãos voam sobre o coração, como se o ferimento fosse indecente e ela precisasse cobri-lo. E então revira os olhos e desaba sem sequer suspirar. É Balekin quem grita de frustração. Madoc berra ordens aos seus homens, apontando para o teto. Um falange se separa dos outros e sobe a escadaria correndo. Alguns guardas levantam voo com suas asas verde-claras, as lâminas em riste.

Ele a matou. Fantasma a matou.

Abro caminho cegamente em direção à plataforma do trono, passando por um espectro que uiva em um pedido por mais sangue. Nem sei o que estou achando que vou fazer quando chegar lá.

Rhyia pega a faca da irmã e a empunha com mãos trêmulas. O vestido azul a deixa parecida com um pássaro, capturada pouco antes de levantar voo. Ela é a única amiga verdadeira de Vivi no Reino das Fadas.

— Você vai mesmo lutar contra mim, irmã? — pergunta Balekin. — Você não tem espada nem armadura. Chega, é tarde demais para isso.

— É tarde demais — repete ela, levando a faca até a própria garganta e encostando a ponta bem abaixo da orelha.

— Não! — grito, mas minha voz é sobreposta pela multidão, sobreposta pelo grito de Balekin também. E então, como não consigo suportar mais nenhuma morte, fecho os olhos. Deixo-os fechados enquanto sou empurrada por algo pesado e peludo. Balekin começa a gritar para que alguém encontre Cardan, para que Cardan seja levado até ele, e então meus olhos se abrem automaticamente. Mas Cardan não está por perto. Só tem o corpo caído de Rhyia e mais horror.

Arqueiros alados miram no amontoado de raízes onde Fantasma esteve escondido. Um momento depois, ele cai na multidão. Seguro o fôlego, temendo que tenha sido alvejado. Mas Fantasma rola, fica de pé e sobe correndo a escada, com os guardas em seu encalço.

Ele não tem chance. São muitos, e o palácio está lotado, não há saída desimpedida. Quero ajudá-lo, quero ir até ele, mas estou cercada. Não posso fazer nada. Não posso salvar ninguém.

Balekin se vira para o Poeta da Corte e ergue um dedo em sua direção.

— Você vai me coroar. Diga as palavras da cerimônia.

— Eu não posso — responde Val Moren. — Não sou seu parente, não sou parente da coroa.

— Vai, sim — insiste Balekin.

— Sim, meu senhor — diz o Poeta da Corte com voz trêmula.

Ele recita uma versão rápida da coroação enquanto a colina fica em silêncio. Mas quando pede que a plateia aceite Balekin como o novo Grande Rei, ninguém diz nada. A coroa dourada de folhas de carvalho está nas mãos de Balekin, não em sua cabeça.

O olhar do príncipe percorre a plateia, e embora eu saiba que não vai parar em mim, eu me encolho. A voz dele retumba.

— Jurem lealdade a mim.

Nós não juramos nada. Os monarcas não se ajoelham. Os nobres estão em silêncio. Os feéricos selvagens observam e avaliam. Vejo a rainha Annet da Corte Unseelie do sul, a Corte de Mariposas, sinalizando para que seus cortesãos saiam do salão. Ela se vira com uma expressão de desprezo.

— Vocês estão jurados ao Grande Rei — diz Balekin. — E eu sou o rei agora. — Ele levanta a coroa e coloca na própria cabeça. Um momento depois, ele grita e a joga no chão. Tem uma queimadura em sua cabeça, a sombra vermelha de um círculo.

— Nós não nos juramos para o rei, mas para a coroa — grita alguém. É lorde Roiben, da Corte dos Cupins. Ele agora está na linha de frente dos cavaleiros. E, apesar de ter mais de doze cavaleiros entre ele e Balekin, Roiben não parece particularmente preocupado. — Você tem três dias para colocá-la na cabeça, matador de família. Em três dias vou embora daqui, sem juramento, sem reconhecimento de poder e nem um pouco impressionado. E tenho certeza de que não serei o único.

Há uma onda de gargalhadas e sussurros conforme as palavras se espalham. Um grupo variado ainda ocupa o ambiente: Seelies cintilantes e Unseelies apavorantes; os feéricos selvagens que raramente saem de suas colinas, rios e montes sepulcrais; goblins e hags; pixies e pucas. Eles testemunharam quase toda a família real ser massacrada em uma única noite. Fico pensando em quanta violência ainda vai surgir se não houver um novo monarca para orientá-los. Fico me perguntando quem gostaria disso.

Criaturas cintilam no ar com cheiro de sangue derramado. A festa vai continuar, percebo. Tudo vai continuar.

Mas não sei se eu consigo continuar.

Livro dois

Esvazie seu coração do sonho mortal.
Os ventos despertam, as folhas dançam no ar,
Nossas bochechas pálidas, o cabelo a voar,
O peito arfa, o olhar sentimental,
Os braços trêmulos, a boca entreaberta;
E se alguém vislumbrar nosso grupo apressado,
Teremos entrado entre ele
E o que tinha planejado,
Teremos entrado entre ele
E o que seu coração espera.

— William Butler Yeats,
"The Hosting of the Sidhe"

CAPÍTULO 21

Sou criança de novo, escondida embaixo da mesa, a festa se desenrolando à minha volta.

Levo a mão ao peito e sinto as batidas disparadas. Não consigo pensar. Não consigo pensar. Não consigo pensar.

Tem sangue no meu vestido, pontinhos de sangue penetrando no céu azul.

Eu pensei que não ficaria chocada com a morte, mas... foram *tantas*. Um excesso constrangedor e ridículo. Minha mente fica voltando para as costelas brancas do príncipe Dain, para o jorro de sangue do pescoço de Elowyn e para o Grande Rei negando Balekin repetidamente enquanto morria. Para as pobres Taniot, Caelia e Rhyia, que foram obrigadas a descobrir, cada uma por sua vez, como a coroa do Reino das Fadas era mais importante do que a vida delas.

Penso em Madoc, que esteve ao lado direito de Dain todos esses anos. Os feéricos podem não conseguir mentir abertamente, mas Madoc mentiu a cada gargalhada, a cada tapinha nas costas, a cada taça compartilhada de vinho. Madoc, que deixou que nos arrumássemos e que me deu uma linda espada para usar esta noite, como se realmente estivéssemos indo a uma festa divertida.

Eu sabia o que ele era, tento dizer a mim mesma. *Eu vi o sangue seco no capuz. Se me permiti esquecer, a idiota sou eu.*

Pelo menos os cavaleiros levaram minha família embora antes de a matança começar. Pelo menos nenhum deles teve que assistir; no entanto, a não ser que estivessem muito longe, talvez não tenham deixado de ouvir os gritos. Pelo menos Oak não vai crescer como eu, com a morte como patrimônio.

Fico sentada ali até meu coração desacelerar. Preciso sair da colina. Esta festa vai ficar ainda mais louca, e sem o Grande Rei no trono, não vai dar para controlar as pessoas caso elas queiram se dedicar a alguma outra diversão. Muito provavelmente não vai ser a melhor hora para ser um humano aqui.

Tento me lembrar de quando olhei a organização da sala do trono lá de cima, com Fantasma. Procuro relembrar as entradas da parte principal do castelo.

Se eu conseguisse encontrar um dos guardas e fizesse com que acreditasse que sou parte da família de Madoc, talvez ele pudesse me levar até o restante da minha família. Mas não quero ir. Não quero ver Madoc coberto de sangue, sentado ao lado de Balekin. Não quero fingir que o que aconteceu é qualquer outra coisa além de horrível. Não quero disfarçar minha repulsa.

Tem outra saída. Posso engatinhar por baixo das mesas até a escada e subir até o parapeito perto da sala de estratégia de Madoc. Acho que de lá vou conseguir escalar e chegar na parte do castelo que provavelmente estará deserta — e terei acesso aos túneis secretos. De lá, posso sair sem me preocupar com cavaleiros, guardas e nem mais ninguém. A adrenalina faz meu corpo todo cantarolar com o desejo de me apressar, mas apesar de eu ter algo que parece um plano, ainda não é. Eu posso sair do palácio, mas não tenho para onde ir depois.

Resolva quando estiver do lado de fora, manda meu instinto.

Tudo bem, meio plano basta.

De quatro, sem me preocupar com o vestido, sem me preocupar com o modo como a bainha de minha espada arrasta no chão de terra batida, sem me preocupar com a dor na mão, saio engatinhando. Acima, ouço música. Ouço outras coisas também: o estalo do que podem ser ossos, um choramingo, um uivo. Ignoro tudo.

De repente a toalha de mesa é levantada, e quando meus olhos se adaptam à luminosidade das velas, uma figura mascarada segura meu braço. Não existe um jeito fácil de sacar a espada estando encolhida embaixo da mesa, então pego a faca dentro do corpete. Estou prestes a atacar quando reconheço os sapatos ridículos com bicos de ferro.

Cardan. O único que pode coroar Balekin com legitimidade. O único outro descendente da linhagem Greenbriar que sobrou. Todo mundo no Reino das Fadas parece estar a sua procura, e aqui está ele, vagando com uma frágil máscara prateada de raposa, me olhando com confusão bêbada e cambaleando levemente. Quase dou uma gargalhada. Imagine minha sorte por ter sido a responsável por encontrá-lo.

— Você é mortal — informa ele. Na outra mão, está segurando um cálice vazio, inclinado com distração, como se ele tivesse se esquecido de que o está carregando. — Não é seguro para você aqui. Principalmente se sair por aí esfaqueando todo mundo.

— Não é seguro para *mim*? — Deixando o absurdo da declaração de lado, não faço ideia de por que motivo ele está agindo como se já tivesse pensado na minha segurança que não fosse para acabar com ela. Tento lembrar a mim mesma de que ele deve estar em choque e em luto, e que isto pode estar fazendo com que se comporte de forma estranha. Mas é difícil pensar em Cardan como uma pessoa capaz de nutrir afeto por alguém a ponto de ficar de luto. No momento, ele não parece ligar nem para si mesmo. — Entre aqui embaixo antes que você seja reconhecido.

— Quer brincar de esconde-esconde embaixo da mesa? Encolhida na terra? Típico da sua espécie, mas muito abaixo da minha dignidade. — Ele ri de maneira hesitante, como se esperasse que eu risse também.

Mas eu não rio. Simplesmente fecho a mão e dou um soco em seu estômago, bem onde sei que vai doer. Cardan cai de joelhos. O cálice tomba na terra com um som oco.

— Ai! — grita o príncipe, e permite que eu o puxe para debaixo da mesa.

— Vamos sair daqui sem ninguém reparar — falo para ele. — Vamos ficar embaixo das mesas e seguir até a escadaria que leva aos andares superiores do palácio. E não me diga que engatinhar está abaixo da sua dignidade. Você está tão bêbado que nem consegue ficar em pé direito.

Ouço-o rir com deboche.

— Se você insiste — responde Cardan. Está escuro demais e não consigo ver sua expressão, mas, ainda que estivesse claro, ele está de máscara.

Vamos seguindo embaixo das mesas, com baladas e canções sobre bebedeira entoadas acima, gritos e sussurros no ar, e os passos suaves dos dançarinos ecoando feito chuva no telhado. Meu coração está disparado pelo derramamento de sangue, por sentir Cardan tão pertinho, por ter batido nele sem sofrer as consequências. Eu me concentro nele engatinhando atrás de mim. Tudo tem cheiro de terra batida, vinho derramado e sangue. Sinto meus pensamentos em disparada, consigo sentir que estou começando a tremer. Mordo o lábio com força para gerar uma nova dor na qual me concentrar.

Preciso segurar as pontas. Não posso perder o controle agora, não com Cardan presenciando.

E não com um plano começando a se formar em minha mente. Um plano que exige a presença deste último príncipe.

Olho para trás e percebo que ele parou de engatinhar. Está sentado no chão, olhando para a mão. Olhando para o anel.

— Ele me desprezava. — A voz de Cardan soa leve, em tom de conversação. Como se tivesse se esquecido de onde está.

— Balekin? — pergunto, pensando no que vi na Mansão Hollow.

— Meu pai — zomba Cardan. — Eu não conhecia os outros direito, meus irmãos e irmãs. Não é engraçado? O príncipe Dain, ele não me queria no palácio e me forçou a sair.

Fico à espera, sem saber o que dizer. É perturbador vê-lo assim, se comportando como se fosse capaz de nutrir emoções.

Depois de um momento, ele parece voltar a si. Seus olhos se concentram em mim, cintilando no escuro.

— Agora estão todos mortos. Graças a Madoc. Nosso honorável general. Não deviam ter confiado nele. Mas sua mãe descobriu isso muito tempo atrás, não foi?

Semicerro os olhos.

— Continue engatinhando.

Ele dá um sorriso de canto de boca.

— Você primeiro.

Vamos seguindo de mesa em mesa, até finalmente estarmos o mais perto possível da escada. Cardan afasta a toalha de mesa e estica a mão para mim de um jeito galante, como um conquistador durante um encontro amoroso. Talvez Cardan pudesse alegar estar fazendo isso por causa de possíveis espectadores, mas nós dois sabemos que ele está apenas debochando de mim. Eu me levanto sem tocar nele.

A única coisa que importa é sair do salão antes que a festa fique mais sangrenta, antes de a criatura errada decidir que sou um brinquedinho divertido, antes de Cardan ser estripado por alguém que não deseja nenhum Grande Monarca no poder.

Começo a andar em direção à escada, mas ele me faz parar.

— Assim não. Os cavaleiros de seu pai vão reconhecer você.

— Não sou a única que estão procurando — lembro a ele.

Cardan faz uma careta, apesar de a máscara esconder a maior parte de sua expressão. Mesmo assim, vejo na curva da boca.

— Se eles virem seu rosto, vão prestar atenção demais a quem está com você.

Isso é bem irritante, mas ele está certo.

— Se me conhecessem, saberiam que eu jamais andaria com você. — Mas isso é ridículo, pois no momento estou ao lado dele, embora eu me sinta melhor por ter verbalizado isso. Com um suspiro, solto as tranças e passo as mãos pelos cabelos até as mechas caírem desgrenhadas no meu rosto.

— Você está... — diz ele, mas para, piscando algumas vezes, aparentemente sem conseguir terminar. Estou supondo que o truque do cabelo funcionou melhor do que ele esperava.

— Me dê um segundo — peço, e mergulho na multidão. Não gosto de correr esse risco, mas cobrir meu rosto é mais seguro do que não cobrir. Vejo uma nixie de máscara preta de veludo comendo o coração de um pardal em um espetinho. Eu me aproximo sorrateiramente por trás, corto as fitas e seguro a máscara antes que ela bata no chão. A criatura se vira, procurando onde caiu, mas já estou longe. Logo ela vai parar de procurar e vai comer outra iguaria, ou pelo menos é o que espero que faça. Afinal, é só uma máscara.

Quando volto, Cardan está se embebedando com mais vinho, o olhar ardente em mim. Não faço ideia do que ele quer, do que está procurando. Um filete de líquido verde escorre por sua bochecha. Ele pega a jarra pesada de prata como se fosse servir mais.

— Venha — chamo, puxando a mão enluvada dele com a minha.

Estamos a caminho da escada quando três cavaleiros bloqueiam nossa passagem.

— Procurem outro lugar para seu prazer — informa um deles. — Este é o caminho para o palácio, proibido para vocês.

Sinto Cardan enrijecer ao meu lado, porque ele é um idiota e se importa mais com o fato de ser chamado de comum do que com a segurança de qualquer um que seja, infelizmente até mesmo a própria. Puxo seu braço.

— Vamos fazer o que nos mandam — garanto ao cavaleiro, tentando puxar Cardan antes que ele faça alguma coisa da qual vamos nos arrepender.

Mas Cardan nem se mexe. E diz:

— Você está muito enganado.

Cala a boca. Cala a boca. Cala a boca.

— O Grande Rei Balekin é amigo da Corte de minha dama — continua Cardan, a voz persuasiva por trás da máscara prateada. Ele ostenta um meio-sorriso tranquilo. Está falando a língua do privilégio, adotando aquele tom arrastado, com os membros relaxados, como se acreditasse ser o dono de tudo o que vê. Mesmo bêbado, ele é convincente. — Você talvez tenha ouvido falar da rainha Gliten do noroeste. Balekin mandou uma mensagem sobre o príncipe desaparecido. Está aguardando pela resposta.

— E imagino que você não tem provas disso? — pergunta um dos cavaleiros.

— Claro que tenho. — Cardan estica a mão fechada, então abre e revela um anel régio cintilando no meio da mão. Não tenho ideia de quando ele o tirou do dedo, um movimento sorrateiro que eu não imaginava que ele fosse capaz de fazer, ainda mais estando tão embriagado. — Me deram este objeto para que vocês me reconhecessem.

Quando veem o anel, eles abrem caminho.

Com um sorriso arrogante e encantador demais, Cardan pega meu braço e me puxa por eles. Embora eu precise trincar os dentes, permito o gesto. Agora estamos na escadaria, e unicamente por causa dele.

— E a mortal? — grita um dos guardas. Cardan se vira.

— Ah, bem, vocês não estão *completamente* enganados a meu respeito. Pretendo guardar alguns dos prazeres da festa só para mim — diz ele, e todos dão sorrisinhos.

Preciso me segurar para não nocauteá-lo, mas não dá para negar que Cardan é bom com as palavras. De acordo com as regras barrocas que governam as línguas feéricas, tudo o que ele disse era verdade suficiente, mas é preciso se concentrar só nas palavras, claro. Balekin é amigo de Madoc, e eu sou da Corte de Madoc, se a gente forçar um pouco a barra. Então, eu sou a "dama". E os cavaleiros *devem* ter ouvido falar da rainha

Gliten; ela é bem famosa. Tenho certeza de que Balekin *está* esperando uma resposta sobre o príncipe desaparecido. Ele deve estar desesperado. E ninguém pode alegar que o anel de Cardan não é um objeto pelo qual ele é reconhecido.

Quanto ao que quer levar da festa, pode ser qualquer coisa.

Cardan é inteligente, mas não é um tipo bom de inteligência. E está um pouco próximo demais da minha própria propensão a mentir para eu ficar à vontade. Mesmo assim, estamos livres. Atrás de nós, o que devia ser a comemoração pela coroação de um novo Grande Rei continua: os gritos, o banquete, os rodopios em danças infinitas. Olho para trás uma vez quando estamos subindo e observo o mar de corpos e asas, olhos de tinta e dentes afiados.

Estremeço.

Subimos os degraus juntos. Deixo que ele mantenha o aperto possessivo no meu braço, me guiando. Permito que abra as portas com suas chaves. Deixo que faça o que quiser. E então, quando estamos no salão vazio no andar de cima do palácio, eu me viro e encosto a ponta da faca diretamente abaixo do queixo de Cardan.

— Jude? — pergunta ele, encostado na parede, pronunciando meu nome com cuidado, como se para evitar a voz arrastada. Não sei bem se já o ouvi chamar meu nome antes.

— Surpreso? — pergunto, um sorriso feroz surgindo em meu rosto. O garoto mais importante do Reino das Fadas, meu grande inimigo, finalmente está em meu poder. A sensação é ainda melhor do que eu achei que seria. — Não deveria estar.

CAPÍTULO 22

Aperto a ponta da faca na pele para que ele sinta a pressão. Seus olhos negros se concentram em mim com nova intensidade.

— Por quê? — pergunta. Apenas isso.

Raramente tive uma sensação tão forte de triunfo. Tenho que me concentrar para impedir que suba à cabeça, mais forte do que vinho.

— Porque sua sorte é péssima e a minha é ótima. Faça o que eu mandar e vou adiar o prazer de machucar você.

— Está planejando derramar mais sangue real hoje? — Ele faz uma expressão de desprezo e se mexe numa tentativa de se desvencilhar da faca. Acompanho o movimento, mantendo a lâmina em seu pescoço. Ele continua falando. — Está se sentindo excluída da matança?

— Você está bêbado — comento.

— Ah, estou mesmo. — Ele apoia a cabeça na pedra e fecha os olhos. A luz das tochas próximas deixa seus cabelos negros da cor do bronze. — Mas você acredita mesmo que vou deixar que me leve para a frente do general, como se eu fosse um inferior...

Aperto a faca com mais força. Ele inspira e contém o fim da frase.

— Claro — diz ele, um momento depois, com uma gargalhada cheia de autoironia. — Eu estava desmaiado enquanto minha família estava sendo assassinada. É difícil ficar abaixo disso.

— Chega de falar — ordeno, afastando qualquer sentimento de pena. Ele nunca teve qualquer compaixão por mim. — Ande.

— Senão? — pergunta ele, ainda sem abrir os olhos. — Você não vai me furar.

— Qual foi a última vez que você viu seu querido amigo Valerian? — sussurro. — Não hoje, apesar do insulto implicado pela ausência dele. Você já se perguntou sobre isso?

Ele abre os olhos. Parece que levou um tapa na cara.

— Sim, já me perguntei. Onde ele está?

— Apodrecendo perto do estábulo de Madoc. Eu o matei e enterrei. Então, acredite quando eu ameaçar você. Por mais improvável que pareça, você é a pessoa mais importante neste reino. Quem estiver com você terá poder. E eu quero poder.

— Acho que você estava certa, no fim das contas. — Cardan observa meu rosto, mas sua expressão não revela nada. — Acho que eu não sabia do que você era capaz.

Tento não deixar que ele perceba quanto sua calma me abala. Faz com que eu sinta que a faca em minha mão, que deveria me conferir autoridade, não é o suficiente. Faz com que eu queira feri-lo só para convencer a mim mesma de que ele pode ser amedrontado de algum modo. Ele acabou de perder a família toda; eu não devia estar pensando assim.

Mas não consigo deixar de pensar que Cardan vai explorar qualquer sentimento de pena da minha parte, qualquer fraqueza.

— Hora de andar — repito a ordem rispidamente. — Vá até a primeira porta e a abra. Depois que entrarmos, vamos até o armário. Tem uma passagem por lá.

— Sim, certo — diz ele, irritado, tentando afastar a faca.

Eu a seguro com firmeza, de forma que a lâmina corte a pele. Ele solta um palavrão e coloca um dedo sujo de sangue na boca.

— Para que isso?

— Diversão — digo, e afasto a faca de seu pescoço, lenta e deliberadamente. Dou um sorriso bem sutil, mas, tirando isso, mantenho a expressão dura como uma máscara, daquele jeito que sei bem fazer, cruel e fria como o rosto recorrente em meus pesadelos. Só quando faço isso é que percebo a quem estou imitando, qual rosto me assustou a ponto de eu querê-lo para mim.

O dele.

Meu coração está tão disparado que sinto enjoo.

— Você pode pelo menos me dizer para onde estamos indo? — pergunta Cardan quando o empurro para a frente com a mão livre.

— Não. Agora, vá. — O rosnado na minha voz é todo meu.

Incrivelmente, ele obedece, cambaleando pelo corredor até o escritório para o qual aponto. Quando chegamos à passagem secreta, ele entra engatinhando, com um único olhar inescrutável para mim. Talvez esteja mais bêbado do que pensei.

Não importa. Logo Cardan vai estar sóbrio.

A primeira coisa que faço quando chego ao ninho da Corte das Sombras é amarrar o príncipe a uma cadeira usando tiras do meu vestido. Em seguida, retiro as máscaras de nossos rostos. Ele não resiste, mas ostenta uma expressão estranha. Não tem ninguém ali, e não faço ideia de quando alguém pode aparecer, nem se vai aparecer.

Não importa. Consigo resolver sem eles.

Afinal, cheguei até aqui. Quando Cardan me encontrou, eu sabia que controlá-lo era o único caminho para obter algum controle sobre o destino do meu mundo.

Penso em todas as promessas que fiz a Dain, inclusive uma que nunca verbalizei: *Em vez de sentir medo, vou me tornar algo a ser temido*. Se Dain não vai me dar poder, vou tomá-lo eu mesma.

Por não ter passado muito tempo na Corte das Sombras, não conheço bem os segredos desse lugar. Circulo pelos aposentos abrindo portas de madeira pesadas, abrindo armários, fazendo inventário dos suprimentos. Descubro uma despensa cheia de venenos e também de queijos e linguiças; uma sala de treinamento com serragem no chão, armas nas paredes e um boneco de madeira novinho no centro, o rosto pintado de forma rudimentar com um sorriso repugnante. Vou para o salão dos fundos, o qual tem quatro colchões no chão e algumas canecas e roupas espalhadas nos arredores. Não toco em nada até chegar na sala de mapas, que tem uma mesa. A mesa de Dain, cheia de pergaminhos, canetas e cera de lacre.

Por um momento, fico impressionada com a dimensão do que aconteceu. O príncipe Dain se foi, se foi para sempre. E o pai e as irmãs foram junto.

Volto para o salão principal e arrasto Cardan e a cadeira até o escritório de Dain, apoiando-o na porta aberta para poder ficar de olho nele. Pego uma besta pequena e algumas flechas na parede da sala de treinamento. Com a besta ao meu lado, armada e preparada, eu me sento na cadeira de Dain e apoio a cabeça nas mãos.

— Você pode me contar onde exatamente estamos, agora que estou amarrado para sua satisfação? — Tenho vontade de esmurrá-lo sem parar, até arrancar aquele sorrisinho arrogante de sua cara. Mas se eu fizesse isso, ele saberia quanto me assusta.

— Aqui é onde os espiões do príncipe Dain se reúnem — informo a ele, tentando afastar o medo. Preciso me concentrar. Cardan não é nada, é um instrumento, uma ferramenta de jogo.

Ele me olha de um jeito estranho, sobressaltado.

— Como você sabe disso? O que deu em você para me trazer aqui?

— Estou tentando decidir o que fazer agora — confesso com uma sinceridade desconfortável.

— E se algum dos espiões voltar? — pergunta ele, despertando do estupor e parecendo preocupado de verdade. — Vão descobrir você no esconderijo deles e...

Ele para de falar assim que vê meu sorrisinho e cai em um silêncio estupefato. Consigo ver o momento em que Cardan conclui que sou um deles. Que aqui é meu lugar.

Ele volta a ficar calado.

Finalmente. Finalmente eu o fiz reagir.

Faço uma coisa que jamais teria ousado antes. Reviro a mesa do príncipe Dain. Há montanhas de correspondência. Listas. Bilhetes que não foram destinados a Dain ou escritos por ele; provavelmente foram roubados. Mais coisa em andamento: movimentos, enigmas, propostas de leis. Convites formais. Cartas informais e inócuas, inclusive algumas de Madoc. Não sei bem o que estou procurando. Estou passando os olhos por tudo o mais rápido que consigo em busca de alguma coisa, qualquer coisa que possa me dar uma ideia de por que ele foi traído.

Em toda a minha vida, cresci pensando no Grande Rei e no príncipe Dain como nossos governantes inquestionáveis. Acreditei que Madoc era totalmente leal a eles; eu também era leal. E sabia que Madoc tinha sede de sangue. Acho que sabia que ele queria conquistar mais, mais guerras, mais batalhas. Mas achei que ele considerasse o desejo de guerra como parte de seu papel como general, enquanto parte do papel do Grande Rei era mantê-lo sob controle. Madoc falava sobre honra, sobre obrigação, sobre dever. Ele nos criou sob a chancela dessas coisas; parecia lógico que estivesse disposto a aguentar outros percalços.

Eu nem achava que Madoc *gostasse* de Balekin.

Volto a me lembrar da mensageira morta com a flecha disparada por mim e do bilhete no pergaminho: MATE O PORTADOR DESTA MENSAGEM. Era para enganar, para deixar os espiões de Dain ocupados correndo atrás do próprio rabo enquanto Balekin e Madoc planejavam agir no único lugar em que ninguém havia pensado — bem na cara de todo mundo.

— Você sabia? — pergunto a Cardan. — Sabia o que Balekin ia fazer? É por isso que ficou longe de sua família?

Ele solta uma gargalhada.

— Se pensa isso, por que acha que não corri direto para os braços amorosos de Balekin?

— Conte-me mesmo assim — peço.

— Eu não sabia — diz ele. — Você sabia? Afinal, Madoc é seu pai.

Pego uma barra comprida de cera na mesa de Dain, uma das pontas escurecida.

— Que importância tem o que digo? Posso mentir.

— Conte-me mesmo assim — zomba ele, e boceja.

Tenho vontade de socá-lo.

— Eu também não sabia — assumo, sem olhar para ele. Estou fitando a pilha de anotações, as marcas na cera macia, uma gravura do avesso. — E deveria.

Meu olhar se desvia para Cardan. Vou até ele, me agacho e começo a tirar seu anel real. Ele tenta puxar a mão, mas está preso de tal forma que não consegue. Eu arranco a joia de seu dedo.

Odeio como me sinto ao seu lado, o pânico irracional quando toco sua pele.

— Só estou pegando esse anel idiota emprestado — explico.

O sinete se encaixa perfeitamente na impressão da carta. Os anéis de todos os príncipes e princesas devem ser idênticos. Isso quer dizer que a marca de um é bem semelhante à de outro. Pego um pedaço de papel e começo a escrever.

— Será que não tem nada para beber aqui? — pergunta Cardan. — Imagino que o que vai acontecer agora não será particularmente confortável pra mim, e gostaria de ficar bêbado pra aguentar.

— Você acha mesmo que ligo se você está confortável? — pergunto.

Ouço passos e me levanto de trás da mesa. Um som de vidro se quebrando vem da sala comum. Enfio o anel de Cardan dentro do corpete, onde pesa contra minha pele, e sigo para o corredor. Barata derrubou uma fileira de potes da estante e rachou a madeira de um armário. Vidro quebrado e infusões derramadas cobrem o piso de pedra. Mandrágora. Serpentina. Delfino. Fantasma está segurando o braço de Barata, puxando-o para que não quebre mais coisas, mesmo com o filete de sangue escorrendo pela perna, com a rigidez dos movimentos. Fantasma esteve metido numa briga.

— Ei — cumprimento.

Os dois parecem surpresos em me ver. Ficam ainda mais surpresos quando reparam no príncipe Cardan amarrado a uma cadeira na porta da sala de mapas.

— Você não devia estar comemorando com seu pai? — provoca Fantasma com desprezo. Dou um passo para trás. Ele sempre foi um modelo de calma absoluta e nada natural. Mas nenhum dos dois parece calmo agora. — Bomba ainda está por aí, e os dois quase deram a vida para me libertar do calabouço de Balekin, só para dar de cara com você aqui, se gabando.

— Não! — protesto, me mantendo firme. — Pense bem. Se eu soubesse o que ia acontecer, se estivesse do lado de Madoc, a única maneira de eu estar aqui seria com um grupo de cavaleiros. Vocês teriam sido alvejados ao entrar pela porta. Eu não viria sozinha, arrastando um prisioneiro que meu pai adoraria fisgar.

— Calma, vocês dois. Todos estamos atordoados — diz Barata, olhando para o estrago que fez. Ele balança a cabeça e desvia a atenção para Cardan. Caminha até ele, observando o rosto do príncipe. Os lábios escuros de Barata se repuxam sobre os dentes em uma careta de avaliação. Quando se vira para mim, ele está nitidamente impressionado. — Se bem que parece que um de nós manteve a cabeça no lugar.

— Oi — diz Cardan, erguendo as sobrancelhas e olhando para Barata como se eles estivessem se sentando para beber chá juntos.

As roupas de Cardan estão bagunçadas e sujas por ter engatinhado embaixo das mesas e por ter sido capturado e amarrado. A famosa cauda está aparecendo por baixo da barra da camisa. É fina, quase pelada, com um tufo de pelos pretos na ponta. Enquanto a observo, a cauda faz um movimento depois do outro, serpenteando para a frente e para trás, traindo o rosto tranquilo de Cardan, contando sua história particular de incerteza e medo.

Agora entendo por que ele esconde aquela coisa.

— A gente devia matar ele — diz Fantasma, encolhido no corredor, o cabelo castanho-claro caído na testa. — Ele é o único membro da família real que pode coroar Balekin. Sem Cardan, o trono vai estar perdido para sempre, e nós teremos vingado Dain.

Cardan inspira fundo e solta o ar devagar.

— Eu preferiria viver.

— Nós não trabalhamos mais para Dain — lembra Barata a Fantasma, dilatando as narinas do nariz verde e comprido feito uma lâmina. — Dain está morto e não liga mais para tronos e coroas. Vamos vender o príncipe para Balekin pelo maior valor que conseguirmos e ir embora em seguida. Vamos viver entre as cortes baixas ou entre o povo livre. Há diversão e ouro. Venha junto, Jude. Se quiser.

A proposta é tentadora. Incendiar tudo. Fugir. Recomeçar em um lugar onde ninguém me conheça, só Fantasma e Barata.

— Eu não quero o dinheiro de Balekin. — Fantasma cospe no chão. — E, fora isso, o príncipe é inútil pra nós. Jovem demais, fraco demais. Se não for por Dain, vamos matá-lo em favor de todo Reino das Fadas.

— Jovem demais, fraco demais, mau demais — retruco.

— Esperem — pede Cardan. Eu o imaginei com medo muitas vezes, mas a realidade supera a imaginação. Ver a respiração dele se acelerar, o jeito como ele repuxa meus nós cuidadosos, me dá um grande prazer. — Esperem! Eu posso contar o que sei, tudo o que sei, qualquer coisa sobre Balekin, o que vocês quiserem. Se desejarem ouro e riquezas, posso conseguir pra vocês. Sei o caminho para o tesouro de Balekin. Tenho as dez chaves das dez trancas do palácio. Posso ser útil.

Só nos meus sonhos Cardan já esteve assim. Implorando. Infeliz. Impotente.

— O que você sabia sobre o plano do seu irmão? — pergunta Fantasma, se afastando da parede. Ele se aproxima, mancando.

Cardan balança a cabeça.

— Só que Balekin desprezava Dain. Eu também o desprezava. Ele era desprezível. Eu não sabia que ele tinha conseguido convencer Madoc daquilo.

— O que você quer dizer com desprezível? — pergunto, indignada, mesmo com o ferimento ainda em cicatrização na mão. A morte de Dain levou embora o ressentimento que eu nutria por ele.

Cardan me lança um olhar indecifrável.

— Dain envenenou o próprio filho, ainda no útero. Depois foi fazendo a cabeça de nosso pai até que não confiasse em ninguém além dele. Pergunte a eles... Os espiões de Dain sabem como ele fez Eldred acreditar que Elowyn estava tramando contra ele, o convenceu de que Balekin era um tolo. Dain orquestrou minha expulsão do palácio para eu precisar ser acolhido pelo meu irmão mais velho ou ficar sem casa na Corte. Ele até persuadiu Eldred a abdicar depois de envenenar o vinho dele aos poucos para que ficasse cansado e doente. A maldição da coroa não impede isso.

— Não pode ser verdade. — Penso em Liriope, na carta, no modo como Balekin queria provas sobre a origem do veneno. Mas Eldred não podia ter sido envenenado com cogumelo amanita.

— Pergunte aos seus amigos — diz Cardan, indicando Barata e Fantasma. — Foi um deles que administrou o veneno que matou a criança e a mãe.

Balanço a cabeça, mas Fantasma não me encara.

— Por que Dain faria isso?

— Porque ele era o pai da criança com uma consorte de Eldred, e tinha medo de que nosso pai descobrisse e escolhesse outro de nós para herdeiro. — Cardan parece satisfeito consigo por ter me surpreendido... *nos* surpreendido, pela expressão de Barata e Fantasma. Não gosto do jeito como estão olhando para Cardan agora, como se ele pudesse ter valor, afinal. — Nem o Rei do Reino das Fadas gosta de pensar no filho assumindo seu lugar na cama de uma amante.

Eu não deveria estar chocada com o fato de a Corte do Reino das Fadas ser tão corrupta e meio nojenta. Eu sabia disso, assim como sabia que Madoc era capaz de fazer coisas atrozes com os seus. Assim como sabia que Dain nunca foi um sujeito gentil. Ele me fez esfaquear minha própria mão, até varar. Ele me convocou por minha utilidade, mais nada.

O Reino das Fadas podia ser lindo, mas a beleza é comparável à carcaça de um corcel dourado cheio de larvas se contorcendo por baixo da pele, prontas para explodir.

Fico enjoada com o cheiro de sangue. Está no meu vestido, embaixo das minhas unhas, no meu nariz. Como posso ser pior do que os feéricos?

Venda o príncipe para Balekin. Reviro a ideia na mente. Balekin ficaria com uma dívida comigo. Então me tornaria membro da Corte, do jeito que eu quis um dia. Ele me daria qualquer coisa que eu pedisse, qualquer uma das coisas que Dain me ofereceu e mais: terras, um título de cavaleira, uma marca de amor na testa para que todos que me olhassem ficassem doentes de desejo, uma espada capaz de incitar feitiços a cada golpe.

Mas nenhuma dessas coisas parece tão valiosa agora. Nenhuma delas é um superpoder de verdade. O verdadeiro poder não é dado. O verdadeiro poder não pode ser tirado.

Penso em como seria ter Balekin como Grande Rei, o Círculo dos Quíscalos devorando todos os outros círculos de influência. Penso nos servos passando fome, em sua ordem para matar um deles como treinamento, na maneira como mandou Cardan levar uma surra enquanto declarava amor pela família.

Não, não consigo me enxergar servindo Balekin.

— O príncipe Cardan é *meu* prisioneiro — lembro a eles, andando de um lado a outro. Não sou boa em muita coisa, e me revelei boa em espionagem há pouco tempo. Não estou pronta para abrir mão disso. — Eu decido o que vai acontecer com ele.

Barata e Fantasma trocam olhares.

— A não ser que a gente lute — sugiro, porque eles não são meus amigos, e preciso me lembrar disso. — Mas eu tenho acesso a Madoc. Tenho acesso a Balekin. Sou a melhor chance de negociar um acordo.

— Jude — avisa Cardan da cadeira, mas já passei do ponto da cautela, principalmente quando o aviso vem dele.

Há um momento de tensão, mas Barata abre um sorriso.

— Não, garota, nós não vamos lutar. Se você tem um plano, fico feliz. Não sou muito bom em planejar coisas, a não ser jeitos de arrancar uma pedra preciosa de um lugar bonito. Você sequestrou o príncipe. Essa jogada é sua se você acha que dá conta.

Fantasma franze a testa, mas não o contradiz.

O que tenho que fazer é juntar as peças do quebra-cabeça. Tem uma coisa que ainda não faz sentido: por que Madoc está apoiando Balekin? Balekin é cruel e volátil, duas qualidades não muito estimadas em um monarca. Mesmo que Madoc acredite que Balekin vá dar a ele o que deseja, a impressão que tenho é de que ele poderia conseguir essas coisas de outro modo.

Penso na carta que encontrei na mesa de Balekin para a mãe de Nicasia: *Sei da proveniência do cogumelo amanita que você pede.* Por que, depois de tanto tempo, Balekin iria querer uma prova de que Dain orquestrou o assassinato de Liriope? E se ele tinha uma, por que não a levou para Eldred? A não ser que ele *tivesse* levado e Eldred não tivesse acreditado nele. Ou mesmo se importado. Ou... a não ser que a prova fosse para outra pessoa.

— Quando Liriope foi envenenada? — pergunto.

— Sete anos atrás, no mês das tempestades — diz Fantasma com um retorcer de lábios. — Dain me contou que havia recebido uma previsão sobre a criança. Isso é importante ou é só curiosidade sua?

— Qual foi a previsão? — insisto.

Ele balança a cabeça, como se a lembrança fosse indesejada, mas responde mesmo assim.

— Se o menino nascesse, o príncipe Dain nunca seria rei.

Que profecia típica de feéricos, que dá um aviso sobre o que você vai perder, mas não garante nada. O garoto está morto, mas o príncipe Dain nunca será rei de qualquer modo.

Que eu não seja esse tipo de tolo, que baseia as estratégias em enigmas.

— Então é verdade — diz Barata baixinho. — Foi você quem a matou. — Fantasma franze mais a testa. Não tinha me ocorrido até esse momento que eles podiam não estar cientes das tarefas uns dos outros.

Os dois parecem pouco à vontade. Eu me pergunto se Barata teria aceitado. E me pergunto o que significa o fato de Fantasma ter feito isso. Quando olho para ele agora, não sei bem o que vejo.

— Eu vou para casa — aviso. — Vou fingir que me perdi na festa de coroação e descobrir o que Cardan vale para eles. Volto amanhã e conto tudo para vocês e para Bomba, se ela já tiver voltado. Me deem um dia para ver o que posso fazer e jurem que não tomarão decisões até lá.

— Se Bomba tiver mais bom senso do que a gente, ela já sumiu do mapa. — Barata aponta para um armário. Sem dizer nada, Fantasma vai até lá, pega uma garrafa e coloca na mesa gasta de madeira. — Como vamos saber que você não vai nos trair? Mesmo que você esteja do nosso lado agora, pode voltar para aquela fortaleza de Madoc e repensar tudo.

Olho para Barata e para Fantasma de maneira especulativa.

— Vou ter que deixar Cardan aqui, o que quer dizer que estou confiando em vocês. Prometo não cometer traição, e vocês me prometam que o príncipe estará aqui quando eu voltar.

Cardan parece aliviado pela ideia de haver um adiamento, independentemente do que possa acontecer depois. Ou talvez só esteja aliviado pela presença da garrafa.

— Você pode nomear um novo rei — diz Fantasma. — Isso é sedutor. Você pode fazer Balekin ficar ainda mais endividado com seu pai.

— Ele não é meu pai — retruco rispidamente. — E se eu decidir que quero ficar ao lado de Madoc, bem, desde que vocês sejam pagos, não vai fazer diferença, vai?

— Acho que não — diz Fantasma meio carrancudo. — Mas se você voltar com Madoc ou qualquer outra pessoa, nós vamos matar Cardan. E depois vamos matar você. Entendido?

Faço que sim. Se não fosse o geas do príncipe Dain, eles poderiam ter me compelido. Claro que não sei se o geas ainda está valendo depois da morte de Dain, e estou com medo de descobrir.

— E se você demorar mais do que o pretendido, nós vamos matá-lo e acabar com tudo antes que piore — continua Fantasma. — Prisioneiros são como abrunhos. Quanto mais você fica com eles, menos valiosos se tornam. Com o tempo, acabam estragando. Um dia e uma noite. Não se atrase.

Cardan faz uma careta e tenta chamar minha atenção, mas eu o ignoro.

— De acordo — concordo, afinal não sou boba. Nenhum de nós está sentindo muita confiança no momento. — Desde que vocês jurem que Cardan vai estar aqui ileso quando eu voltar amanhã sozinha.

E como também não são bobos nem nada, eles juram.

CAPÍTULO 23

Não sei o que espero encontrar quando chegar em casa. É uma longa caminhada pelo bosque, mais longa ainda porque contorno a ilha para passar longe dos acampamentos dos feéricos que vieram para a coroação. Meu vestido está sujo e rasgado na barra, meus pés estão doloridos e gelados. Quando chego, a propriedade de Madoc está como sempre, tão familiar quanto meus próprios passos.

Penso em todos os outros vestidos pendurados no meu armário, esperando para serem usados, os sapatinhos prontos para dançarem pela pista. Penso no futuro que achei que teria e no outro que se escancarara à minha frente como um abismo.

No salão, vejo que há mais cavaleiros do que estou acostumada, entrando e saindo da sala de Madoc. Servos correm para lá e para cá levando canecas, tinteiros e mapas. Poucos se dignam a me olhar.

Há um grito do outro lado do salão. Vivienne. Ela e Oriana estão na sala. Vivi corre até mim e me abraça com força.

— Eu ia matá-lo — diz ela. — Eu ia matá-lo se esse plano idiota machucasse você.

Percebo que não me mexi. Levo a mão até os cabelos de Vivi, deixo os dedos escorregarem até o ombro.

— Estou bem — respondo. — Só fui levada pela multidão. Estou bem. Está tudo bem.

Claro que não está tudo bem. Mas ninguém tenta me contradizer.

— Onde estão os outros?

— Oak está na cama — responde Oriana. — E Taryn está na porta do escritório de Madoc. Ela já vai voltar para cá.

A expressão de Vivi muda ao ouvir isso, mas não sei muito bem como interpretá-la.

Subo a escada até meu quarto, onde lavo a tinta do rosto e a lama dos pés. Vivi vem atrás de mim e se empoleira em um banco. Os olhos de gato estão dourados à luz do sol que entra pela varanda. Ela permanece calada quando começo a pentear o cabelo, soltando os nós. Eu me visto de cores escuras, uma túnica azul-marinho com gola alta e mangas justas, botas pretas reluzentes e luvas novas cobrindo as mãos. Prendo Cair da Noite em um cinto mais pesado e discretamente guardo o anel com o selo real no bolso.

É tão surreal estar no meu quarto, com meus bichos de pelúcia, meus livros e minha coleção de venenos. Com o exemplar de Cardan de *Alice no País das Maravilhas* e *Alice através do espelho* na mesa de cabeceira. Uma nova onda de pânico me assola. Tenho que descobrir como transformar a captura do príncipe desaparecido em algo vantajoso. Aqui, no meu lar de infância, tenho vontade de rir da minha ousadia. Quem eu penso que sou?

— O que aconteceu com seu pescoço? — pergunta Vivi, franzindo a testa. — E qual é o problema na sua mão esquerda?

Tinha me esquecido do cuidado com que escondi os ferimentos.

— Não é nada, não depois de tudo o que aconteceu. Por que ele fez aquilo?

— Você quer dizer por que Madoc ajudou Balekin? — diz ela, baixando a voz. — Não sei. Política. Ele não liga pra matar. Não liga de ser o culpado pela morte da princesa Rhyia. Ele não está nem aí, Jude. Nunca ligou. É isso que faz dele um monstro.

— Madoc não pode estar querendo que Balekin governe Elfhame — digo. Balekin influenciaria o jeito como o Reino das Fadas interage com o mundo mortal, bem como a quantidade de sangue derramado e de quem. Todo o reino seria como a Mansão Hollow.

É nessa hora que ouço a voz de Taryn junto à escada.

— Locke está falando com Madoc há séculos. Ele não sabe onde Cardan está escondido.

Vivi fica imóvel e observa meu rosto.

— Jude... — começa ela. A voz é um sussurro.

— Provavelmente Madoc só está tentando deixá-lo com medo — diz Oriana. — Você sabe que ele não vai planejar um casamento no meio desse tumulto todo.

Antes que Vivi possa dizer qualquer outra coisa, antes que possa me segurar, corro para o topo da escada.

Relembro as palavras que Locke disse para mim depois que lutei no torneio e deixei Cardan irritado: *Porque você é como uma história que ainda não aconteceu. Porque quero ver o que vai fazer. Quero ser parte do desenrolar da história.* Quando ele disse que queria ver o que eu faria, se referia a descobrir o que aconteceria caso ele partisse meu coração?

Se não consigo encontrar alguma história boa o suficiente, eu invento uma.

As palavras de Cardan quando perguntei se ele achava que eu não merecia Locke ecoam na minha cabeça. *Ah, não,* dissera ele com um sorrisinho debochado. *Eu acho vocês perfeitos um para o outro.* E na coroação: *Hora de trocar de parceiros. Ah, roubei sua fala?*

Ele sabia. E como deve ter dado risada. Todos devem ter morrido de rir.

— Então parece que agora eu sei quem é seu namorado — digo para minha irmã gêmea.

Taryn ergue o olhar e fica pálida. Desço a escadaria lentamente, com cuidado.

Eu me pergunto se, quando Locke e os amigos ficaram rindo, ela também riu junto.

Todos os olhares estranhos, a tensão na voz dela quando eu falava sobre Locke, a preocupação sobre o que andei fazendo com ele no estábulo, o que fizemos na casa dele... de repente tudo faz um sentido grotesco. Sinto a pontada da traição.

Saco Cair da Noite da bainha.

— Eu desafio você — digo para Taryn. — A um duelo. Pela minha honra, que foi gravemente traída.

Taryn arregala os olhos.

— Eu queria contar — justifica ela. — Houve tantas vezes em que comecei a dizer alguma coisa, mas não consegui. Locke disse que, se eu conseguisse aguentar, seria um teste de amor.

Eu me lembro das palavras dele na festa: *Você me ama o suficiente para abrir mão de mim? Isso não é um teste de amor?*

Acho que ela passou no teste e eu não.

— Então ele pediu você em casamento — comento. — Enquanto a família real era massacrada. Que romântico.

Oriana arqueja baixinho, provavelmente com medo de Madoc me ouvir, de ele não gostar da minha interpretação. Taryn também está um pouco pálida. Acho que, como nenhuma delas viu, podem ter ouvido praticamente qualquer versão. Não é preciso mentir para enganar.

Minha mão aperta o cabo da espada.

— O que Cardan disse para fazer você chorar naquele dia em que voltamos do mundo mortal? — Eu me lembro das minhas mãos no gibão de veludo do príncipe, de suas costas batendo na árvore quando o empurrei. E depois, de quando ela negou que tivesse a ver comigo. Quando não quis me contar o motivo de sua tristeza.

Por um longo momento, Taryn só fica calada. Pela expressão em seu rosto, sei que não quer me contar a verdade.

— Era isso, não era? Ele sabia. Todos sabiam. — Penso em Nicasia sentada à mesa de jantar de Locke, parecendo por um momento confiar em mim. *Ele estraga as coisas. É disso que ele gosta. De estragar as coisas.*

Eu achei que ela estivesse se referindo a Cardan.

— Ele contou que chutou terra na sua comida por minha causa — diz Taryn, a voz baixa. — Locke os enganou para que pensassem que foi você quem o roubou de Nicasia. Então era você quem precisavam punir. Cardan disse que você estava sofrendo no meu lugar e que se você soubesse o motivo, recuaria, mas que eu não podia contar.

Por um longo momento, não faço nada além de pensar nas palavras de Taryn. Em seguida, jogo minha espada entre nós. O metal tilinta no chão.

— Pegue — digo a ela.

Taryn balança a cabeça.

— Eu não quero lutar contra você.

— Tem certeza disso? — Paro na frente dela, irritantemente próxima. Consigo sentir quanto Taryn está se coçando para agarrar meus ombros e me dar um safanão. Ela deve ter ficado enlouquecida por eu ter beijado Locke, por eu ter dormido na cama dele. — Acho que talvez queira, sim. Acho que você adoraria bater em mim. E sei que quero bater em você.

Tem uma espada pendurada na parede acima da lareira, abaixo de uma faixa de seda com o brasão de lua virada de Madoc. Subo em uma cadeira próxima, piso na prateleira acima da lareira e tiro a espada do gancho. Vai servir.

Então pulo no chão e me aproximo, apontando o aço para o coração de Taryn.

— Estou sem prática — diz ela.

— Eu não. — Diminuo a distância entre nós. — Mas você vai ficar com a espada melhor, e pode dar o primeiro golpe. É justo, mais do que justo.

Taryn fica me olhando por um tempão e finalmente pega Cair da Noite. Ela dá vários passos para trás e desembainha a espada.

Do outro lado da sala, Oriana se apruma com um arquejo. Mas não vem até a gente. Não tenta nos impedir.

Há tantas coisas quebradas que não sei como consertar. Mas sei lutar.

— Não sejam idiotas! — grita Vivi da sacada. Não posso dar muita atenção a ela. Estou concentrada demais em Taryn, que se desloca pelo piso. Madoc ensinou a nós duas e ensinou bem.

Ela golpeia.

Bloqueio a investida, nossas espadas se chocam. O metal ecoa pela sala como um sino.

— Foi divertido me enganar? Você gostou da sensação de ter alguma coisa a mais que eu? Gostou de ver que Locke estava flertando comigo e me beijando ao mesmo tempo que prometia que você seria esposa dele?

— Não! — Ela apara meus primeiros golpes com certo esforço, mas seus músculos ainda se lembram da técnica. Taryn mostra os dentes. — Eu odiei, mas não sou como você. Eu quero me encaixar neste lugar. Desafiá-los só piora as coisas. Você nunca me perguntou nada antes de se opor ao príncipe Cardan. Talvez ele tenha começado tudo por minha causa, mas foi você quem fez tudo continuar. Você não ligou para o que gerou para nós duas. Eu precisei provar a Locke que eu era diferente.

Alguns servos se reuniram para assistir.

Eu os ignoro, ignoro a dor nos braços por ter cavado um túmulo na noite anterior, ignoro o ardor do ferimento na palma da mão. Minha lâmina corta a saia de Taryn, quase chegando à pele. Ela arregala os olhos e cambaleia para trás.

Em seguida trocamos uma série de golpes rápidos. Ela está ofegante, pouco acostumada a ser enfrentada desse modo, mas também não recua.

Bato a lâmina na dela, sem lhe dar tempo de fazer mais do que se defender.

— Então foi *vingança*? — Nós lutávamos quando éramos mais jovens, com varas de treino. E, desde então, nos enveredamos por cabelos puxados, disputas de gritos e pirraças, mas nunca lutamos assim, nunca com aço vivo.

— Taryn! Jude! — grita Vivi, correndo até a escadaria em espiral. — Parem, ou serei obrigada a parar vocês.

— Você odeia os feéricos. — Os olhos de Taryn faíscam quando ela gira a espada em um golpe elegante. — Você nunca ligou para Locke. Ele era só mais uma coisa a tirar de Cardan.

Isso me abala o bastante para ela conseguir passar por minha guarda. A lâmina beija minha lateral antes de eu desviar de seu alcance.

Ela continua.

— Você me acha fraca.

— Você *é* fraca — acuso. — Você é fraca e patética, e eu...

— Eu sou um espelho — grita ela. — Eu sou o espelho para o qual você não quer olhar.

Avanço para Taryn outra vez, colocando todo o meu peso no golpe. Estou com tanta raiva, raiva de tantas coisas. Odeio ter sido burra. Odeio ter sido enganada. A fúria ruge na minha cabeça, alto o bastante para afogar todos os pensamentos.

Desço a espada em direção à lateral do corpo de Taryn em um arco reluzente.

— Eu disse *parem* — grita Vivi, o feitiço cintilando na voz feito uma rede. — Agora, *parem!*

Taryn parece murchar, relaxar os braços, deixar Cair da Noite ficar mole entre os dedos subitamente frouxos. Ela agora ostenta um sorriso vago nos lábios, como se estivesse ouvindo uma música ao longe. Tento controlar meu golpe, mas é tarde demais. Solto a espada, então. O impulso a joga do outro lado da sala, até bater em uma estante e derrubar uma cabeça de carneiro no chão. O impulso também me faz cair esparramada.

Eu me viro para Vivi, chocada.

— Você não tinha o direito. — Cuspo as palavras, na dianteira de outras mais importantes: *eu poderia ter cortado Taryn no meio.*

Ela parece tão atônita quanto eu.

— Você está usando algum amuleto? Vi você trocar de roupa e você não tinha nenhum.

O geas de Dain. Continuou valendo depois da morte dele.

Meus joelhos parecem ralados. Minha mão está latejando. Minha lateral arde no local onde Cair da Noite raspou minha pele. Estou furiosa por ela ter cessado a luta. Estou furiosa por ela ter tentado usar magia na gente. Eu me levanto. Respiro com dificuldade. Tem suor na minha testa, e meus membros estão tremendo.

Mãos me seguram por trás. Mais três servos se adiantam, se colocam entre a gente e agarram meus braços. Dois outros estão segurando Taryn, arrastando-a para longe de mim. Vivi sopra no rosto de Taryn e ela desperta, balbuciando.

É nessa hora que vejo Madoc diante de sua sala, os tenentes e cavaleiros em volta. E Locke.

Sinto um frio no estômago.

— Qual é o problema de vocês? — grita Madoc, raivoso de um jeito que eu nunca tinha visto. — Já não tivemos uma cota de mortes suficiente por hoje?

Parece uma coisa paradoxal de se dizer, considerando que ele foi a causa de boa parte do que aconteceu.

— Vocês duas vão me esperar na sala de jogos. — Só consigo pensar nele na plataforma, a lâmina cortando o peito do príncipe Dain. Não consigo encará-lo. Estou tremendo inteirinha. Quero berrar. Quero voar para cima dele. Sinto-me uma criança de novo, uma criança impotente num abatedouro.

Quero fazer alguma coisa, mas não faço nada.

Ele se vira para Gnarbone.

— Vá com elas. Cuide para que fiquem longe uma da outra.

Sou levada à sala de jogos e me sento no chão, a cabeça nas mãos. Quando as afasto, estão molhadas de lágrimas. Limpo os dedos rapidamente na calça, antes que Taryn possa ver.

Ficamos aguardando por pelo menos uma hora. Não troco nenhuma palavra com Taryn, que também não fala nada. Ela funga um pouco, limpa o nariz e não chora.

Para me animar, penso em Cardan amarrado na cadeira. Em seguida, penso em como ele me olhou pela cortina de cabelos pretos, nas beiradas curvas do sorriso bêbado, e não me sinto nem um pouco reconfortada.

Estou exausta e total e completamente derrotada.

Odeio Taryn. Odeio Madoc. Odeio Locke. Odeio Cardan. Odeio todo mundo. Só não odeio o suficiente.

— O que ele deu a você? — pergunto a Taryn, finalmente me cansando do silêncio. — Madoc me deu a espada que papai fez. A que você usou para lutar. Ele disse que tinha uma coisa pra você também.

Ela fica em silêncio por tempo suficiente para eu achar que não vai responder.

— Um conjunto de facas de carne. Supostamente, cortam até osso. A espada é melhor. Tem nome.

— Você pode botar nome nas facas de carne. Carnudo Sênior. Destruidor de Cartilagem — brinco, e ela solta um ronco que parece uma risada sufocada.

Mas, depois disso, voltamos a ficar em silêncio.

Finalmente, Madoc entra na sala, a sombra chegando antes, se espalhando no chão como um tapete. Ele joga Cair da Noite desembainhada no piso, à minha frente, depois se acomoda em um sofá com pernas em formato de pés de ave. O sofá range, desacostumado com tanto peso. Gnarbone assente para Madoc e sai.

— Taryn, eu gostaria de falar com você sobre Locke — começa Madoc.

— Você o machucou? — Ela mal disfarça o choro na voz. Amarga, eu me pergunto se ela está fingindo por causa de Madoc.

Ele ri, como se talvez estivesse pensando a mesma coisa.

— Quando ele pediu sua mão, me disse que embora os feéricos sejam instáveis, fato que já sei, ele ainda gostaria de ter você como esposa. Acho que isso quer dizer que você não vai encontrar nele uma pessoa particularmente constante. Ele não disse nada sobre o envolvimento com Jude, mas quando perguntei um momento atrás, ele me respondeu que "os sentimentos mortais são tão voláteis que é impossível não brincar um pouco com eles." Ele me disse que você, Taryn, mostrou que pode ser como nós. E, sem dúvida, o que quer que você tenha feito para provar sua lealdade a ele, foi a fonte do conflito entre você e sua irmã.

O vestido de Taryn está fofo a sua volta. Ela parece composta, embora tenha um pequeno corte na lateral do corpo e a saia esteja rasgada. Parece uma dama, isso se você não reparar demais nas curvas arredondadas das orelhas. Quando me permito pensar direito, não posso culpar Locke por escolhê-la. Sou violenta. Estou me envenenando há semanas. Sou assassina, mentirosa e espiã.

Entendo por que *ele* a escolheu. Só queria que *ela* tivesse me escolhido.

— O que você disse pra ele? — pergunta Taryn.

— Que nunca me percebi como particularmente instável — diz Madoc. — E que o achava indigno de vocês duas.

Taryn cerra as mãos junto às laterais do corpo, mas não há nenhum outro sinal de que esteja com raiva. Ela dominou uma espécie de compostura nobre que eu não tenho. Enquanto eu estudava com Madoc, a tutora dela foi Oriana.

— Você me proíbe de aceitá-lo?

— Não vai acabar bem — diz Madoc. — Mas não vou atrapalhar sua felicidade. Não vou nem atrapalhar a infelicidade que você mesma escolher.

Taryn não diz nada, mas o jeito como ela exala demonstra alívio.

— Vá — diz ele para ela. — E chega de brigar com sua família. Qualquer que seja o prazer que você encontra ao lado de Locke, sua lealdade ainda é para com sua família.

Eu me pergunto o que ele quer dizer com isso, quando fala de lealdade. Eu achava que Madoc fosse leal a Dain. Achei que estivesse jurado a ele.

— Mas ela... — começa Taryn, e Madoc levanta a mão, com a ameaça das unhas pretas curvas.

— Foi quem propôs o desafio? Quem enfiou uma espada em sua mão e a obrigou a brandi-la? Acha mesmo que sua irmã não tem honra, que cortaria você em pedacinhos com você parada e desarmada?

Taryn faz cara feia e empina o queixo.

— Eu não queria lutar.

— Então não lute no futuro — diz Madoc. — Não faz sentido lutar se você não tem a intenção de vencer. Pode ir. Deixe-me aqui para conversar com sua irmã.

Taryn se levanta e vai até a porta. Com a mão na maçaneta pesada de metal, ela se vira, como se prestes a dizer alguma coisa. A camaradagem que tivemos quando Madoc não estava aqui sumiu. Vejo no rosto de Taryn que ela quer que ele me castigue, mas acha que Madoc não vai fazer isso.

— Você devia perguntar a Jude onde está o príncipe Cardan — diz ela, os olhos semicerrados. — Na última vez que o vi, os dois estavam dançando juntos.

Com isso, ela sai, me deixando com o coração disparado e o selo real queimando em meu bolso. Ela não sabe. Só está sendo maldosa, só está tentando me encrencar com um disparo final. Não consigo acreditar que Taryn revelaria alguma coisa caso soubesse.

— Vamos falar sobre seu comportamento hoje — diz Madoc, se inclinando para a frente.

— Vamos falar sobre o *seu* comportamento — retruco.

Ele suspira e passa a mão pelo rosto.

— Você estava lá, não estava? Tentei tirar todos de lá para que vocês não precisassem ver.

— Pensei que você amasse o príncipe Dain. Pensei que você fosse amigo dele.

— Eu o amava bastante — responde Madoc. — Mais do que vou amar Balekin. Mas existem outros que exercem poder sobre minha lealdade.

Penso novamente nas peças do meu quebra-cabeças, nas respostas que vim buscar em casa. O que Balekin poderia ter oferecido ou prometido a Madoc a ponto de persuadi-lo a agir contra Dain?

— Quem? — questiono. — O que poderia valer tanta morte?

— Chega — rosna ele. — Você ainda não está no meu conselho de guerra. Vai saber o que há para saber com o tempo. Até lá, quero garantir que, embora as coisas estejam confusas, meus planos não foram alterados. O que preciso agora é do príncipe caçula. Se você souber onde Cardan está, posso fazer com que Balekin ofereça uma bela recompensa. Uma posição na corte dele. E a mão de qualquer pessoa que você queira. Ou o coração ainda palpitante de qualquer pessoa que você despreze.

Olho para ele com surpresa.

— Você acha que eu tiraria Locke de Taryn?

Ele dá de ombros.

— Parecia que você queria arrancar a cabeça de Taryn do pescoço. Ela enganou você. Não sei o que você poderia considerar uma punição adequada.

Por um momento, ficamos apenas nos olhando. Ele é um monstro, então, se eu quisesse fazer alguma coisa muito ruim, ele não me julgaria por isso. Não muito, pelo menos.

— Se quiser meu conselho — diz Madoc lentamente —, o amor não cresce bem se alimentado pela dor. Aceite que pelo menos isso eu sei. Eu amo você, e também amo Taryn, mas não acho que ela seja adequada para Locke.

— E eu sou? — Não consigo evitar pensar que a ideia que Madoc tem de amor não parece muito confiável. Ele amava minha mãe. Amava o príncipe Dain. O amor dele por nós é capaz de nos render tanta proteção quanto rendeu a eles.

— Não acho *Locke* adequado para *você*. — Ele abre um sorriso. — E se sua irmã estiver certa e você souber onde o príncipe Cardan está, entregue-o a mim. Ele é um almofadinha, não serve de nada com a espada. É encantador, de certa forma, e também é inteligente, mas nada que valha a pena proteger.

Jovem demais, fraco demais, mau demais.

Penso de novo no golpe que Madoc planejou com Balekin e me pergunto qual deveria ser a conclusão original das coisas. Matar os dois mais velhos, os que tinham influência. Depois disso, claro que o Grande Rei cederia e colocaria a coroa na cabeça do príncipe com mais poder, aquele que tinha os militares ao seu lado. Talvez contra a vontade, mas depois de ameaçado, Eldred coroaria Balekin. Só que ele não fez isso. Balekin tentou forçar a barra, e todo mundo morreu.

Todo mundo, menos Cardan. O tabuleiro ficou quase sem nenhum jogador

Esse não pode ser o jeito como Madoc imaginava que as coisas seriam. Mas, mesmo assim, me lembro de suas lições sobre estratégia. Todos os resultados de um plano devem levar à vitória.

Só que ninguém consegue se planejar para todas as variáveis. Isso é ridículo.

— Eu achei que você fosse fazer um sermão sobre não lutar com espadas dentro de casa — recomeço, tentando desviar a conversa do paradeiro de Cardan. Recebi exatamente o que prometi à Corte das Sombras: uma proposta. Agora só tenho que decidir o que fazer com ela.

— Preciso dizer que se a lâmina tivesse atingido e machucado Taryn, você passaria o restante de seus dias se lamentando? De todas as lições que dei a vocês, pensei que esta seria a que ensinei com mais precisão. — O olhar dele está fixo no meu. Ele está falando sobre minha mãe. Está falando sobre ter assassinado minha mãe.

Não consigo responder nada.

— É uma pena você não ter descontado essa raiva em alguém que merecesse mais. Em épocas assim, os feéricos somem. — Ele me dá um olhar cheio de significado.

Ele está me dizendo que não tem problema eu matar Locke? Eu me pergunto o que Madoc diria caso soubesse que já matei um nobre. Se eu mostrasse o corpo. Aparentemente, talvez eu ganhasse um *parabéns*.

— Como você dorme à noite? — pergunto. É uma coisa péssima de se dizer, e sei que só estou falando isso porque ele me mostrou como estou próxima de me tornar tudo o que mais desprezo nele.

Madoc franze a testa e me olha como se estivesse avaliando que tipo de resposta dar. Imagino como ele deve me ver, uma garotinha emburrada o julgando.

— Alguns são bons com instrumentos de sopro ou tintas. Alguns têm habilidade no amor — diz ele por fim. — Meu talento é para a guerra. A única coisa que me manteve acordado foi negar isso.

Eu faço que sim lentamente.

Ele se levanta.

— Pense no que eu disse. E pense em quais são seus verdadeiros talentos.

Nós dois sabemos o que isso quer dizer. Nós dois sabemos no que eu sou boa, o que eu sou; acabei de perseguir minha irmã lá embaixo com uma espada. Mas o que fazer com esse talento é a grande questão.

Quando saio da sala de jogos, percebo que Balekin deve ter chegado com seus criados. Cavaleiros com seu uniforme — três aves risonhas estampadas no tabardo — estão em posição de sentido no salão principal.

Eu passo por eles e subo a escadaria, arrastando a espada atrás de mim, exausta demais para qualquer outra coisa.

Percebo que estou com fome, mas estou enjoada demais para comer. Ficar de coração partido é assim? Não sei se estou chateada por causa de Locke, ou se pelo mundo como era antes de a coroação começar. Mas se pudesse desfazer a passagem dos dias, por que não voltar para antes de eu matar Valerian, por que não voltar a quando meus pais estavam vivos, por que não voltar para o começo?

Ouço uma batida e minha porta é aberta sem que haja qualquer sinalização da minha parte. Vivi entra carregando um prato de madeira com um sanduíche e uma garrafa de vidro âmbar com rolha.

— Sou uma imbecil. Sou uma idiota — digo. — Eu assumo. Não precisa me dar sermão.

— Achei que você fosse pegar no meu pé por causa do feitiço — diz ela. — Sabe qual é, aquele ao qual você resistiu.

— Você não devia fazer magia nas suas irmãs. — Tiro a rolha da garrafa e bebo um gole caprichado de água. Eu não tinha percebido o quanto estava com sede. Bebo mais e quase esvazio o recipiente de uma vez só.

— E você não devia tentar cortar a sua no meio. — Ela se acomoda nos meus travesseiros, nos meus bichos de pelúcia. Distraidamente, pega a cobra e mexe no bifurcado da língua de feltro. — Eu achava que tudo isso, o jogo de espadas, essa coisa de ser cavaleira... eu achava que tudo fosse só uma brincadeira.

Eu me lembro da raiva que ela sentiu quando Taryn e eu cedemos ao Reino das Fadas e começamos a nos divertir. Com coroas de flores na cabeça, disparando flechas no céu. Comendo violetas açucaradas e adormecendo com a cabeça apoiada em troncos. Éramos crianças. Crianças podem rir o dia inteiro, e ainda assim chorar até dormir à noite. Mas segurar uma espada nas mãos, uma espada como a que matou nossos pais, e achar que era um brinquedo... Ela teria que acreditar que eu era desalmada.

— Não é — falei finalmente.

— Não — reforça Vivi, enrolando a cobra de pelúcia no gato de pelúcia.

— Ela contou para você a respeito dele? — quero saber, me acomodando ao lado dela na cama. É bom me deitar, talvez bom até demais. Fico sonolenta na mesma hora.

— Eu não sabia que Taryn estava com Locke — diz Vivi, me oferecendo deliberadamente a frase inteira para eu não ter que me perguntar se ela está tentando me enganar. — Mas não quero falar sobre Locke. Esqueça ele. Quero ir embora do Reino das Fadas com você. Esta noite.

Isso me faz me sentar ereta.

— O quê?

Ela ri da minha reação. É um som tão normal, tão completamente descompassado comparado ao alto nível de drama dos dois últimos dias.

— Achei que isso surpreenderia você. Olha, o que quer que aconteça aqui agora, não vai ser bom. Balekin é um babaca. E é burro, além de tudo. Você devia ter ouvido papai xingando no caminho até em casa. Vamos embora.

— E Taryn? — pergunto.

— Eu já falei com ela, e não vou dizer se ela concordou em vir ou não. Quero que você responda por *você*. Jude, escute. Sei que está guardando segredos. Tem alguma coisa deixando você doente. Você está mais pálida e mais magra, e seus olhos estão com um brilho estranho.

— Eu estou bem — insisto.

— Mentirosa — diz ela, mas a acusação não tem vigor. — Sei que você está presa aqui no Reino das Fadas por minha causa. Sei que as piores coisas que aconteceram na sua vida foram por minha causa. Você nunca expressou isso, o que é gentileza sua, mas eu sei. Você teve que se transformar em outra coisa e conseguiu. Às vezes, quando olho em sua direção, não sei nem dizer se você saberia ser humana de novo.

Não sei como lidar com isso, um elogio e um insulto de uma vez só. Mas, por trás, há uma sensação de profecia.

— Você se encaixa aqui melhor do que eu — continua Vivi. — Mas aposto que tem um custo.

Não gosto de imaginar a vida que poderia ter tido, a vida sem magia. Aquela na qual eu deveria estudar em uma escola comum e aprender coisas comuns. Na qual eu teria um pai e uma mãe vivos. Na qual minha irmã mais velha é que seria considerada a esquisitona. Na qual eu não sentiria tanta raiva. Na qual minhas mãos não estariam manchadas de sangue. Eu a imagino agora e me sinto estranha e toda tensa, meu estômago embrulhado.

O que sinto é pânico.

Quando os lobos vierem para aquela Jude, ela será comida em um instante... e os lobos sempre vêm. Fico assustada ao pensar em mim mesma tão vulnerável. Mas, pelo andar das coisas agora, estou quase me tornando um dos lobos. Qualquer que seja a coisa essencial que a outra Jude possui, qualquer que seja a parte inteira dela e danificada em mim, essa coisa pode ser irrecuperável. Vivi está certa; tem um preço ser do jeito que sou. Mas não sei qual é. E não sei se consigo recuperar. Não sei nem se quero.

Mas talvez eu possa tentar.

— O que a gente faria no mundo mortal? — pergunto.

Vivi sorri e empurra o prato com o sanduíche na minha direção.

— Iria ao cinema. Visitaria cidades. Aprenderia a dirigir. Muitos feéricos não vivem nas cortes, não se envolvem com política. Nós poderíamos viver como quiséssemos. Em um loft. Em uma árvore. O que você quiser.

— Com Heather? — Pego o sanduíche e dou uma mordida enorme. Cordeiro fatiado e folhas de dente-de-leão em conserva. Meu estômago ronca.

— Espero que sim — diz ela. — Você pode me ajudar a explicar as coisas pra ela.

Então me ocorre pela primeira vez que, quer ela saiba ou não, Vivi não está sugerindo fugir para ser *humana*. Está sugerindo que a gente viva como os feéricos selvagens, no meio dos mortais, mas não com eles. Nós roubaríamos o creme de suas xícaras e as moedas de seus bolsos. Mas não nos estabeleceríamos nem teríamos empregos chatos. Não Vivi, pelo menos.

Fico pensando o que Heather vai achar disso.

Quando a questão do príncipe Cardan estiver resolvida, o que vai acontecer? Mesmo que eu descubra o mistério das cartas de Balekin, ainda não há lugar bom para mim. A Corte das Sombras vai debandar. Taryn vai se casar. Vivi vai embora. Eu poderia ir com ela. Poderia tentar entender o que está danificado em mim, tentar recomeçar.

Penso na proposta de Barata, de ir com eles para outra corte. De recomeçar no Reino das Fadas. As duas coisas soam como uma desistência, mas o que mais há para se fazer? Achei que quando chegasse em casa, elaboraria um plano, mas até agora nada.

— Eu não poderia ir hoje — digo com hesitação.

Vivi arqueja e leva a mão ao peito.

— Você está pensando de verdade no assunto.

— Tem coisas que preciso terminar. Me dê um dia. — Fico negociando pela mesma coisa sem parar: tempo. Mas em um dia terei acertado as coisas com a Corte das Sombras. Providências serão tomadas para Cardan. De uma forma ou de outra, tudo vai ser resolvido. Vou arrancar o pagamento que puder deste reino. E se continuar sem plano, vai ser tarde demais para elaborar um. — O que é um dia na sua vida eterna, infinita e interminável?

— Um dia para decidir ou um dia para fazer as malas?

Dou mais uma mordida no sanduíche.

— As duas coisas.

Vivi revira os olhos.

— Só tenha em mente que no mundo mortal não vai ser como é aqui. — Ela caminha até a porta. — *Você* não teria que ser como é aqui.

Ouço os passos de Vivi no corredor. Dou outra mordida no sanduíche. Mastigo e engulo, mas não sinto gosto nenhum.

E se o jeito como eu sou aqui for o jeito como eu sou e ponto? E se, quando tudo for diferente, eu permanecer igual?

Tiro o anel real de Cardan do bolso e o coloco no meio da palma. Eu nem devia estar com isto. Mãos mortais não deviam segurá-lo. Até olhar de pertinho parece errado, mas olho mesmo assim. O ouro é tomado por uma vermelhidão intensa, e as beiradas estão gastas pelo uso constante. Tem um pouco de cera presa no relevo, e tento arrancá-la com o canto da unha. Fico pensando no quanto este anel valeria no mundo dos humanos.

Antes que consiga me persuadir a não fazê-lo, eu o coloco no meu dedo indigno.

CAPÍTULO

24

Acordo na tarde seguinte sentindo gosto de veneno. Peguei no sono de roupa, encolhida em volta da bainha de Cair da Noite.

Embora não queira, vou até a porta de Taryn e bato. Tenho que dizer alguma coisa para ela antes que o mundo vire de cabeça para baixo de novo. Preciso resolver as coisas entre nós. Mas ninguém atende, e quando giro a maçaneta e entro, encontro o quarto vazio.

Sigo para os aposentos de Oriana, torcendo para que ela saiba onde posso encontrar Taryn. Espio pela porta aberta e a vejo na sacada, admirando as árvores e o lago. O vento balança seus cabelos como a um estandarte descorado. Infla o vestido fino.

— O que você está fazendo? — pergunto ao entrar.

Oriana se vira, surpresa. E é para estar mesmo. Acho que nunca a procurei antes.

— Meu povo já teve asas — diz ela, a vontade evidente na voz. — E, apesar de nunca ter tido um par, às vezes sinto falta delas.

Queria saber se, quando se imagina com asas, Oriana se vê voando pelos céus, para longe disso tudo.

— Você viu Taryn? — Tem trepadeiras enroladas nos dosséis da cama de Oriana, os caules de um verde vívido. Há flores azuis penduradas acima do colchão onde ela dorme, formando um toldo ricamente perfumado. Não há nenhum lugar para sentar que não esteja coberto de plantas. Tenho dificuldade para imaginar Madoc à vontade aqui.

— Ela foi para a casa do noivo, mas eles estarão na mansão do Grande Rei Balekin amanhã. Você também vai. Ele vai oferecer um banquete para seu pai e alguns governantes Seelie e Unseelie. Esperamos que vocês sejam menos hostis uma com a outra.

Não consigo nem imaginar o horror, o constrangimento de estar vestida com roupas finas, o cheiro de fruta feérica denso no ar, enquanto tenho que fingir que Balekin é qualquer coisa diferente de um monstro assassino.

— Oak vai? — quero saber, e sinto a primeira pontada de sofrimento genuína. Se for embora, eu não vou ver Oak crescer.

Oriana junta as mãos e caminha até a penteadeira. As joias dela estão penduradas lá: pedaços de ágata em correntes compridas de contas rudimentares de cristal, gargantilhas com pedras da lua, heliotropos verde-escuros em cordões e um pingente de opala, intenso como fogo à luz do sol. E, em uma bandeja de prata, ao lado de um par de brincos de rubis no formato de estrelas, há uma bolota dourada.

Uma bolota dourada, gêmea da que encontrei no bolso do vestido que Locke me emprestou. O vestido que foi da mãe dele. Liriope. A mãe de Locke. Penso nos vestidos excêntricos e alegres dela, no quarto coberto de poeira. Em como a bolota do bolso dela se abriu e revelou uma ave dentro.

— Tentei convencer Madoc de que Oak era pequeno demais e que o jantar vai ser chato, mas ele insiste para que o filho vá. Talvez você possa se sentar ao lado dele e distraí-lo.

Penso na história de Liriope, que Oriana me contou quando achou que eu estava ficando envolvida demais com o príncipe Dain. Oriana foi consorte do Grande Rei Eldred antes de se tornar esposa de Madoc. Penso no motivo de ela precisar fazer um casamento rápido, no que ela pode ter tido que esconder.

Penso no bilhete que encontrei na mesa de Balekin, o que continha a caligrafia de Dain, um soneto para uma dama com *cabelo de alvorecer* e *olhar estrelado*.

Penso no que a ave disse: *Minha querida amiga, essas são as últimas palavras de Liriope. Tenho três pássaros dourados para espalhar. Três tentativas para que um chegue em suas mãos. Meu estado já está muito além da capacidade de qualquer antídoto, e se você ouvir isto, deixo com você o peso de meus segredos e o último desejo em meu coração. Proteja--o. Leve-o para longe dos perigos desta Corte. Faça com que ele fique em segurança e nunca, nunca conte a ele a verdade do que aconteceu comigo.*

Penso de novo em estratégia, em Dain e Oriana e Madoc. Lembro-me de quando Oriana chegou aqui. De como Oak nasceu após um breve espaço de tempo, e que não tivemos permissão para vê-lo durante meses porque ele era muito frágil e doente. Que ela sempre foi protetora com ele perto da gente, mas talvez tenha sido por determinado motivo e eu supus que fosse por outro.

Assim como supus que o filho que Liriope queria que a amiga protegesse fosse Locke. Mas e se o bebê que ela estava gestando não morreu com ela?

Sinto como se tivessem roubado meu ar, como se emitir qualquer palavra fosse uma luta contra o oxigênio em meus pulmões. Não consigo acreditar no que estou prestes a dizer, mesmo sabendo que é a conclusão que faz sentido.

— Oak não é filho de Madoc, é? Ou, pelo menos, tão filho de Madoc quanto eu.

Se o menino nascer, o príncipe Dain nunca será rei.

Oriana tapa minha boca. Sua pele tem cheiro de brisa depois de uma nevasca.

— Não diga isso. — Ela fala perto do meu rosto, a voz trêmula. — Nunca mais repita isso. Se você já amou Oak na vida, não diga essas palavras.

Eu afasto a mão dela.

— O príncipe Dain era o pai dele, Liriope era a mãe. Oak foi o motivo para Madoc apoiar Balekin, o motivo para querer Dain morto. E, agora, ele é a chave para a coroa.

Ela arregala os olhos e pega minha mão fria. Oriana jamais me pareceu tão singular, uma criatura de conto de fadas, pálida como um fantasma.

— Como você pode saber disso? Como pode saber qualquer uma dessas coisas, criança humana?

Eu achava que o príncipe Cardan era o indivíduo mais valioso em todo o reino. Eu não fazia ideia.

Rapidamente, fecho a porta e isolo a sacada. Ela me observa e não protesta.

— Onde ele está agora? — pergunto.

— Oak? Com a babá — sussurra ela, me puxando para o pequeno divã no canto, com estampa de brocado de cobra e coberto de pele. — Fale rápido.

— Primeiro, me conte o que aconteceu sete anos atrás.

Oriana respira fundo.

— Você pode achar que eu teria ciúmes de Liriope por ser outra consorte de Eldred, mas não era o caso. Eu a amava. Ela estava sempre rindo, era impossível não amá-la. Apesar de o filho de Liriope ter se colocado entre você e Taryn, não consigo deixar de amá-lo um pouco por causa dela.

Eu me pergunto como foi para Locke saber que sua mãe era amante do Grande Rei. Fico dividida entre pena e um desejo de que a vida dele tenha sido a mais infeliz possível.

— Nós éramos confidentes — continua Oriana. — Ela me contou quando começou o caso com o príncipe Dain. Não pareceu estar levando nada a sério. Acho que ela amou muito o pai de Locke. Dain e Eldred eram namoricos, distrações. Nossa espécie não se preocupa muito com descendentes, você sabe. O sangue feérico é ralo. Acho que não passou pela cabeça que ela poderia ter um segundo filho apenas uma década depois de ter tido Locke. Alguns de nós esperam séculos entre um filho e outro. Alguns de nós nunca têm nenhum.

Eu faço que sim. É por isso que os homens e mulheres humanos são a necessidade pouco apreciada que são. Sem o fortalecimento deles para a linhagem, os feéricos se extinguiriam, apesar da duração interminável de suas vidas.

— O cogumelo amanita é um método de homicídio horroroso — diz Oriana, a mão no pescoço. — Você começa a ficar lenta, os membros tremem até você não conseguir mais se mexer. Mas continua consciente até tudo dentro de você parar, como um mecanismo paralisado. Imagine o horror disso, imagine ter esperanças de ainda se mexer, imagine se esforçar para se mexer. Quando a mensagem dela chegou a mim, Liriope já estava morta. Eu cortei... — A voz de Oriana falha. Sei qual deve ser o restante da frase. Ela deve ter cortado a barriga de Liriope para tirar a criança. Não consigo imaginar Oriana fazendo uma coisa tão brutal e corajosa: encostando a ponta da faca na carne, encontrando o ponto certo e cortando. Tirando uma criança de um útero, segurando o corpinho molhado contra o dela. Mas quem mais poderia ter feito isso?

— Você o salvou — digo, porque se ela não quiser falar sobre essa parte, não precisa.

— Eu o batizei por causa da bolota de carvalho de Liriope — revela ela, a voz pouco mais de um sussurro. — Meu pequeno Oak dourado, como carvalho.

Eu queria tanto acreditar que estar a serviço de Dain era uma honra, que ele era alguém que valia ser seguido. É nisso que dá ansiar tanto por uma coisa: você se esquece de verificar se está podre antes de engolir.

— Você sabia que foi Dain quem envenenou Liriope?

Oriana balança a cabeça.

— Não, por muito tempo. Poderia ter sido outra amante de Eldred. Ou Balekin; houve boatos de que o responsável tinha sido ele. Eu até me perguntei se poderia ter sido Eldred, se ele a havia envenenado por se envolver com seu filho. Mas então Madoc descobriu que Dain tinha conseguido o cogumelo amanita. Ele insistiu para que eu não deixasse Oak chegar perto do príncipe. Ficou furioso, com uma raiva apavorante que eu nunca tinha visto.

Não é difícil entender por que Madoc ficaria furioso com Dain. Madoc, que já tinha achado que a esposa e a filha estivessem mortas. Madoc, que amava Oak. Madoc, que nos lembrava sem parar que a família vinha antes de tudo.

— E você se casou com Madoc porque ele poderia te proteger? — Só tenho lembranças indistintas de quando ele cortejou Oriana, depois os dois fizeram seus juramentos e logo havia uma criança a caminho. Talvez eu tivesse achado um tanto incomum, mas qualquer um pode ter sorte. E me pareceu azar na época, porque Taryn e eu ficamos com medo do que o bebê significaria para nós. Nós achamos que Madoc poderia se cansar da gente e nos largar em algum lugar com o bolso cheio de ouro e bilhetes presos em nossas blusas. Ninguém suspeita do infortúnio do destino.

Oriana olha pelas portas de vidro, para o vento soprando as árvores.

— Madoc e eu temos um acordo. Nós não fingimos um para o outro.

Não tenho ideia do que isso quer dizer, mas parece levar a um casamento frio e cuidadoso.

— E qual é a jogada dele? — pergunto. — Imagino que ele não pretenda que Balekin fique no trono por muito tempo. Acho que consideraria uma espécie de crime contra a estratégia deixar um ato tão óbvio inexplorado.

— O que você quer dizer? — Ela parece sinceramente perplexa. Eles não fingem para o outro, tá bom.

— Madoc vai colocar Oak no trono — digo a ela, como se fosse óbvio. Porque é óbvio. Não sei como ele pretende fazer isso, nem quando, mas tenho certeza de que pretende. Claro que sim.

— Oak — diz ela. — Não, não, não. Jude, não. Ele é uma criança.

Leve-o para longe dos perigos desta Corte. Foi o que disse o recado de Liriope. Talvez Oriana devesse ter ouvido.

Eu me lembro do que Madoc nos disse à mesa de jantar séculos atrás, que o trono fica vulnerável durante uma troca de poder. O que quer que ele pretendesse (e agora estou me perguntando se ele esperava que tanto Dain quanto Balekin morressem, assim o Grande Rei cancelaria a coroação e Madoc ficaria livre para fazer uma jogada diferente), ele deve ter visto a oportunidade à frente, com apenas três pessoas da realeza sobrando. Se Oak se tornasse o grande Rei, Madoc poderia ser regente. E governaria até Oak chegar à maioridade.

E então, quem sabe o que poderia acontecer? Se ele conseguisse manter Oak sob controle, poderia governar para sempre.

— Eu também já fui apenas uma criança — argumento. — Acho que Madoc não estava muito preocupado com o que eu era capaz de aguentar na época, e não creio que ele fique muito preocupado com Oak agora.

Não é que eu ache que ele não ame Oak. Claro que ama. Ele também me ama. Amou minha mãe. Mas Madoc é o que é. Não tem como se desvencilhar de sua natureza.

Oriana segura minha mão e a aperta com força suficiente para as unhas afundarem na minha pele.

— Você não entende. Reis infantes não sobrevivem muito, e Oak é um menino frágil. Ele era pequeno demais quando foi trazido para este mundo. Nenhum rei ou rainha de corte alguma vai baixar a cabeça para ele. Ele não foi criado para esse fardo. Você precisa impedir que aconteça.

O que Madoc poderia fazer com tanto poder à disposição? O que eu poderia fazer com um irmão no trono? E eu realmente tenho como colocá-lo lá. Tenho a carta da vitória para jogar, porque embora Balekin não fosse querer coroar Oak, aposto que Cardan não ofereceria resistência. Eu poderia tornar meu irmão o Grande Rei e eu mesma uma princesa. Todo esse poder está bem aí, pronto para ser tomado. Tudo o que preciso fazer é estender a mão.

Tem algo de curioso nessa questão da ambição: você pode pegá-la como uma febre, mas não é tão fácil se livrar dela. Houve uma época em que eu ficava satisfeita em esperar para me tornar cavaleira e para obter poder a fim de obrigar Cardan e os amigos a me deixarem em paz. Eu só queria encontrar um lugar para mim nesse reino.

Agora eu me pergunto como seria escolher o próximo rei.

Penso na maré de sangue escorrendo pela plataforma de pedra até o piso de terra batida da colina. Escorrendo até a base da coroa, de modo que, quando Balekin a ergueu, suas mãos ficaram sujas. Imagino a coroa na cabeça de Oak e me encolho com a imagem.

Também me lembro de como foi ser enfeitiçada por Oak. Sem parar, estapeando minha bochecha até ficar vermelha e quente e ardida. Um hematoma surgiu na manhã seguinte, um hematoma que demorou uma semana para sumir. É isso que as crianças fazem quanto obtêm poder.

— O que faz você achar que posso impedir alguma coisa? — indago.

Oriana não solta minha mão.

— Você disse uma vez que eu estava enganada a seu respeito, que você jamais faria mal a Oak. Diga, você *é capaz* de fazer alguma coisa? Existe alguma chance?

Eu não sou um monstro, eu disse a ela na época em que afirmei que jamais faria mal a Oak. Mas talvez ser um monstro seja minha vocação.

— Talvez — digo, o que não é resposta.

Quando estou saindo, vejo meu irmãozinho. Ele está no jardim, colhendo um buquê de dedaleiras. Oak está rindo, a luz do sol deixando o cabelo castanho de um tom dourado. Quando a babá vai em sua direção, ele sai correndo.

Aposto que ele nem faz ideia de que aquelas flores são venenosas.

CAPÍTULO

25

Sou recebida por gargalhadas quando volto à Corte das Sombras. Estou esperando encontrar Cardan do jeitinho que o deixei, intimidado e calado, talvez ainda mais infeliz do que antes. Mas as mãos dele foram desamarradas, e ele está à mesa, jogando cartas com Barata, Fantasma... e Bomba. No centro tem uma pilha de joias e uma jarra de vinho. Há duas garrafas vazias embaixo da mesa, o vidro verde capturando a luz da vela.

— Jude — diz Bomba com alegria. — Senta aqui! Vamos botar você no jogo.

Fico aliviada por vê-la ilesa. Mas nada mais no cenário é bom.

Cardan sorri para mim como se tivéssemos sido grandes amigos a vida toda. Eu tinha me esquecido do quanto ele pode ser encantador... e do quanto isso é perigoso.

— O que vocês estão fazendo? — explodo. — Ele devia estar amarrado! Cardan é nosso *prisioneiro*!

— Não se preocupe. O que ele vai fazer? — pergunta Barata. — Você acha mesmo que ele dá conta de passar por nós três?

— Não me importo de usar só uma das mãos — diz Cardan. — Mas se vocês forem amarrar as duas, vão ter que derramar o vinho direto na minha boca.

— Ele nos contou onde o velho rei guardava as garrafas boas — explica Bomba, afastando o cabelo branco do rosto. — Sem contar um depósito de joias que pertenceram a Elowyn. Ele imaginou que no meio de toda aquela confusão, ninguém perceberia se sumisse, e até agora ninguém percebeu mesmo. Foi o trabalho mais fácil que Barata já fez.

Tenho vontade de gritar. Eles não deviam gostar de Cardan, mas por que não gostariam? Ele é um príncipe que os está tratando com respeito. É irmão de Dain. É feérico, como eles.

— Tudo está espiralando para o caos mesmo — diz Cardan. — Que ao menos a gente se divirta um pouco, então. Você não acha, Jude?

Respiro fundo. Se ele minar minha posição aqui, se conseguir fazer com que eu seja vista como a intrusa, eu nunca vou convencer a Corte das Sombras a seguir o plano que ainda está confuso na minha cabeça. Já não consigo descobrir como ajudar a todos. A última coisa da qual preciso é que Cardan piore a situação ainda mais.

— O que ele ofereceu a vocês? — pergunto, como se estivéssemos todos envolvidos na mesma piada. Sim, é um jogo. Talvez Cardan não tenha oferecido nada ainda.

Tento disfarçar que estou prendendo a respiração. Tento não mostrar como Cardan faz eu me sentir pequena.

Fantasma me oferece um de seus raros sorrisos.

— Principalmente ouro, mas também poder. Posição.

— Muitas coisas que ele não tem — completa Bomba.

— Pensei que fôssemos amigos — diz Cardan com desânimo.

— Vou levá-lo para os fundos — aviso, colocando a mão no encosto da cadeira do príncipe cheia de propriedade. Preciso tirá-lo daqui antes que ele leve a melhor em cima de mim. Preciso dele longe daqui agora.

— Pra fazer o quê? — pergunta Barata.

— Ele é *meu* prisioneiro — lembro a eles, me agachando e cortando as tiras de pano que ainda prendem as pernas de Cardan à cadeira. Percebo que ele deve ter dormido assim, sentado, isso se dormiu. Mas não parece cansado. Cardan sorri para mim, como se o fato de eu estar ajoelhada fosse uma espécie de reverência.

Tenho vontade de arrancar aquele sorrisinho da cara dele, mas talvez eu não possa. Talvez ele vá sorrindo assim para o túmulo.

— A gente não pode ficar aqui? — pergunta Cardan. — Tem vinho.

Isso faz Barata dar uma risadinha.

— Tem alguma coisa incomodando você, principezinho? Você e Jude não se dão bem, no fim das contas?

A expressão de Cardan muda para algo semelhante a preocupação. Ótimo.

Eu o levo até o escritório de Dain, o qual acho que acabei de tomar como meu. Ele anda cambaleante, as pernas provavelmente doendo de ficarem amarradas. E também porque ele ajudou meu pessoal a acabar com várias garrafas de vinho. Mas ninguém me impede de levá-lo. Eu fecho a porta e giro a tranca.

— Senta aí — ordeno, apontando para uma cadeira.

Ele obedece.

Dou a volta e me acomodo do outro lado da mesa.

Então me ocorre que, se eu matá-lo, Cardan finalmente vai sair dos meus pensamentos. Se eu matá-lo, não vou mais precisar me sentir assim.

Sem ele, não há caminho direto para levar Oak ao torno. Eu teria que acreditar que Madoc tem algum meio para obrigar Balekin a coroá-lo. Sem ele, fico sem cartas para jogar. Fico sem plano. Não vou ter como ajudar meu irmão. Fico sem nada.

Talvez valesse a pena.

A besta está onde deixei, na gaveta da mesa de Dain. Eu a pego, prendo a flecha e aponto para Cardan. Ele respira fundo, trêmulo.

— Você vai disparar em mim? — Ele pisca. — Agora?

Meu dedo acaricia o gatilho. Estou calma, gloriosamente calma. Isso é fraqueza, colocar o medo acima da ambição, acima da família, acima do amor, mas a sensação é boa. É a sensação de ser poderosa.

— Entendo suas motivações — diz ele, como se lendo meu rosto e tomando uma decisão. — Mas eu preferia que não fizesse isso.

— Então não devia ter sorrido com deboche pra mim; você acha que vou tolerar deboches aqui, agora? Você ainda tem tanta certeza de que é melhor do que eu? — Minha voz treme um pouco, e o odeio ainda mais por isso. Treinei diariamente para ser perigosa, e ele está totalmente sob meu domínio, mas sou eu quem está com medo.

Sentir medo de Cardan é um hábito, um hábito que eu poderia destruir com uma flecha no coração dele.

O príncipe ergue as mãos em protesto, abrindo os dedos compridos e desprovidos de qualquer adorno. O anel real continua em minha posse.

— Estou tenso — diz ele. — Eu sorrio muito quando estou tenso. Não consigo evitar.

Não era o que eu esperava que ele fosse dizer. Baixo a besta por um momento.

Ele continua falando, como se não quisesse me deixar muito tempo para pensar.

— Você é *apavorante*. Quase toda a minha família está morta, e apesar de eles nunca terem demonstrado muito amor por mim, não quero me juntar a eles. Passei a noite toda preocupado com suas intenções, e sei exatamente o que mereço. Eu tenho motivos para estar tenso. — Ele está falando comigo como se fôssemos amigos, não o contrário. E funciona; eu relaxo um pouco.

Quando percebo isso, fico quase assustada o bastante para disparar nele na mesma hora.

— Eu conto o que você quiser — continua ele. — Qualquer coisa.

— Nada de jogos de palavras? — A tentação é enorme. Tudo o que Taryn me contou ainda está reverberando na minha cabeça, me lembrando do quanto sou ignorante.

Ele coloca a mão bem onde seu coração deveria estar.

— Eu juro.

— E se eu atirar em você mesmo assim?

— Pode ser que atire — diz ele, sardônico. — Mas quero sua palavra de que não vai fazer isso.

— Minha palavra não vale muito — lembro a ele.

— É o que você fica repetindo. — Cardan ergue as sobrancelhas. — Não é reconfortante, devo dizer.

Solto uma gargalhada surpresa. A besta oscila na minha mão. O olhar de Cardan está grudado nela. Com lentidão deliberada, eu a coloco no tampo da mesa.

— Você vai me contar o que eu quiser saber, tudinho, e então não vou atirar em você.

— E o que posso fazer para persuadir você a não me entregar para Balekin e Madoc? — Ele ergue uma sobrancelha. Não estou acostumada com essa intensidade da atenção de Cardan em cima de mim. Meu coração acelera.

Só me resta fazer cara feia em resposta.

— Que tal você se concentrar em ficar vivo?

Ele dá de ombros.

— O que você quer saber?

— Encontrei uma folha de papel com meu nome nela — começo. — A página inteira preenchida com meu nome.

Ele faz uma leve careta, mas não diz nada.

— E então? — insisto.

— Isso não é uma pergunta. — Ele geme, como se estivesse exasperado. — Faça uma pergunta decente e lhe darei uma resposta.

— Você é péssimo nessa coisa de "contar o que eu quiser saber". — Minha mão vai até a besta, mas não a pego.

Ele suspira.

— Só me pergunte alguma coisa. Pergunte sobre a minha cauda. Você não quer ver? — Ele ergue as sobrancelhas.

Eu já vi a tal cauda, mas não vou dar a ele a satisfação de revelar isso.

— Você quer que eu pergunte alguma coisa? Tudo bem. Quando Taryn começou o relacionamento dela com Locke?

Cardan ri de prazer. Essa parece uma discussão que ele não está interessado em evitar. Típico.

— Ah, eu estava me perguntando quando você iria abordar o assunto. Foi alguns meses atrás. Ele contou para todos nós que jogou pedras na janela dela, que deixou bilhetes para que ela fosse encontrá-lo na floresta, que a cortejou ao luar. Ele nos fez jurar segredo, fez com que tudo parecesse uma brincadeira. Acho que no começo ele fez para deixar Nicasia com ciúmes. Mas depois...

— Como ele soube qual era o quarto dela? — pergunto, franzindo a testa. Isso faz o sorriso dele crescer.

— Talvez não soubesse. Talvez qualquer uma de vocês servisse como primeira conquista mortal de Locke. Acredito que o objetivo dele seja ficar com as duas no final.

Não estou gostando disso.

— E você?

Ele me olha rapidamente, de um jeito estranho.

— Locke ainda não tentou me seduzir, se é isso que está perguntando. Acho que eu deveria me sentir insultado.

— Não é isso o que quero dizer. Você e Nicasia estavam... — Não sei como chamar isso. *Juntos* não é a palavra certa para uma equipe malvada e linda que destrói as pessoas e sente prazer nisso.

— Sim, Locke a roubou de mim — confirma Cardan com uma rigidez do maxilar. Ele não sorri, não mexe a boca. Claramente, é custoso para ele me contar isso. — E não sei se Locke a queria só para deixar alguma outra amante com ciúmes ou se para me deixar com raiva ou se só por causa da magnificência de Nicasia. E também não sei que defeito meu fez com que ela o escolhesse. Agora você acredita que estou dando as respostas que prometi?

A ideia de Cardan de coração partido quase não toma forma na minha imaginação. Eu simplesmente faço que sim com a cabeça.

— Você a amava?

— Que tipo de pergunta é essa? — indaga ele.

Dou de ombros.

— Eu quero saber.

— Sim — diz ele, o olhar na mesa, na minha mão apoiada ali. Fico com vergonha repentina das minhas unhas, roídas até o sabugo. — Eu a amava.

— Por que você me quer morta? — pergunto, pois quero lembrar a nós dois que responder a perguntas constrangedoras é o mínimo que ele merece. Nós somos inimigos, independentemente de quantas piadas ele conte e do quanto pareça simpático. Encantadores são encantadores, mas não passam disso.

Cardan solta o ar lentamente e apoia a cabeça nas mãos, sem ligar para a besta.

— Você está falando das nixies? Era você quem estava se debatendo e jogando coisas nelas. São criaturas extremamente preguiçosas, mas achei que você acabaria irritando alguma delas a ponto de levar uma mordida. Posso ser podre, mas minha única virtude é que não sou assassino. Eu queria assustar você, mas nunca quis você *morta*. Eu nunca quis ninguém morto.

Penso no rio e no momento em que uma nixie se separou das outras. Cardan aguardou até que ela parasse e então foi embora, para podermos sair da água. Fico olhando para ele, para os rastros de tinta prateada da festa no rosto, para o lápis preto nos olhos. De repente, me lembro de como ele puxou Valerian de cima de mim quando eu estava sufocando com fruta feérica.

Eu nunca quis ninguém morto.

Contra minha vontade, me lembro da forma como ele segurou a espada no escritório de Balekin e de sua técnica desajeitada. Achei que ele estivesse fazendo aquilo de modo deliberado, para irritar o irmão. Agora, pela primeira vez, cogito a possibilidade de que ele simplesmente não goste muito de lutar com espadas. De que nunca aprendeu direito. De que, se lutássemos, eu venceria. Penso em todas as coisas que fiz para me tornar uma adversária digna dele, mas talvez eu não estivesse lutando contra Cardan hora nenhuma. Talvez eu estivesse lutando contra minha própria sombra.

— Valerian tentou me assassinar abertamente. Duas vezes. Primeiro na torre, depois no meu quarto, na minha casa.

Cardan levanta a cabeça, e sua postura toda se enrijece, como se uma verdade desconfortável tivesse acabado de acometê-lo.

— Quando você disse que tinha matado Valerian, achei que você estava dizendo que tinha ido atrás dele e... — Ele para de falar e recomeça. — Só um tolo invadiria a casa do general.

Puxo a gola da camisa para que Cardan veja onde Valerian tentou me estrangular.

— Tenho outro hematoma no ombro de quando ele me derrubou no chão. Acredita em mim agora?

Ele estica a mão para mim, como se fosse passar os dedos nos hematomas. Ergo a besta e ele hesita.

— Valerian gostava de dor. De qualquer um. Até da minha. Eu sabia que ele queria machucar você. — Cardan faz uma pausa, parecendo se dar conta das próprias palavras. — E tinha machucado. Achei que se daria por satisfeito ali.

Nunca me ocorreu pensar em como seria nutrir uma amizade com Valerian. Não me parece muito diferente de ser sua inimiga.

— Então tanto faz se Valerian queria me machucar? — questiono. — Contanto não me matasse?

— Você tem que admitir, estar viva é melhor — retruca Cardan, aquele tom levemente divertido na voz.

Pouso as mãos na mesa.

— Só me diga por que você me odeia. De uma vez por todas.

Os longos dedos acariciam a madeira da mesa de Dain.

— Você quer mesmo sinceridade?

— Sou eu quem está com a besta, evitando atirar porque você me prometeu respostas. O que você acha?

— Muito bem. — Ele me lança um olhar maldoso. — Eu te odeio porque seu pai te ama apesar de você ser uma pestinha humana nascida de sua esposa infiel, enquanto o meu nunca ligou pra mim, apesar de eu ser um príncipe do Reino das Fadas. Eu te odeio porque você não tem um irmão que bate em você. E te odeio porque Locke usou você e sua irmã pra fazer Nicasia chorar depois que ele a roubou de mim. Além disso, depois do torneio, Balekin nunca deixou de esfregar na minha cara que você foi a mortal capaz de me superar.

Eu achava que Balekin nem soubesse quem eu era.

Ficamos nos encarando. Relaxado na cadeira, Cardan parece todinho um príncipe malvado. Eu me pergunto se ele espera levar uma flechada.

— Isso é tudo? — provoco. — Porque é ridículo. Você não pode ter inveja de mim. Você não precisa viver resignado sob o teto da pessoa que assassinou seus pais. Não precisa passar o tempo todo com raiva para evitar cair em um poço de medo sem fundo, pronto para se abrir sob seus pés. — Paro de falar abruptamente, surpresa comigo mesma.

Eu disse que não ia me deixar encantar, mas permiti que ele me enganasse e assim abri meu coração.

Quando penso nisso, o sorriso de Cardan vira uma expressão mais familiar, de desprezo.

— Ah, é? Eu não sei como é sentir raiva? Não sei como é sentir medo? Não é você que está negociando pela própria vida.

— Esses são os motivos pelos quais você me odeia mesmo? — insisto. — Só isso? Não tem outra razão melhor?

Por um momento, acho que ele está me ignorando, mas então percebo que não está respondendo porque não tem como mentir e não quer me contar a verdade.

— Bem? — pressiono, levantando a besta de novo, feliz por ter um motivo para reforçar minha posição de domínio aqui. — Fala logo!

Ele se recosta e fecha os olhos.

— Mais do que tudo, eu te odeio porque penso em você. Com frequência. É nojento e eu não consigo parar.

Fico muda de choque.

— Talvez você devesse atirar em mim de uma vez — diz ele, cobrindo o rosto com a mão de dedos longos.

— Você está me manipulando — digo. Não acredito nele. Não vou cair em nenhum truque bobo só porque Cardan acha que sou uma dessas tolas que perdem a cabeça pela beleza; se eu fosse, não conseguiria durar um dia neste reino. Eu me levanto, pronta para desafiá-lo.

Bestas não são muito boas para curto alcance, então troco a minha por uma adaga.

Ele não levanta o olhar quando contorno a mesa. Coloco a ponta da faca sob seu queixo, assim como fiz no dia anterior no salão, e inclino o rosto de Cardan para o meu. Ele então me encara com relutância óbvia.

Mas o pavor e a vergonha em seu rosto são genuínos demais. De repente, não sei bem em que acreditar.

E então continuo me aproximando, chego perto o bastante para um beijo. Ele arregala os olhos. Sua expressão se transforma em uma mistura de pânico e desejo. É uma sensação inebriante essa de exercer poder sobre alguém. Sobre *Cardan*, que sempre achei que fosse desprovido de sentimentos.

— Você realmente me deseja — comento, perto o suficiente para sentir o calor do hálito do príncipe quando sua respiração vacila. — E *odeia* isso. — Inclino o ângulo da faca, virando-a para que fique encostada em seu pescoço. Ele não chega nem perto de ficar tão alarmado pelo meu gesto quanto eu esperava.

Nem tão alarmado quanto na hora em que colo minha boca na dele.

CAPÍTULO

26

Não sou muito experiente com beijos. Beijei Locke e, antes dele, ninguém. Mas beijar Locke nunca foi do jeito como está sendo beijar Cardan. É como aceitar um desafio de correr sobre brasas, como um raio de adrenalina vindo diretamente do céu, como aquele momento em que você resolve nadar no mar e de repente se dá conta de que se afastou demais da costa e não há mais volta, só as águas escuras e gélidas se fechando sobre sua cabeça.

A boca mordaz de Cardan é surpreendentemente macia e, por um longo momento depois que nossos lábios se tocam, ele fica imóvel feito uma estátua. E então fecha os olhos, os cílios roçando minha bochecha. Estremeço, daquele jeito que acontece quando sentimos um calafrio de origem indefinida. As mãos de Cardan correm pelos meus braços com muita delicadeza. Se eu não soubesse das coisas, diria que o toque foi respeitoso, mas eu sei. Cardan está deslocando as mãos lentamente porque está tentando se conter. Ele não deseja isso. Ele não quer desejar isso.

Ele tem gosto de vinho azedo.

Consigo sentir o momento em que Cardan cede e desiste, e então me puxa apesar da ameaça da faca. Ele me beija com força, com uma espécie de desespero devorador, os dedos afundando em meus cabelos. Nossas bocas deslizam uma na outra, dentes sobre lábios sobre línguas. O desejo explode em mim como um chute no estômago. É como lutar, só que estamos lutando para irritar um ao outro.

É nesse momento que o terror toma conta de mim. Que tipo de vingança insana existe em ficar exultante com a repulsa de Cardan? E pior, bem pior, *estou gostando disso*. Estou gostando de tudo no ato de beijá-lo: do tremor familiar de medo, de saber que o estou punindo, da prova de que ele me deseja.

A faca em minha mão é inútil. Eu a jogo na mesa e mal registro quando a ponta crava na madeira. Sobressaltado, o príncipe se afasta de mim ao ouvir o som. Sua boca está rosada, as pupilas, dilatadas. Ele vê a faca e solta uma gargalhada surpresa.

Isso basta para que eu cambaleie para trás. Quero debochar dele, mostrar sua fraqueza sem deixar transparecer a minha, mas não confio que meu rosto não vá revelar demais.

— É isso que você imaginou? — pergunto, e fico aliviada por perceber que minha voz soa ríspida.

— Não — diz ele sem emoção na voz.

— Então me conte — peço.

Ele balança a cabeça, um tanto humilhado.

— Se você não for me esfaquear de verdade, não vou contar. E talvez nem conte mesmo que você me esfaqueie.

Subo na mesa de Dain para abrir uma certa distância entre nós. Estou no auge do desconforto e de repente a sala parece pequena demais. Ele quase me fez rir.

— Vou fazer uma proposta — diz Cardan. — Não quero botar a coroa na cabeça de Balekin só para perder a minha. Peça o que quiser para você, para a Corte das Sombras, mas peça alguma coisa para mim também. Faça com que ele me dê terras longe daqui. Diga que serei gloriosamente irresponsável bem longe dele. Balekin nunca mais vai precisar pensar em mim. Ele pode gerar algum pestinha para ser herdeiro e lhe passar a Grande Coroa. Ou talvez o moleque corte a garganta dele, uma nova tradição familiar. Não ligo.

Fico ressentida e impressionada por ele ter conseguido elaborar uma barganha razoavelmente decente, embora tenha passado boa parte da noite amarrado a uma cadeira, e provavelmente bastante bêbado.

— Levante-se — ordeno.

— Então você não está com medo de eu tentar fugir correndo? — pergunta ele, esticando as pernas. As botas pontudas reluzem na sala, e me pergunto se devo confiscá-las por serem armas em potencial. Mas então me lembro de como ele é ruim com a espada.

— Depois do nosso beijo, estou tão doida por você que mal consigo me conter — digo com o máximo de sarcasmo que consigo. — Só quero fazer coisas boas e que deixem você feliz. Claro, faço qualquer barganha que você quiser, desde que você me beije de novo. Pode fugir. Não vou atirar nas suas costas.

Ele pisca algumas vezes.

— Ouvir você mentir descaradamente é meio desconcertante.

— Então vou dizer a verdade. Você não vai fugir porque não tem para onde ir.

Vou até a porta, abro a tranca e olho lá fora. Bomba está deitada em um catre no quarto. Barata ergue as sobrancelhas para mim. Fantasma está apagado em uma cadeira, mas desperta assim que entramos. Tenho a sensação de estar totalmente enrubescida e espero não estar transparecendo isso.

— Acabou de interrogar o príncipe? — pergunta Barata.

Faço que sim com a cabeça.

— Acho que sei o que temos que fazer.

Fantasma lança um olhar demorado para ele.

— Então vamos vender? Comprar? Limpar as tripas dele do teto?

— Vou dar uma volta — digo. — Tomar um ar.

Barata suspira.

— Só preciso organizar os pensamentos — justifico. — Daqui a pouco explico tudo.

— É mesmo? — pergunta Fantasma, fixando um olhar em mim. Fico me perguntando se ele faz ideia de como as promessas caem com facilidade dos meus lábios. Estou usando-as como ouro encantado, destinado a virar folhas secas em caixas por toda a cidade.

— Conversei com Madoc, ele me ofereceu o que quisesse em troca de Cardan. Ouro, magia, glória, *qualquer coisa*. A primeira parte dessa negociação está feita, e ainda nem assumi saber onde o príncipe perdido está.

Fantasma sorri ao ouvir o nome de Madoc, mas fica em silêncio.

— E qual é o problema? — pergunta Barata. — Eu gosto de todas essas coisas.

— Só estou decidindo os detalhes — explico. — E vocês precisam me dizer o que querem. Exatamente o que querem: a quantidade de ouro, o que mais. Escrevam.

Barata resmunga, mas não parece inclinado a me contradizer. Ele sinaliza com uma mão em garra para Cardan voltar para a mesa. O príncipe cambaleia, se apoiando na parede para chegar lá. Confiro se todas as coisas afiadas estão onde as deixei e sigo para a porta. Quando olho para trás, vejo que as mãos de Cardan estão cortando o baralho habilmente, mas os olhos negros cintilantes estão em mim.

Vou até o Lago das Máscaras e me sento em uma das pedras negras sobre a água. O sol poente deixou o céu em chamas, e as copas das árvores parecem estar pegando fogo.

Fico sentada ali durante um bom tempo, admirando as ondas que se quebram na margem. Acima, ouço o trinado de pássaros chamando uns aos outros enquanto se preparam para a noite; vejo luzes cintilantes em buracos ocos quando fadinhas minúsculas acordam.

Balekin não pode se tornar o Grande Rei, não se eu puder impedir. Ele ama crueldade e odeia mortais. Seria um péssimo governante. Por enquanto, existem regras que ditam nossas interações com o mundo humano, mas tais regras poderiam mudar. E se não fosse mais necessário fazer barganhas para sequestrar mortais? E se qualquer um pudesse ser levado, a qualquer momento? Costumava ser assim; ainda é em alguns lugares. O Grande Rei poderia tornar os dois mundos bem piores do que eles são, poderia favorecer as cortes Unseelie, poderia semear discórdia e terror por mil anos.

Mas e se eu entregar Cardan para Madoc?

Ele colocaria Oak no trono e depois governaria como um regente tirano e brutal. Declararia guerra contra as cortes que resistissem a se jurar ao trono. Criaria Oak em meio a tanto banho de sangue que meu irmão se tornaria alguém como Madoc, ou talvez alguém mais secretamente cruel, como Dain. Mas seria melhor do que Balekin. E ele ainda faria um acordo justo comigo e com a Corte das Sombras, pelo menos por mim. E eu... o que eu faria?

Poderia ir embora com Vivi, acho.

Ou poderia negociar para me tornar cavaleira. Poderia ficar e ajudar a proteger Oak, aliviando a influência que Madoc tentasse exercer sobre ele. Mas claro que não teria muito poder para fazer isso.

O que aconteceria se eu tirasse Madoc da jogada? Significaria nenhum ouro para a Corte das Sombras, nenhum acordo com ninguém. Significaria de algum modo tomar a coroa e colocá-la na cabeça de Oak. E depois? Madoc ainda se tornaria regente. Eu não poderia impedi-lo. Oak ainda daria ouvidos a ele. Oak se tornaria sua marionete, ainda estaria em perigo.

A não ser que... a não ser que Oak pudesse ser coroado e levado para longe daqui. Tornar-se o Grande Rei em exílio. Quando estivesse crescido e preparado, poderia voltar, auxiliado pelo poder da coroa Greenbriar. Madoc ainda exerceria certa autoridade sobre o Reino das Fadas até Oak voltar, mas não deixaria meu irmão tão sedento por sangue e inclinado para a guerra quanto ele. Madoc não teria a autoridade absoluta que poderia ter caso fosse o regente com o Grande Rei ao seu lado. E com Oak crescendo no mundo humano, ele com sorte seria pelo menos um pouco solidário com o local onde fora criado e pelas pessoas que conhecera lá quando voltasse ao Reino das Fadas.

Dez anos. Se pudéssemos manter Oak longe do Reino das Fadas por dez anos, ele poderia crescer e virar a pessoa que deve se tornar.

Claro que, quando voltasse, ele talvez precisasse lutar para recuperar o trono. Alguém, provavelmente Madoc, possivelmente Balekin, talvez até um dos outros reis ou rainhas menores, poderia ficar ocupando o espaço como uma peça sobressalente, consolidando poder.

Semicerro os olhos para as águas escuras. Se houvesse um jeito de manter o trono desocupado por tempo o suficiente para Oak crescer pacificamente, sem Madoc fazendo guerra, sem regente nenhum...

Eu me levanto, decisão tomada. Por bem ou por mal, sei o que vou fazer. Tenho meu plano. Madoc não aprovaria essa estratégia. Não é do tipo que ele gosta, daquelas em que se há múltiplas maneiras de vencer. Está mais para o tipo em que só existe um jeito, e é meio difícil de dar certo.

Quando me levanto, vejo meu reflexo na água. Olho de novo e percebo que não pode ser eu. O Lago das Máscaras nunca mostra seu próprio rosto. Chego mais perto. A lua cheia está luminosa no céu, o bastante para mostrar minha mãe olhando para mim. Ela está mais jovem do que me lembro. E está rindo, chamando alguém que não consigo ver.

Depois de um tempo, ela aponta para mim. Quando fala, consigo ler seus lábios. *Olha! Uma garota humana*. Ela parece satisfeita.

De repente, o reflexo de Madoc se junta ao dela, a mão dele envolvendo a cintura delgada. Ele não parece mais jovem, mas tem uma sinceridade em seu rosto que nunca vi. Ele acena para mim.

Sou uma estranha para eles.

Corram!, tenho vontade de gritar. Mas, claro, essa é a única coisa que não preciso dizer para ela fazer.

Bomba olha quando eu entro. Está sentada à mesa de madeira, medindo um pó cinzento. Ao lado dela, há vários balões de laboratório de vidro fino, todos fechados por rolhas. O cabelo branco magnífico está preso com o que parece ser um pedaço de barbante sujo. Uma mancha de sujeira cobre seu nariz.

— Os outros estão nos fundos — diz ela. — Com o príncipe, dormindo um pouco.

Eu me sento à mesa com um suspiro. Andei bem tensa, doida para me explicar, e agora toda essa energia não tem para onde ir.

— Tem alguma coisa pra comer?

Ela abre um sorriso breve enquanto enche mais um frasco, então o coloca com cuidado em uma cesta aos seus pés.

— Fantasma trouxe pão preto e manteiga. Nós comemos as linguiças e o vinho acabou, mas pode ser que ainda tenha queijo.

Remexo o armário, pego a comida e como mecanicamente. Sirvo uma xícara de chá de funcho, revigorante e amargo. Faz com que eu me sinta um pouco mais firme. Fico um tempinho observando Bomba montando seus explosivos. Enquanto trabalha, ela assobia um pouco, desafinada. É estranho ouvir; a maioria dos feéricos possui dom musical, mas gosto mais da música de Bomba justamente por ser imperfeita. Parece mais feliz, mais tranquila, menos sinistra.

— Aonde você vai quando isso tudo tiver acabado? — pergunto.

Ela olha para mim, intrigada.

— O que faz você pensar que vou para algum lugar?

Enrugo a testa para a xícara de chá quase vazia.

— Porque Dain está morto. Não é isso que Fantasma e Barata vão fazer? Você não vai com eles?

Bomba dá de ombros e aponta o dedo do pé descalço para a cesta de balões de vidro.

— Está vendo isto aqui?

Assinto.

— Toda esta parafernália não se dá bem em deslocamentos longos— diz ela. — Vou ficar aqui com você. Você tem um plano, né?

Estou perplexa demais para saber o que dizer. Abro a boca e começo a gaguejar. Ela ri.

— Cardan disse que você tem. Que se fosse simplesmente negociar uma troca, já teria feito. E se você fosse nos trair, já teria nos traído a essas alturas também.

— Mas, hum — começo, e perco a linha de raciocínio. Alguma coisa a ver com o fato de que Cardan não devia estar prestando tanta atenção. — O que os outros acham?

Bomba volta a encher a vidraria.

— Eles não disseram, mas nenhum de nós gosta de Balekin. Se você tiver um plano, bem, que bom pra você. Mas se quiser que a gente fique do seu lado, talvez você pudesse ser um pouco menos reticente sobre o que pretende fazer.

Respiro fundo e decido que, se vou mesmo fazer isso, vou precisar de ajuda.

— O que acha de roubar uma coroa? Bem na frente dos reis e das rainhas do Reino das Fadas?

Ela dá um sorriso sutil.

— É só me dizer o que preciso explodir.

Vinte minutos depois, acendo um cotoco de vela e sigo até o quarto cheio de catres. Tal como Bomba disse, Cardan está deitado em um deles, parecendo repulsivamente lindo. Ele lavou o rosto e tirou o casaco, que agora está dobrado debaixo de sua cabeça como travesseiro. Cutuco o braço dele, e ele acorda na mesma hora, levantando a mão em um gesto para me afastar.

— Shhhh — sussurro. — Não acorde os outros. Preciso falar com você.

— Vá embora. Você disse que não me mataria se eu respondesse suas perguntas, e eu respondi. — Ele não parece mais o garoto que me beijou, doente de desejo, algumas horas atrás. Agora está sonolento, arrogante e irritado.

— Vou oferecer uma coisa melhor do que sua vida — digo. — Agora, venha.

Ele se levanta, veste o casaco e me segue até o escritório de Dain. Quando chegamos lá, ele se apoia no batente da porta. Os olhos estão pesados, os cabelos, desgrenhados. Fico quente de vergonha só de olhar para ele.

— Tem certeza de que me trouxe aqui só pra conversar?

Acontece que, depois de se beijar uma pessoa, a possibilidade de beijo sempre fica pairando acima de tudo, por pior que tenha sido a ideia da primeira vez. A lembrança dos lábios dele nos meus cintila no ar entre nós.

— Eu trouxe você aqui pra fazer um acordo.

Ele ergue as sobrancelhas.

— Intrigante.

— E se você não precisasse se esconder no campo? E se houvesse uma alternativa para Balekin subir ao trono? — Fica claro que não era isso que ele esperava que eu dissesse. Por um momento, a postura despreocupada desaparece.

— E há — diz ele lentamente. — *Eu*. Só que eu seria um péssimo rei, e odiaria a posição. Além do mais, é improvável que Balekin ponha a coroa na minha cabeça. Nós nunca nos demos particularmente bem.

— Eu pensei que você morasse na casa dele. — Cruzo os braços de forma protetora, tentando afastar a imagem de Balekin punindo Cardan. Não posso sentir pena dele agora.

O príncipe inclina a cabeça para trás e me olha por entre os cílios escuros.

— Talvez morar junto seja o motivo para não nos darmos bem.

— Eu também não gosto de você — lembro a ele.

— Você já disse. — Ele abre um sorriso lânguido. — Então, se não for eu e não for Balekin, quem?

— Meu irmão Oak — revelo. — Não vou entrar em detalhes sobre os meios, mas ele é da linhagem certa. A *sua* linhagem. Ele pode usar a coroa.

Cardan franze a testa.

— Tem certeza?

Assinto. Acho meio desagradável revelar esse tipo de coisa para Cardan antes mesmo de pedir para que ele faça o que é necessário, mas, bem, ele não pode fazer muita coisa com a informação, pode? Eu não vou entregá-lo para Balekin. Não há ninguém para contar além de Madoc, e ele já sabe.

— Então Madoc vai ser regente — conclui Cardan.

Assinto.

— É por isso que preciso da sua ajuda. Quero que você coroe Oak como Grande Rei, depois vou mandá-lo para o mundo mortal. Para dar uma chance dele aproveitar a infância. Para lhe dar uma chance de se tornar um rei justo um dia.

— Oak pode fazer escolhas diferentes das que você planeja para ele — alerta Cardan. — Ele pode, por exemplo, preferir Madoc a você.

— Eu já fui uma criança roubada — falo. — Cresci em uma terra estranha por um motivo bem pior e mais solitário do que esse. Vivi vai cuidar dele. E, se você concordar com meu plano, vou conseguir tudo o que pediu e muito mais. Mas preciso de uma coisa de você: um juramento. Quero que se jure a meu serviço.

Ele solta a mesma gargalhada surpresa de quando joguei a faca na mesa.

— Quer que eu *me* coloque em *seu* poder? Voluntariamente?

— Você não acha que estou falando sério, mas estou. Não poderia estar falando mais sério. — Ainda de braços cruzados, belisco minha pele para impedir qualquer tremor, qualquer revelação. Preciso soar totalmente composta, totalmente confiante. Meu coração está disparado. É a mesma sensação que eu enfrentava quando criança ao jogar xadrez com Madoc; eu enxergava minhas futuras jogadas vitoriosas, me esquecia de ser cautelosa e era derrotada por uma jogada dele que eu não tinha previsto. Lembro a mim mesma de respirar, de me concentrar.

— Nossos interesses estão alinhados — diz ele. — Por que você precisa do meu juramento?

Respiro fundo.

— Preciso ter certeza de que não vai me trair. Você é perigoso demais com a coroa nas mãos. E se acabar colocando-a na cabeça de seu irmão? E se a quiser para si?

Ele parece pensar bem na questão.

— Vou dizer exatamente o que quero: as propriedades onde moro. Quero que sejam dadas a mim com tudo e todo mundo que tem dentro. A Mansão Hollow. Eu a quero.

Faço que sim.

— Feito.

— Quero todas as garrafas da adega real, por mais velhas e raras que sejam.

— Serão suas — confirmo.

— Quero que Barata me ensine a roubar.

Surpresa, fico calada por um instante. Ele está brincando? Não parece.

— Por quê? — quero saber.

— Pode acabar sendo útil — declara ele. — Além do mais, eu gosto dele.

— Tudo bem — digo com incredulidade. — Vou dar um jeito de providenciar isso.

— Você acha mesmo que pode me prometer isso tudo? — Ele me ança um olhar avaliador.

— Posso. Prometo. E prometo que vamos impedir Balekin. Nós vamos pegar a coroa do Reino das Fadas — digo sem preocupação. Quantas promessas ainda consigo fazer e permanecer digna de confiança de que irei cumpri-las? Mais algumas, eu espero.

Cardan se senta na cadeira de Dain. De trás da mesa, ele me olha friamente de sua posição de autoridade. Alguma coisa se contrai na minha barriga, mas ignoro a sensação. Consigo fazer isso. Eu dou conta Prendo a respiração.

— Você pode ter meu serviço por um ano e um dia — diz ele.

— Não é suficiente — insisto. — Não posso...

Ele ri.

— Tenho certeza de que seu irmão já vai estar coroado e terá ido embora até lá. Ou vamos ter perdido, apesar de suas promessas, e aí não vai ter importância nenhuma. Você não vai receber uma proposta melhor da minha parte, principalmente se me ameaçar de novo.

Ao menos assim posso ganhar tempo. Fxalo.

— Tudo bem. Temos um acordo.

Cardan atravessa a sala, vindo em minha direção, e não tenho ideia das intenções dele. Se me beijar, tenho medo de ser consumida pela urgência faminta e humilhante que senti da primeira vez. Mas, quando ele se ajoelha na minha frente, fico surpresa demais para formular qualquer pensamento. Ele segura minha mão, os dedos frios se fechando em volta dos meus.

— Muito bem — diz ele com impaciência, muito longe de se parecer um vassalo prestes a se jurar para sua dama. — Jude Duarte, filha da lama, eu me juro aos seus serviços. Vou agir como sua Mão. Vou agir como seu escudo. Vou agir de acordo com sua vontade. Que assim seja por um ano e um dia... *e nem mais um minuto depois disso.*

— Você realmente melhorou o juramento — digo, embora minha voz saia tensa. Enquanto ele falava, senti que de alguma forma conseguiu sair por cima. De alguma forma, é ele quem está no controle.

Cardan se levanta em um movimento fluido e me solta.

— E agora?

— Volte para a cama — digo. — Vou acordar você daqui a pouco e explicar o que temos que fazer.

— Como quiser — diz Cardan, o sorriso debochado repuxando a boca. Ele volta para o quarto dos catres, presumivelmente para se deitar. Penso no quanto a presença dele aqui é peculiar, dormindo em lençóis caseiros, usando as mesmas roupas por dias seguidos, comendo pão e queijo, sem reclamar de nada. Quase parece que ele prefere um ninho de espiões e assassinos ao esplendor de sua cama real.

CAPÍTULO

27

Os monarcas das cortes Seelie e Unseelie e os feéricos selvagens não aliados que vieram para a coroação montaram acampamento no canto oriental da ilha. São várias barracas, algumas de retalhos, outras de seda diáfana. Quando me aproximo, vejo fogueiras ardendo. Vinho de mel e carne estragada perfumam o ar.

Cardan está ao meu lado, vestido de preto, os cabelos negros penteados para trás exibindo um rosto limpo. Ele está pálido e parece cansado, apesar de eu ter permitido que ele dormisse o máximo possível.

Não acordei Fantasma nem Barata depois que Cardan fez seu juramento. Mas conversei sobre estratégias com Bomba durante quase uma hora. Foi ela quem conseguiu as mudas de roupa para Cardan; foi ela quem concordou que ele podia ser útil. E foi assim que vim parar aqui, prestes a tentar encontrar um monarca disposto a apoiar um governante diferente de Balekin. Para meu plano ter sucesso, preciso de alguém naquele banquete que esteja aberto a um novo rei, preferivelmente alguém com poder de impedir que um jantar vire um novo massacre se as coisas não derem tão certo.

Se não houver outro jeito, vou precisar de muitas interferências para ter certeza de que vai ser possível tirar Oak daqui. Os frascos de explosivos de Bomba não serão suficientes. E não sei bem o que vou poder oferecer em troca. Já gastei todas as minhas promessas; agora, vou começar a gastar as da Coroa.

Respiro fundo. Quando me postar na frente dos lordes e damas do Reino das Fadas e declarar minha intenção de ir contra Balekin, não haverá mais volta, não vai dar para me esconder embaixo das cobertas da minha cama, não vai dar para fugir. Se eu fizer isso, ficarei presa aqui até Oak se sentar no trono.

Nós temos esta noite e metade de amanhã até o banquete, até eu ter que ir a Mansão Hollow, até meus planos se realizarem ou dar tudo errado.

Só há um jeito de manter o Reino das Fadas preparado para Oak: eu tenho que ficar. Tenho que usar o que aprendi com Madoc e com a Corte das Sombras para manipular e matar a fim de manter o trono pronto para ele. Eu disse dez anos, mas talvez sete sejam suficientes. Não é tanto tempo assim. Sete anos tomando veneno, sem dormir, vivendo em alerta total. Mais sete anos, e talvez o Reino das Fadas seja uma terra mais segura e melhor. E vou ter conquistado meu lugar nela.

O grande jogo... foi assim que Locke o chamou quando me acusou de jogá-lo. Na ocasião, eu não estava jogando, mas agora estou. E talvez eu tenha aprendido uma coisa ou outra com o próprio Locke. Ele me transformou em uma história, e agora vou transformar outra pessoa em outra história.

— Então tenho que ficar aqui passando informações — diz Cardan, se recostando a uma nogueira — enquanto você vai encantar a realeza? Está tudo às avessas.

Lanço um olhar para ele.

— Eu posso ser encantadora. Eu encantei você, não encantei?

Ele revira os olhos.

— Não espere que os outros compartilhem dos meus gostos depravados.

— Preciso dar ordens a você — digo para ele. — Certo?

Um músculo lateja no maxilar de Cardan. Tenho certeza de que não é coisa pequena um príncipe do Reino das Fadas aceitar ser controlado, principalmente por mim, mas ele assente.

Recito as palavras:

— Ordeno que você fique aqui e espere até eu estar pronta para sair desta floresta, até se houver perigo iminente ou se um dia inteiro tiver se passado. Enquanto espera, ordeno que não emita som nem faça sinal que possa atrair alguém. Se houver perigo iminente ou um dia tiver se passado sem o meu retorno, ordeno que volte para a Corte das Sombras, fazendo o possível para se esconder da melhor forma até chegar lá.

— Até que não foi ruim — diz ele, conseguindo manter o ar régio e arrogante de algum modo.

É irritante.

— Tudo bem — digo. — Conte-me o que puder sobre a rainha Annet.

O que sei é o seguinte: ela saiu da cerimônia de coroação antes de todos os outros lordes e damas. Isso quer dizer que ela odeia a ideia de Balekin se tornar rei ou a ideia de haver qualquer Grande Monarca. Só tenho que descobrir qual das duas.

— A Corte das Mariposas é ampla e tradicionalmente Unseelie. Ela tem mente prática e é direta, valoriza o poder puro sobre todas as coisas. Eu também soube que ela devora os amantes quando se cansa deles. — Ele ergue as sobrancelhas.

Apesar de tudo, eu sorrio. É bizarro estar nisso com Cardan, dentre todas as pessoas. E ainda mais estranho ele falar comigo assim, do mesmo jeito que falaria com Nicasia ou Locke.

— Então por que ela foi embora da coroação? — pergunto. — Pelo jeito como você falou, parece que ela e Balekin seriam perfeitos um para o outro.

— Ela não tem herdeiros — revela ele. — E morre de medo de não gerar um. Acho que não teria gostado de ver o desperdício que seria a matança de uma linhagem inteira. Além do mais, acho que ela não ficaria impressionada por Balekin ter matado todos e ainda ter descido da plataforma sem a coroa

— Certo — respondo, inspirando.

Ele segura meu pulso. Fico chocada pela sensação da pele quente de Cardan na minha.

— Tome cuidado — diz ele, e sorri. — Seria muito chato ter que ficar sentado um dia inteiro aqui só porque você foi lá e acabou sendo morta.

— Meus últimos pensamentos seriam no seu tédio — digo para ele, e sigo em direção ao acampamento Unseelie da rainha Annet.

Não tem fogueiras acesas, e as barracas são de um tecido esverdeado áspero, da cor do pântano. As sentinelas na frente são um troll e um goblin. O troll está usando armadura pintada de uma cor muito semelhante a sangue seco.

— Hum, oi — cumprimento, e percebo que preciso aperfeiçoar minha abordagem. — Sou uma mensageira. Preciso ver a rainha.

O troll me olha, obviamente surpreso por dar de cara com uma humana.

— E quem ousa enviar uma mensageira tão deliciosa para nós? — Acho que ele pode estar me elogiando, embora seja difícil saber.

— O Grande Rei Balekin — minto. Acho que usar o nome dele é o jeito mais rápido de entrar.

Isso o faz sorrir, mas não de um jeito simpático.

— O que é um rei sem uma coroa? Isso é uma charada, mas todos nós sabemos a resposta: não é rei.

A outra sentinela ri.

— Não vamos deixar você passar, delicinha. Volte correndo para seu mestre e diga que a rainha Annet não o reconhece, embora admire o conceito que ele tem de espetáculo. Ela não vai ao banquete, não importa quantas vezes ele convide nem qual suborno deleitável seja enviado junto aos recados.

— Não é o que vocês estão pensando — digo.

— Muito bem, fique um pouco conosco. Aposto que seus ossos devem ser deliciosamente crocantes. — O troll é todo dentes afiados e ameaças veladas. Sei que ele não está falando sério; se estivesse, teria dito uma coisa totalmente diferente e me engolido em seguida.

Mesmo assim, eu recuo. Todos que vieram para a coroação têm deveres de convidados, mas deveres assim entre os feéricos são frágeis o suficiente para eu nunca ter certeza se me protegem ou não.

O príncipe Cardan está me esperando na clareira, deitado de costas, como se estivesse contando estrelas.

Ele me olha com uma pergunta no olhar, e eu balanço a cabeça antes de me sentar na grama.

— Não consegui nem falar com ela.

Ele se vira para mim, o luar acentuando os traços planos de seu rosto, o ângulo das maçãs e a ponta das orelhas.

— Então você fez alguma coisa errada.

Minha vontade é ser ríspida, mas ele está certo. Eu fiz besteira. Preciso ser mais formal, mais segura de que é meu direito poder ser levada perante um monarca, como se já estivesse plenamente acostumada. Eu treinei tudo que *diria* para ela, mas não como *chegaria* a ela. Essa parte pareceu fácil. Agora, vejo que não será.

Eu me deito ao lado dele e olho para as estrelas. Se eu tivesse tempo, poderia traçar um mapa e marcar minha sorte nele.

— Tudo bem. Se você fosse eu, com quem solicitaria falar?

— Com lorde Roiben e com o filho de Alderking, Severin. — O rosto dele está próximo do meu.

Enrugo a testa.

— Mas eles não fazem parte da Grande Corte. Não são jurados à Coroa.

— Exatamente — diz Cardan, esticando o dedo para trilhar o contorno da minha orelha. A curva, eu percebo. Estremeço, fechando os olhos contra a onda tépida de vergonha. Ele continua falando, mas parece reparar no que está fazendo e puxa a mão de volta. Agora nós dois estamos com vergonha. — Eles têm menos a perder e mais a ganhar ao participar de um plano que alguns poderiam chamar de traição. Severin é famoso por favorecer um cavaleiro mortal e por ter uma amante mortal, então vai falar com você. E o pai dele foi exilado, então o reconhecimento de sua corte seria uma coisa importante.

"Quanto a lorde Roiben, as histórias fazem com que ele pareça uma figura de tragédia. Um cavaleiro Seelie torturado por décadas como servo na Corte Unseelie que passou a governar. Não sei o que é possível oferecer a alguém assim, mas ele possui uma corte grande o suficiente para tirar Balekin do sério caso você consiga convencê-lo a apoiar Oak. Fora isso, sei que ele tem uma consorte favorita, embora seja de posição baixa. Tente não irritá-la."

Eu me lembro de Cardan nos guiando, bêbado, em meio aos guardas durante a saída da coroação. Ele conhece aquelas pessoas, os costumes delas. Por mais arrogante que soe ao dar conselhos e por mais que me irrite, eu seria um tanto tola se não lhe desse ouvidos. Eu me levanto, torcendo para minhas bochechas não estarem coradas. Cardan também se senta, parecendo prestes a falar alguma coisa.

— Já sei, já sei — digo, seguindo de novo em direção do acampamento. — Eu tenho que tomar cuidado para não morrer e deixar você entediado.

Decido tentar a sorte com Severin, o filho de Alderking, primeiro. O acampamento dele é pequeno, assim como seus domínios, um bosque perto da Corte dos Cupins de Roiben, nem Seelie nem Unseelie em sua natureza.

A barraca dele é feita de tecido pesado, pintada de prateado e verde. Alguns cavaleiros estão sentados ali perto, em volta de uma fogueira animada. Nenhum deles está de armadura, apenas de túnicas de couro pesadas e botas. Um deles está mexendo em um dispositivo para pendurar uma chaleira sobre o fogo e ferver água. O garoto humano que vi com Severin na coroação, o ruivo que me flagrou olhando para ele, está conversando com um dos cavaleiros em voz baixa. Um instante depois, os dois gargalham. Ninguém repara em mim.

Vou andando até a fogueira.

— Perdão — começo, me perguntando se mesmo isso é educado demais para uma mensageira real. Ainda assim, não tenho escolha senão prosseguir. — Tenho uma mensagem para o filho de Alderking. O novo Grande Rei deseja fazer um acordo com ele.

— Ah, é? — O humano me surpreende ao falar primeiro.

— Sim, mortal — digo, como a hipócrita que sou. Mas, ora, é assim que um dos servos de Balekin falaria com ele.

O garoto revira os olhos e diz alguma coisa para um dos outros cavaleiros quando se levanta. Demoro um momento para perceber que estou diante de lorde Severin. Cabelo da cor de folhas de outono, olhos verde-musgo e chifres se curvando por trás da testa, acima das orelhas. Estou surpresa com a ideia de ele estar sentado junto ao restante do grupo na frente de uma fogueira, mas me recupero com rapidez suficiente para me lembrar de fazer uma reverência.

— Devo falar a sós com o senhor — solicito.

— Ah é? — pergunta ele. Eu não respondo, e Severin ergue as sobrancelhas. — Claro — diz por fim. — Por aqui.

— Você devia dar um jeito nela — grita o garoto mortal atrás de nós. — Falando sério, servos humanos enfeitiçados são *sinistros*.

Severin não responde.

Sigo-o até o interior da barraca. Nenhum dos outros nos acompanha, mas, quando entramos, avisto algumas mulheres de vestido sentadas em almofadas e um flautista tocando uma melodia. Uma cavaleira está acomodada ao lado delas, a espada no colo. A lâmina é bonita o bastante para chamar minha atenção.

Severin me leva até uma mesa baixa cercada por bancos forrados e abarrotada de petiscos: uma jarra d'água prateada e com alça de chifre, um prato de uvas e damascos e vários docinhos de mel. Ele faz sinal para eu me sentar e, quando o faço, ele se acomoda em outro banco.

— Coma o que desejar — oferece, fazendo parecer uma proposta e não uma ordem.

— Quero que o senhor testemunhe uma cerimônia de coroação — começo sem rodeios, ignorando a comida. — Mas não é Balekin quem vai ser coroado.

Ele não parece muito surpreso, só um pouco mais desconfiado.

— Então você *não* é mensageira dele?

— Eu sou a mensageira do próximo Grande Rei — digo, tirando o anel de Cardan do bolso como prova de que tenho ligação com a família real, de que não estou inventando essa história do nada. — Balekin não vai ser o próximo Grande Rei.

— Entendo. — A postura dele é impassível, mas o olhar é atraído para o anel.

— E posso prometer que sua corte vai ser reconhecida como soberana se você nos ajudar. Não vai haver ameaça de conquista do novo Grande Rei. Nós oferecemos uma aliança. — O medo sobe pela minha garganta, e quase não consigo dizer as últimas palavras. Se ele não me ajudar, há uma chance de me trair para Balekin. Se isto acontecer, tudo vai ficar bem mais complicado.

Posso controlar bastante coisa, mas não posso controlar isso.

O rosto de Severin está ilegível.

— Não vou insultá-la perguntando quem você representa. Só há uma possibilidade: o jovem príncipe Cardan, de quem ouço falar muitas coisas Mas não sou o candidato ideal para ajudar você, pelo mesmo motivo de sua proposta ser tão tentadora. Minha corte sofre poucas consequências. Além do mais, sou filho de um traidor, então minha honra não deve ter lá muito peso.

— O senhor já vai ao banquete de Balekin. Só preciso de sua ajuda no momento crítico. — Ele está tentado, já admitiu isso. Talvez só precise de mais um empurrãozinho para ser convencido. — Não sei o que você ouviu sobre o príncipe Cardan, mas ele será um rei melhor do que o irmão.

Pelo menos nisto não estou mentindo.

Severin olha para a beirada da barraca, como se imaginando quem poderia me ouvir.

— Ajudo você, desde que eu não seja o único. Digo isso pelo seu bem, tanto quanto pelo meu. — Com isso, ele se levanta. — Desejo bem a você e ao príncipe. Se precisar de mim, farei o que puder.

Eu me levanto do banco e faço outra reverência.

— É muita generosidade sua.

Saio do acampamento com a mente em turbilhão. Por um lado, eu consegui. Conversei com um dos governantes do Reino das Fadas sem fazer papel de boba. Até meio que o persuadi a participar do meu plano. Mas ainda preciso que outro monarca, um mais influente, concorde em nos oferecer apoio.

Tem um lugar que andei evitando. O maior acampamento pertence a Roiben, da Corte dos Cupins. Notoriamente sedento por sangue, ele conquistou suas duas coroas em batalha, e por isso não tem motivo para ser contra o golpe sangrento de Balekin. Ainda assim, Roiben parece ser de opinião bem parecida com a de Annet, da Corte das Mariposas: Balekin não é grande coisa sem a Coroa.

Talvez ele também não queira ver uma mensageira de Balekin. E, considerando o tamanho de seu acampamento, não consigo sequer imaginar o número de guardiões pelos quais eu teria que passar para falar com ele.

Mas é possível que eu possa entrar sorrateiramente. Afinal, com tantos feéricos espalhados, o que seria uma pessoa a mais ou a menos?

Pego um conjunto de galhos caídos, grandes o suficiente para ser uma contribuição respeitável para uma fogueira, e caminho até a Corte dos Cupins com a cabeça baixa. Há cavaleiros espalhados pelos arredores, mas eles de fato mal prestam atenção em mim quando passo.

Sinto-me eufórica com o sucesso do meu plano. Quando eu era criança, às vezes Madoc precisava interromper nossas partidas de Trilha. O tabuleiro então permanecia como estava, esperando voltarmos de onde paramos. Durante todo o dia e toda a noite, eu imaginava minhas jogadas e as dele até que, quando nos sentávamos, não estávamos mais jogando o jogo original. O que eu mais falhava em fazer era prever suas jogadas com precisão. Eu tinha uma ótima estratégia para mim, mas não para o jogo do qual estava participando.

A sensação é a mesma quando entro no acampamento. Estou jogando contra Madoc, e embora consiga elaborar meus planos e esquemas, se não conseguir imaginar os dele, estou ferrada.

Largo a pilha de gravetos ao lado de uma fogueira. Uma mulher de pele azul e dentes pretos me olha por um momento, então volta a conversar com um homem com pés de bode. Limpo as cascas de árvore de minhas roupas e caminho para a maior barraca. Mantenho os passos tranquilos e ando de maneira calma e regular. Quando encontro uma área sombreada, aproveito para passar por baixo do pano da tenda. Fico deitada ali por um momento, meio escondida dos dois lados e ao mesmo tempo exposta para ambos.

O interior da barraca é iluminado por lamparinas ardendo com fogo verde alquímico, tingindo tudo de uma cor adoentada. Mas de todas as outras formas, o interior é luxuoso. Há camadas de tapetes, um sobre o outro. Há mesas pesadas de madeira, cadeiras e uma cama cheia de peles e mantas de brocado com romãs bordadas.

Mas na mesa, para minha surpresa, há caixinhas de comida feitas de papel. A pixie de pele verde que estava com Roiben na coroação usa hashis para levar o macarrão à boca. Ele está sentado ao lado dela, quebrando cuidadosamente um biscoito da sorte.

— O que diz? — pergunta a garota. — Que tal "a viagem que você disse que seria divertida acabou em derramamento de sangue, como sempre"?

— Diz "Seus sapatos vão deixar você feliz hoje" — recita ele, a voz seca, e passa o papelzinho por cima da mesa para a pixie verificar.

Ela olha para as botas de couro de Roiben. Ele dá de ombros, um sorrisinho lhe tocando os lábios.

De repente, sou arrastada do meu esconderijo. Eu rolo de costas para o lado de fora da barrada e encontro uma cavaleira acima de mim, a espada na mão. A única culpada sou eu. Eu devia ter continuado em movimento, devia ter encontrado um jeito de me esconder dentro da barraca. Não devia ter parado para escutar uma conversa, por mais surpreendente que eu a tivesse considerado.

— De pé — diz a cavaleira. É Dulcamara. Mas seu rosto não demonstra me reconhecer.

Eu me levanto, e ela me leva para dentro da barraca, me chutando nas pernas quando entramos para que eu caia nos tapetes. Tenho que agradecer pela maciez deles. Por um momento, fico ali caída. Ela pisa na minha lombar como se eu fosse uma presa morta.

— Peguei uma espiã — anuncia. — Devo quebrar o pescoço dela?

Eu poderia rolar e agarrar o tornozelo da cavaleira. Isso acabaria com o equilíbrio dela por tempo suficiente para eu poder me levantar. Se eu torcesse sua perna e fugisse, talvez conseguisse escapar. Na pior das hipóteses, eu estaria de pé, podendo pegar uma arma para entrar em combate.

Mas vim aqui para encontrar lorde Roiben, e agora consegui. Fico parada e deixo que Dulcamara me subestime.

Lorde Roiben sai de trás da mesa e se inclina por cima de mim, os cabelos brancos caindo em volta do rosto. Olhos prateados me observam sem qualquer compaixão.

— E de qual corte você faz parte?

— Da Corte do Grande Rei — respondo. — Do verdadeiro Grande Rei, Eldred, que foi morto pelo filho.

— Não sei se acredito em você. — Ele me surpreende tanto com a brandura da declaração quanto com a suposição de que estou mentindo. — Venha se sentar conosco e comer. Quero saber mais da sua história. Dulcamara, pode nos deixar a sós.

— Você vai alimentar isto aí? — pergunta ela, mal-humorada.

Ele não responde, e depois de um momento de silêncio pétreo, ela parece se tocar. Com uma reverência, a cavaleira sai.

Eu vou até a mesa. A pixie me encara com os olhos negros, iguaizinhos aos de Tatterfell. Reparo na junta a mais em seus dedos quando ela estica a mão para pegar um rolinho primavera.

— Vá em frente — oferece. — Tem bastante. Mas já usei a maior parte dos pacotinhos de mostarda picante.

Roiben espera, me observando.

— Comida mortal — digo no que espero ser um jeito neutro.

— Nós vivemos junto a mortais, não é? — pergunta ele.

— Acho que *ela* mais do que mora *junto* deles — protesta a pixie, olhando para mim.

— Perdão — diz ele, e aguarda.

Percebo que os dois realmente esperam que eu coma alguma coisa. Espeto um bolinho com um hashi e enfio na boca.

— Está gostoso.

A pixie volta a comer o macarrão.

Roiben faz um sinal na direção da fada.

— Esta é Kaye. Imagino que você saiba quem eu sou, considerando que entrou escondida no meu acampamento. Que nome você usa?

Não estou acostumada a me oferecerem uma educação tão escrupulosa; ele está me dando a cortesia de não me perguntar meu verdadeiro nome.

— Jude — digo, porque nomes não têm poder sobre mortais. — E vim aqui porque posso colocar uma pessoa diferente de Balekin no trono, mas preciso da sua ajuda para isso.

— Alguém melhor do que Balekin ou só alguém? — pergunta ele.

Franzo a testa, sem saber direito como responder.

— Alguém que não assassinou boa parte da família em um palco. Isso não é automaticamente melhor?

A pixie, *Kaye*, ri.

Lorde Roiben olha para a própria mão sobre a mesa de madeira e depois para mim. Não consigo interpretar seu rosto sério.

— Balekin não é diplomata, mas talvez possa aprender. Obviamente, ele é ambicioso e executou um golpe brutal. Nem todo mundo tem estômago para isso.

— Eu quase não tive estômago para assistir — diz Kaye.

— Ele só conseguiu executar mais ou menos — lembro a eles. — E eu imaginei que você não gostasse muito dele, considerando o que disse na coroação.

Roiben dá um meio-sorriso. É um gesto mínimo, quase imperceptível.

— Não gosto mesmo. Acho que ele é um covarde por matar as irmãs e o pai no que pareceu ser um ataque de raiva. E ele se escondeu por trás dos militares e deixou que o general acabasse com o herdeiro escolhido pelo Grande Rei. Isso é sinal de fraqueza, do tipo que inevitavelmente vai ser explorada.

Um arrepio gélido de premonição sobe pelas minhas costas.

— O que preciso é de alguém para testemunhar uma coroação, alguém com poder suficiente para que seu testemunho tenha importância. Você. Vai acontecer no banquete de Balekin, amanhã à noite. Se você permitir que aconteça e fizer seu juramento ao novo Grande Rei...

— Sem querer ofender — diz Kaye —, mas o que você tem a ver com essas coisas? Que importância tem pra você quem vai subir ou não ao trono?

— Porque aqui é onde eu moro — retruco. — Foi onde cresci. Mesmo odiando por boa parte do tempo, este lugar é meu.

Lorde Roiben assente devagar.

— E você não vai me dizer quem é esse candidato e nem como você vai colocar uma coroa na cabeça dele?

— Prefiro não dizer — confirmo.

— Eu poderia fazer Dulcamara machucar você até que implorasse para ter permissão de me contar seus segredos. — Ele diz isso com brandura, só mais um fato, mas me lembra de sua reputação horrorosa. Não há comida chinesa nem educação o suficiente para me fazer esquecer de com quem e com o que estou lidando.

— Isso não o tornaria tão covarde quanto Balekin? — provoco, tentando projetar a mesma confiança que eu mostrei na Corte das Sombras, a mesma confiança que demonstrei para Cardan. Não posso deixar que ele veja que estou com medo ou, pelo menos, *quanto* estou com medo.

Ficamos nos encarando por um longo momento, a pixie observando a nós dois. Finalmente, lorde Roiben exala.

— Provavelmente mais covarde. Muito bem, Jude, fazedora de reis. Nós vamos jogar com você. Coloque a coroa em uma cabeça que não seja a de Balekin, e vou ajudar a mantê-la. — Ele faz uma pausa. — Mas você vai fazer uma coisa por mim.

Fico esperando o resto, tensa.

Ele estica os dedos compridos.

— Um dia, vou pedir um favor ao seu rei.

— Você quer que eu aceite sem nem saber o que é? — questiono.

O rosto estoico de Roiben revela pouco.

— Agora estamos nos entendendo perfeitamente.

Assinto. Que escolha eu tenho?

— Algo de igual valor — esclareço. — E ao nosso alcance.

— Foi um encontro muito interessante — diz lorde Roiben com um sorrisinho inescrutável.

Quando me levanto para sair, Kaye dá uma piscadela com seu olho preto.

— Boa sorte, mortal.

Com as palavras dela ecoando atrás de mim, deixo o acampamento e volto para Cardan.

CAPÍTULO 28

Quando retornamos, Fantasma está acordado. Ele saiu e voltou com um punhado de maçãs pequenas, um pouco de carne seca de cervo, manteiga fresca e várias dezenas de garrafas de vinho. Também trouxe alguns móveis que reconheço do palácio: um divã forrado de seda, almofadas de cetim, uma colcha resplandecente de seda de aranha e um conjunto de chá de calcedônia.

Ele ergue o olhar do divã onde está sentado, parecendo ao mesmo tempo tenso e exausto. Acho que está sofrendo luto, mas não de um jeito humano.

— E então? Acredito que me prometeram ouro.

— E se eu pudesse prometer vingança? — pergunto, novamente consciente do peso das dívidas já nos meus ombros.

Ele troca um olhar com Bomba.

— Então ela tem mesmo um plano.

Bomba se acomoda em uma almofada.

— Um segredo, o que é bem melhor do que um plano.

Pego uma maçã, vou até a mesa e subo nela.

— Nós vamos entrar no banquete de Balekin e roubar o reino na cara dele. Que tal isso como vingança?

Ousada, é isso que preciso ser. Como se eu já fosse dona de tudo. Como se fosse a filha do general. Como se fosse mesmo capaz de executar isso.

Fantasma dá um sorrisinho. Então pega quatro cálices de prata no armário e os coloca na minha frente.

— Bebida?

Balanço a cabeça e observo enquanto ele nos serve. Fantasma volta para o divã, mas fica sentado na beirada, como se tivesse que pular a qualquer momento. Ele toma um gole caprichado de vinho.

— Você falou do assassinato do filho natimorto de Dain — digo.

Fantasma assente.

— Eu vi sua cara quando Cardan contou sobre Liriope e quando você entendeu minha parte nisso.

— E me pegou de surpresa — respondo com sinceridade. — Eu queria pensar que Dain era diferente.

Cardan ri com deboche e pega o cálice de prata que era para ser meu junto com o dele.

— Assassinato é um ofício cruel — diz Fantasma. — Acho que Dain seria tão justo como Grande Rei quanto qualquer príncipe feérico, mas meu pai era mortal. Ele não teria considerado Dain um sujeito bom. E também não teria me considerado bom. Seria interessante resolver quanto você se importa com bondade antes de se enveredar pelo caminho da espionagem.

Ele provavelmente está certo, mas tenho pouco tempo para pensar nisso agora.

— Você não entende — digo. — O filho de Liriope sobreviveu.

Ele se vira para Bomba, claramente atônito.

— É *esse* o segredo?

Ela assente, um pouco arrogante.

— É esse o plano.

Fantasma olha para ela por bastante tempo e então se vira para mim.

— Eu não quero procurar uma nova posição. Quero ficar aqui e servir ao próximo Grande Rei. Então, sim, vamos roubar o reino.

— Nós não precisamos ser bons — digo para Fantasma. — Mas vamos tentar ser justos. Tão justos quanto qualquer príncipe do Reino das Fadas.

Fantasma sorri.

— E talvez um pouco mais — completo, olhando para Cardan.

Fantasma assente.

— Eu adoraria isso.

Ele sai para acordar Barata. E, então, tenho que explicar tudo de novo. Quando chego na parte do banquete e o que acho que vai acontecer lá,

Barata me interrompe tantas vezes que mal consigo concluir uma frase. Quando termino de falar, ele saca um rolo de velino e uma caneta mordida de um dos armários e anota quem deve estar onde e em qual momento para o plano funcionar.

— Você está replanejando meu plano — censuro.

— Só um tiquinho — diz ele, lambendo a ponta da caneta e voltando a fazer anotações. — Você está preocupada com Madoc? Ele não vai gostar disso.

Claro que estou preocupada com Madoc. Se não estivesse, não estaria fazendo nada disso. Bastaria entregar a ele a chave do reino.

— Eu sei — digo, olhando para os resíduos de vinho no cálice de Fantasma. Assim que eu entrar na festa com Cardan ao meu lado, Madoc vai saber que estou tramando um joguinho particular. Quando descobrir que vou tirar dele a posição de regente, vai ficar furioso.

E ele fica ainda mais sedento por sangue quanto está furioso.

— Você tem alguma coisa adequada pra vestir? — pergunta Barata. Diante do meu olhar surpreso, ele levanta as mãos. — Você está fazendo política. Você e Cardan precisam aparecer em esplendor naquele banquete. Seu novo rei vai precisar que tudo esteja perfeito.

Repassamos os planos, e Cardan nos ajuda a mapear a Mansão Hollow. Tento não prestar muita atenção nos dedos longos se arrastando pelo papel, na emoção atordoante que sinto toda vez que ele me olha.

Ao amanhecer, bebo três xícaras de chá e saio sozinha para procurar a última pessoa com quem preciso conversar antes do banquete: minha irmã Vivienne.

Vou para casa (a casa de Madoc, lembro a mim mesma. Nunca foi minha e, depois desta noite, nunca nem será) quando o sol nasce em uma explosão de dourado. Sinto-me uma sombra quando subo a escadaria em espiral, enquanto passo por todos os aposentos onde cresci. No meu quarto, arrumo a mala. Veneno, facas, um vestido e joias que imagino que Barata vá achar adequadamente extravagantes. Com relutância, deixo os bichos de pelúcia da cama. Também deixo sapatos e livros e bibelôs favoritos. Saio da minha segunda vida da mesma forma que saí da primeira, carregando poucas coisas e com grande incerteza do que virá a seguir.

Vou até a porta de Vivi e bato de leve. Depois de alguns momentos, ela, sonolenta, me deixa entrar.

— Ah, que bom — murmura, bocejando. — Você arrumou sua mala. — Ela então vê meu rosto e balança a cabeça. — Não me diga que você não vem.

— Aconteceu uma coisa — começo, colocando a bolsa no chão. Mantenho a voz baixa. Não existe motivo real para esconder que estou aqui, mas me esconder acabou por se tornar um hábito. — Só me escute.

— Você desapareceu — diz ela. — Fiquei esperando você indefinidamente, fingindo para nosso pai que estava tudo bem. Você me deixou preocupada.

— Eu sei — reconheço.

Ela me olha como se estivesse cogitando me dar um tapa.

— Fiquei louca de medo de você estar *morta*.

— Eu não estou nem um pouco morta — digo, segurando o braço dela e puxando-a para poder falar em um sussurro. — Mas tenho que dizer uma coisa que sei que você não vai gostar: eu estava trabalhando como espiã do príncipe Dain. Ele pôs um geas em mim e eu não tive como contar nada a respeito antes de sua morte.

As sobrancelhas delicadamente arqueadas se erguem.

— Espiã? O que isso envolve?

— Ficar me esgueirando por aí e conseguir informações. Matar pessoas. E, antes que você diga qualquer coisa, eu me revelei muito boa nisso.

— *Certo* — diz ela. Vivi sabia que tinha alguma coisa acontecendo comigo, mas a julgar pela expressão em seu rosto, percebo que nem em um milhão de anos ela teria adivinhado.

Continuo:

— E descobri que Madoc vai fazer uma jogada política que envolve Oak. — Explico mais uma vez sobre Liriope, Oriana e Dain. A essa altura, já contei essa história vezes suficientes para ficar fácil me concentrar só nas partes necessárias, para passar as informações de forma rápida e convincente. — Madoc vai colocar Oak no trono e assumir a posição de regente. Não sei se esse sempre foi o plano dele, mas tenho certeza de que agora é.

— E é por isso que você não vai para o mundo humano comigo?

— Quero que você leve Oak no meu lugar — digo para ela. — Que o mantenha longe disso tudo até ele ficar um pouco mais velho, o bastante para não precisar de regente. Vou ficar aqui e cuidar para que ele tenha algo para o qual voltar.

Vivi coloca as mãos nos quadris, um gesto que me lembra nossa mãe.

— E como exatamente você pretende fazer isso?

— Deixe essa parte comigo — asseguro, desejando que Vivi não me conhecesse tão bem quanto conhece. Para distraí-la, explico sobre o banquete de Balekin, sobre como a Corte das Sombras vai me ajudar a obter a coroa. Preciso que ela prepare Oak para a coroação. — Quem controlar o rei também controla o reino — alerto. — Se Madoc for regente, você sabe que o Reino das Fadas estará sempre em guerra.

— Deixa eu ver se entendi: você quer que eu leve Oak para longe do Reino das Fadas, para longe de todo mundo que ele conhece, e o ensine a ser um bom rei? — Ela ri com tristeza. — Certa vez nossa mãe raptou uma criança feérica, eu. Você sabe o que aconteceu. Como isso vai ser diferente? Como você vai impedir que Madoc e Balekin saiam caçando Oak até o fim do mundo?

— Alguém pode ser enviado para protegê-lo, para proteger vocês. Mas quanto ao restante, eu tenho um plano. Madoc não vai atrás dele. — Com Vivi, me sinto eternamente destinada a ser a irmãzinha, tola e prestes a cair de cara.

— Talvez eu não queira ser babá — diz Vivi. — Talvez eu o perca em um estacionamento ou o esqueça na escola. Talvez ensine truques horríveis a ele. Talvez ele me culpe por tudo isso.

— Então me dê outra solução. Você acha mesmo que é isso que eu quero? — Tenho noção de que parece que estou suplicando, mas não consigo evitar.

Durante um momento tenso, ficamos nos olhando. Ela se joga em uma cadeira e recosta a cabeça na almofada atrás.

— Como vou explicar isso para Heather?

— Acho que Oak é a parte menos chocante de tudo o que você tem pra contar a ela — digo. — E são só alguns anos. Você é imortal. O que, aliás, é uma das coisas mais chocantes que você tem que contar a ela.

Vivi me lança um olhar capaz de fazer criança chorar.

— Prometa que isso vai salvar a vida de Oak.

— Eu prometo — digo para ela.

— E prometa que não vai custar a sua.

Assinto.

— Não vai.

— Mentirosa — diz Vivi. — Você é uma mentirosa imunda e eu odeio isso e odeio essa história toda.

— É — respondo. — Eu sei.

Pelo menos ela não disse que também me odeia.

Estou saindo de casa quando Taryn abre a porta do quarto. Ela está usando uma saia marfim, com um bordado que forma um padrão de folhas em queda.

Minha respiração trava. Eu não estava planejando vê-la.

Nós nos olhamos por um longo momento. Ela percebe que carrego uma bolsa pendurada no ombro e que estou com a mesma roupa que usei quando lutamos.

Taryn fecha a porta novamente e me deixa com meu destino.

CAPÍTULO

29

Eu nunca entrei pela porta da frente da Mansão Hollow. Antes, sempre entrava sorrateira pela cozinha, vestida de serva. Agora estou bem diante das portas de madeira polida, iluminadas por duas lâmpadas de fadinhas aprisionadas, voando em círculos desesperados. Elas iluminam um entalhe de um rosto enorme e sinistro. A aldrava, um círculo perfurando o nariz.

Cardan estica a mão para a aldrava e, como cresci no Reino das Fadas, não fico surpresa a ponto de dar um berro quando os olhos se abrem.

— Meu príncipe — diz o entalhe.

— Minha porta — responde ele, com um sorriso que transmite ao mesmo tempo afeição e familiaridade. É bizarro ver o charme irritante de Cardan ser usado para uma coisa que não seja maléfica.

— Viva, e seja bem-vindo — diz a porta, se abrindo e revelando um dos servos feéricos de Balekin.

Ele olha boquiaberto para Cardan, o príncipe desaparecido do Reino das Fadas.

— Os outros convidados estão por aqui — declara.

Cardan entrelaça o braço ao meu com firmeza antes de sair andando, e sinto uma onda de calor enquanto acompanho o passo. Não posso me dar ao luxo de ser menos do que brutalmente sincera comigo. Apesar de tudo o que passei, embora ele seja um sujeito terrível, Cardan também é divertido.

Talvez eu devesse ficar feliz com quanto isso vai ter pouca importância em breve.

Mas, agora, é imensamente irritante. Cardan está usando um traje escolhido dentre as roupas de Dain, surrupiado do guarda-roupas do palácio e alterado por uma fada de dedos hábeis que tinha uma dívida de jogo com Barata. Ele está majestoso em tons variados de creme: um paletó sobre um colete e uma camisa frouxa, calça e lenço de pescoço, mas as mesmas botas com bico de prata que ele usou na coroação; uma única safira cintila em sua orelha esquerda. Ele *tem* que estar majestoso. Eu ajudei a escolher as roupas, ajudei a deixá-lo assim, mas o efeito não passa despercebido por mim.

Estou usando um vestido verde-garrafa com brincos no formato de frutas silvestres. No meu bolso está a bolota dourada de Liriope, e no meu quadril está a espada do meu pai. Ao longo do corpo, tenho uma coleção de facas. Não parece suficiente.

Quando atravessamos o salão, todos se viram para olhar. Os lordes e damas de Reino das Fadas. Reis e rainhas de outras cortes. O representante da rainha Submarina. Balekin. Minha família. Oak, Oriana e Madoc. Olho para lorde Roiben, o cabelo branco destacando-o na multidão, mas ele não demonstra me reconhecer. Seu rosto permanece ilegível, uma máscara.

Tenho que acreditar que Roiben vai cumprir sua parte no acordo, mas não gosto de contar com a sorte. Cresci sendo ensinada a sempre procurar uma fraqueza nos outros e explorá-la. Disso eu entendo. Mas daí a fazer as pessoas gostarem de você, a quererem escolher você e ficar do seu lado... nisto sou bem menos hábil.

Meu olhar vai da mesa de petiscos para os vestidos elaborados das damas, e logo corre para um rei goblin mastigando um osso ruidosamente. Então pouso os olhos na Coroa de Sangue do Grande Rei. Está na prateleira acima de nós, apoiada em uma almofada. Ali, cintila com uma luz sinistra.

Ao vê-la, imagino todos os meus planos desmoronando. A ideia de roubar a coroa na frente de todo mundo me apavora. Por outro lado, ter que procurá-la na Mansão Hollow também seria apavorante.

Vejo Balekin parar de falar com uma mulher que não reconheço. Ela está usando um vestido de algas marinhas trançadas e colar de pérolas. Os cabelos negros estão presos por uma coroa decorada com mais pérolas, se assemelhando a uma teia acima da cabeça da feérica. Demoro um momento para me dar conta de que esta pode ser a rainha Orlagh, mãe de Nicasia. Balekin se afasta dela e atravessa o salão em nossa direção com determinação.

Cardan avista o irmão e nos desvia para os vinhos. Há garrafas e mais garrafas da bebida: verde-claro, amarelo como ouro, o vermelho-arroxeado escuro do sangue do meu coração. O aroma é de rosas, de dentes-de-leão, de ervas moídas e groselha. Só o cheiro já quase faz minha cabeça girar.

— Irmãozinho — diz Balekin para Cardan. Ele está vestido de preto e prata da cabeça aos pés, o veludo do gibão com um bordado tão denso no desenho de coroas e aves que parece pesado como uma armadura. Na cabeça, Balekin usa um aro de prata, o qual combina com seus olhos. Não é *a* coroa, mas é *uma* coroa. — Procurei você por toda parte.

— Duvido. — Cardan sorri como o vilão que sempre acreditei que fosse. — Acabou que me tornei útil. Que surpresa terrível.

O príncipe Balekin sorri como se os sorrisos de ambos pudessem duelar por si só. Tenho certeza de que ele adoraria poder insultar Cardan, espancá-lo até fazê-lo se render a suas vontades. Mas como o restante da família real morreu por meio de uma espada, Balekin deve ter aprendido a lição sobre precisar de um participante disposto em uma coroação.

No momento, a presença de Cardan é suficiente para garantir a todos os presentes que Balekin em breve será o Grande Rei. Se Balekin chamar os guardas ou aprisionar o irmão, essa ilusão vai se dissipar.

— E você — diz Balekin, voltando o olhar para mim. Consigo ver a crueldade surgindo em seus olhos. — O que tem a ver com isso? Deixe-nos.

— Jude — chama Madoc, se aproximando para se colocar ao lado do príncipe Balekin, que parece finalmente perceber que eu posso ter *alguma coisa* a ver com isso, afinal.

Madoc parece insatisfeito, mas não alarmado. Tenho certeza de que está me achando uma tola que espera um cafuné de agradecimento por ter encontrado o príncipe desaparecido e que está se amaldiçoando por não ter deixado mais claro que queria que Cardan fosse levado para *ele*, *não* para Balekin. Abro meu melhor sorriso de alegria, como o de uma garotinha que acredita que resolveu os problemas de todo mundo.

Como deve ser frustrante chegar tão perto de seu objetivo, ter Oak e a coroa no mesmo lugar, ter os lordes e damas do Reino das Fadas reunidos. E então a filha bastarda de sua primeira esposa dá um nó em seus planos entregando ao seu rival a única pessoa com mais probabilidade de botar a coroa na cabeça de Oak.

Mas reparo no olhar avaliador que ele está lançando para Cardan. Madoc está refazendo seus planos.

Ele coloca a mão pesada no meu ombro.

— Você o encontrou. — Então se vira para Balekin. — Espero que recompense minha filha. Tenho certeza de que não foi fácil persuadir Cardan a vir até aqui.

Cardan olha para Madoc de um jeito estranho. Lembro o que ele disse sobre ficar incomodado por Madoc me tratar tão bem, quando Eldred mal olhava em sua cara. Mas pelo jeito como ele está olhando agora, fico pensando se só está estranhando nos ver juntos, o general e a garota humana.

— Darei tudo o que ela pedir e muito mais — promete Balekin com extravagância. Vejo Madoc franzir a testa e abro um sorriso breve para ele enquanto sirvo duas taças de vinho, um claro e um escuro. Sou cuidadosa ao fazer isso, não derramo uma gota.

Mas em vez de entregar uma para Cardan, ofereço as duas para Madoc escolher. Sorrindo, ele pega o vinho da cor de sangue. Eu fico com o outro.

— Ao futuro do Reino das Fadas — brindo, tilintando as taças de leve, fazendo-as ressoar como sinos. Bebemos. Na mesma hora, sinto os efeitos: uma espécie de leveza, como se eu estivesse nadando no ar. Não quero nem olhar para Cardan. Ele vai rir demais se achar que não aguento nem uns golinhos de vinho.

Cardan serve uma taça para si e vira tudo de uma vez.

— Pegue a garrafa — oferece Balekin. — Estou preparado para ser muito generoso. Vamos discutir o que você quiser, qualquer coisa.

— Não temos pressa, temos? — pergunta Cardan languidamente.

Balekin olha para ele com a dureza de alguém que mal está se controlando para não partir para a violência.

— Acho que todo mundo gostaria de ver a questão resolvida.

— Ainda assim — diz Cardan, pegando a garrafa de vinho e bebendo diretamente do gargalo. — Nós temos a noite toda.

— O poder está nas suas mãos — retruca Balekin de uma forma enigmática, que deixa o "por enquanto" pesadamente subentendido.

Vejo um músculo tremelicar no maxilar de Cardan. Tenho certeza de que Balekin está imaginando como vai puni-lo por qualquer atraso. O peso está em cada uma de suas palavras.

Madoc, por sua vez, está observando a situação, sem dúvida avaliando o que poderia oferecer a Cardan. Quando sorri para mim e bebe outro gole de vinho, o sorriso é genuíno. Cheio de dentes e aliviado. Consigo ver que ele acha que Cardan será mais manipulável do que Balekin em qualquer circunstância.

De repente, tenho certeza de que se fôssemos para outro aposento, Balekin veria a espada de Madoc enfiada em seu peito.

— Depois do jantar, apresentarei minhas condições — diz Cardan. — Mas, até lá, vou aproveitar a festa.

— Eu não tenho paciência infinita — rosna Balekin.

— Cultive-a, então — provoca Cardan, e, com uma pequena reverência, nos leva para longe de Balekin e Madoc.

Deixo minha taça de vinho perto de um prato cheio de corações de pardal perfurados por espetinhos de prata e sigo pelo meio da multidão com o príncipe.

Nicasia nos para, pousando a mão de dedos compridos no peito de Cardan, o cabelo celeste vibrante em contraste ao vestido bronze.

— Por onde você andou? — pergunta ela, com um olhar para nossos braços dados. Nicasia franze o nariz delicado, mas o pânico ressoa em suas palavras. Ela está fingindo calma, assim como o restante de nós.

Tenho certeza de que Nicasia achou que Cardan estava morto, ou pior. Deve haver muitas coisas que ela deseja perguntar a ele, e nenhuma delas pode ser na minha frente.

— A Jude aqui me fez prisioneiro — diz ele, e tenho que lutar contra a vontade de dar um pisão em seu pé. — Os nós dela são muito apertados.

Nicasia claramente não sabe se deve rir. Quase sou solidária. Eu também não sei.

— Que bom que você finalmente conseguiu fugir das amarras — diz ela, enfim.

Cardan ergue as sobrancelhas.

— Consegui? — retruca ele, uma condescendência arrogante na voz, como se ela tivesse se mostrado menos inteligente do que ele esperava.

— Você precisa ser desse jeito agora? — pergunta Nicasia, decidindo deixar a cautela de lado. Ela coloca a mão no braço de Cardan.

O rosto do príncipe se suaviza de um jeito que não estou acostumada a ver.

— Nicasia — diz ele, se desvencilhando do toque. — Fique longe de mim hoje. Para seu próprio bem.

Dói um pouco ver que ele tem essa gentileza dentro de si. Não quero assistir a isso.

Nicasia me olha de um jeito estranho, sem dúvida tentando decidir por que o pronunciamento dele não se aplica a mim. Mas logo Cardan está se afastando, e sigo com ele. Vejo Taryn do outro lado do salão, Locke ao seu lado. Ela arregala os olhos ao perceber com quem estou. Alguma coisa passa por seu rosto, algo que parece ressentimento.

Ela está com Locke, mas eu estou aqui com um *príncipe*.

Não é justo. Não tenho como saber se ela está pensando isso só de olhar.

— Parte um concluída — digo, afastando os olhos de minha irmã. Eu me dirijo a Cardan bem baixinho. — Nós chegamos aqui, entramos e ainda não estamos acorrentados.

— Sim — diz ele. — Acredito que Barata tenha chamado essa de "a parte fácil".

O plano, conforme expliquei a Cardan, tem cinco etapas básicas: (1) entrar, (2) fazer todos os outros entrarem, (3) pegar a coroa, (4) colocar a coroa na cabeça de Oak, (5) sair.

Solto nossos braços.

— Não vá a nenhum lugar sozinho — lembro a Cardan.

Ele me oferece um sorriso de lábios apertados, como o de alguém que está sendo abandonado, e assente uma vez.

Sigo até Oriana e Oak. Do outro lado do salão, vejo Severin interrompendo uma conversa e caminhando em direção ao príncipe Balekin. O suor se acumula acima dos meus lábios, em minhas axilas. Meus músculos se contraem.

Se Severin disser a coisa errada, vou ter que abandonar todas as fases do plano, exceto a de "sair".

Oriana levanta as sobrancelhas assim que me aproximo, as mãos pousando nos ombros esquálidos de Oak. Ele levanta as mãos. Quero niná-lo em meus braços. Quero perguntar se Vivi explicou o que vai acontecer. Quero dizer que vai ficar tudo bem. Mas Oriana segura os dedos dele, aperta entre os dela e coloca fim à dúvida de quantas mentiras eu aguento.

— O que é isso? — pergunta Oriana, meneando a cabeça em direção a Cardan.

— O que você pediu — explico, acompanhando seu olhar.

De algum jeito, Balekin atraiu Cardan para uma conversa com Severin. Cardan ri de alguma coisa que o irmão diz, parecendo tão confortavelmente arrogante quanto em qualquer outra ocasião que eu já tenha visto. Fico chocada com o reconhecimento; se você vive sempre com medo, sempre com o perigo em seu encalço, não fica tão difícil assim fingir que não existe mais perigo. Eu sei disso, mas não achei que justo Cardan também saberia. Balekin está com a mão no ombro do irmão. Consigo imaginar seus dedos afundando no pescoço de Cardan.

— Não é fácil. Espero que você entenda que vai haver um preço...

— Eu pago — responde Oriana rapidamente.

— Nenhum de nós sabe o custo — digo, e espero que ninguém repare na rispidez do meu tom. — E todos nós vamos ter que pagar uma parte.

Minha pele está corada por causa do vinho, e sinto um gosto metálico na língua. Está quase na hora de botar a parte seguinte do plano em ação. Olho ao redor, procurando Vivi, mas ela está do outro lado do salão. Não há tempo para dizer nada a ela agora, mesmo se eu soubesse o que falar.

Ofereço a Oak o que espero ser um sorriso encorajador. Muitas vezes me perguntei se meu passado é o motivo para eu ser como sou, se foi isso que me tornou uma pessoa monstruosa. Se sim, será que também vou transformar Oak em um monstro?

Vivi não vai, digo para mim mesma. O trabalho dela é ajudá-lo a se importar com coisas diferentes de poder, e meu trabalho é apenas me importar com poder a fim de poder abrir espaço para o retorno de Oak. Respirando fundo, sigo para as portas que levam ao corredor. Passo pelo par de cavaleiros e dobro uma esquina, para longe do campo de visão deles. Respiro fundo algumas vezes e destranco as janelas.

Aguardo durante alguns minutos de plena torcida. Se Barata e Fantasma passarem pela janela, poderei explicar a localização da coroa. Mas são as portas do banquete que se abrem, e ouço Madoc mandando os cavaleiros saírem. Eu me mexo para que ele possa me ver. E, quando isso acontece, ele vem em minha direção com muita determinação.

— Jude. Imaginei que tivesse vindo para cá.

— Eu precisava de ar fresco — respondo, um indicativo do quanto estou nervosa. Já respondi a pergunta que ele ainda não fez.

Mas Madoc descarta minha resposta.

— Você devia ter me procurado quando encontrou o príncipe Cardan. Nós poderíamos ter negociado de uma posição de força.

— Achei mesmo que você fosse dizer alguma coisa assim — comento.

— O que importa agora é que preciso falar a sós com Cardan. Eu gostaria que você fosse até lá e o trouxesse até aqui, para podermos conversar. Nós três podemos conversar.

Eu me afasto da janela e vou para o espaço aberto do corredor. Fantasma e Barata estarão aqui em um momento, e não quero que Madoc os veja.

— Sobre Oak? — pergunto.

Como eu esperava, Madoc me segue para longe da janela, franzindo a testa.

— Você sabia?

— Que você tem um plano para governar Elfhame? — provoco. — Eu acabei percebendo.

Ele me olha como se eu fosse uma estranha, mas nunca me senti menos estranha. Pela primeira vez, estamos os dois sem máscaras.

— E mesmo assim você trouxe o príncipe Cardan para cá, direto para Balekin — diz ele. — Ou foi pra mim? Temos que negociar agora?

— Tem que ser um ou outro, não é?

Madoc está ficando irritado.

— Você prefere não ter Grande Rei nenhum? Se a coroa for destruída, vai haver guerra, e se houver guerra, eu vou vencê-la. De uma forma ou de outra, a coroa será minha, Jude. E você só se beneficia disso. Não há motivo para se opor a mim. Você pode se tornar uma cavaleira. Pode ter tudo com que sempre sonhou. — Ele dá outro passo na minha direção. Estamos a uma distância mínima um do outro.

— Você disse "A coroa vai ser minha". *Sua* — lembro a ele, colocando a mão no cabo da espada. — Você mal falou o nome de Oak. Ele é só o meio para um fim, e esse fim é poder. Poder pra você.

— Jude... — começa Madoc, mas eu o interrompo.

— Vamos negociar. Jure pra mim que nunca vai erguer a mão contra Oak, e eu ajudo. Prometa que, quando ele for maior de idade, você vai se afastar do cargo de regente na mesma hora. Que vai entregar a Oak o poder que tiver sedimentado, e que vai fazê-lo voluntariamente.

Madoc retorce a boca. Cerra os punhos. Eu sei que ele ama Oak. Que ele me ama. Sei que amou minha mãe também, do jeito dele. Mas Madoc é quem é. Sei que ele não é capaz de fazer essas promessas.

Saco minha espada, e ele também, o ruído de metal tinindo no ambiente. Ouço gargalhadas distantes, mas estamos a sós no corredor.

Minhas mãos estão suando, mas o ato carrega uma sensação de inevitabilidade, como se fosse para isso que eu estivesse despencando o tempo todo, durante toda a minha vida.

— Você não consegue me derrotar — diz Madoc, assumindo postura de combate.

— Já derrotei — desafio.

— Não tem como você vencer. — Madoc brande a espada, me incentivando a avançar, como se fosse apenas um treinamento. — O que você pode querer fazer com um príncipe desaparecido na fortaleza de Balekin? Eu vou vencer e vou tirá-lo de você. Você poderia ter qualquer coisa que quisesse, mas agora não vai ter nada.

— Ah, sim, claro, quero mesmo revelar meu plano todo. Você me levou a ele. — Faço uma careta de deboche. — Não vamos enrolar mais. Essa é a parte em que lutamos.

— Pelo menos você não é covarde. — Madoc parte para cima de mim com tanta força que, ainda que eu bloqueie o golpe, sou jogada no chão. Rolo para uma posição de pé, mas estou abalada. Ele nunca lutou comigo assim, com tudo. Não vai ser uma troca gentil de golpes.

Madoc é o general do Grande Rei. Eu sabia que era melhor do que eu, mas não quanto.

Arrisco um olhar para a janela. Não tenho como ser mais forte que ele, mas não preciso ser. Só preciso aguentar mais um pouco. Então ataco, torcendo para pegá-lo de surpresa. Ele me ataca de volta. Eu desvio e me viro, mas Madoc espera o golpe, e tenho que cambalear sem elegância nenhuma para trás e bloquear uma nova investida pesada de sua lâmina. Meus braços doem por causa da força dos golpes do general.

Isso está acontecendo rápido demais.

Invisto com uma série de técnicas que ele mesmo me ensinou e uso um pouco do jogo de espadas que aprendi com Fantasma. Faço finta para a esquerda e acerto Madoc nas costelas. É um golpe superficial, mas surpreende a nós dois quando uma linha vermelha umedece seu casaco. Ele volta a me agredir. Dou um pulo para o lado, e então tomo uma cotovelada no rosto, que me derruba no chão. Escorre sangue do meu nariz.

Eu me levanto, tonta.

Estou com medo, por mais que tente fingir que não. Fui arrogante. Estou tentando ganhar tempo, mas um dos golpes de Madoc pode me partir no meio.

— Renda-se — diz ele, a espada apontada para minha garganta. — Foi uma boa tentativa. Vou perdoar você, Jude, e vamos voltar ao banquete. Você vai persuadir Cardan a fazer o que preciso que ele faça. Tudo será como deveria ser.

Cuspo sangue nas pedras do piso.

Percebo que o braço da espada de Madoc treme um pouco.

— Renda-se *você* — desafio.

Ele ri como se eu tivesse contado uma piada boa. Em seguida, para e faz uma careta.

— Imagino que você não esteja se sentindo muito bem — insinuo.

A espada estremece mais um pouco, e ele olha para mim com uma compreensão repentina.

— O que você fez?

— Envenenei você. Mas não se preocupe. Foi uma dose bem pequena. Você vai sobreviver.

— As taças de vinho — compreende ele. — Como você sabia qual eu escolheria?

— Eu não sabia — confesso, achando que ele vai ficar ao menos um pouco satisfeito com a resposta, apesar de tudo. É o tipo de estratégia que Madoc venera. — Envenenei as duas.

— Você vai se arrepender muito — ameaça ele. O tremor está nas pernas agora. Eu sei. Sinto o eco nas minhas também. A diferença é que agora já estou acostumada a tomar veneno.

Eu o encaro e guardo minha espada.

— Pai, eu sou o que você fez de mim. Finalmente me tornei sua filha.

Madoc levanta a espada novamente, como se fosse partir para cima de mim uma última vez. Mas a espada, assim como ele, cai no piso de pedra.

Quando Fantasma e Barata entram, apenas alguns tensos minutos depois, eles me encontram sentada ao lado do general, cansada demais para sequer pensar em deslocar o corpo.

Sem dizer nada, Barata me entrega um lenço, e começo a limpar o sangue do nariz.

— Vamos para a fase três — diz Fantasma.

CAPÍTULO

30

Quando volto para a festa, todos estão ocupando seus devidos lugares para o banquete. Caminho até Balekin e faço uma reverência.

— Meu senhor — saúdo, baixando a voz. — Madoc me pediu para avisar que vai se atrasar e que devemos começar sem ele. O general não quer que o senhor fique preocupado, mas alguns espiões de Dain estão aqui. Ele enviará notícias quando os tiver capturado ou matado.

Balekin me olha com lábios ligeiramente repuxados e olhos semicerrados. E capta qualquer rastro de sangue que eu talvez não tenha conseguido lavar das narinas, qualquer gota de suor que não tenha limpado. Madoc está apagado no antigo quarto de Cardan e, pelos meus cálculos, temos pelo menos uma hora até ele acordar. Tenho a sensação de que se Balekin olhasse com atenção, também poderia ler essas informações na minha testa.

— Você foi mais útil do que eu imaginava — diz ele, apoiando de leve a mão no meu ombro. Balekin parece ter se esquecido de como estava furioso quando entrei com Cardan... e provavelmente espera que eu também esqueça. — Continue e será recompensada. Você gostaria de viver como uma de nós? Gostaria de *ser* uma de nós?

Será que o Grande Rei do Reino das Fadas poderia mesmo me proporcionar isso? Poderia me tornar outra coisa além de humana, outra coisa além de mortal?

Penso nas palavras de Valerian quando ele tentou me encantar para saltar da torre. *Nascer mortal equivale a já ter nascido morta.*

Balekin vê minha expressão e sorri, seguro de que descobriu o desejo secreto do meu coração.

E, de fato, quando sigo para o meu lugar, estou perturbada. Deveria me sentir triunfante, mas só me sinto enjoada. Superar Madoc não foi tão satisfatório quanto eu esperava, principalmente depois de vencer apenas porque ele jamais havia pensado em mim como uma traidora em potencial. Talvez daqui a alguns anos minha fé nesse plano se mostre justificada, mas terei que conviver com essa sensação de ácido na boca do estômago até lá.

O futuro do reino depende de meu desempenho nesse jogo longo e que exige nada menos que perfeição de minha parte.

Vejo Vivi sentada entre Nicasia e lorde Severin e lanço um sorriso breve em sua direção. Minha irmã me devolve uma careta triste.

Lorde Roiben me olha de soslaio. Ao seu lado, a pixie verde sussurra alguma coisa e ele balança a cabeça. Do outro lado da mesa, Locke beija a mão de Taryn. A rainha Orlagh me fita com curiosidade. Só há três mortais aqui: Taryn, eu e o garoto ruivo de Severin. Pelo jeito como nos olha, a mãe de Nicasia está vendo ratos se apresentando para um grupo de gatos.

Acima de nós, há um candelabro feito de folhas finas de mica. Fadinhas pequeninas e luminosas estão presas ali dentro apenas para acrescentar um brilho caloroso ao salão. De vez em quando, elas voam e fazem as sombras dançarem.

— Jude — chama Locke, tocando meu braço e me assustando. Os olhos de raposa se enrugam de diversão. — Admito que estou com um certo ciúme por ver Cardan de braços dados com você.

Dou um passo para trás.

— Não tenho tempo pra isso.

— Eu gostava de você, sabe — diz ele. — Ainda gosto.

Por um momento, me pergunto o que aconteceria caso eu recuasse o braço e o acertasse em cheio com um soco.

— Cai fora, Locke.

O sorriso do feérico volta.

— O que mais gosto em tudo isso é que você nunca faz o que imagino que vá fazer. Por exemplo, nunca imaginei que duelaria por minha causa.

— Não duelei por sua causa. — Eu me desvencilho do aperto e sigo para a mesa, os passos um pouco vacilantes.

— Aí está você — diz Cardan quando assumo meu lugar ao lado dele. — Como está indo sua noite? A minha está cheia de um papo chato sobre como minha cabeça vai acabar pendurada em uma estaca.

Minhas mãos tremem quando me sento. Digo para mim mesma que é o veneno. Minha boca está seca. Não estou com cabeça para uma batalha verbal. Servos trazem os pratos: ganso assado brilhando com molho de groselha, ostras e alho-poró ensopado, bolos de frutas e peixes inteiros recheados com bagas de rosas. O vinho servido é verde escuro com pedaços de ouro flutuando. Vejo-os afundando até o fundo da taça, um sedimento reluzente.

— Já comentei sobre quão horrorosa você está hoje? — pergunta Cardan, se recostando na cadeira elaboradamente entalhada, o calor das palavras transformando a pergunta em algo similar a um elogio.

— Não — respondo, feliz por estar irritada com o presente outra vez. — Por favor, me conte.

— Não posso — diz ele, e franze a testa. — Jude? — Acho que nunca vou me acostumar com o som de meu nome saindo dos lábios de Cardan. Ele enruga as sobrancelhas. — Tem um hematoma surgindo no seu queixo.

Bebo um gole de água.

— Eu estou bem.

Não falta muito agora.

Balekin se levanta e ergue a taça.

Empurro a cadeira para trás e consigo ficar de pé segundos antes da explosão acontecer. Por um momento, tudo fica tão ruidoso que parece que a sala está virando de cabeça para baixo. Os feéricos berram. Globos de cristal caem e se estilhaçam.

Bomba atacou.

Na confusão, uma única flecha preta voa de uma alcova escondida e afunda na mesa de madeira, bem na frente de Cardan.

Balekin fica de pé com um salto.

— Ali! — grita ele. — O assassino! — Cavaleiros correm para Barata, que saltita da escuridão e dispara novamente.

Mais uma flecha voa na direção de Cardan, que finge estar atordoado demais para se mexer, exatamente como treinamos. Barata explicou com muitos detalhes para o príncipe como seria bem mais seguro ficar imóvel, mais fácil para ele errar as flechadas assim.

Só não esperávamos que Balekin fosse derrubar Cardan da cadeira, jogando-o no chão e cobrindo o corpo do irmão com o próprio. Quando olho para eles, percebo como entendi mal o relacionamento dos dois. Porque, sim, Balekin está alheio ao fato de que Fantasma subiu no parapeito onde está a Coroa de Sangue. Sim, ele mandou os cavaleiros atrás de Barata, permitindo assim que Bomba fechasse as portas deste salão.

Mas ele também deu a Cardan um motivo para não seguir em frente com esse plano.

Eu pensava em Balekin como o irmão que Cardan odiava, o irmão que matara a família inteira. Eu havia me esquecido de que Balekin *é* da família de Cardan. De que ele foi a pessoa que o criou quando Dain tramou contra ele, quando o pai o expulsou do palácio. Balekin é tudo o que ele tem.

E embora eu tenha certeza de que Balekin seria um péssimo rei, um rei que machucaria Cardan e muitos outros... tenho igual certeza de que ele daria poder ao irmão. De que Cardan poderia ser cruel, desde que ficasse claro que Balekin era mais.

Colocar a coroa na cabeça de Balekin seria uma aposta segura. Bem mais segura do que confiar em uma mortal, do que acreditar em um Oak do futuro. Mas Cardan se jurou a mim. Só preciso garantir que ele não encontre um modo de contornar minhas ordens.

Estou um pouco atrasada, e é mais difícil abrir caminho pela multidão do que eu imaginava, por isso não estou onde disse para Fantasma que estaria. Quando olho para o parapeito, eu o vejo lá, saindo das sombras. Fantasma joga a coroa, mas não para mim. Para minha gêmea idêntica. A peça cai aos pés de Taryn.

Vivi agarra a mão de Oak. Observo Lorde Roiben abrir caminho pela multidão.

Taryn pega a coroa.

— Entregue para Vivi — grito para ela. Fantasma, ao perceber o erro, aponta a besta armada para minha irmã; mas todos temos noção de que não dá para salvar a situação com disparos. Ela me lança um olhar terrível, traído.

Cardan se levanta. Balekin também está de pé, atravessando o salão.

— Criança, se você não me entregar isso, vou cortar você ao meio — diz Balekin para Taryn. — Serei o Grande Rei, e quando isso acontecer, vou punir qualquer um que me for inconveniente.

Ainda segurando a coroa, Taryn alterna o olhar entre Balekin, Vivi e eu. Em seguida, se volta para todos os lordes e damas no salão.

— Me dê a coroa — rosna Balekin, andando em direção a minha irmã.

Lorde Roiben entra no caminho do príncipe mais velho e pousa a mão em seu peito.

— Espere. — O lorde não sacou a espada, mas posso ver o brilho de facas sob seu casaco.

Balekin tenta afastar a mão de Roiben, mas este não se mexe. Fantasma está com a besta apontada para o príncipe, e todos os olhos no salão estão voltados para ele. A rainha Orlagh está a vários passos de distância.

A violência paira pesada no ar.

Tento me aproximar de Taryn, protegê-la.

Se Balekin puxar uma arma, se abandonar a diplomacia e simplesmente atacar, o salão estará pronto para explodir em derramamento de sangue. Alguns vão lutar ao seu lado, outros, contra. Nenhuma promessa importa agora, e ver o príncipe assassinar a própria família não deixou ninguém com sensação de segurança. Ele reuniu todos os lordes e damas do Reino das Fadas esta noite com o objetivo de conquistá-los... Até mesmo Balekin parece entender que mais assassinatos provavelmente não vão ajudá-lo em nada.

Além do mais, Fantasma pode disparar antes que Balekin chegue a Taryn, e ele não está vestindo armadura por baixo da roupa. Por mais pesado que seja o bordado de seu traje, não vai salvá-lo de uma flechada no coração.

— Ela é só uma garota mortal — tenta Roiben.

— Este banquete está incrível, Balekin, filho de Eldred — diz a rainha Orlagh. — Mas, infelizmente, faltava diversão até agora. Que esse seja nosso entretenimento. Afinal, a coroa está a salvo neste salão, não está? Você e seu irmão caçula são os únicos que podem usá-la. Que a garota escolha para quem vai entregá-la. Que importância tem, se nenhum dos dois quer coroar o outro?

Fico surpresa. Eu acreditava que a rainha Orlagh fosse aliada de Balekin, mas talvez a amizade de Nicasia com Cardan tenha feito com que ela o favorecesse. Ou talvez ela não goste de nenhum dos dois e só queira que o mar obtenha poder, diminuindo a influência de outros reinos.

— Isso é ridículo — diz ele. — Que tal a explosão? Não foi entretenimento suficiente?

— Certamente aumentou o *meu* interesse — confirma lorde Roiben. — Parece que seu general também sumiu. Esse governo nem começou formalmente, mas já parece caótico.

Eu me viro para Taryn e fecho os dedos no metal frio da coroa. De perto, a joia é ainda mais exótica. As folhas parecem brotar do ouro escuro, parecem vivas, os caules se entrecruzando em um nó delicado.

— Por favor — apelo. — Ainda há tanta coisa ruim entre nós. Tanta raiva, traição e ciúme.

— O que você está fazendo? — sibila Taryn para mim. Atrás dela, Locke me encara com um brilho estranho nos olhos. Minha história acabou de ficar mais interessante, e sei como ele ama uma boa história acima de tudo.

— O melhor que posso — respondo.

Puxo a coroa, e por um longo momento, Taryn a segura com força. Mas acaba abrindo a mão, e eu cambaleio para trás.

Vivi trouxe Oak para o mais perto possível de mim. Oriana está com a multidão, abrindo e fechando as mãos. Ela deve ter reparado na ausência de Madoc, deve estar se perguntando o que eu quis dizer quando falei sobre um preço.

— Príncipe Cardan — digo. — Isto é para você.

A multidão se abre para deixá-lo passar, o outro ator principal desse drama. Ele se aproxima e para ao meu lado.

— Parem! — grita Balekin. — Façam com que eles parem agora mesmo! — Ele saca uma espada, claramente cansado de brincar de política. Em todo o salão, outras espadas são desembainhadas em um eco terrível. Consigo ouvir o tinido de metal encantado no ar.

Estico a mão para Cair da Noite no mesmo instante em que Fantasma solta a flecha.

Balekin cambaleia para trás. Ouço o arquejo de todos os presentes. Disparar no rei, mesmo que ele ainda não tenha sido coroado, não é pouca coisa. Quando a espada de Balekin cai no tapete antigo, vejo onde o disparo acertou.

A mão do príncipe mais velho está pregada na mesa de jantar por uma flecha. Que parece ser de ferro.

— Cardan — grita Balekin. — Eu conheço você. Sei que preferiria que eu fizesse o difícil trabalho de governar enquanto você só curte o poder. Sei que despreza os mortais, os rufiões e os tolos. É verdade, eu nem sempre dancei conforme a sua música, mas você não tem estômago para me contrariar de verdade. Traga-me a coroa.

Puxo Oak e coloco a peça em suas mãos, para que possa vê-la. Para que ele possa se acostumar a segurá-la. Vivi dá tapinhas de incentivo em suas costas.

— Traga a coroa para mim, Cardan — repete Balekin.

O príncipe Cardan se vira para o irmão mais velho. Ele carrega o mesmo olhar frio e calculado com o qual já fuzilou tantas outras criaturas antes de cortar suas asas, antes de atirá-las em rios ou de expulsá-las da Corte.

— Não, irmão. Acho que não vou fazer isso. Mesmo que eu não tivesse motivos para contrariar você, faria isso só por desprezo.

Oak olha para mim, buscando a confirmação de que está fazendo a coisa certa no meio de tantos gritos. Eu assinto com um sorriso encorajador.

— Mostre a ele — sussurro para Cardan. — Mostre a Oak o que ele tem que fazer. Ajoelhe-se.

— Vão achar... — começa o príncipe, mas eu o interrompo.

— *Anda logo.*

Cardan então se ajoelha, e um silêncio se espalha pela multidão. Espadas são guardadas novamente nas bainhas. Os movimentos ficam lentos.

— Ah, isso *é* divertido — comenta lorde Roiben em voz baixa. — Quem é essa criança? Ou de quem? — Ele e a rainha Annet compartilham um sorriso bastante Unseelie.

— Está vendo? — diz Cardan para Oak, e faz um gesto impaciente. — Agora, a coroa.

Olho para os lordes e damas do Reino das Fadas. Nenhum rosto me parece amigável. Todos estão cautelosos, expectantes. Balekin exibe uma careta louca de fúria enquanto tenta puxar a mão presa pela flecha, como se fosse capaz de partir os próprios ossos só para não deixar a coroação acontecer. Oak dá um passo hesitante na direção de Cardan, depois mais outro.

— Fase quatro — sussurra Cardan para mim, ainda acreditando que estamos do mesmo lado.

Penso em Madoc cochilando no andar de cima, em seus sonhos de assassinato. Penso em Oriana e em Oak sendo separados por anos. Penso em Cardan e no quanto ele vai me odiar. Penso no que significa me tornar a vilã da história.

— Durante o próximo minuto inteiro, eu ordeno que você não se mexa — sussurro em resposta.

Cardan fica totalmente imóvel.

— Vá em frente — diz Vivi para Oak. — Do jeito que nós treinamos.

E, com isso, Oak coloca a coroa sobre a cabeça de Cardan.

— Eu coroo você. — A vozinha soa insegura. — Rei. Grande Rei do Reino das Fadas. — Ele olha para Vivi, para Oriana. Está esperando que alguém diga que ele fez tudo certo, que já terminou.

As pessoas ofegam. Balekin solta um uivo frustrado. Há gargalhadas de raiva e de prazer. Todo mundo gosta de uma surpresa, e os feéricos apreciam uma mais do que qualquer outra coisa.

Cardan olha para mim com uma fúria impotente. Quando o minuto inteiro da minha ordem termina, ele se levanta muito devagar. A fúria em seus olhos é familiar, o brilho parece fogo contido, parece carvão mais quente do que qualquer chama poderia ficar. Desta vez, eu mereço. Prometi que ele poderia ir embora da Corte e de todas essas manipulações. Prometi que ele ficaria livre de tudo isso. Eu menti.

Não é que eu não queira que Oak se torne o Grande Rei. Eu quero. E ele vai se tornar. Mas só há um jeito de garantir que o trono aguarde enquanto Oak aprende tudo o que precisa saber: se for ocupado por outra pessoa. São só sete anos, e Cardan pode escolher sair, abdicar a favor de Oak ou fazer o que quiser. Mas até lá, ele vai ter que manter o trono do meu irmão quente.

Lorde Roiben se apoia em um joelho, como prometeu.

— Meu rei — diz ele. Eu me pergunto o que tal promessa vai custar. Eu me pergunto o que ele vai pedir de nós agora que ajudou a dar a coroa a Cardan.

De repente, as palavras são ecoadas pelo salão, pela rainha Annet, pela rainha Orlagh, por lorde Severin. Do outro lado, Taryn me olha, claramente chocada. Para ela, devo parecer louca por colocar alguém que desprezo no trono, mas não tenho como me explicar. Fico de joelhos assim como todo mundo, e ela também.

Todas as minhas promessas se realizaram.

Por um longo momento, Cardan só olha ao redor, mas tem pouca escolha e deve saber disso.

— Levantem-se — diz ele, e nós nos levantamos.

Dou um passo para trás e me perco na multidão.

Cardan foi príncipe do Reino das Fadas a vida inteira. Independentemente do que queira, ele sabe o que se espera dele. Sabe como encantar uma multidão, como entreter. Sua primeira ordem é que o vidro quebrado seja retirado. Manda trazer novos cálices, que vinho fresco seja servido. O brinde que faz, às surpresas e aos benefícios de ter estado bêbado demais para aparecer na primeira coroação, faz todos gargalharem. E se eu reparo que sua mão aperta a taça de vinho com força suficiente para deixar os dedos brancos, imagino que seja a única.

Mas fico surpresa quando ele se vira para mim, os olhos resplandecentes. Parece que o salão está vazio, que estamos só nós dois ali. Ele ergue a taça novamente, a boca se curvando em um sorriso debochado.

— E a Jude, que me deu um presente esta noite. Um que pretendo devolver na mesma moeda.

Tento não me encolher quando taças são erguidas ao meu redor. Cristal ecoa. Mais vinho é servido. Mais gargalhadas ecoam.

Bomba me cutuca nas costelas.

— Nós já temos seu apelido — comunica. Eu nem a vi passar pelas portas trancadas.

— Qual? — Estou mais cansada do que nunca, mas sei que, por sete anos, não poderei descansar de verdade.

Espero que diga *Mentirosa*. Bomba abre um sorriso travesso, cheio de segredos.

— Qual poderia ser? Rainha.

Acontece que ainda não sei como rir.

EPÍLOGO

Estou no meio da Target, empurrando o carrinho enquanto Oak e Vivi escolhem lençóis e lancheiras, calças jeans e sandálias. Oak olha ao redor com uma leve confusão e um certo prazer. Ele fica pegando coisas, observando e colocando de volta no lugar. No corredor de doces, coloca barras de chocolate no carrinho, junto com jujubas, pirulitos e um pedaço de gengibre caramelizado. Vivi não o impede, então também não digo nada.

É esquisito ver Oak assim, os chifres escondidos por feitiço, as orelhas tão redondas quanto as minhas. É estranho vê-lo em um corredor de brinquedo, testando um patinete, carregando uma mochila com formato de coruja em um ombro.

Eu achei que seria difícil persuadir Oriana a deixá-lo ir com Vivi, mas depois da coroação de Cardan, ela concordou que realmente seria melhor para Oak ficar longe da Corte por alguns anos. Balekin está preso em uma torre. Madoc acordou furioso e descobriu que seu momento para roubar a coroa já tinha passado.

— Então ele é mesmo seu irmão, né? — Heather pergunta para Vivi enquanto Oak dá impulso no patinete e sai disparado pelo corredor de cartões de aniversário. — Você poderia me contar se fosse seu filho.

Vivi dá uma risada alegre.

— Eu tenho segredos, mas este não é um deles.

Heather não ficou empolgada quando Vivienne apareceu com um garotinho e uma explicação meio estranha para justificar a presença dele ali, mas também não os expulsou. O sofá de Heather é daqueles que se abrem e viram cama, e elas concordaram que Oak poderia dormir lá até Vivi arrumar um emprego e elas conseguirem um apartamento maior.

Sei que Vivi não pretende arranjar um emprego convencional, mas ela vai ficar bem. Mais do que bem. Em outro mundo, considerando nossos pais e nosso passado, eu teria incentivado Vivi a contar a verdade para Heather. Mas, depois de tudo, se ela acha que precisa continuar fingindo, não estou em posição de contradizê-la.

Enquanto Vivi paga as compras com folhas enfeitiçadas para parecerem notas de verdade, penso de novo no que aconteceu depois do banquete-que-virou-coroação. Na confusão dos feéricos comendo e brincando. Em todo mundo maravilhado com Oak, que pareceu ao mesmo tempo satisfeito e em pânico. Em Oriana, sem saber se devia me parabenizar ou me estapear. Em Taryn, sempre quieta, pensativa, apertando a mão de Locke com força. Em Nicasia, dando um beijo demorado na bochecha real de Cardan.

Eu fiz aquilo tudo acontecer, e agora tenho que conviver com as consequências de meus atos.

Eu menti, traí e triunfei. Se ao menos houvesse alguém para me parabenizar...

Heather suspira e sorri, sonhadora, para Vivi enquanto colocamos as compras no porta-malas do Prius dela. No apartamento, Heather pega a massa pronta na geladeira e explica como fazer pizzas individuais.

— Mamãe vem me visitar, não vem? — pergunta Oak enquanto coloca pedaços de chocolate e marshmallow sobre a massa.

Aperto o braço de meu irmão enquanto Heather põe a comida no forno.

— Claro que vem. Pense no seu período aqui com Vivi como um aprendizado. Você vai aprender o que precisa saber, e depois voltará para casa.

— Como vou saber que já aprendi se não sei agora? — indaga ele.

A pergunta parece uma charada.

— Volte quando voltar parecer uma escolha difícil em vez de uma escolha fácil — respondo finalmente. Vivi olha para mim como se tivesse ouvido. A expressão em seu rosto é pensativa.

Como um pedaço da pizza de Oak e lambo o chocolate dos dedos. Está tão doce que faço uma careta, mas não me importo. Só quero ficar mais alguns momentos com ele antes de voltar sozinha para o Reino das Fadas.

Quando desço do cavalo de erva-de-santiago, sigo diretamente para o palácio. Tenho aposentos lá agora: uma sala ampla, um quarto de portas duplas com tranca e um closet com armários ainda vazios. Só tenho o que peguei na propriedade de Madoc e algumas coisas que comprei na Target para pendurar.

É aqui que vou morar, para ficar perto de Cardan, para exercer meu poder sobre ele e garantir que as coisas corram bem. A Corte das Sombras vai crescer por baixo do castelo, alimentada pelos espiões do Grande Rei e seus guardiões.

Eles vão ter ouro, vindo diretamente da mão do rei.

O que não fiz ainda foi falar com Cardan. Eu o deixei com algumas ordens, o ódio familiar em seu rosto sendo o suficiente para me acovardar. Mas vou ter que conversar com ele em algum momento. Não dá para adiar mais.

Mesmo assim, é com o coração pesado e passos de chumbo que sigo para os aposentos reais. Eu bato à porta, mas sou informada por um servo afetado e com flores entrelaçadas na barba loura que o Grande Rei está no salão do palácio.

Eu o encontro lá, recostado contra o trono do Reino das Fadas, olhando de cima da plataforma. O aposento está vazio, exceto por nós dois. Meus passos ecoam quando atravesso o salão.

Cardan está de calça, casaca e outro paletó por cima, ajustado nos ombros, acinturado e comprido. O tecido é um veludo vinho-escuro, com mais veludo marfim nas lapelas, nos ombros e na casaca. A costura é toda com fios dourados, assim como os botões e as fivelas da bota de cano alto combinando. No pescoço, ele carrega uma gola de penas desbotadas de coruja.

O cabelo preto cai em cachos volumosos em volta das bochechas. As sombras destacam os ângulos dos ossos, o comprimento dos cílios, a beleza impiedosa do rosto.

Fico horrorizada com quanto ele parece o Grande Rei do Reino das Fadas.

Fico horrorizada com meu impulso de me ajoelhar diante dele, com meu desejo de permitir que ele toque minha cabeça com a mão que carrega o anel.

O que eu fiz? Por tanto tempo, não houve alguém em quem eu confiasse menos. E agora tenho que aguentá-lo, tenho que combinar a vontade dele e a minha. O juramento não parece antídoto suficiente contra a inteligência de Cardan.

O que diabos eu fiz?

Mas continuo andando mesmo assim. Mantenho a expressão fria, como sei bem fazer. É ele quem sorri, mas o sorriso é mais frio do que qualquer expressão severa que pudesse fazer.

— Um ano e um dia — diz Cardan. — É só piscar e esse tempo passa. O que você vai fazer depois?

Eu chego mais perto.

— Espero conseguir persuadir você a continuar no trono até Oak estar pronto para voltar.

— Talvez eu pegue gosto pela coisa — diz ele friamente. — Talvez não queira desistir nunca.

— Acho que não — digo, embora saiba que é uma possibilidade. Eu sempre soube que tirá-lo do trono talvez fosse mais difícil do que botá-lo lá. Eu negociei um ano e um dia. Tenho um ano e um dia para pensar em um acordo mais longo que esse. *E nem um minuto mais.*

O sorriso de Cardan se alarga.

— Acho que não serei um bom rei. Eu nunca quis ser um, e muito menos ser um dos bons. Você me tornou sua marionete. Muito bem, Jude, filha de Madoc, eu *serei* sua marionete. Você comanda. Você enfrenta Balekin, Roiben, Orlagh do Mundo Submarino. Você será minha senescal, vai fazer o trabalho, e eu vou beber vinho e entreter meus súditos. Posso ser o escudo sem valor que você botou na frente de seu irmão, mas não espere que eu comece a ser útil.

Eu esperava outra coisa, uma ameaça direta, talvez. De alguma forma, isto é bem pior.

Ele se levanta do trono.

— Venha se sentar. — Sua voz está carregada de perigo, reverberando ameaça.

Os galhos floridos geraram espinhos tão grossos que mal dá para ver as pétalas.

— Era isso que você queria, não era? — pergunta ele. — Foi por isso que sacrificou tudo. Vá em frente. É todo seu.

AGRADECIMENTOS

Agradeço aos meus amigos escritores que me acompanharam na elaboração, criação, escrita e edição deste livro. Obrigada Sarah Rees Brennan, Leigh Bardugo, Kelly Link, Cassandra Clare, Maureen Johnson, Robin Wasserman, Steve Berman, Gwenda Bond, Christopher Rowe, Alaya Dawn Johnson, Paolo Bacigalupi, Ellen Kushner, Delia Sherman, Gavin Grant, Joshua Lewis, Carrie Ryan e Kathleen Jennings (que fez desenhos lindos durante um workshop, produzindo minhas críticas favoritas).

Agradeço também a todos da ICFA, que me deram um feedback depois que li os três primeiros capítulos do livro em voz alta.

Agradeço a todos da *Little, Brown Books for Young Readers*, que apoiaram minha visão esquisita. Um agradecimento especialmente vai para minha incrível editora, Alvina Ling, e para Kheryn Callender, Lisa Moraleda e Victoria Stapleton.

E agradeço a Barry Goldblatt e a Joanna Volpe por guiarem *O príncipe cruel* ao longo de suas várias provações e atribulações.

Agradeço mais do que tudo ao meu marido, Theo, por conversar tanto sobre este livro comigo ao longo dos anos, e ao nosso filho, Sebastian, por me distrair da escrita e me conceder um coração mais pleno.

Este livro foi composto na tipografia Minion Pro, em corpo 11,5/15, e impresso em papel off-white no Sistema Cameron da Divisão Gráfica da Distribuidora Record.